3 minutes 33 secondes

Esi Edugyan

3 minutes 33 secondes

Traduction de l'anglais par
Michelle Herpe-Voslinsky

Ouvrage traduit avec le concours
du Centre national du livre

LIANA LEVI *piccolo*

Titre original :
Half Blood Blues

ISBN : 978-2-86746-728-8
www.lianalevi.fr

À Steve

Première partie

PARIS 1940

Chip nous a déconseillé de sortir. Allez pas tenter le diable, les mecs, il disait. Mais la nuit avait été mouvementée, je vous jure, on tenait plus sur nos jambes, à cause du tord-boyaux – le tord-boyaux, la gnôle des paysans de France, c'était pas cher, voyez-vous, mais ça faisait comme des clous dans les tripes. Même à regarder, c'est trouble et noir dans la bouteille, on croirait boire une eau marécageuse.

On était donc couchés dans l'appartement, éreintés, des tentures clouées sur les fenêtres. Le soleil du matin brillait si fort au travers qu'il vous tombait comme un drap sur la peau. Deux ou trois heures plus tôt, on avait joué dans un studio minable dans l'idée d'enregistrer un disque. Une petite pièce sinistre, plutôt un placard à fantômes qu'un endroit où faire de la musique, les radiateurs fendus qui crachotaient leur vapeur, le plancher gondolé jonché de bouteilles vides. Nos cigarettes faisaient des petits trous de lumière dans le noir, c'est comme ça que je sais que ça marchait pas. La fumée de Hiero bougeait pas. La clope lui pendait aux lèvres comme si ça s'embrouillait dans sa tête. On arpentait tous la pièce, et entre les prises on écoutait le raffut que les rats faisaient dans les murs. On tenait pas en place. Peut-être qu'on était pas si mauvais, mais moi en tout cas je me sentais pas dans mon assiette. Trop nerveux, trop inquiet, trop occupé à surveiller la porte. Rien à voir avec le tord-boyaux ; rien à voir avec l'isolement du studio. Rien ne pouvait m'arracher à moi-même. Prise après prise, je m'acharnais à jouer jusqu'au bout et chaque fois, Hiero rayait le satané disque et le flanquait à la poubelle.

« C'est qu'un tissu de fausses notes, il arrêtait pas de ronchonner, rien qu'un foutu tissu de fausses notes.

– On croirait entendre la famille royale, Chip a dit, quand la populace lui a fait sa fête. »

Coleman et moi, la tête basse, lessivés, on se taisait.

Mais Hiero, en essuyant son cornet avec un mouchoir sale, il se retourne et lance un regard mauvais à Chip. « Ouais, mais bon Dieu, même quand on joue comme des manches, on est des génies. »

Qu'est-ce que ça m'a étonné qu'il dise ça. Depuis des semaines le môme arrêtait pas de nous dire que c'était lamentable, la façon qu'on jouait. À chaque fois, il attrapait le disque et rayait la laque avec un canif pour le foutre en l'air. Il gueulait qu'y avait rien là-dedans. Mais y avait bien quelque chose, la graine d'une beauté confuse.

Je voulais pas faire ce que j'ai fait, mais quand le môme a tourné le dos, j'ai pris le dernier disque, encore fragile, les sillons tout neufs. J'ai jeté un coup d'œil inquiet autour de moi et je l'ai planqué dans l'étui de ma contrebasse. Les autres rangeaient leurs instruments.

« Elle est où, la dernière galette ? » Hiero a demandé, les sourcils froncés. Il regardait dans la poubelle où avaient atterri tous les disques qu'il avait bousillés.

« Elle est là-dedans, mon coco, t'en voulais pas, si ? »

Il m'a regardé de travers. « C'est pas la question. On va jamais y arriver.

– Qu'est-ce que tu chantes, gamin, Chip a dit d'une voix traînante. Tu voudrais qu'on arrête ? »

Le gamin a juste haussé les épaules.

On a aligné les bouteilles vides le long du mur, on a tout fermé sans dire un mot, et on est retournés à l'appartement de Dalilah chacun de son côté. C'était le couvre-feu et Paris était sinistre, rien que des ombres agglutinées, un air lourd à respirer. Je prenais les ruelles en silence, redoutant les bruits de pas. On s'est tous retrouvés chez Dalilah. Tous sauf Bill Coleman, bien sûr, Coleman, il habitait avec sa souris. On s'est écroulés sur les canapés crasseux, sous les rideaux de couvre-feu. J'ai posé ma caisse contre le mur et j'avais l'impression d'y sentir ce satané disque, encore chaud. Je sentais si fort sa présence que je trouvais drôle que les autres la sentent pas. Toute cette chaleur dans la cire, comme celle d'un cierge dans une église.

On créchait là tous les quatre, Dalilah, Hieronymus, Chip et moi. Deux mois plus tôt on avait passé une journée à clouer des draps noirs sur les fenêtres de l'appartement, mais ce satané soleil passait quand même au travers. L'air était trop confiné là-dedans pour qu'on ait une chance d'y dessaouler. L'aurait fallu qu'on se dépense à l'air frais pour retrouver nos esprits. Pas un souffle de vent depuis des semaines.

Hiero était affalé dans son fauteuil, avec ses jambes maigres qui pendaient, quand tout d'un coup il se tourne vers moi, avec sa figure sombre et lisse comme la peau d'une aubergine. «Je me sens mal, nom de Dieu. J'ai les tripes en compote.

– Amen, ai-je répondu.

– Il me faut du lait, mon vieux.

– Amen », ai-je répété.

On causait comme des bâtards, vous savez – moitié allemand, moitié argot de bar de Baltimore. Entre nous on y mêlait quelques bribes de français. La seule vraie langue que je parlais, à part l'anglais, c'était le *Hoschdeutsch*. Mais je m'étais mis à mélanger les mots, et après j'arrivais plus à parler comme il faut. D'ailleurs Hiero préférait ça, je le savais. Le môme était originaire de Rhénanie, c'est certain, mais il avait ce vieux Baltimore dans le sang. Ou du moins il parlait comme si c'était le cas.

Il était encore jeune de ce côté-là : il nous singeait.

Quelque chose avait changé chez lui ces derniers temps, pourtant. Il avait pratiquement rien mangé depuis que les Boches étaient descendus sur la ville. Il restait couché, fiévreux et sans force, pendant des jours d'affilée. Et quand il émergeait, y avait cette nouvelle tristesse en lui que j'avais jamais vue dans le passé.

J'ai jeté un coup d'œil à ma vieille contrebasse, en pensant à ce disque planqué dans sa caisse. C'était pas de la culpabilité que je ressentais, pas exactement.

Hiero a presque roulé de son fauteuil sur le tapis tout rapiécé. « Ooh ! Sid, il a grogné, y me faut du lait.

– Dans le placard, je crois. On a du lait, Chip ? »

Mais Chip, il a juste ouvert un œil brun, comme un homme à moitié noyé, la figure couleur de cendre dans cette lumière.

Hiero a toussé. « J'essaie de me nettoyer l'estomac, pas de le bousiller. » Son œil gauche palpitait haut sous la paupière, comme le cœur d'une femme mince qui bat sous son corsage. « C'est de lait que j'ai besoin, mon frère. De crème. Ce truc en poudre ça vous déchire. C'est comme si on chiait du sable. Comme un putain de sablier.

– Oh ! C'est pas à ce point, j'ai dit. Y a rien d'ouvert à cette heure, toute façon, môme. Tu le sais bien. Sauf peut-être le Coup de Foudre. Mais c'est beaucoup trop loin. » Nous sommes restés couchés silencieux une minute. J'ai passé mon bras devant ma bouche, et ma peau, elle sentait le vinaigre rance. C'est le tord-boyaux qui vous faisait ça.

Dans cette mauvaise lumière je distinguais à peine les quelques chaises survivantes de la pièce, blotties ensemble près de la cheminée. Elles avaient l'air godiches, comme un troupeau d'oies qui se cachent pour échapper à la hachette. Parce qu'elles étaient les dernières, vous savez ? Ç'avait été un bel appartement autrefois, à ce que nous racontait Lilah. Rien que des chaises Louis XIV, des lustres de Venise, des tapisseries d'Aubusson, les plafonds hauts comme dans une gare. Mais le comte qui prêtait cet endroit à Lilah, il avait insisté pour qu'elle vende ce qu'elle pouvait avant que les Boches débarquent. Ça lui paraissait moins triste comme perspective. Et à présent que l'appartement était vide, on sentait plus que sa profondeur, comme si on était perdus en mer. C'était sombre partout là-dedans.

De l'autre côté de la pièce, Chip s'est mis à ronfler faiblement.

J'ai jeté un coup d'œil à Hiero, recroquevillé dans son fauteuil à présent. « Le môme ! j'ai dit d'une voix pâteuse. Hé, le môme ! » J'ai posé une main sur ma tête. « Tu veux pas sérieusement qu'on renonce à le faire, ce disque ? On y est presque, mon pote. Tu le sais bien. »

Il a ouvert la bouché et roté.

« Bonjour à toi aussi », j'ai dit.

Il a pas eu l'air de m'entendre. Je l'ai regardé se déplier, le fauteuil a gémi comme une vieille mule. Et puis il est allé vers la porte, les jambes flageolantes. Du moins je crois que c'était son intention, mais il se dirigeait plutôt vers la cheminée en trébuchant. Son épaule a heurté un mur.

Soudain, le voilà à quatre pattes sur le plancher.

« Qu'est-ce que tu fais ? j'ai dit. Qu'est-ce que tu fabriques, môme ?

– Comment, qu'est-ce que je fabrique ? T'as jamais vu un homme chausser ses chaussures ? Eh ben regarde, parce que ça va devenir intéressant. Après, j'enfile mon foutu manteau. »

Hiero se bagarrait avec son vieux manteau pied-de-poule dont les manches étaient tout emmêlées. Il s'était toujours pas relevé. « J'ai besoin de la lumière du jour, et tout de suite. »

J'ai sorti ma montre-gousset et fixé les aiguilles jusqu'à ce qu'elles me donnent l'heure. « C'est pas une heure chrétienne, môme. Et tu n'es pas toi-même. »

Il a rien répondu.

« Attends au moins que Lilah se réveille, elle t'emmènera.

– J'attends même pas que mes pieds se réveillent, alors Lilah…

– Tu dois au moins lui dire où tu vas.

– Je dois rien du tout. »

Un doux gémissement a fusé du côté de la fenêtre, et Chip s'est soulevé sur un coude, comme s'il posait pour un sculpteur. Les yeux vitreux, les paupières qui battaient comme des ailes de papillon. Puis sa tête s'est renfoncée dans ses épaules et comme ça, gorge exposée, il avait l'air de parler au plafond. « Tu vas pas sortir, bordel, il lui a dit. Recouche-toi, dors un peu. Je parle sérieusement.

– D'accord, mec, Hiero a dit avec un large sourire. Cause-lui toujours à ce plafond.

– Remets-le à sa place, ce vieux plâtre tout craquelé », j'ai ajouté.

Mais Chip, il s'était recouché et ronflait déjà.

« Va dans la chambre de Lilah et réveille-la », j'ai dit à Hiero.

Ses traits fins, léonins, me toisent de la porte. « Quel genre de vie on vit, qu'on peut même pas descendre dans la rue chercher un verre de lait sans not' nounou ? » Debout sous le porte-manteau, il penchait comme si un vent vif venait de se lever. « Bon Dieu, Sid, qu'est-ce que tu crois qu'elle va faire, Lilah, si on a vraiment des ennuis ? Elle a un rouge à lèvres spécial, dont j'ai jamais entendu parler, qui peut tirer des balles ?

– T'es vraiment un imbécile. Tu sais bien que t'as pas de papiers. Qu'est-ce que tu feras si on t'arrête ? »

Il a haussé les épaules. « Je descends seulement voir chez la Punaise. C'est pas loin. » Il a tiré sur la porte et il est sorti sur le palier, chancelant dans la demi-obscurité.

À fixer cette pénombre j'étais pas tranquille, je sais pas pourquoi. La Punaise, c'est comme ça qu'on appelait la bonne femme qui tenait le bureau de tabac, à quelques rues de là. C'est vrai que c'était pas loin.

« Bon, d'accord, j'ai marmonné. Attends, je viens. »

Il a plaqué une longue main sur la poignée, à croire que sans elle il tenait pas debout. J'ai pensé, *Ce gosse te fera mourir, Sid.*

Il a fait la grimace. « T'attends un carton d'invitation ? On y va. »

Je me suis levé en trébuchant, à la recherche de mon autre soulier.

« Y aura pas de problème toute façon, il a ajouté. Rien à craindre. Personne va chez la Punaise à cette heure.

– Il est plein de certitudes, j'ai dit. Écoutez-le un peu, comme il est sûr de ce qu'il avance. »

Hiero a souri. « Ooh, je suis protégé par un charme, Sid. Surtout reste près de moi. »

Mais déjà on descendait le large escalier de marbre dans l'obscurité et on débouchait dans la rue grise. Vous savez, à propos du môme – il était si foutrement sérieux, qu'avec sa grande carcasse et son air d'enfant affamé, c'était presque impossible de lui refuser quoi que ce soit. Prenez Chip par exemple. Avant, le môme l'emmerdait gravement. À présent, il le protégeait tellement qu'il était devenu comme sa seconde mère. Alors, en regardant le môme coiffer son vieux chapeau de clochard et sortir, j'ai songé, *Où est-ce que j'ai mis les pieds ?* J'étais censé être l'adulte responsable. Mais je trottais après lui comme un petit chien de manchon. Merde. Dalilah allait me couper la tête.

Dans la journée en général, on allait jamais nulle part. Jamais sans Dalilah, jamais deux fois par le même chemin, et jamais au grand jamais par la rue des Saussaies ou l'avenue Foch. Mais Hiero, il devenait de plus en plus nerveux à mesure que l'Occupation s'intensifiait. C'était un *Mischling,* un sang-mêlé, si noir pourtant que personne aurait jamais deviné que sa maman était une Rhénane de race blanche. Sa peau luisait comme de l'huile. Mais il était de naissance allemande, c'est certain. Et si sa figure n'était pas typiquement teutonne, presque tout le reste chez lui l'ancrait complètement là-bas. Et ajoutez à ça le fait qu'il n'avait plus de papiers d'identité à présent – eh ben disons que pour lui, c'était pas ce qu'on appelle une promenade de santé.

Moi ? J'étais américain, et si clair de peau que les gens me prenaient souvent pour un Blanc. Le fils de deux quarterons de Baltimore, j'étais venu au monde les cheveux raides, les yeux verts, un vrai petit hispanique. À Baltimore, ça me rendait la vie plus facile qu'à certains. Je mentirais si je disais que c'était pas pareil à Berlin. Quand on sortait ensemble là-bas, n'importe quel Fritz qui nous approchait, il venait toujours droit vers moi. Quand Hiero s'en mêlait avec son allemand d'Allemagne, eh ben le type manquait faire une syncope, tellement il était étonné. La plupart aimaient pas beaucoup ça, quand même. Un sauvage qui parle comme un civilisé. On voyait cette vieille lueur dans leurs yeux, comme un couteau qu'on aiguise.

On avait fui à Paris pour laisser tout ça derrière nous. Mais on savait que l'appartement dévasté de Lilah n'allait pas nous protéger du chaos pour toujours. Aucun homme n'échappe à son destin. Des fois, quand je regardais dehors, à travers les rideaux, la rue Véron déserte, je voyais notre vieux Berlin. Je voyais cette nuit où tout le verre avait volé en éclats dans notre rue. On était dans l'appartement d'Ernst, dans Fasanenstrasse, en train de faire les fous, et quand on s'est approchés des fenêtres, c'était comme si on avait un carnaval sous les yeux. Des foules éclairées par les feux, des bouteilles fracassées. Au bout d'un moment on est descendus, et ça faisait comme du gravier sous les pieds, tous ces débris de verre qui craquaient à chaque pas. La synagogue au bout de la rue était en feu. On voyait les pompiers, le dos aux flammes, arroser d'eau tous les autres immeubles. Pour empêcher le feu de gagner, vous comprenez.

Je me souviens que la foule était vraiment silencieuse. La lumière de l'incendie faisait briller la chaussée mouillée, l'eau de la lance qui filait dans les égouts. Je voyais des dents luire comme des opales un peu partout sur les pavés noirs.

Hiero et moi on suivait les rues grises de Montmartre, sans parler. Autrefois le refuge d'un jazz si vivant qu'on pouvait pas lui résister, ses clubs s'étaient vendus aux Boches à présent. Presque du jour au lendemain, les bars s'étaient remplis de poules bien nourries, avec des bas filés, qui susurraient d'horribles chansons pour la Gestapo. On prenait les petites rues pour éviter ces boîtes, mais du bruit s'en échappait, même à cette heure avancée. L'air était plutôt frais et Hiero a fourré les mains dans ses poches si profondément qu'il semblait avoir des ailes. L'aube pointait bizarrement, le ciel était brun comme du cuir. Une odeur de boue flottait sur tout. Je traînais quelques pas en arrière, vérifiant ma montre parce que j'sais pas, elle m'avait l'air de retarder.

« Écoute, tu crois qu'elle retarde ? » j'ai demandé au môme en lui collant ma montre à l'oreille.

Mais il s'est écarté et m'a juste regardé comme si j'avais perdu la boule.

On marchait entre les hauts immeubles qui se dressaient sombrement de chaque côté de la rue. Les ombres s'allongeaient dans les caniveaux. J'étais de plus en plus mal à l'aise. « Y a rien d'ouvert à cette heure, mon vieux. Qu'est-ce qu'on fait, Hiero ? Qu'est-ce qu'on est en train de faire ?

– Le tabac de la Punaise est ouvert, le môme a dit. Il est toujours ouvert. »

Je l'écoutais pas. Je regardais autour de moi en me demandant ce qu'on ferait si un Boche tournait le coin. « Hé, tu te souviens de cette magnifique pépée l'autre soir au Club Noiseuse ? La frangine en costume d'homme ?

– Tu me reparles encore de cette tante ? » Hiero marchait vite sur ses longues jambes maigres. « Tu sais, chaque fois que tu touches au tord-boyaux tu nous ressors ce travelo.

– C'était pas un travelo, mon frère, c'était une femme. Pur sucre.

– Tu parles de celle en costume vert ? Tout près de la scène ?

– C'était une Vénus, mon pote, premier choix. »

Hiero a rigolé. « Je te l'ai déjà dit, c'est un travelo, mon frère. Un homme. C'était écrit en toutes lettres sur son cul poilu.

– Je te fais confiance, tu t'y connais en culs poilus.

– Continue à confondre les deux, Sid, et tu verras ce qui arrive. Tu vas te retrouver au plumard avec un Frisé. »

On tourne le coin et on débouche sur la grande place, quand tout d'un coup mon estomac se soulève. Je m'y attendais – faut des tripes d'acier pour survivre à tout ce qu'on avait picolé la veille. Des tripes d'acier j'ai pas, mais que ça vous fasse pas vous méprendre sur d'autres parties de mon anatomie. Ma force, je vous le dis, est d'une autre nature. Je me suis traîné vers un tilleul et penché dessous pour dégobiller.

« Fais un peu mieux connaissance avec cet arbre, Hiero a dit avec un sourire en coin en dégringolant du trottoir, je reviens tout de suite. » Il a traversé la rue et sauté sur l'autre trottoir, direction le tabac de la Punaise.

« Te fais pas refiler de la fausse monnaie, j'ai gueulé après lui. Avec ta mauvaise vue, la Punaise est foutue de te plumer comme une grive. » Un soleil blanc, tendre comme un jeune fruit, frémissait sur les vitres des immeubles obscurs. Mais l'air était toujours rance, plein d'une sale poussière qui vous brûlait les narines. J'ai tapé des pieds et je me suis plié en deux, le cœur au bord des lèvres. Ce satané tord-boyaux.

Un vrai tapage a commencé de l'autre côté de la rue. Levant les yeux, je vois Hiero secouer la porte du café comme s'il voulait entrer de force. Comme s'il croyait avoir le pouvoir de faire sauter toutes les serrures de la ville. Mais lorsqu'elle s'ouvre pas, la porte, qu'est-ce qu'il fait? Il appuie sa joue de gros malin contre le verre, comme un enfant. C'était un enfant, bonté divine. Jeune et bête, en dépit de tout ce qu'il savait faire avec une trompette. Dans une seule note brute il mettait toute une vie.

Il revient en courant vers moi. « Fermé, il me dit, essoufflé. Tu crois que tout va être fermé? Il est quelle heure?

– Dans les neuf heures et demie.

– Regarde ta montre.

– Neuf heures et demie.

– J'y comprends rien. » Il regarde autour de lui, sourcils froncés. Une auto blanche est passée dans la rue ombreuse, comme un bloc de glace qui descend une rivière. Et le conducteur, un homme pâle, tourne la tête vers nous quand on se tourne vers lui. J'ai frissonné, me sentant en danger tout d'un coup. Ce type avait l'air sapé pour un enterrement, tout ce plumage noir et blanc.

« Bon Dieu, c'est dimanche, espèce d'idiot, j'ai dit à Hiero en lui tapant sur le bras. Y aura rien d'ouvert. Faut que t'ailles au Coup si tu veux du lait. » Les rues appartenaient aux Boches le dimanche.

Hiero s'est pris le ventre à deux mains en me lançant un regard misérable. « Ooh, mon vieux, c'est loin le Coup.

– T'as raison, vaut mieux rentrer. »

Il s'est mis à geindre.

« Je veux pas entendre ça, j'ai fait, et je rigole pas. Oh, où tu vas maintenant? Hiero? »

J'avais un nœud au ventre, de voir le môme s'éloigner. J'étais cloué sur place. Et puis, en lançant un juron je l'ai suivi.

« Tu vas nous faire pincer », j'ai sifflé en le rattrapant, mes souliers glissant sur le pavé noir et lisse. Je sentais le sang me monter aux joues. « Môme ?

– Allons au Coup, il m'a dit en haussant les épaules.

– C'est au diable, le Coup. Tu veux vraiment y aller ? »

Il m'a lancé un sourire fatigué, et soudain je me suis pris à penser à ce disque que j'avais caché dans ma boîte. Je me sentais presque coupable en y songeant. Mais pas vraiment. Je l'ai regardé.

« Dis-moi une chose, j'ai dit. Tu veux vraiment qu'on laisse tomber le disque ? »

Il a pas répondu. Mais au moins cette fois, il a eu l'air de m'entendre et d'y réfléchir, les yeux secs et durs comme deux pierres noires.

Heureusement pour nous, le Coup de Foudre venait d'ouvrir. Le môme s'est glissé par la porte du café, en se tenant les tripes à deux mains comme s'il allait dégueuler sur-le-champ. Moi, je me suis arrêté sur le seuil et j'ai regardé autour. J'avais une drôle de sensation, plus vraiment d'être malade, mais pas loin. Les tables en bois à l'intérieur étaient presque toutes inoccupées. Mais les quelques frangins et frangines qu'étaient là faisaient un tel brouillard avec leurs cigarettes qu'on aurait cru se faufiler dans des toiles d'araignée. Ça puait le gros tabac et la gnôle de la veille. La radio murmurait à l'arrière-plan. Mais au bar l'odeur était merveilleuse, ça sentait le lait, le café crème et le chocolat chaud. Le môme a grimpé sur un tabouret rouge tout râpé et posé délicatement sa tête dans ses mains. Le barman s'est approché.

« Un verre de lait, j'ai dit en anglais, en montrant Hiero d'un signe du menton.

– *Milk* », a dit Hiero, sans lever la tête.

Le barman a posé ses gros avant-bras sur le comptoir et il s'est penché tout près. Mais on le connaissait, c'était pas menaçant. Il dit à l'oreille de Hiero, en mauvais allemand: « Du lait, c'est tout? Tu te prends pour un chat? »

La voix étouffée du môme s'est élevée – il avait toujours pas redressé la tête: « T'es un vrai comique, toi. Presque aussi drôle que Sid, là. Vous devriez vous associer tous les deux. Partir en tournée. »

Le barman, avec un sourire en coin, a marmonné autre chose à l'oreille de Hiero. J'ai pas saisi ce que c'était. Et puis j'ai vu le môme se raidir en silence, lever la tête, lèvres serrées.

« Hiero, j'ai fait, écoute, mon vieux, il rigole. »

Se dirigeant vers la glacière, le barman me fixe une seconde puis lève les yeux vers la pendule. Je vérifie l'heure à ma montre. Dix heures moins cinq. Il revient tranquillement avec un verre de lait, et sa voix claque dans le silence comme des boules de billard qui se heurtent: « Mais j'te préviens, tu peux boire tout le lait qui se trouve en France, tu deviendras jamais blanc. » Et il rit de son rire léger, haut perché, bizarre.

Hiero a porté le verre à ses lèvres et fermé l'œil gauche en buvant. J'ai senti monter en moi une chaude bouffée de tristesse. Je me suis raclé la gorge.

Le môme, brusquement, il tend la main vers moi et me touche l'épaule. « On ferait aussi bien de tenter le coup encore une fois. Le disque est pas si mauvais. Et mes foutus visas sont pas encore là. Qu'est-ce que j'ai d'autre à faire? »

J'avale nerveusement ma salive.

Alors il me lance un long et clair regard: « On va y arriver. Il suffit d'être patient, mec.

– Ouais, bien sûr qu'on sera patients. Mais le dernier, gamin, il était pas bon? Vraiment bon? Il pourrait pas marcher? »

Il a posé le verre sur le comptoir et en le montrant du doigt il a gueulé: « *Encore**! »

---

* Les mots ou expressions en italique suivis d'un astérisque sont en français dans le texte.

Mon estomac s'est soulevé et me retenant à grand-peine, je lui ai dit: «Je reviens tout de suite. Tu vas pas partir sans moi?»

Dans les chiottes au sous-sol, je me suis mis au travail. Malade comme un chien, avec la bile qui montait. Pendant un instant je suis resté là, agrippé à la porcelaine du lavabo, incrustée d'une crasse jaunâtre. La tête en bas, respirant à peine, j'ai fait couler le robinet pour m'asperger la figure d'eau froide. Elle avait une odeur de fer chaud, cette eau, et du coup j'avais l'impression que ma figure était plus la mienne, comme si j'étais même plus dans ma peau à moi.

Et puis brusquement j'ai entendu beaucoup de bruit à travers le plafond. J'ai retenu mon souffle. Merde. On aurait dit Hiero et ce foutu barman. Le môme était à cran ces temps-ci, mûr pour la bagarre. J'ai respiré un grand coup et marché vers la porte des lavabos, une vieille porte déglinguée.

Mais je suis pas sorti. Je suis resté là, à tendre l'oreille comme un chien de chasse. Au bout d'une minute j'ai saisi la poignée.

Les voix parlaient moins fort. Mais là, un bruit de casse a ébranlé toute la baraque. Merde. J'entendais plus le barman. Ma main tremblait si fort que le bouton ferraillait doucement. Je me suis forcé à le tourner, à faire un pas dans le corridor sans air. Au bout de trois marches je me suis arrêté. L'escalier était flanqué d'un mur de briques, je pouvais voir l'intérieur du café sans que mon ombre me trahisse.

Toutes les lumières étaient allumées. J'avais jamais vu toutes les lumières allumées au Coup, jamais. Jusqu'à cette minute, j'avais jamais réalisé à quel point ça pouvait être cauchemardesque, autant d'éclairage.

Un silence de mort s'est installé. Tout devenait distinct dans le confort ouaté de ce silence. Un type s'est tourné vers moi, lentement. Il avait des rides comme des blessures au couteau sur la figure. J'ai jeté un coup d'œil sous sa table: il avait qu'une jambe. Ses mains, noueuses comme une bûche repêchée dans un lac, tremblaient follement toutes les deux. Il tenait des papiers sales. La cendre de sa cigarette est tombée sur son pantalon.

J'ai vite regardé partout: sur chaque table occupée des papiers d'identité étaient posés. Certains étaient flambant neufs, d'autres tombaient en charpie à force d'être manipulés. Une jeune brunette a collé les siens dans une mare de café et j'ai fixé le papier qui gonflait. Elle mâchonnait lentement un fil échappé du col de son lourd manteau de tweed. Je me souviens d'avoir pensé, elle doit avoir bien chaud là-dedans.

Le serveur s'est mis à frotter tranquillement son comptoir avec un torchon à carreaux.

Seulement, y avait cet autre type. Assis près de la vitrine, dans la lumière blafarde de la rue, l'air un peu trop satisfait. J'ai eu froid tout d'un coup.

Et puis les parlotes ont repris et j'ai levé les yeux.

Deux types de la Gestapo en uniforme clair. Dans les premiers temps ils étaient en noir. La nuit, on voyait qu'un visage d'un blanc sépulcral et un brassard rouge comme du sang venir sur vous au-dessus des pavés. Mais la Gestapo était la Gestapo.

L'un était grand et mince, une vraie branche d'arbre, l'autre petit et trapu. Comme il me tournait le dos je voyais le rouleau de graisse de sa nuque.

J'ai baissé les yeux, et comme si seulement maintenant il me venait à l'esprit, j'ai cherché Hiero. Debout près de la porte de la rue, il fixait les Boches. À côté de lui se tenait un autre gamin, un Juif je crois, un air de défi et de terreur sur le visage. Le plus grand des deux Boches feuilletait lentement, ostensiblement ses papiers, sans rien dire. Il léchait son pouce, tournait une page, léchait son pouce, en tournait une autre. Comme si ce type allait passer sa journée d'été à faire ça. Je regardais sa figure, grise et calme. La figure de n'importe qui. Un homme qui fait son boulot.

« Étranger, disait le plus petit, d'une voix si calme et si douce que je l'entendais à peine. Individu apatride de race noire. »

Hiero et le jeune Juif restaient là bras ballants comme des écoliers impertinents. Ça faisait mal de les voir, si démunis tous les deux, le cœur cognant dans la poitrine. Je les voyais pas très bien avec la grande vitre qui brillait derrière eux, mais même de là où j'étais, je les entendais respirer.

Le grand Boche a adouci sa voix à son tour. C'était plus que bizarre : ces deux-là étaient si polis, si réservés, ils auraient aussi bien pu parler du temps qu'il faisait. Rien à voir avec leurs manières de Berlin. Y avait même une ombre d'excuse dans leurs gestes, comme si au fond ils étaient bien élevés, et que seule la dureté des temps les obligeait à se conduire de cette façon. Et cette politesse, ce calme, cette courtoisie, ça me fichait encore plus la trouille que de la violence pure et dure. Ça semblait une nouvelle forme de brutalité.

« Étrangers, le petit Boche a dit. Hottentot.

– Apatride, a dit l'autre. Étranger », il a dit. Juif. Nègre.

J'avais envie de fermer les yeux. Mes jambes tremblaient doucement, je sentais plus mes pieds. Tombe pas, mon vieux, t'avise pas de tomber, je me disais. Rassemble tes esprits, pour l'amour du ciel, et vas-y, sors de là.

Mais je restais cloué sur place.

Hieronymus, il les fixait dans les yeux, ces Boches. Quand leurs durs regards l'ont forcé à détourner le sien, il a fixé le carrelage. Pas une seule fois il a regardé dans la direction des lavabos, et j'ai compris. Merde. C'était lui, entre tous, qui me protégeait. Je pouvais pas le laisser faire.

Mais juste à ce moment les Boches ont ouvert en grand la porte du Coup et sa chaîne a chanté. Ils ont pris Hiero par le bras et l'ont fait sortir, avec l'autre garçon, dans la rue. Moi je restais planté là, les mains pendant comme de drôles de poids contre mes cuisses, l'impression d'avoir de l'eau plein la poitrine. Je suis resté là à regarder Hiero s'en aller.

La porte s'est fermée avec fracas. Les lumières étaient toujours allumées dans le café. Silence, personne ne parlait.

Et puis ce type, celui qui souriait presque tout à l'heure, il s'est levé et il a marché vers le bar. Il a compté ses francs et les a empilés sur le comptoir en acajou. Il a dit quelque chose en français au barman.

D'un geste de la main le garçon a balayé les pièces et il s'est retourné pour les mettre dans le tiroir-caisse. L'homme a longé les tables, ses talons raclant le vieux plancher. Personne ne parlait, tout le monde le regardait. Et puis la porte s'est refermée avec un bruit joyeux derrière lui.

Deuxième partie

BERLIN 1992

Chip a appelé pour me prévenir qu'il allait passer et je lui ai dit : « Bien sûr, mon frère, quand tu veux. »

J'avais toutes les lumières allumées dans mon appart à Fells Point, et dans mon salon étriqué l'épaisse moquette à poils longs était noyée sous une pile de vêtements, de dossiers, tout un tas de camelote, les déchets d'une vie – j'avais tout sorti en essayant de décider de ce que j'allais emporter –, quand je l'ai entendu frapper un coup sec à la porte. On devait prendre l'avion le lendemain, voyez-vous. J'ai longé le couloir, ses piles de journaux jaunissants, ses photos de traviole encadrées de noir. Quarante-quatre ans, que j'avais vécu ici. Le père de Lola nous l'avait acheté après la guerre, cet appart, et quand elle est morte, cinq ans après notre mariage, il m'est revenu.

Comme la porte avait tendance à se bloquer à présent, je devais tirer vachement fort sur la vieille poignée en laiton. Et le voilà devant moi, mon plus vieil ami, l'air aussi usé qu'un matelas d'occasion, avec sa peau sèche et criblée de points noirs.

Il est entré avec un sourire jusqu'aux oreilles. « Bon sang, Sid, tu penses faire le ménage, un jour ? Tu vis dans un état de total délabrement. » Il a enjambé mon paillasson dégarni ; son visage sombre ressortait sur sa chemise éblouissante de blancheur. Il avait cette voix de stentor, quand il parlait elle emplissait l'air, le repoussait comme fait l'huile dans un verre d'eau. Un véritable exploit, vu sa taille. Sans souliers ni chapeau, Chip Jones mesurait à peine un mètre soixante-deux.

« Ça te va bien de parler de délabrement, mon frère, j'ai fait, en prenant son manteau noir moelleux pour l'accrocher à la patère. T'as vu ta tête ces jours-ci ? Tu ressembles à un sac à main de vieille dame.

– Eh ben justement, Chip a répondu, en se frottant les joues de ses mains énormes, pendant que je venais chez toi un type a voulu lui faire sa fête, à ma tête.

– C'que t'es marrant, j'ai dit en lui tapotant l'épaule. C'que t'es fendard. T'as déjà fait tes valises, j'imagine. »

Il a haussé les épaules. « Faut défaire ses valises avant de pouvoir les faire. » Il a jeté un nouveau coup d'œil appuyé au désordre par terre. « Mais je crois que tu le sais déjà. »

Après avoir installé Chip dans le bordel du salon, je me suis dirigé vers la kitchenette.

« Tu bois quoi ? je lui ai crié. Du scotch ? » Comme il répondait pas, je me suis penché par la porte et je l'ai regardé. « Tu veux un scotch ? »

Il a levé les yeux. « Quoi ?

– C'est la batterie qu'a fini par t'avoir, mon frère ? Tu deviens un peu dur d'oreille ? »

Il a souri. « Oh, juste un peu. T'as dit quoi ?

– Ça te va, du scotch ? »

Il a léché ses vieilles babines. « J'ai encore jamais dit non à un scotch. »

Je le regardais, là, et il me faisait pitié. Je savais que l'état de sa tête, c'était pas seulement à cause de la fatigue. La came, elle avait fini par laisser des traces. Il avait pris du cheval[1] pendant des dizaines d'années, voyez-vous, y avait quinze ans qu'il avait décroché. Il était clean depuis si longtemps que j'avais fini par oublier qu'il s'était drogué un jour. Je pouvais toujours pas me faire à l'idée. Si vous aviez connu Chip quand il était jeune, qu'il devienne toxico aurait paru impossible.

---

1. Héroïne dans le jargon des jazzmen. *(Toutes les notes sont de la traductrice.)*

Il était comme il faut de chez comme il faut, collet monté, putain, presque bégueule pour ce qui était des substances illégales. Bref, ça m'a choqué, de voir cette maladie, vaincue de longue date, se repointer sur ses traits. C'est comme ça, je suppose, quand le passé vient te réclamer son dû.

Je nous ai versé deux scotchs secs, avec juste un petit bout de glace. « Tu crois que le Molosse existera toujours ? j'ai fait.

– Où ? Tu veux dire à Berlin ? »

J'ai souri et je me suis assis.

« Nan, Chip a fait, y reste plus grand-chose de tout ça. Tu reconnaîtras plus rien.

– Bof, j'ai jamais trop cru que j'y retournerais. »

Chip a levé son verre.

« *Prosit*, on a dit en même temps, en cognant nos dés à coudre.

– T'as déjà vu le film ? »

Chip a secoué la tête. « Il laisse personne le voir, Caspars. Pas avant le festival. C'est si mauvais que ça, tu crois ?

– Oh, encore pire. Comment t'as réussi à me convaincre, mon frère, j'en sais rien. »

Il a eu un grand sourire. « Mon charme irrésistible, je dirais.

– Ouais, j'ai répondu. Ça doit être ça. »

Ensuite on est restés silencieux un moment. Faut que je vous dise à quel point c'était bizarre de le voir là, Chip. Même si sa tête partait en morceaux, il était encore de loin la chose la plus classe chez moi. Il portait un costume bleu marine de si belle facture qu'il aurait fallu que j'hypothèque mon appartement pour pouvoir me le payer.

Chip disait souvent, T'as pas de sang bleu dans les veines, Sid, autant t'habiller comme si. Embrouille le monde. Et donc, même quand il n'avait pas l'argent pour, il sortait en costumes de seersucker et chemises amidonnées si raides qu'elles lui laissaient des marques aux poignets. Même quand il était sur scène à taper sur les peaux, on aurait dit un croupier qui distribue les cartes. La seule fois qu'on pouvait le voir en négligé, c'était après la baston, et alors quelle vision, mes aïeux : James Bond passé au mixer. Mais on savait que l'autre avait dû s'en tirer encore plus mal.

« Ce scotch est excellent, a fait Chip en posant son verre sur la table délavée par le soleil.

– Ooh, je sais que t'es habitué au meilleur.

– Il est bon, je t'assure. » Chip a regardé autour de lui en se raclant doucement la gorge. Sans y réfléchir ni demander la permission (quand Chip Jones avait-il jamais eu besoin d'une permission ?), il a dégainé un porte-cigarettes en titane, gravé à ses initiales, dont il a sorti ce que je savais être forcément le must des cigarillos. Il l'a allumé et m'a tendu le boîtier.

« Oh nan. Si j'me mets à fumer du bon, j'pourrai pas revenir au bas de gamme. Et en plus, faut que je surveille ma santé.

– T'es malade ?

– Non, monsieur. Juste… la retraite. Ça vous fait réfléchir.

– Ce qui nous attend nous attend, Sid. Ça sert pas à grand-chose de trop y réfléchir. » Chip a souri. « Ça me surprend que t'aies pris ta retraite, à vrai dire. Moi je peux pas m'imaginer faire un jour la même chose. »

Je le croyais. On était vieux comme les pierres, c'est certain, mais même à quatre-vingt-trois ans Chip menait toujours un train d'enfer. On pouvait aussi bien le trouver en tournée à Buenos Aires qu'à Reykjavik ou Baltimore.

Pas moi. Non, madame. J'ai été mon propre patron ces, oh, bien trente et une dernières années. Secrétaire médical pour deux ou trois docteurs différents – une bande de messieurs coincés, du genre à porter des haut-de-forme, avec des faces usées comme des torchons à vaisselle. Je tapais à la machine les comptes rendus des maladies longues et complexes de leurs patients, en remerciant les cieux que ce soit pas sur moi que j'écrivais tout ça. Et malgré la maladie autour de moi, je restais solide, né sous une bonne étoile, comme ma troisième femme aimait à le répéter en tordant le nez. Je sais pas si elle avait raison. Essayez un peu de vous réveiller seul à quatre-vingt-deux ans et de décider d'arrêter de faire la seule chose que vous avez à faire de la journée. C'est un boulot à plein temps de remplir les heures creuses. Deux semaines étaient pas passées que je me suis figuré que j'allais retourner travailler, me remettre au secrétariat. Mais quelque chose avait déjà changé en moi, voyez-vous, comme si j'avais une sorte de conscience nouvelle, une idée de ma propre fragilité. Fallait que je la tienne à distance. Parce qu'une fois qu'elle t'envahit, ton compte est bon, mon pote.

Chip me regardait d'un air gêné, je voyais bien qu'il avait une idée derrière la tête. « Bon, qu'est-ce qu'il y a, Jones ? je lui dis. Crache le morceau à la fin. »

Il est parti d'un rire aigu. « T'es vraiment comme une vieille fille ces temps-ci, Sid. J'me curerais les dents que t'y verrais dix sens cachés !

– Tes fausses dents, peut-être. »

Il s'est penché en avant dans son fauteuil, a soulevé son verre de scotch et l'a vidé d'une seule lampée. Il avait des lèvres curieusement minces, et avec l'alcool qui luisait encore dessus, on aurait dit des huîtres.

« N'empêche que j'ai raison, non ? Y a quelque chose qui te tracasse ? »

Chip me fixe droit dans les yeux. « Sidney Griffiths », il commence.

J'ai un peu rigolé. Ce bon vieux Chip, roi du baratin.

« Sidney Griffiths », il a répété. Il avait le cigarillo près des lèvres mais il le fumait pas. Je regardais le bout se consumer. « C'qu'il faut que j't'e dise j'ai pas envie de t'le dire. Parce que tu vas pas me croire. »

Chip se figure qu'il a un charme à tout casser, et qui suis-je pour mettre à mal sa théorie. Mais du coup il arrive que des mensonges sortent de sa bouche sous l'habit de la vérité. C'est tout simplement plus fort que lui.

« Sidney Griffiths », il a encore répété, et là j'ai su que je devais m'attendre à du lourd. « Tu te souviens, le jour que le Mur est tombé ? Quand j'ai dû t'obliger à raccrocher le téléphone pour aller regarder ta foutue télé ? C'est pareil, fils. Sauf que c'est encore plus énorme. »

C'était vrai. J'avais pas cru que le Mur était tombé. Il avait dû m'obliger à aller voir la télé dans ma chambre. Cette bonne vieille piaule m'avait vu survivre à trois épouses après Lola, toutes encore vivantes mais aucune aussi chérie qu'elle. Je me souviens qu'elle était encore remplie de la décoration de ma dernière femme, des rideaux en polyester et des bibelots immondes du temps de son enfance à Roanoke. Sans doute qu'elle n'avait pas encore tout récupéré. Tout est chez elle maintenant, Dieu soit loué.

Je m'étais assis sur le lit et j'avais allumé mon antique télé. Elle était pas allumée depuis dix secondes que déjà je pensais, que Dieu me foudroie ! Parce que ce que je voyais, c'était pas croyable. Des gens avec des pioches pilonnaient le Mur de Berlin, cet horrible bloc de béton avec ses pustules de graffitis. Le champagne fusait dans l'air. Des cris et des pleurs, les flashs des appareils photo comme des coups de feu dans le noir, pendant que la foule se déversait par les brèches. Certains étaient à pied, vêtus de jeans rapiécés et de chaussures usées. D'autres, dans ces voitures qui ressemblaient à des jouets, les Trabbi, et les gens leur cabossaient les toits en tapant dessus. J'étais resté là comme un moine plongé dans la prière, incrédule. Jamais on avait mis les pieds dans cette ville-là. Pas dans le Berlin que je voyais.

Et là Chip, assis au bord de son siège, tapotait du gros orteil le verre de scotch vide qu'il avait posé par terre. « Tu vois ce que je veux dire, mon frère. Tu refuses de vivre dans le monde.

– Arrête. Baltimore, c'est pas le monde ? » Je secouais la tête. « Et je vais à Berlin, pas vrai ? Ça compte pas, Berlin ? »

Chip a gloussé. Il se targuait d'être le salopard le plus futé de ce côté-ci de l'Atlantique. Et ce depuis toujours, même quand on était gosses. Il avait cette folie en lui, ce besoin brûlant, irréfléchi, de vous contrarier.

C'est ce que je lui ai dit. Parce que, voyez-vous, j'avais fait des sacrifices. Dans son intérêt.

« Tu vois, c'est de ça que je parle exactement, il a repris. Prends ce voyage à Berlin. Ce documentaire. C'est pas un truc que t'as fait dans mon intérêt. Du moins j'espère pas. Tu l'as fait pour Hiero. Tu l'as fait pour l'histoire du jazz. Tu l'as fait pour toi-même. »

Je le regardais, un sourcil levé. « Rappelle-moi de m'envoyer une facture. »

Parce qu'ils étaient réels. Ces sacrifices que j'avais fait pour faire plaisir à Chip, ils étaient réels, bon Dieu. Il y a à peu près un an, voyez-vous, il était venu me voir, excité comme tous les diables, pour me parler de je ne sais quel documentaire. Un gus du nom de Kurt Caspars – un cinéaste moitié finnois moitié boche, rendu célèbre par une enquête-choc sur la traite des Blanches en Hollande – avait reçu une commande d'une chaîne de télé allemande pour faire le premier film d'envergure sur Hieronymus Falk. Caspars était un choix évident, Chip m'avait expliqué – son style visuel saccadé avait beaucoup en commun avec le jeu du môme. Mais comme tout artiste, Caspars avait besoin de matériau brut pour construire ses images. Et nous, mon pote, on serait ces briques et ce mortier-là.

Caspars voulait des témoins capables de dégoiser pendant quatre-vingt-dix minutes sur le moindre fragment de l'existence du môme. Chacun sait que Buddy Bolden est mort dingue à l'asile de fous et que Bix Beiderbecke est mort du delirium – mais Falk ? Aux dires de tous il a disparu juste après sa libération d'un camp de concentration en Autriche. Mauthausen. Sauf que personne ne sait comment, ni quand, ni où. Savoir qu'il est mort en sortant d'un camp, c'est pas pareil qu'en connaître la cause. Si c'était sa souffrance qu'avait fini par avoir raison de lui, ou bien l'absence soudaine de souffrance – le monde bizarrement plus gris après, avec ses routines vides, sans danger. On peut encore moins savoir ce que ça lui a fait, si la fin fut une délivrance ou un dernier outrage.

Y avait même pas de tombe, bon Dieu.

J'avais pas eu le moindre désir d'être filmé l'année dernière, et encore moins d'aller voir ce foutu film à Berlin. C'est seulement après s'être arrangé pour que Caspars s'occupe de nos billets pour Berlin et pour l'avant-première que Chip a mentionné, comme ça en passant, comme si de rien n'était, que le film serait projeté dans un cadre plus large, un festival : le Festival Hieronymus Falk. La célébration, pendant tout un week-end, de la vie du grand trompettiste. Maintenant que l'Est était ouvert, ces gens-là pouvaient proposer toutes sortes de visites guidées de nos vieux repaires. « Allez, Sid, Chip m'avait dit, tout le monde y va : Wynton Marsalis, et même ce vieux Grappelli. Ça va être grandiose. »

J'ai refusé. Bien sûr que j'ai refusé. Et puis peu à peu, ces derniers mois, Chip m'avait convaincu. Ah, ce qu'on fait pas pour ses amis quand on se fait vieux ! Peut-être que c'est parce qu'on sait qu'on aura plus à les supporter très longtemps.

« De quoi il s'agit, alors ? j'ai dit. Accouche à la fin ! J'ai une liste de trucs urgents à faire. Faut que je regarde la télé. Cette foutue machine est éteinte depuis deux bonnes heures. C'est pas normal. »

Chip a haussé les épaules. « Bon. Tu vas pas me croire.

– T'as sûrement raison. »

Il bougeait les pieds nerveusement. « Je veux pas que tu le prennes mal.

– Tu temporises, là. De quoi il s'agit ? »

Mais je voyais bien qu'il savait quelque chose, et que c'était pas rien.

« Tu veux savoir ? Tu veux vraiment savoir ? » Il s'est penché en avant, le visage soudain totalement sérieux. « Le môme est vivant, Sid. »

Je crois qu'une bonne catin de minute est passée. Puis j'ai lâché un rire sec et ma tête est allée cogner le dossier.

« Je rigole pas, fils, Chip a continué. Il est vivant, il habite en Pologne, dans le nord du pays.

– C'est pas drôle, Chip.

– Je parle sérieusement.

– Non, franchement, c'est pas drôle.

– J'te mens pas, mon frère. C'est la vérité.

– Bon Dieu, fils. Qu'est-ce qu'y te prend ? T'es remonté sur le vieux cheval ou quoi ? »

Sa figure s'est assombrie, et j'ai vu que j'étais allé trop loin. Mais moi aussi j'étais en colère maintenant.

« T'as rien d'autre à me dire ? Vraiment ? »

Il restait assis là, le verre vide à la main. Je le regardais, un sourire amer arrêté sur mes lèvres. La plainte sourde d'une mouche s'est élevée dans l'air, comme un bruit lointain de machines.

Des fois les blagues de Chip, c'est vraiment trop, bordel. La dernière, là, c'était de la pure méchanceté.

Il a pris un air peiné. « Y faut que j'fasse quoi pour te convaincre ? »

J'ai secoué la tête.

« Y faut que j'dise quoi ? Je suis sérieux à cent pour cent, Sidney.

– Tes lèvres bougent encore, mon frère.

– Dis-moi ce que je peux dire.

– C'est surtout ce que tu peux pas dire. Ferme-la. » Je me suis mis debout en faisant couiner les ressorts de mon fauteuil. J'ai regardé ses mains, la teinte jaunâtre, pas ragoûtante de ses ongles. « Faut vraiment que je m'y remette, mon frère. »

Chip a hoché la tête mais il est resté assis. Il me fixait avec une expression indéchiffrable. « Je suppose que t'es pas prêt. C'est beaucoup d'un seul coup, sans doute. Mais, bon Dieu, Sidney, penses-y. Après le festival Falk, toi et moi, on pourrait louer une voiture et rouler jusqu'à Stettin. Puisqu'on sera déjà en Europe toute façon. Ou bien on prend le train, si c'est pas trop long. »

Je me sentais mal. Sa façon d'insister me portait sur les nerfs. « Et comment se fait-il que parmi tous les êtres présents sur la terre tu sois le seul à savoir ? Hiero vivant ? La Pologne ? T'es sûr que t'es pas en train de devenir sénile, mon frère ? » Je me suis soudain demandé s'il y avait pas réellement un problème chez lui. Y a cinq ans, voyez-vous, Chip s'était « reposé » quelque temps. C'est pas seulement qu'il était fatigué : une bonne femme l'avait retrouvé en pyjama et pantoufles, assis dans le métro de Paris au petit matin. Il n'a pas dit un mot pendant trois mois et puis, sorti de l'hôpital parfaitement normal, il a repris pied dans sa vie. Je sais, je sais, on s'fait vieux.

« Chip », j'ai dit.

Sa figure s'est éclairée, comme s'il avait attendu que j'engage le débat. « J'ai une lettre, Sid, je t'en ai jamais parlé. Y a peut-être trois mois, je venais de rentrer de ma tournée en Italie et en Grèce, crevé de tous les diables, et je la trouve, une enveloppe brune ordinaire, un banal papier brun. Eh ben, je l'ai ouverte, et que je sois maudit si c'était pas de lui, quelque chose comme dix phrases, mais de lui, sûr et certain. Ça disait pas grand-chose, juste qu'il était au courant pour le festival et pourquoi est-ce qu'on viendrait pas lui rendre visite ? Ça m'a fait froid dans le dos. Un truc à te faire pousser les ongles des pieds à l'envers.

– Ouais.

– Et puis une deuxième est arrivée y a deux jours, pour dire grosso modo la même chose. Et alors je me suis rappelé que je t'avais pas parlé de la première.

– Des lettres, j'ai fait.

– C'est ça.

– Qu'est-ce qui te fait dire qu'elles sont de lui ? »

Chip a levé les yeux vers moi, l'air vieux tout d'un coup.

« Ton cigarillo », j'ai dit.

Clignant des yeux il a vu qu'il se consumait entre ses doigts. Il l'a écrasé dans le cendrier.

« Quelqu'un te fait une blague, Chip. Ou alors t'as encore craqué.

– J'ai pas craqué, Sid.

– Mmm mmm. Et elles sont où ces lettres ? »

Chip s'est renfrogné. « Je savais que tu poserais la question. La vérité, mon frère, c'est que ça m'a mis dans un tel état, je les ai mangées. Déchirées et mangées. Sur un coup de nerfs, comme ça. »

J'ai rien répondu.

« Je rigole, il a dit, mal à l'aise. Bon Dieu, Sid, sans déconner. Les lettres, elles sont chez moi. Au milieu d'une pile d'invitations à aller jouer partout dans le monde.

– Et t'as pas pensé à les apporter ? »

Il m'a lancé un sourire nerveux. « C't-à-dire, ces invitations, elles étaient pas pour toi, mon frère.

– Tu crois que c'est drôle ?

– Non, il a fait, non, c'est pas drôle. »

J'ai froncé les sourcils. « Tu sais ce que je crois ? » Mais j'ai pas terminé. De le voir là comme ça j'ai senti quelque chose comme du désespoir, je pouvais vraiment plus continuer. J'ai ramassé son verre par terre, et je l'ai posé sur la paillasse de la cuisine. Puis j'ai décroché son manteau de la patère au bout du couloir et j'ai attendu qu'il vienne le mettre. Le tissu, c'était comme du beurre au toucher.

Il s'est levé lentement, en soufflant comme un bœuf sous l'effort. Il s'est approché de moi et il a pris le manteau avec ce qu'il croyait sans doute être de la dignité. « J'imagine que t'as beaucoup à faire pour finir tes bagages, il a dit. J'imagine que je vais te laisser t'y remettre.

– J'imagine que oui, j'ai répondu.

– Tu t'es marié combien de fois ? » il a marmonné.

Cette fois j'ai pas répondu. Je lui ai ouvert la porte.

Il est sorti dans la cage d'escalier pleine de moisissures – avec ses portes de secours d'un rouge aveuglant, ses tapis si usés qu'à présent y avait plus que la saleté qui les fasse tenir – et il est resté planté là, comme s'il attendait encore quelque chose. « On se voit dans l'avion ? » il a fait.

Ça m'a semblé presque triste. Je lui ai refermé la porte au nez.

Sacré Chip Jones. Nom de Dieu, la raclée qu'il était capable de lui mettre, à la batterie. Déjà à Weimar, encore tout gamin, il avait l'étoffe d'un grand, le lascar. Et sur scène à côté de lui, je grattais la grand-mère avec tout le feu que je parvenais à trouver en moi, et quelle importance si j'étais seulement, comme disaient les critiques, *solide et fiable à l'arrière-plan.*

J'exagère pas en disant que de tous les types qu'ont joué dans notre groupe, je suis devenu le moins célèbre. J'ai jamais fait mon trou. Chip par contre, Chip, lui, avait la réputation d'être l'un des grands batteurs américains et c'était amplement mérité. Seulement, il en a payé le prix. Ce mec s'est presque détruit, bon sang. Je remercie le ciel qu'il ait été si discipliné à l'époque, et qu'on ait le meilleur de son jeu sur cet enregistrement. Que j'en aie obtenu le meilleur.

Voyez-vous, *Half-Blood Blues,* 3 minutes 33 secondes, c'est pratiquement tout ce que j'en ai retiré, de cette époque-là. J'en fais pas une maladie. Mais ça a relancé la carrière de Chip. Ça l'a réveillé, comme une claque. Et, bon, ça a fait de

Hiero l'un des trompettistes de jazz les plus célèbres de sa génération.

L'existence du môme aurait aussi bien pu être une fiction qu'on aurait inventée de toutes pièces si ce disque avait pas survécu. Aujourd'hui y a pas un joueur de cuivre qui se dise pas redevable à Hieronymus Falk. C'était l'un des pionniers, le Louis Armstrong allemand, si on veut. Wynton Marsalis disait que c'était en partie grâce à lui qu'il avait commencé à jouer: «Entendre Falk, mec, ça m'avait littéralement soufflé. J'étais qu'un gosse, mais n'empêche, j'avais déjà compris que ce que j'entendais, c'était du génie.» Même ceux qu'avaient jamais joué de jazz comprenaient qu'il était le boss. Les guitaristes punk, les violoncellistes d'avant-garde, même les chanteuses de variétés bubble-gum, tous s'inspiraient de lui. L'autre jour j'ai entendu un riff de guitare à la radio qu'était du Hiero tout craché.

Mais il s'en est fallu d'un rien que le môme soit perdu pour l'Histoire. C'est ce qui me frappe, la part de hasard dans tout ça. Tout a recommencé dans une petite ville française, Vichy. Un appartement sombre qu'on était en train de rénover – on parle du début des années 60, là. Après des journées à abattre les cloisons, l'entrepreneur découvre un truc qui ressemble à un obus, enfoncé profond dans le plâtre en miettes. Juste ce machin brillant qui luisait à travers le plâtre, comme une pièce noircie dans la neige sale. Une boîte en métal toute cabossée. Et à l'intérieur, nom de Dieu, y avait les cinq disques qui nous avaient rendus si célèbres à Berlin, ainsi qu'un autre sans étiquette, gondolé, pas fini. Il se trouve que ce type de Vichy, mort depuis longtemps mais jadis un important rouage de la machine nazie, il aimait assez le jazz pour les avoir planqués là. L'entrepreneur a emporté la boîte chez son frère, un prof d'université, qui l'a donnée à un musicologue français spécialiste de musique classique qui – par négligence, ou par mépris – a laissé la boîte au fond d'un classeur dans son bureau, chez lui. Elle est restée là cinq ou six ans peut-être, jusqu'à sa mort. Alors sa fille est arrivée de Berlin, une mime professionnelle à ce qu'on m'a dit mais ça n'a pas d'importance. Ça colore pas l'histoire. Elle a trouvé la boîte dans les archives de son papa et l'a emportée chez un autre musicologue, un type de Berlin cette fois. Et après une seule écoute du disque sans nom, il décrète qu'il relève du génie le plus pur.

Eh bien, accrochez-vous pour la suite. Donc cet expert de Berlin, il commence à creuser. Et une fois qu'il est là-dedans, il se met à voir des ressemblances entre les cinq disques des Hot-Time et le disque génial, celui qu'était tout gondolé. Par certains côtés on dirait le même groupe, juste épuré, mais ! Pour tout dire, ce disque fantôme a quelque chose de plus torride, de plus intelligent, de plus hot. Non que les Hot-Time Swingers n'étaient pas bons. Autrefois, y a longtemps, on était de la bombe. On a joué dans les meilleurs clubs d'Europe, et nos cinq disques, ils étaient célèbres comme tout. On avait des admirateurs partout sur le continent, et on jouait en Autriche, en Suisse, en Suède, en Hongrie, et même en Pologne. Si on a jamais fait de concert en France, c'était à cause d'Ernst, un fier salopard, qu'avait de la rancune en raison de la Première Guerre. Il l'a vite perdue, cela dit, quand la vieille Allemagne a commencé à s'effondrer. Mais avant ça, notre groupe c'était de l'or en barre, tous les six autant qu'on était : Hieronymus Falk à la trompette, Ernst « la Bouche » von Haselberg à la clarinette, le gros Fritz Bayer au sax alto, Paul Butterstein au piano et enfin, nous, les gars du rythme – Chip Jones aux drums et votre serviteur qui grattait la grand-mère. On était une sorte de famille, aussi tordue et dysfonctionnelle qu'on puisse en rêver.

Alors le spécialiste, il déterre tout ça. Mais ensuite il se retrouve coincé, il hésite. Il a reconnu d'emblée que c'était ce bon vieux Hiero à la première trompette. Eh ben, félicitations, tu gagnes un bon point. Il lui faut deux ou trois semaines pour décider que c'est moi à la basse et Chip à la batterie. T'es bien parti, mon pote. Mais la deuxième trompette, il voit pas du tout qui ça peut bien être, ça devait être Ernst « la Bouche », il se dit. Paraît que la vieille chouette a lu quelque part que malgré la préférence d'Ernst pour le bâton de réglisse, il se débrouillait pas mal aussi à la trompette. (Faux, archifaux, Ernst jouait de la trompette comme Monet jouait en Bourse.) Et, mon frère, pourquoi les autres Hot-Time sont pas sur le disque, il en a aucune idée.

Cela dit, il avait pas tout faux. Il découvre que Paul a été arrêté en 1939 et qu'il est mort à Sachsenhausen. Il saisit que Chip et moi nous sommes rentrés en Amérique sur le *SS St John,* destination New York. Que le môme a été arrêté à Paris et emmené à Mauthausen en passant par Saint-Denis. Mais où est le gros Fritz ? Et où est-ce qu'Ernst aurait disparu après notre enregistrement ? Autant de mystères.

Les articles du musicologue ont attiré l'attention de John Hammond, ce Christophe Colomb du jazz qui a découvert Billie et Ella. Hammond était alors dénicheur de talents pour Columbia, il engageait des musicos comme Aretha, Bob and Leonard. Il va chercher le disque à Berlin. Et à écouter Hammond raconter l'histoire, bon Dieu, notre enregistrement a bien failli faire de lui un amnésique. On lui a retourné le cerveau de fond en comble. Quand il a enfin retrouvé ses esprits (le jargon de ces yuppies est formidable, vous trouvez pas ?), il savait qu'il avait trois trucs à faire. Un : convaincre Columbia de remastériser le disque et de le ressortir avec une méga distribution. Deux : retrouver la trace de ceux d'entre nous qu'étaient pas encore morts. Et trois : nous faire tourner, les Hot-Time Swingers, jusqu'à ce que gloire et fortune s'ensuivent et tout le foutu tintouin.

C'est Louis qui l'a aidé à nous trouver, Chip et moi. Louis Armstrong. Armstrong, voyez-vous, il savait une chose ou deux, et même s'il détestait Hammond, il a pris la plume pour lui écrire une lettre qui mettait les choses au clair. C'était certainement pas Ernst von Haselberg à la seconde trompette, il lui disait, quelle idée loufoque. S'il devait deviner, ce serait sûrement le fameux Bill Coleman du Kentucky. Il expliquait que le disque s'inspirait d'une chanson populaire allemande dont le nom lui échappait. Il écrivait aussi que Chip et moi on vivait sans doute à Baltimore, qu'il aille voir là-bas. Il ajoutait rien d'autre, il lui donnait aucun détail sur la manière dont il avait eu connaissance de tout ça. Hammond lui a répondu, bien entendu. Mais la lettre était pas postée depuis deux jours qu'on a annoncé aux infos la mort du vieux Satchmo. Hammond nous a trouvés, Chip et moi, dans l'annuaire tout bêtement.

Chip avait pas froid aux yeux. Il savait pas lui non plus comment Armstrong avait appris tout ça. Mais il m'a convaincu d'accepter la proposition de disque de Hammond – enfin, si Coleman donnait sa bénédiction –, quoique, je l'ai averti, y avait absolument zéro chance que les Hot-Time Swingers refassent un jour une tournée. On savait depuis longtemps qu'Ernst, le gros Fritz et Paul étaient morts tous les trois. Les nouvelles vont vite. Et Hiero, ben, on pouvait pas imaginer un *Half-Blood Blues* sans le môme. Parce que c'était son morceau, voyez-vous – c'était lui notre chef de file, il avait écrit ce foutu machin avec sa salive et son sang. Il avait ce son massif, sauvage, inattendu, comme un buisson fleuri dans un champ désertique. Y a rien qui puisse remplacer ça. Et Chip et moi, toute façon, on avait pas le cœur à ressusciter ces choses. Pas après ce qui s'était passé.

Bien sûr, si le disque est devenu culte, c'est un peu à cause de la part de rêve qui entourait tout ça. Je veux dire, pas juste le môme mais nous tous, les Hot-Time Swingers. Réfléchissez-y. Une bande de gamins allemands et américains qui se réunissent à Berlin et à Paris dans l'entre-deux-guerres pour faire toute cette musique joyeuse et sauvage, avant que les nazis la démolissent ? Et la légende qui survit quand quelqu'un déterre une boîte en fer abandonnée dans le mur d'un appartement occupé autrefois par un nazi ? Merde. Si ça c'est pas une histoire de fantômes, je sais pas ce que c'est.

Une question revenait sans cesse, cela dit : c'était qui, ce Hieronymus Falk ? Des histoires parmi les plus dingues que t'aies jamais entendues commençaient à circuler et même, y en avait qu'étaient vraies. Les gens prétendaient qu'il pouvait jouer n'importe quelle chanson après l'avoir entendue une seule fois (vrai) ; ils croyaient qu'il était le frère depuis longtemps disparu de Sidney Bechet (est-ce qu'on l'est pas tous ?) ; ils murmuraient que comme le bluesman Robert Johnson, Falk ne jouait que planté dans un coin, en tournant le dos à tout le monde (un diable bien fait comme Falk ? allons donc !) – et puisqu'on parle du diable (et de Johnson), ils étaient d'avis qu'il avait fait un pacte avec l'enfer, qu'il avait vendu son âme contre ces sacrées lèvres de génie.

Je sais pas, peut-être même que celle-ci était vraie.

Puis pendant l'automne 81 d'autres détails ont commencé à émerger. Dans une interview que Hammond a donnée, il prétendait que le môme était mort en 1948, après être sorti de Mauthausen. Qu'il était mort d'une maladie de poitrine au mois d'août de cette année-là, d'une embolie pulmonaire. Une embolie pulmonaire ? Pour une raison ou une autre on trouvait ça louche. « Ce qui est réellement arrivé à Hieronymus Falk » est devenu une sorte de sport pour journalistes. On en entendait des vertes et des pas mûres. Un article racontait que Falk avait eu une pleurésie. Un autre lui répondait, Pleurésie de type suicidaire, laissant entendre qu'il l'avait cherché, trop de promenades sous la pluie pour ce corps fragile. Un autre encore disait, Laissez tomber les poumons – c'est son cœur qui a lâché, arrêt cardiaque, à cause du manque de nourriture. Plus romantique comme ça, j'imagine. Personne semblait fichu de mettre le doigt dessus. Toutes ces histoires, c'était comme un vieux couteau qu'on nous tournait dans les entrailles, à Chip et à moi. Laissez ce pauvre gamin mort, on pensait. Laissez-le reposer en paix.

Je suis resté un long temps derrière ma porte, à écouter le pas étouffé de Chip dans l'escalier. Puis j'ai fermé les deux verrous et remis la chaîne en place avec fracas.

Chip Jones, j'ai pensé sombrement en reprenant le couloir. *Ce foutu Chip Jones. Il comprend pas qu'il y a des limites, ce mec.*

Ce n'est pas que je le croyais. Pas une seconde. Je suis revenu dans mon salon silencieux, j'ai éteint les lumières, et debout derrière la fenêtre j'ai baissé une lamelle du store pour scruter la rue. Une minute plus tard Chip est apparu, silhouette chétive au milieu des ténèbres qui se rassemblaient. Il a traversé la rue d'un pas lent, puis il s'est retourné pour jeter un coup d'œil vers mon appartement. J'ai relâché le store dans un bruit de mitraillette et reculé dans l'ombre.

Au bout d'un moment je me suis assis, le regard posé sur mes mains. La pièce était assez sombre à présent, une brume diffuse de fin d'après-midi posait des ombres sur tous les meubles. Tout avait l'air plus lourd. Je sentais l'odeur du cigarillo de Chip comme la présence du diable.

Puis je me suis dit, Sois honnête, imagine le truc rien qu'une minute. Et si c'était pas un mauvais tour de Chip, si ces lettres existaient vraiment et si, d'une manière quelconque, comme la proverbiale voix d'outre-tombe, le môme cherchait à nous faire signe? Qu'est-ce que tu ferais, Sid, si c'était possible, tout ça? Après ce que t'as fait, est-ce que tu ne lui dois pas d'y aller? Je suis resté là jusqu'à ce que la pièce soit plongée dans le noir, le regard perdu dans la rue derrière les stores gondolés de mon salon.

Mais y avait rien à faire. J'y croyais pas.

Je savais que j'aurais dû me lever, me remettre à faire ma valise, et pourtant je bougeais pas. Un sentiment bizarre m'a envahi. J'avais des fourmis dans les mains, dans les pieds, comme s'ils étaient plus les miens. Ensuite, j'ai cru sentir une ombre survoler mon cœur. J'ai frémi.

J'ai dû dormir. Je me suis réveillé la tête tordue sur le côté, avec un long filet de bave qui humectait le devant de ma chemise. Il faisait encore nuit. Je me suis levé, j'ai regardé la pendule et fait la grimace. Encore quelques heures.

Puis, mes bagages finis, je me suis bagarré avec ma valise défoncée pour lui faire descendre l'escalier et la sortir dans la rue où le taxi attendait. Le moteur tournait au ralenti dans la lumière froide du matin, et la fumée d'échappement flottait dans la rue comme une blanche apparition. Ça m'a encore fichu le frisson de voir ça.

J'ai grogné en montant dans le taxi. Les sièges pelés puaient l'ail ou l'oignon. « BWI[1], j'ai marmonné. Et c'est pas la peine de passer par la route touristique. J'ai un avion à prendre. »

Le taxi portait une casquette des Orioles[2] à l'envers. J'ai toujours pas compris comment les hommes en sont arrivés à garder leur couvre-chef à l'intérieur de nos jours. Il a haussé les épaules. « Pas de problème, chef, BWI. » Il a enclenché le compteur et démarré.

Je suis toujours frappé par la saleté de la ville au petit jour. Les rues humides après les pluies nocturnes, les rats qui détalent tranquillement sous les voitures garées, les ordures et les papiers qui volent dans les ruelles. C'était pas aussi glauque avant.

À mon âge, un homme devrait pas avoir à prendre un taxi pour se rendre à l'aéroport. Il devrait avoir quelqu'un à

1. Baltimore Washington International Airport.
2. L'équipe de basket de Baltimore.

appeler, pour l'accompagner et lui souhaiter bon voyage. J'ai pas de regrets, cela dit.

« Pas de regrets, c'est ce qu'il faut, chef, a dit gaiement le taxi. Ça sert à rien, les regrets. »

Je l'ai regardé, étonné. Je m'étais pas rendu compte que j'avais parlé à voix haute.

« Vous allez où ? » il a demandé.

Je voyais ses yeux dans le rétroviseur dériver vers moi puis de nouveau vers la route.

« Londres, j'ai répondu. Je rentre à Londres. Je vis là-bas. » C'est mieux de pas raconter ses affaires aux gens, je trouve. Ni de leur apprendre que ta piaule est vide. Faut être prudent de nos jours.

« Londres ? il a fait, le taxi. Sans blague ? J'habitais à Londres dans le temps. C'est pas mal l'Angleterre, sauf que la bouffe est mortelle. Dans quel quartier vous habitez là-bas ? »

J'ai froncé les sourcils. J'avais pas la tête à échanger ce genre de banalités. Il valait mieux la lui couper sec. « Pas Londres en Angleterre. Londres dans l'Ontario. Au Canada. »

Le regard du taxi s'est pour ainsi dire voilé. Le Canada, ça tue n'importe quelle conversation vite fait, y a belle lurette que je l'ai compris. C'est un petit truc à moi.

Les rues se déroulaient sous mes yeux. Baltimore a toujours l'air du genre de ville qu'on vient soit de quitter, soit de retrouver. C'est pas un endroit où accrocher son chapeau. Déjà tout gosse je rêvais de me barrer. Je regardais le mur de verdure de l'autoroute filer le long des fenêtres, un nœud au ventre. Je suis pas idiot, je savais que c'était sans doute mon dernier voyage.

Je suis né ici, voyez-vous, à Baltimore avant la Grande Guerre. Et quand on est né à Baltimore avant la Grande Guerre on songe ferme à se barrer. Surtout si on est pauvre, noir et plein d'espoirs vertigineux. Certes, B-more, c'est pas le Sud profond, certes on a la peau claire dans la famille, mais si vous croyez que Jim Crow n'a fait du mal qu'au pays du gombo, vous êtes aveugles. Mes potes et moi on était pas spécialement bienvenus dans certaines cantines blanches. La vie était amère. Dans la famille de ma maman, certains – deux de ses frères et une sœur qu'était institutrice – se faisaient passer pour des Blancs, là-bas du côté de Charlottesville. Ils avaient coupé tous les ponts avec nous. Vous avez pas idée du nombre de fois que j'ai rêvé de me pointer là-bas pour casser leur mascarade. Je serais plus si chaud maintenant, ils cherchaient juste à s'en sortir du mieux qu'ils pouvaient, j'imagine. Nous aussi on aurait pu en faire autant, dire qu'on était d'Europe centrale ou un truc du genre, mais mon papa s'y est toujours refusé. Nègres, c'est comme ça que le Seigneur nous a faits, il disait toujours, je veux être rien d'autre.

À l'aéroport, j'ai enregistré mes bagages et entamé ma lente marche vers la porte d'embarquement. De longs tunnels blancs, postes de contrôle, passeports. Aucune trace de Chip.

Même quand ils ont appelé les passagers, je l'ai pas vu.

Ça commence pas trop mal, j'ai pensé avec satisfaction. Alléluia. Peut-être que Chip va rater cet avion.

On devait voyager en première, merci père Caspars, et je venais à peine de m'installer dans le large siège, de retirer mes vieux souliers orthopédiques et de me carrer en arrière que j'ai vu Chip remonter l'allée dans ma direction.

« Sid, il a fait, hors d'haleine. J'ai bien cru que je l'aurais pas. Ils ont failli me perdre ma réservation. » Toujours aussi classe, vêtu à la perfection d'un costume noir en soie, une pochette grise glissée dans la poche de poitrine. « Je crois que tu t'es trompé de siège », il a dit en examinant son billet.

J'ai sorti le mien, jeté un œil aux numéros indiqués sur les compartiments à bagages.

« T'es pas à la 2B ? il a demandé.

– 4D, j'ai répondu. Je suis à la bonne place. »

Il a froncé les sourcils. « Je suis à la 2A. Pas du tout à côté de toi. C'est pas normal. »

Il a baissé la tête et regardé autour de lui. « On est à des kilomètres, il a marmonné. Je nous ai placés ensemble, mon frère, je te jure. Bon Dieu.

– C'est pas grave, Chip, j'ai dit, d'humeur soudain plus amicale. T'en fais pas. Je vais sans doute dormir tout du long de toute manière. »

Chip a hoché la tête, l'air malheureux. « OK. Peut-être qu'ils me laisseront venir ici quand on sera en vol. Peut-être qu'y aura des sièges libres. »

Il est parti s'installer à sa place, et l'hôtesse rôdait dans l'allée en rangeant valises et sacs de voyage. Avant même que le voyant des ceintures s'éteigne j'avais avalé deux somnifères et tiré la couverture jusqu'à mon menton.

Bon, j'ai pensé, l'esprit déjà embrumé de sommeil. À chacun sa folie.

Je voyais Chip se pencher dans l'allée pour essayer d'attirer mon attention. Je me suis enfoncé dans mon fauteuil, j'ai fermé les yeux. Berlin, j'ai pensé. Nom de Dieu.

Quand il fut temps d'atterrir, Chip avait l'air usé jusqu'à la corde. Encore une fois de longs tunnels gris, postes de contrôle, passeports. Ensuite, assis serrés sur un petit banc près du carrousel à bagages, on a attendu que ma satanée valise vienne débouler bruyamment. Elle est pas venue. On regardait deux sacs verts tourner sur les lattes du tapis, disparaître, revenir.

« Ils l'ont perdue, j'ai dit. Je prends l'avion une fois en quinze ans et ils me perdent mon foutu bagage. »

Chip a hoché la tête. « J'en ai pas perdu un seul en près de quarante ans. Encore heureux, d'ailleurs, vu que c'est pas donné ces machins, mon vieux. »

J'ai regardé sa panoplie, que du cuir de luxe monogrammé, disposée derrière lui par ordre décroissant de taille, comme une fichue famille de valises. « Si c'est pas grandiose, j'ai grommelé. Visez-moi ça. T'es la crème des voyageurs, ma parole. »

Il a ri doucement. « Allez, Sid, je dis ça comme ça. C'est pas grave. Je te prêterai des habits pour l'avant-première de ce soir.

– J'en aurai pas besoin de tes habits. Ils vont me retrouver ma foutue valise.

– Mais oui, bien sûr », Chip m'a répondu d'un ton encourageant. Et là, de nouveau, j'ai eu cette drôle de sensation dans la poitrine, comme si quelque chose tournait pas rond, pas du tout. C'était pas normal, que Chip se montre si amical.

Au comptoir des bagages un homme à la petite moustache classieuse m'a dit que ma valise arriverait à mon hôtel avant moi. Elle avait été déroutée vers la Pologne par erreur. Mais on la faisait revenir de suite, naturellement.

« La Pologne, Chuck a gloussé. Ta valise est juste partie en avant, pour prévenir Hiero qu'on arrive. » Et plus tard, à la station de taxis, il a répété : « La Pologne, Sid. Penses-y donc. C'est tellement pas loin que ta valise a le temps d'y aller et de revenir à ton hôtel avant même que t'arrives. Ouais, c'est juste à côté, mon frère. C'est moins loin que de Washington à ta vieille piaule de Fells Point. »

J'ai grommelé et regardé ailleurs.

Sur le chemin de l'hôtel, j'ai demandé au taxi de faire un détour par la porte de Brandebourg. Je m'étais assis devant pour respirer un peu, mais Chip arrêtait pas de se pencher en avant et de me souffler dans le cou son haleine de fumeur de cigarillo.

« Je sais pas, Sid, il fait, je crois qu'on ferait mieux d'aller directement à l'hôtel. La première c'est dans moins de trois heures.

– La porte de Brandebourg », j'ai répété au taxi en allemand. Puis, à Chip : « C'est bon. Détends-toi. Assieds-toi et regarde. »

OK, je reconnais, une partie de moi cherchait juste à le contrarier. Mais j'étais curieux aussi. La nouvelle immensité de la ville me secouait. Elle avait toujours été grande, mais pas à ce point – les grandes brèches que la guerre avait ouvertes des dizaines d'années en arrière, on les voyait encore. Des parcs pleins de verdure coupaient la mer de ciment, et y avait plein de terrains bétonnés à l'abandon, livrés aux mauvaises herbes. Les rues paraissaient plus larges que dans mon souvenir aussi. Quand nous sommes passés devant le Berliner Dom, ça m'a vaguement gratté en haut de la gorge. Mon Dieu. Cette vaste église Renaissance avec ses colonnes – elle avait rétréci ! Elle avait l'air de s'excuser, comme quelqu'un qu'on aurait déclassé.

Chip a posé une grosse main grise sur le dossier de mon siège et s'est penché en avant, tandis que le taxi remontait la large avenue Unter den Linden. « Tu sais où on est ? » il a demandé doucement.

Une sensation bizarre s'est levée en moi. La dernière fois que j'avais vu Unter den Linden, ils les avaient abattus, tous les tilleuls qui donnaient son nom au boulevard, et ensuite, ils avaient foutu des colonnes blanches à la place et sablé la chaussée, pour que leurs bottes de mes deux ne glissent pas.

Tout ça avait disparu comme si ça n'avait jamais existé. J'ai eu un choc de reconnaissance, ou de demi-reconnaissance, et Dieu seul sait pourquoi, je me suis rappelé la nuit où j'ai vu le corps de ma m'man étendu dans son cercueil. Quand je me suis penché sur elle, ses traits semblaient être restés les mêmes, calmes et familiers, mais avec quelque chose d'étranger à elle, comme une marque laissée par l'employé des pompes funèbres. Un peu de gaieté sur les lèvres, peut-être. Comme si au moment de mourir elle avait appris une nouvelle sorte d'ironie, de mépris pour ce qu'elle laissait derrière elle.

« C'est pas notre Berlin, Sid », Chip a fait.

J'ai avalé ma salive. On aurait dit que ma voix sortait plus.

Chip a posé sa patte sur mon épaule. « C'est les années, mon frère. Elles ruinent tout. Sérieux. »

J'ai hoché la tête. « Y a quelque chose de perdu. Je te parie que plus personne se souvient de ce que c'était.

– Sauf nous, mon frère. Sauf nous. »

J'ai rien répondu.

Chip s'est renfoncé dans son siège. « C'est le but de cette visite, Sid. »

J'ai fait demi-tour dans le mien pour regarder Chip assis, ses grosses mains serrées entre ses cuisses, son joli costume noir sans un faux pli. « T'arrête pas de parler, je lui ai dit. T'arrête pas d'essayer de me vendre quelque chose. »

Il a eu un petit rire. « Oh, je suis pas près de te convaincre, je le sais. Tu veux pas aller en Pologne, c'est bon.

– T'as tout pigé. »

Mais quelque chose me chiffonnait. Même le fait de descendre au Westin Grand, sur la Friedrichstrasse, ne m'a pas mis de meilleure humeur. J'étais allongé dans le noir sur un lit de la taille d'une table de banquet, les rideaux de velours fermés, une sécheresse crayeuse dans l'air, comme des siècles de poussière.

Bon Dieu que j'étais fatigué. Trop fatigué pour dormir. Fatigué comme du linge sale, comme disait m'man. J'avais reparlé allemand comme si c'était ma langue maternelle, et je pensais que c'était bizarre, la façon dont l'esprit emprisonne le langage, le laisse pas filer. Je me suis étiré sur le lit et j'ai expiré un bon coup. La chambre était peinte dans des crèmes et beiges très pâles, comme si en fait t'étais censé rien voir, que t'étais entré dans un grand néant.

Le silence m'a carrément englouti, comme si c'était de la mousse. Oh Berlin, notre belle Berolina, notre vie de charbon. Quelle ville c'était, après la Première Guerre. Et nous, pauvres, fébriles, brûlant de savoir ce que la vie nous réservait. Débarqué sur le tard, j'avais commencé à battre ces pavés en 1927, mais bon sang ce qu'elle était belle. Des centaines de musicos s'y pressaient, traînant leurs instruments derrière eux. Des centaines de groupies aussi.

En ce temps-là n'importe quelle boîte nous semblait célèbre. La Barberina. Moka Efti. La Scala. Au Romanisches Café, les grands cerveaux de l'époque se rassemblaient comme des grains de raisin pour échanger des idées autour d'une bière. J'y ai vu Kästner, et Tucholsky, et même Otto Dix. Il était peut-être en train d'imaginer des cauchemars pour ses tableaux, Dix, en se figeant devant son verre quand une idée nouvelle le frappait. Le célèbre portrait qu'il a fait d'Anita Berber, la danseuse, avec sa robe et ses cheveux rouges comme une plaie ouverte.

La Berber, bon Dieu. On se pressait en foule pour la voir danser à la Souris blanche. Elle ondulait à moitié nue entre les tables bondées, et couronnait son numéro en brisant des bouteilles de champagne sur le crâne des gars. Elle en a brisé une sur le crâne du gros Fritz, il l'a à peine remarqué. Je la revois bosser à l'Eldorado aussi, un club de tantes tellement sombre qu'on voyait à peine la scène. Se balancer toute frémissante sur les bonnes vieilles mélodies sèches de Camille Saint-Saëns – elle savait y faire, mon vieux.

Au plus fort de ces années folles il y avait plus de vingt cabarets. Je vous jure. N'importe quel imprésario ou presque était devenu un Christophe Colomb – y avait partout du talent neuf à découvrir. Marlene Dietrich aux Deux Cravates ; Ursula Fuller à la Plume rouge. Qui aurait cru que Fuller – tellement délicate, un vrai ange sur la terre – ferait ses premières armes dans cette boîte minable ? Parce que la Plume, mon pote, elle laissait rien à l'imagination. On y est allés qu'une seule fois mais j'ai jamais oublié. Les danseuses arrivaient quasi nues.

Assises sur les tables des clients, les jambes écartées, elles s'habillaient lentement. C'était comme d'espionner la femme du voisin. Enfin c'était l'idée. Cela dit je me souviens qu'Ernst s'est penché vers moi et qu'il m'a dit avec un sourire : « Quel voisin a une femme qui ressemble à ça ? »

On a frappé à la porte et je me suis levé péniblement, en me disant que ça devait être ma valise. La Pologne, merde, j'ai pensé.

C'était pas la valise. Y avait un type qui tenait un costume bleu sur un cintre, protégé par une housse en plastique. « Monsieur Jones m'a prié de vous descendre ceci, Monsieur, il me dit dans un allemand compassé. Et permettez-moi de me présenter. » Avec sa diction rapide comme l'éclair et son bégaiement modeste j'ai pas saisi son nom. Mais apparemment il était chargé de nous chaperonner, Chip et moi, pour la soirée, envoyé par le festival. « Si cela ne vous dérange pas trop, il a balbutié, pourriez-vous être prêt à partir dans une heure ? » Pas de problème, mon frère. Au moment où je refermais la porte j'ai eu à moitié peur qu'il décide de passer l'heure à attendre debout dans le foutu couloir. J'ai collé mon œil au judas. Ben, il avait plus de jugeote qu'on aurait cru.

Jamais de la vie le costume de Chip pouvait m'aller et d'ailleurs il le savait. Mais je l'ai étalé avec soin sur le lit puis je suis allé à la fenêtre et j'ai ouvert les rideaux, en plongeant mon regard sur la ville. La lumière était déjà grise, la fin d'après-midi commençait à s'estomper. Les réverbères s'allumaient. J'étudiais la ligne des toits, les reflets de la coupole en verre du Reichstag, les arbres étalés le long des boulevards, tout en bas.

Une ville peut changer sans être différente, je le savais. J'avais à peine reconnu la Baltimore que j'avais retrouvée en rentrant de Paris, bon Dieu. Mais Berlin, c'est pas n'importe quelle ville. Je me rappelais : on était demandés partout, Chip et moi, quand on est arrivés. Les combos allemands avaient besoin de nous pour pimenter les choses. Balance un ou deux Yankees pur jus dans ton programme et bam ! on s'y croirait. Ce festival, je le savais, c'était un peu la même chose.

À l'époque, c'en est même venu à ce que des Allemands se fassent passer pour des Américains. Sur les affiches, *Herr Mike Sottneck aus New York* présentait son groupe comme un « *amerikanische Jazz-Tanzkapelle* ». Et il était pas le seul à truander. Mais au moins, les Boches nous avaient piqué certains de nos trucs. On venait du berceau du jazz, vous comprenez, c'est ce qui nous donnait le sens de la musique. Je dis pas que c'était une question de race. Ça venait de s'être frotté au jazz du temps qu'on était des têtards. De ce que, là d'où on venait, les gens d'une certaine classe, ils avaient pas peur d'en jouer chez eux. Beaucoup de Boches avaient une formation classique, et ils avaient pas vraiment rompu avec le style continental de danse de salon, dégoulinant de guimauve. C'était comme une maladie, ce style. Comme une foutue infection dans ton instrument.

Je dis pas que ça vaut pour tout le monde. Mais quand t'entendais des mecs comme Gluskin ou Bela, avec leurs variations harmoniques saccadées et leurs percussions qui dérapaient, eh ben, tu te serais cru arrivé en enfer. Avec un swing pareil, ils seraient jamais sortis de la cour de récré. Aucun sens de l'impro. Un jour Ernst m'a raconté qu'il avait surpris Wilhelm Bosch en train de transcrire un solo de Red Nichols à partir d'un disque. Qui dit mieux ! Du Red Nichols, c'est déjà pas terrible en soi. Et ensuite Bosch, il l'a joué sur scène note rassise après note rassise, les yeux sur sa partition. Ernst rigolait à s'en rendre malade.

Chip et moi, on faisait aucun cas de cette engeance. Nous étions des puristes. C'est pourquoi nous swinguions avec Franz Grothe et Georg Haentzschel, Walter Dobschinski et Ernst Hoellerhagen, avec Stefan Weintraub aussi. On swinguait avec Eric Borchard, jusqu'à cette nuit où, défoncé à l'héro, il a étranglé sa copine. Ensuite on a swingué avec un autre. On s'éclatait.

La nuit était fraîche. De l'autre côté de la pelouse de la Rosa-Luxemburg-Platz, j'étudiais l'ocre luisant du cinéma Babylon. C'était si bizarre de me retrouver là, sur cette place que je foulais dans ma jeunesse. L'édifice accrochait les derniers rayons du soleil, éclatant de lumière sur l'esplanade grise.

Chip marchait entre moi et notre chaperon, machin-truc-chose, qui restait étrangement muet. Chip se recoiffait; il crachait dans ses mains puis il tapotait la zone claire de sa boule afro. Moi, déjà malade d'inquiétude, je regardais le Babylon derrière lui et la foule de gens qui déboulaient sur la place. Rien qu'à voir leur nombre, j'avais du mal à avaler ma salive. J'avais l'impression que ma saloperie de gorge était bourrée de coton.

« Sid ? T'as le trac, mon frère ? » Chip a fait.

Je lui ai fait signe de laisser tomber : « Ça va. »

La place était couverte d'un tapis humain qui se déroulait jusqu'au théâtre à l'autre bout, le Volksbühne, avec ses sinistres piliers gris. Le Babylon avait l'air tellement plein à craquer qu'un type aurait pas pu éternuer sans arroser son voisin. Comme si tous les Tom, Fritz et Eva de la ville s'étaient donné le mot pour venir. Bordel. J'avais espéré me retrouver en comité plus restreint.

« Et comment est-ce qu'on va faire pour entrer ? j'ai demandé. Y a même pas la place de passer la porte.

– Mais si, on rentrera, tu verras. » Chip me regardait, ses minces lèvres d'huître crispées. « T'es sûr que ça va ? T'es un peu verdâtre sur les bords, Sid.

– Je suis pas verdâtre. »

Il a grogné en me donnant une petite tape sur l'épaule. Ça faisait du bien de sentir sa main là, rassurante. J'étais sacrément mal à l'aise. Le costume de Chip m'allait trop court aux bras, les manches remontaient bien au-dessus des poignets, comme si je m'apprêtais à laver ma sale tronche. Et sa chemise, elle baillait carrément au niveau du col, taillé sur mesure pour son gros cou de taureau, sûrement.

Je pensais le lui dire. Au lieu de ça j'ai sorti : « J'aurais dû te foutre mon poing dans la gueule à la seconde même où tu m'as demandé de revenir ici. » Ça m'a semblé plus approprié.

Mais Chip, il se marrait et il nous conduisait déjà vers l'entrée, le chaperon et moi. « Ça n'aurait rien changé de me taper dessus. Y reste pas une seule dent ni un brin de bon sens dans cette vieille caboche.

– Je veux bien t'croire. »

Il s'est alors retourné vers moi avec un drôle de sourire. « T'es prêt à faire ta rentrée dans le monde, Sid ? »

Et avant même que j'aie le temps de lui répondre, il a ouvert cette foutue porte en grand et m'a poussé à l'intérieur.

Et d'un coup, tout a explosé. Des hordes de gens se sont jetées sur nous, leurs cris claquaient dans le théâtre comme ceux de milliers d'oiseaux pris au piège. *Chip Jones ! Monsieur Jones ! Sidney Griffiths ! Charles ! Sid !* Les flashs crépitaient comme des piqûres de lumière à la surface de l'eau. Notre gorille, le misérable avorton, il était bien trop flippé et bien trop chétif pour faire un tant soit peu son boulot. Tandis qu'il couinait aux gens de reculer, moi j'étais bousculé de partout ; j'ai manqué rater les marches couvertes de moquette, et la soie de mon costume frottait contre celui de Chip. J'ai soudain été pris de l'envie d'agripper sa veste, mais sachant que j'aurais l'air d'un idiot je me suis contenté de retenir mon souffle. L'air était lourd et étouffant comme une nuit de juillet à Baltimore. Et tout, autour de nous, était dans des tons criards de jaune et de rouge : les murs, l'éclat mourant du soleil sur les vitres, l'étoffe des chemisiers, le cuir des sacs à main. Je suffoquais dans toutes ces lumières d'œillet d'Inde. Et il fallait qu'un sombre imbécile appelé Sidney Griffiths entende hurler son nom encore et encore, comme s'il était perdu.

« Un peu nerveux, n'est-ce pas ? » une voix laiteuse a dit soudain à mon oreille. Le bras de Kurt Caspars est venu se glisser sous le mien.

La cohue a commencé à se dénouer autour de nous, et je me suis tourné pour le regarder en face : ses grosses joues mal rasées, sa pâleur scandinave qui tranchait avec ses cheveux teints en noir. Il avait son demi-sourire habituel, cet horrible sourire ironique qui te donnait l'impression que quelque chose de grave venait de se produire ailleurs et bon sang, quel genre de sale type fallait que tu sois pour pas être au courant encore. Avec un hochement de tête il nous a laissés.

Notre chaperon nous a conduits à travers un hall de cauchemar jusqu'à la salle. Je lui disais rien. Parce que, bordel, si cette salle était pas pleine à craquer ! Remplie rang après rang de toutes les sortes de gens qui existent sur la terre ! Tout ce boucan dans le hall – c'était seulement le trop-plein. Bon Dieu qui êtes aux cieux, j'ai pensé en m'enfonçant dans mon siège. Pourquoi suis-je venu ?

Le chaperon a installé Chip au premier rang, parmi les VIP. Il l'a déposé comme un vieux sac de patates entre deux types que je connaissais ni d'Ève ni d'Adam. Puis il m'a emmené à l'autre bout de la même rangée, et il a pris le siège à côté du mien. Ça m'a surpris. J'avais dû penser qu'il nous rangerait côte à côte, le père Jones et moi, vu qu'on était deux pour le prix d'un.

J'étais vraiment pas dans mon assiette ; le velours des sièges dégageait une bizarre odeur soufrée, comme si on l'avait récemment shampouiné. Les sièges grinçaient autour de moi comme des criquets de Virginie. Les autres VIP, ils étaient tous plus vieux que moi, la face cireuse et austère. J'en connaissais aucun. Je voyais pas Marsalis, ni Grappelli. Je me demandais où ils étaient tous.

Kurt Caspars est monté sur scène, avec son froid sourire de fouine. « Merci à tous d'être venus ce soir », il a dit. Je sais pas pourquoi, son accent bizarre, anguleux m'a fait penser au gros Fritz. Bon Dieu, Fritz. Le pauvre diable. Il fut un temps, je pouvais pas penser à lui sans colère. C'était une idée sacrément stupide, de revenir ici.

Ça m'a fait plutôt plaisir de voir que Caspars avait les mains qui tremblaient. « Ce que nous avons réussi à créer ici ce soir, il disait, est l'œuvre de tant de voix, de tant d'années. Un festival dédié à Hieronymus Falk, sur la place qui s'appelait jadis Horst-Wessel ? C'est une preuve de la puissance de la nouvelle Allemagne, d'un peuple empli de l'avenir. »

Dans la foule, mon pote, ils bouffaient tout ce flan. Ils poussaient des hourras, ils applaudissaient, ils cognaient les accoudoirs de leurs sièges bleus grinçants. Moi, je bougeais pas, sourcils froncés. Le truc avec Caspars, voyez-vous, c'est qu'il est maître dans l'art de parler pour ne rien dire. Mais de la conviction dans une voix, c'est pas comme de la viande dans un ragoût. Ça tient pas au corps. Déjà tout gosse je le savais. J'ai jeté un coup d'œil vers l'autre bout du rang pour voir ce que le père Jones en faisait de tout ça. Le visage vide, sévère, il fixait droit la scène. Je voulais croiser son regard, mais il me regardait pas.

Soudain Caspars a quitté le micro et un silence formidable est tombé. Les lumières se sont tamisées ; la salle entière est restée silencieuse, en attente. Je devais gigoter, car notre gorille s'est penché vers moi pour me chuchoter : « Ils vont montrer le documentaire d'abord, et après votre rangée montera sur scène pour répondre aux questions.

– Ils retardent la guillotine », j'ai répondu.

Un frisson me parcourait. J'avais encore cette sensation bizarre, comme si quelque chose de grave était sur le point de se produire. J'avais l'estomac en feu.

Mais ensuite l'écran s'est mis à briller, des crépitements ont annoncé la bande sonore, le public s'est mis à applaudir.

J'ai pris une lente inspiration. Deux heures, je me suis dit. Deux heures. C'est pas long du tout.

Le documentaire de Caspars était pas vraiment linéaire. Une personne était encore en train de parler quand une autre apparaissait à l'écran, et ensuite les deux commentaient la photo d'un troisième. Je sais pas, mais chaque fois que le môme apparaissait à l'écran, son visage projeté sur deux mètres cinquante, ce frisson revenait. C'en est arrivé au point que j'avais l'impression de me regarder en train de regarder le film, les yeux écarquillés, les mains moites sur mes jambes de pantalon. Tout était là, nom de Dieu, notre vie berlinoise dans ses moindres détails : les femmes avec qui on avait fricoté, les boîtes où on avait fait des bœufs. Et rien de tout ça sonnait juste.

Puis un vieux bonhomme est apparu et je l'ai reconnu immédiatement. Il avait été le premier manager de notre groupe. Il avait perdu ses cheveux, nom d'un chien, ses yeux bleus étaient devenus brumeux avec l'âge, presque incolores, mais je l'ai reconnu quand même. Il avait l'air propret, simple, absolument pas marqué par la vie autrement.

« Vous aviez quatre gars à Paris, il racontait, des gars qui venaient de voir les nazis marcher sur la ville. Et qu'est-ce qu'ils font, au lieu de faire leurs valises pour filer comme les autres ? Ils écrivent ce chant de résistance, leur bras d'honneur collectif aux autorités. Dans un studio minuscule, où ils pouvaient être arrêtés à n'importe quel moment. Ce studio dont le matériel n'avait pas servi depuis au moins cinq ans, où le tour à graver et les disques en gomme-laque prenaient la poussière. La plupart des disques vierges étaient abîmés, leur revêtement rayé. Et même dans certains cas, on voyait l'aluminium. Or ce qu'il faut comprendre, c'est que pour atteindre le son parfait avec des disques en gomme-laque sur aluminium, la surface doit être parfaitement lisse. Le groupe disposait donc de neuf ou dix disques en état de marche. Neuf ou dix tentatives, peut-être, pour y arriver. Et au milieu de tout ça vous aviez ce gosse qui dirigeait tout, ce Falk, du haut de ses vingt ans. Et entre les prises il hurlait, il les fichait en l'air, il attrapait les disques, il en grattait la surface avec son canif. Tout plutôt que laisser une mauvaise prise exister.

« Et ce qui est incroyable, c'est que la veille même de l'arrestation de Falk, Griffiths décide qu'il en a assez du perfectionnisme du môme. Alors il prend le dernier disque qu'ils viennent de graver et il le glisse dans la caisse de sa contrebasse. Vous savez, au cas où il s'avère pas si mauvais. Et le plus remarquable dans cette histoire, c'est que les parties de l'enregistrement qui n'ont pas pu être remastérisées, où il manque de véritables morceaux de la performance – elles ont été effacées par les cordes de la contrebasse de Griffiths, qui ont creusé dans la laque. Ces lacunes, elles existent parce que le disque était encore frais, tout chaud sorti de presse, littéralement.

« Et c'est du pur génie. Ce qui semblerait impossible ! C'est vrai, quoi, c'est juste quatre gars, à peine une moitié de combo, le morceau devrait donc être extrêmement dépouillé. Minimaliste. Mais Falk est tellement doué qu'à lui seul il fait sonner quatre instruments comme huit. Sa complexité est incroyable… le morceau est brillant. Même avec Falk qui hurle au milieu de la prise – c'est quoi déjà ? – “rien qu'un foutu tissu de fausses notes”, quelque chose dans ce genre. Même ce cri ne parvient pas à gâcher le morceau. Au contraire, sa remarque est désormais légendaire. Rien qu'un foutu tissu de fausses notes. »

Le salopard, j'ai pensé en moi-même. Qu'est-ce qu'il savait de nous, celui-là ? Il s'est taillé sur le premier bateau en partance, le lendemain du jour où Hitler a prêté serment. Il a laissé ce pauvre Ernst prendre sa place, devenir notre clarinettiste et manager en même temps.

D'autres images fugaces. J'ai fermé mes yeux usés une minute. Puis apparaît un spécialiste, une espèce de vieux hibou rabougri que j'avais jamais vu ; il avait l'air bon pour le cercueil avec son costume et son nœud papillon bleu. « La vie des Noirs sous le Troisième Reich, il commence d'un ton guindé, pouvait prendre des formes contradictoires. C'est qu'il y avait beaucoup de *sortes* de Noirs, qui étaient traités différemment selon le groupe auquel ils appartenaient. Par exemple, vous aviez les enfants des diplomates africains arrivés en Allemagne pendant la période coloniale. Vous aviez les artistes afro-américains, la cantatrice Marian Anderson et des musiciens de jazz comme Charles Jones et Sidney Griffiths qui, comme leurs homologues à Paris – Josephine Baker, Arthur Briggs, Bill Coleman entre autres –, étaient tous venus en Europe pour échapper au racisme écrasant qui prévalait dans le sud des États-Unis à l'époque. Les lois Jim Crow, en vigueur de la fin des années 1880 jusque dans les années 50, excluaient les Noirs de toute participation active à la vie sociale. Dans les années 20, l'Europe était encore un endroit où les artistes noirs pouvaient venir et espérer bien gagner leur vie. Surtout en Allemagne, dont les frontières restaient ouvertes aux étrangers en vertu du traité de Versailles. D'ailleurs, la défaite de la Première Guerre mondiale avait fait naître un mouvement artistique entièrement nouveau. Le jazz a connu une expansion fulgurante, et il avait un bon public d'amateurs. »

Bon Dieu, ça m'a fait bouillir d'entendre ça. Comment, doux Jésus, pouvait-il savoir, lui, ce qui nous a poussés à venir en Europe ? Il savait rien de mon enfance, de mes pensées, du coup de tête de dernière minute qui m'avait conduit à Berlin à l'époque. J'avais été à un cheveu de rester à Londres, une tout autre vie.

« Hieronymus Falk en revanche, il a poursuivi, il faisait partie d'un groupe plus rare. Il était ce qu'on appelait alors un “bâtard de Rhénanie”. Après la Première Guerre mondiale, voyez-vous, une des conditions imposées à l'Allemagne était que la France reçoive le contrôle de la Rhénanie, qui comme on le sait longe la frontière franco-allemande. »

Il s'est penché en avant, comme s'il entrait dans le vif de son sujet. « Or, plutôt que d'envoyer des soldats français pour occuper la région, ils ont envoyé des hommes de leurs colonies africaines. Comme vous pouvez l'imaginer, une grande partie de la populace allemande n'a pas apprécié. Ils ont surnommé les soldats la Honte noire, le Fléau noir, l'Infamie noire. Quant aux femmes qui avaient des enfants avec ces hommes, comme la mère de Falk, Marianne, on les tenait pour des prostituées, si ce n'était pas des victimes de viols. Si bien que, même après le renvoi des soldats chez eux, quand Hitler a repris possession de la Rhénanie, ces enfants furent considérés comme la marque d'une grave insulte faite à l'Allemagne. Une souillure culturelle. »

De nouvelles images sont apparues à l'écran, des archives en noir et blanc montrant des soldats noirs comme la terre, debout en rang dispersé, leurs uniformes couverts de boue. « Est-ce ça que la France appelle un homme ? » disait le commentaire en allemand.

La voix de l'historien flottait par-dessus les images. « Sous le Reich, les différentes sortes de Noirs étaient traitées de manières différentes, souvent divergentes. C'était surtout dû au fait qu'il n'y avait pas plus de quatre mille Allemands d'origine africaine dans tout le pays. Et avec un contingent aussi réduit, il était difficile de mettre en œuvre une législation cohérente contre eux. Malgré cela, beaucoup se virent confisquer leurs papiers, et se retrouvèrent de fait apatrides. »

La plupart des choses qu'il nous racontait, je les avais jamais sues. On s'arrête pas pour regarder autour de soi quand on court, et à l'époque on courait tous. Je restais là sceptique, et peiné par tout ça.

« Finalement, Falk a eu un destin atypique parce qu'il a fait partie de la minorité d'Afro-Allemands envoyés dans des camps de concentration. S'il avait été afro-américain, on l'aurait probablement gardé quelque temps à Saint-Denis, comme ce fut le cas pour les autres musiciens noirs arrêtés à Paris. Mais Falk était allemand – ou plutôt, selon les normes des nazis, "apatride" –, alors on l'a transféré à Mauthausen. Bien sûr, il est difficile de se faire une idée du nombre réel de Noirs déportés dans les camps, car tant de documents ont été détruits.

« Il faut garder à l'esprit que comme sur le papier il n'y avait pas de lois contre les Noirs, on les envoyait souvent en camp de travail sous des motifs fallacieux ou diverses inculpations. Certains étaient internés en tant que Communistes, et portaient l'écusson bleu. D'autres, en tant qu'Homosexuels, portaient l'écusson rose, ou Récidivistes, l'écusson vert, ou Asociaux, l'écusson noir. Ce qui brouille encore plus les pistes c'est que le groupe des Asociaux comprenait des clochards, des maquereaux, des pickpockets, des assassins, des homosexuels et des "traîtres à la race", c'est pourquoi il est encore plus difficile de déterminer qui parmi eux était noir. Ceux-là sont perdus dans le gouffre ténébreux de l'Histoire. »

Ensuite est apparue à l'écran une espèce de vieux fou ravagé, avec une tronche renfrognée, qui nous scrutait droit dans les yeux. Puis j'ai compris stupéfait que ce fou, c'était moi.

Ben dis donc. Rien, mais rien ne peut vous préparer à ça : voir votre visage, totalement dévasté, à l'écran. Je ressemblais à l'une de ces vieilles maisons en bois délabrées qu'on a pas repeintes depuis des lustres. Ma peau était grêlée, mes joues creuses, mes yeux comme des fenêtres troubles, éclaircis par la cataracte et pleins d'incertitude. Quand mon nom a surgi à l'écran, j'ai senti cette étrange sensation obscure m'envahir de nouveau. Le sentiment que quelque chose ne tournait pas rond, que quelque chose de grave se préparait.

« Bien sûr que j'ai joué avec le môme, Hieronymus je veux dire – on l'appelait “le môme” à l'époque, voyez-vous », j'ai dit d'une voix de corbeau. Puis Caspars m'a interrompu, et quand j'ai jeté un coup d'œil hors-champ pour croiser son regard, il a chuchoté que je devais regarder devant moi.

Ça a fait rire le public, non sans bienveillance. Je me suis un peu tassé dans mon siège. En sentant le regard du chaperon sur moi.

« Ce que je me rappelle surtout, en dehors de son jeu, c'est qu'il lisait beaucoup. » J'ai de nouveau regardé hors-champ, puis comme si je me souvenais de la dernière injonction de Caspars, j'ai refixé l'écran comme un blaireau pris dans les phares d'une voiture. « Ce que je veux dire par là, c'est qu'il était obsédé par Hérodote. Tous ces vieux récits historiques. Hieronymus qui lisait Hérodote – ça me faisait rigoler. Ouais, il lisait toutes ces vieilles histoires, sur l'Égypte, sur la Grèce. Comme s'il en avait pas eu assez au berceau, vous savez ? » Je me suis raclé la gorge, visage fermé. Un nouveau coup d'œil hors-champ.

Caspars a chuchoté quelque chose.

« Euh, ben, j'ai dit en réponse, d'une voix adoucie. Euh, ben… » Les yeux rivés sur mes genoux, je suis resté là sans parler pendant quelques secondes.

À me voir pétrifié comme ça à l'écran, mon corps s'est raidi, le fauteuil grinçait sous mon poids. Je m'entendais respirer par la bouche.

Devant la caméra j'ai eu un rire tendu et j'ai dit : « Ben, c'était vachement terrifiant. C'est vrai, comment ça pourrait ne pas l'être ? On sort prendre un verre de lait pour se calmer les boyaux, et on se retrouve au Coup de Foudre, un bistrot, avec les nazis. C'était terrible, absolument. » Je me suis passé la langue sur les lèvres en clignant des yeux. « Écoutez – rien de ce que je vais vous dire aujourd'hui va pouvoir vous faire comprendre à quel point c'était terrible. » Je commençais à m'emballer, à parler avec les mains. « C'est vrai, rien de ce que je vous dirai aujourd'hui va vous en donner la plus petite idée. » Je marque un temps, comme quelqu'un qui vient de prononcer une phrase définitive. Je me suis souvenu que Caspars n'avait pas réagi. « La seule chose que je peux dire, c'est que d'avoir été là avec lui, de voir son courage pendant ce calvaire, ç'a été un honneur pour moi. »

Un long silence est tombé sur la salle tandis que ma figure disparaissait de l'écran en fondu. Mon cœur m'était peu à peu remonté dans le gosier, j'entendais le sang dans mes oreilles. Cette drôle de sensation s'était emparée de moi si fortement que je pouvais presque plus respirer. Merde alors, j'ai pensé. Qu'est-ce que c'est ? L'obscurité paraissait molle et chaude, comme si un animal s'était tapi sur moi.

Puis Chip est apparu, et le malaise que j'éprouvais n'a fait qu'augmenter. Il paraissait rudement vieux ; avec son costume blanc comme neige, il avait l'air d'un saint homme, un baptiste du Mississippi qui aurait passé sa vie à prêcher dans le delta. À étudier ainsi son visage lessivé, ses joues enflées, ses yeux rouillés par le cheval, je l'ai vu d'un œil neuf. Il avait l'air d'une épave, et ce qui est pire, il semblait totalement aveugle à sa propre fragilité.

« Quand Hiero a été arrêté dans ce café, il racontait, ils ont dû trouver une raison. Alors ils l'ont classé comme corrupteur de la race, apatride corrupteur de la race, un immigrant, un coco. Toutes sortes d'accusations. Si quelqu'un était coco, nom d'un chien, c'était Sid. Mais ils ont détenu Hiero deux semaines à Saint-Denis, sans procès ni rien, avant de le mettre dans un train pour Mauthausen. *Mauthausen.* Rien que le nom te donne des frissons. Le pauvre môme a été traîné là-bas, et ni l'argent, ni les palabres, ni les relations n'ont pu le tirer de là. Non que Dalilah eût encore la moindre influence – elle était elle-même en terrain miné.

« Sidney Griffiths », Chip a continué en secouant la tête. À voir ce geste quelque chose s'est cassé en moi. C'était si méprisant.

« Une honte, la confiance qu'on a tous mise en lui. » Chip a pris une longue, profonde inspiration, comme pour réfléchir. « Mais c'est un exemple édifiant, en réalité. Un exemple de ce que la jalousie peut faire à un homme. Trahir un musicien aussi génial, un gosse en plus, à cause d'une femme. À cause des talents du môme, et à cause d'une femme. C'est vrai quoi, il était là, à renier son ami, à faire comme s'il le connaissait même pas, pendant qu'ils embarquaient le pauvre garçon. Je dis pas qu'il avait tout arrangé à l'avance, je dis pas ça. Mais livrer Hiero aux Schleus, à la Gestapo, comme ça... » Il a secoué la tête. « Ça dépasse l'entendement, pas vrai ? J'ai pas besoin de vous dire quel coup terrible ce fut pour le jazz. C'est vrai, nous voilà sur le point d'enregistrer un disque révolutionnaire... Je sais, je sais, on a quand même une assez bonne prise, mais imaginez ce que ç'aurait pu être. Bon sang. C'est un crime. Un crime dont Sid a jamais eu à répondre. »

Je dirais pas que je l'avais vu venir.

Mais à entendre Chip à l'écran, d'un coup, ce sentiment écrasant dans ma poitrine s'est dissipé illico. C'est comme si j'étais même plus là. Comme si quelque chose venait de se terminer. De finir. Le sang piégé dans ma tête, son lent battement sourd au fond du crâne.

J'ai fermé les yeux.

Ensuite, je me réveille dans une autre pièce, une pièce froide qui m'est étrangère, dont les fenêtres donnent sur une vieille rue de Baltimore que je reconnais à peine. Allongé sur un lit, dans les draps moites d'une dame qui n'est pas ma femme. Dans la chambre blanche comme les blés sous le soleil du matin, une odeur sèche comme celle de la braise se dégage de son corps. Je voulais me tourner vers elle, ramener ses membres menus contre mon flanc comme je l'avais fait à peine quelques heures plus tôt, en embrassant sa gorge, là où ses clavicules se rencontrent, ses boucles sales et humides.

Mais je l'ai pas fait. Quelque chose se soulevait en moi, comme une mauvaise digestion. De la poussière sur la table de nuit, un verre d'eau à moitié vide. Les cris des mouettes dehors. J'étais couché à côté de cette femme, lourd de malheur, en pensant à la mienne.

Et puis je reviens. L'air dans la salle était devenu dense et brûlant. Le silence était cinglant. Agrippé aux accoudoirs, je me suis hissé hors de mon siège en faisant craquer ses articulations. Le film passait toujours, la salle était noire comme la suie, mais même dans cette obscurité je sentais les yeux sur moi, tous ces regards qui me soupesaient comme un sac de cendres.

Notre chaperon a encore chuchoté : « Ils vont montrer le documentaire d'abord, et après votre rangée ira sur scène. » Mais je l'écoutais pas.

Mes foutues vieilles guiboles m'obéissaient pas bien. Je sentais mon cœur cogner dans mes artères, tout mon corps secoué de frissons. T'en va surtout pas regarder du côté de Chip, j'ai pensé. Pas un seul coup d'œil, Sid. J'ai franchi maladroitement les genoux du chaperon et j'ai longé la rangée, tous ces gens, Caspars.

Il s'est penché dans son siège. « Où est-ce que tu vas, merde ? » il a sifflé.

Je suis resté là, à moitié hébété, tremblant. Je me sentais vieux brusquement. Je tremblais et je disais rien.

T'es qu'un lâche, j'ai pensé. *C'est tout ce que t'es, Sid.*

Non, j'ai rien dit. J'ai seulement remonté l'allée, lentement. Le silence acéré comme des aiguilles. Les gens me regardaient partir au lieu de regarder le film, et moi je sentais leurs yeux sur moi. Ma figure était lourde, comme un énorme fardeau que je devais soulever sans le lâcher.

Personne disait rien. Mais soudain dans le noir un fumier quelconque m'a sifflé en allemand : « Honte à toi ! »

J'ai un peu trébuché. Fixé les visages pâles dans leurs sièges. Puis j'ai continué.

J'ai ouvert les portes brutalement, traversé le hall au pas de charge, déboulé dans la nuit. La fraîcheur de l'air de la ville m'a assailli. Je suis resté planté là sur la place vide.

À l'âge de dix ans, Chip était déjà un menteur invétéré. Un vrai Pinocchio. Je me rappelle le jour où je l'ai vu pour la première fois, un samedi : le temps qu'il faisait à Baltimore, lourd et humide, l'air fétide, la puanteur des égouts. Leurs bouches brûlantes vomissaient leur vapeur et, quand on passait au travers, elle vous collait comme des miettes à la gorge. J'étais assis dans le parc où on allait, nous les Noirs, avec ma sœur Hetty – Hetty portait la casquette de Philadelphie qu'elle aurait jamais retirée pour personne, parce que c'était notre p'pa qui la lui avait donnée. Elle me faisait enrager, quelque chose de terrible. Elle m'appelait bigleux, bancal. Alors quand un môme s'est pointé au loin et qu'il a planté sa salopette beige dans le bac à sable, j'ai craché sur les souliers de ma frangine et j'ai détalé pour le rejoindre.

C'était un petit rigolo avec une drôle d'allure, une bouille toute ronde. En le voyant de plus près j'ai su que c'était un cas, avec ces joues bien pleines, ces biceps de champion de boxe qu'il avait l'air d'avoir empruntés à un grand frère. Quand je me suis approché, il a même pas levé la tête.

« Tu veux taper du ballon ou quoi ? » je lui ai lancé, les yeux baissés sur son crâne. Sa boule afro était pleine de trous bizarres, comme des flocons gris.

Il a fini par lever les yeux, et son petit sourire en coin m'a retourné en dedans. « Ça ressemble à un terrain de foot à ton avis, ducon ? il a fait. C'est un bac à sable, tu piges ? Pour faire des châteaux de sable. » Il a secoué la tête et lâché un soupir dédaigneux. « Je suis assis dans le sable et lui il vient me parler de ballon. »

J'ai eu l'impression d'être un imbécile de première, c'est vrai. Les joues en feu, j'ai tourné les talons et je suis reparti vers Hetty.

« T'habites du côté de Peabody Heights, c'est ça ? » le gamin m'a lancé.

Je me suis retourné. Il semblait pas plus amical, ça non, mais y avait un air plus rusé sur sa figure, comme si son attention était aiguisée à l'extrême. « T'habites là-bas dans Maryland Avenue. »

Ça m'a un peu secoué. « Comment tu sais ? »

« Moi aussi ch'suis de Peabody Heights, il a répondu, comme si c'était de notoriété publique. Tu m'as jamais vu à l'église ? »

Croyez-moi, si j'avais vu cette tête de melon à l'église, je m'en serais souvenu. Mais je pouvais pas prendre le risque de faire réapparaître son sourire en coin. « Ptêt'. Ouais, je crois bien. »

J'ai senti mon cœur tomber droit dans mes talons quand je l'ai vu cracher d'un air dégoûté dans le sable. « T'es qu'un sale menteur, il a fait, ses lèvres fines soulevées d'un côté de la bouche. Tu m'as jamais vu de ta vie.

– Mais si ! » j'ai protesté.

Il a secoué la tête. Mais comme il voulait pas que je reparte, il a changé de tactique. « Tu savais que j'avais donné mon nom à Charles Street ? »

Et c'est qui maintenant le sale menteur ? j'aurais voulu répondre, mais je veux bien reconnaître que j'avais un peu peur de lui. « Ah ouais ? j'ai fait. Tu t'appelles Charles Street ?

– Mais nan, idiot, t'as déjà vu quelqu'un qui s'appelle Charles Street ? Moi c'est Charles Jones. Charles C. Jones.

– "C" comme quoi ?

– T'occupe. Juste C. Charles C. Jones. Et un jour je serai le maire de cette ville. »

Ben voyons, continue de rêver, j'ai pensé. Voilà un garçon avec des années de désillusion devant lui. Mieux valait pas le contrarier maintenant, il aurait au moins ses souvenirs pour lui. « Tu seras le maire, c'est ça. » J'étais immobile dans la chaleur morte, ma peau picotait, je priais pour que cette bonne vieille Hetty se dépêche de m'appeler, que je puisse le planter là.

« Et là tu vas où ? » Charles C. Jones a fait avec un petit sourire. Il sentait bien que j'allais me défiler, et il avait l'intention de me retenir aussi longtemps que possible.

« Hetty et moi – c'est ma sœur Hetty là-bas, avec son chapeau débile – on rentre à la maison, là.

– Et si tu laissais tomber et que tu venais chez moi ? J'ai des bonbons, du chocolat. »

Pour moi, le chocolat était la seule raison de notre présence sur la terre. Mais devoir aller chez ce bouffon-là – non merci m'sieur. « Hetty et moi on doit se rentrer chez nous. »

Pile au moment où je dis ça, qui se met à trotter vers nous ? Hetty, survolant l'herbe sèche, avec sa casquette qui battait au vent. Elle s'est arrêtée près de la balançoire pour reprendre son souffle, appuyée au montant de bois nu. Puis elle s'est remise à courir, et quand elle est arrivée près de nous elle se tenait la poitrine.

« Je vais chez Lucia », elle a dit, en me regardant avec un sourire moqueur. Elle avait deviné que je voulais échapper à ce garçon, et elle était pas près de me faciliter la tâche. « M'man a dit qu'on pouvait rester dehors jusqu'à six heures aujourd'hui, alors... va t'amuser, petit crapaud. Me cracher dessus comme ça ! Amusez-vous bien tous les deux, nous on se verra à la maison. »

Le cœur plein de haine je l'ai regardée s'éloigner au trot. Imaginez passer la journée avec ce garçon, ses humeurs et ses sourires jaunes.

Il s'est levé du bac à sable, et les grains coulaient de ses habits comme de l'eau. Il m'a donné une tape sur le bras.

« Bon, maintenant, allons voir Tante Cécile.

– Qui ça ? j'ai fait, en le suivant à contrecœur.

– Ma grand-tante. C'est là qu'y a tout le chocolat. »

Charles C. Jones habitait dans une grande maison de briques délabrée à l'angle des rues Mace et 26e Est. La galerie était encombrée de canapés miteux qui crachaient leur rembourrage, et ça sentait le bacon dans toute la baraque. En montant les escaliers j'ai dit : « Belle maison, Charlie. »

Je voulais sans doute laisser entendre que la mienne était plus belle, mais il a saisi aucune ironie, aucune rivalité dans ma voix. « Merci, il a répondu sérieusement. Mais m'appelle pas Charlie, personne m'appelle Charlie. Tout l'monde m'appelle Chip.

– Chip.

– Tu vas me dire ton nom ou il faut que j'devine ?

– Sidney. Sidney Griffiths. Tout l'monde m'appelle Sid. »

Dans le vestibule mal éclairé, qui puait encore plus le bacon et les souliers de cuir imprégnés de sueur, Chip m'a tiré d'un coup sec vers lui. « Bon, quand on va monter voir Tante Cécile, t'as pas intérêt à ouvrir ta gueule, compris ? »

Je me suis arrêté, plus choqué par son langage que par le reste.

Il a grondé : « Tu veux du chocolat, oui ou non ? Alors reste pas planté là et suis-moi. »

Chip m'a entraîné à travers des pièces tellement encombrées que ça débordait par les portes. À travers la cuisine qui empestait le lard et un truc sucré, à travers le salon, avec ses magazines qui jonchaient le sol, à travers une pièce à l'usage des dames, avec leurs jarretières et leurs bas pendus partout comme si elles avaient quitté leur peau. Finalement, on a atteint une porte entrebâillée d'où s'échappait une odeur immonde. J'ai été saisi d'une terreur soudaine, dégoûté à l'idée de manger quoi que ce soit qui viendrait du même endroit que cette odeur. Chip m'a poussé à l'intérieur.

La chambre avait des rideaux de dentelle, à travers lesquels le soleil brillait méchamment. Sur le lit près de la fenêtre était étendue une créature tellement antique, j'aurais juré qu'elle avait connu Caïn dans son temps. Sa peau était tellement cendreuse qu'elle paraissait grise, ses joues si creuses qu'elle avait la figure concave. On aurait cru une énorme tortue de mer.

« Tante Cécile, Chip s'est écrié d'une voix grave, en levant les bras. C'est nous, Arnold et Théodore ! On est venus te voir pour ton anniversaire ! »

Tout d'abord j'ai bien cru que la vieille sorcière en mourrait d'effroi. Puis, lentement, elle s'est redressée dans son lit, et sa chemise de nuit craquelait autour d'elle comme du papier de boucher. Sa vieille face tout ébahie. « Quelle surprise ! C'est mon anniversaire ?

– Oui ! Et on est venus tous les deux cette année, tous les deux, Arnold et Théodore. »

Sa figure s'est éclairée. « Arnie et Théo aussi ! Oh mon Dieu, je peux pas le croire ! »

Moi non plus je pouvais pas le croire. Chip évitait mon regard. « Oui, Arnie et Théo, Arnie et Théo ! il a poursuivi. On est bel et bien venus te voir pour ton anniversaire tous les deux ! »

Les dents de la vieille poulette ont bien failli lui tomber de la tête, tellement elle souriait. « Eh ben, qu'est-ce qu'on attend pour faire une bonne petite fête », elle a dit, et son accent boueux de Baltimore avait soudain viré Mississippi pur jus. Elle s'est penchée pour fouiller sous son oreiller, d'où elle a tiré une cassette en bois joliment sculptée. Elle l'a posée sur ses genoux, a soulevé le couvercle et en a sorti une barre chocolatée Baby Ruth et une poignée de Chuckles.

« Théo aussi est là avec Arnie aujourd'hui, Tante Cécile, Chip a soufflé avec un clin d'œil dans ma direction.

– Ah oui, j'oubliais ! » Elle a replongé la main dans la boîte et en a sorti quelques gaufrettes Necco et des baisers en chocolat Hershey's. « Mes garçons sont bel et bien venus tous les deux aujourd'hui. Quelle surprise ! »

Tante Cécile avait pas plus tôt posé les bonbons sur ses genoux que Chip a tout raflé, en me lançant les gaufrettes et la Baby Ruth. Il déchirait les emballages à toute allure, fourrait tout dans sa bouche en même temps et mastiquait furieusement. Je restais là avec mes friandises à la main, médusé. Il claquait encore des lèvres quand il m'a fait une grimace insensée, comme s'il comprenait pas pourquoi je mangeais pas.

J'ai fait un geste pour partir mais Chip m'a retenu par le bras. De la même voix profonde il a répété : « Théo aussi est là avec Arnie aujourd'hui, Tante Cécile.

– Ah oui, j'oubliais ! Les garçons sont bel et bien venus tous les deux aujourd'hui. Quelle surprise ! » Tante Cécile a sorti quatre nouveaux bonbons de sa boîte en cèdre. Chip les a raflés plus vite qu'il aurait tiré des billets du feu. Il m'en a encore lancé deux et a englouti le reste.

« On doit y aller maintenant, Tante Cécile. On reviendra un aut' jour. » M'attrapant par le bras il m'a traîné hors de la pièce et a claqué la porte derrière nous.

« Mince alors, c'était quoi ce numéro ? j'ai sifflé.

– Chut, mets-la en sourdine, il a chuchoté. Tante Cécile, y a des lustres qu'elle a perdu la tête. Elle a la mémoire d'un pigeon. Sauf qu'elle en sait rien, pasqu'on a pas le droit de lui dire.

– C'est qui, Arnie et Théo ? »

Il a gloussé. « C'était ses fils. Morts tous les deux maintenant. Y a pas moyen de lui faire partager ses bonbons autrement. Je me suis dit que si j'y allais avec toi, elle en donnerait deux fois plus. »

Je le fixais dans le couloir sombre. Il était là, à duper sa propre famille, et ça le faisait sourire jusqu'aux oreilles.

Il m'a lancé un regard. « Tu vas manger ça ou quoi ? »

J'ai fourré les bonbons dans ma bouche. Ils avaient un goût de craie.

Je sais pas combien de temps j'ai marché. Mes paluches voulaient pas s'arrêter de trembler tellement j'étais en rage. Salaud de Chip ! Ce fils de pute de Chip Jones ! Sorti de cet affreux cinéma j'ai pris la première rue et longé les centaines de bagnoles garées, au fil des nouveaux lampadaires.

Je suis arrivé à un petit parc sans arbres. J'ai traversé d'un pas lourd l'herbe fraîchement tondue et me suis assis sur un banc froid. Ce que j'avais mal aux genoux, Seigneur ! Un vent glacé lacérait le parc. Tous ces changements. Les grues de construction pendaient comme des ponts brisés et leurs ombres chinoises se découpaient au loin sur la silhouette orangée de Berlin. En me penchant pour frotter mes jambes qui me brûlaient, j'ai senti dans ma vessie la pression familière. Il fallait que je trouve des toilettes. Je me suis relevé.

Y fait pas bon vieillir. Et cette nuit, entre toutes les nuits, mon frère, j'ai vieilli.

Chip Jones était un salopard, ça ne faisait aucun doute. Mais il avait jamais été aussi malfaisant. Mesquin, méchant, dingue, pas vraiment dans le bon sens du terme – mais c'est pas la même chose. Ça, c'était comme une brûlure qui te laissait pas en paix. Ça te brûlait sans relâche. Il m'est revenu une phrase que ma mère disait souvent, à laquelle j'avais pas songé depuis belle lurette. M'man me disait souvent, elle disait, « Sid, le fils Jones il a pas de lumière dans les yeux. » Il a pas de lumière dans les yeux. À l'époque ça me faisait rigoler, parce que j'avais toujours pensé que m'man disait par là qu'il était bête. Et ce soir-là, en traînant les pieds, soixante-dix ans plus tard dans un parc obscur de Berlin, j'ai fini par comprendre ce qu'elle avait voulu dire.

Le premier bistrot que j'ai trouvé sentait l'eau de vaisselle et le chou ; le parquet verni faisait toc et le faux cuir des sièges avait un air poisseux. Je m'en fichais pas mal. J'ai poussé les portes de laiton en grimaçant. Il n'y avait que deux clients à l'intérieur, un homme et une femme, qui dînaient à une table dans l'ombre près du mur. J'ai fait un signe de tête à la serveuse, une femme mince avec des cheveux comme de l'herbe sèche, et j'ai pris un tabouret au comptoir. J'ai ouvert la carte, mais j'avais pas faim.

La serveuse s'est approchée et j'ai commandé des saucisses, de la choucroute et des pommes de terre à l'eau.

« Où sont vos toilettes ? » j'ai demandé.

Elle a tapoté son stylo-bille contre ses dents, comme pour réfléchir, puis elle l'a incliné d'un geste paresseux vers l'autre bout du comptoir.

J'étais pas plus tôt revenu que la chaîne de la porte a tinté et que le tabouret à côté du mien était tiré en arrière par deux grosses mains grises.

« Salopard de merde, j'ai dit sans même lever les yeux.

– Putain, Sid, Chip a dit, la main sur la poitrine, épuisé d'avoir marché si longtemps. C'est pas correct, ce qu'il a fait, Caspars.

– Tu penses t'asseoir ? Ici ? Fous-moi le camp. »

Il a ouvert les paumes, puis les a refermées. « Je sais pas quoi te dire, il a continué, j'ai pas dit tout ça. Je te jure. »

J'ai lancé un coup d'œil à sa figure, à son expression perplexe. Comme s'il savait qu'il aurait dû être désolé mais qu'il était pas sûr de savoir pourquoi au juste. « Chip. Je suis sérieux. Fous-moi le camp. Toi et moi c'est fini, mon frère. Tu m'entends ? Fini.

– Sid, je savais pas, je savais pas qu'il y avait tout ça là-dedans.

– Tu m'as assassiné. Tu m'as fait venir jusqu'ici pour m'assassiner. »

La serveuse nous regardait, inquiète.

« Oh, Sid. » Les yeux de Chip étaient devenus vitreux et il les clignait dans ma direction.

Puis il s'est mis à pleurer. La peau de son cou a enflé sous son menton comme s'il avait noué un mouchoir noir autour, et ses épaules en tremblaient.

J'ai lâché un juron et détourné les yeux.

« Oh, Sid, il marmonnait, oh, merde, Sid. »

Je restais là muet. Je vais plus rien lui dire, je me disais. Mais à ce moment-là j'ai entendu ma saleté de vieille voix croasser : « Impossible qu'il puisse me faire un truc pareil, je pensais. Il me rapportait des cravates de ses tournées, je pensais. C'est un ami. Il est pas si méchant que ça.

– Sid. » Il s'essuyait les yeux avec ses gros pouces. Il avait l'air tellement vieux, tellement vieux. « Sid, tu sais comment ils montent ces machins. J'ai pas dit la moitié de tout ça, putain. Tu sais comment ils trafiquent ces trucs.

– Trafiquer, c'est le mot.

– Sid. Allez.

– Tu penses quoi ? Que tu peux te contenter de venir ici, et on oublie tout ? Je devrais dévisser ta saloperie de tête. Bordel de Dieu. »

Mais y avait déjà quelque chose en moi qui ramollissait. Merde. Chip paraissait si petit, assis là, ses petites épaules roulées en avant dans son costume, ses grosses phalanges nues, sillonnées de veines, posées sur le zinc.

« Je sais que je l'ai fait, il a dit doucement. Je sais que je me suis laissé emporter. Mais je le disais pas dans ce sens-là, comme il l'a arrangé. Je le jure. Caspars, il arrêtait pas de poser des questions et encore des questions. Il s'acharnait sur moi. J'ai dit beaucoup d'autres choses, plein de trucs vachement sympas sur toi. Ils étaient carrément pas dans le film. Il avait déjà son idée en tête, Sid. Et il a pris ce qu'il voulait. »

On est restés silencieux un moment. Quand la serveuse est venue vers nous, Chip l'a ignorée d'un haussement d'épaules mais elle est restée là, à nous regarder. Au bout d'une minute j'ai soupiré, gonflé les joues, et je lui ai dit d'apporter à Chip la même chose qu'à moi. L'allemand de Chip était bien moins bon que le mien.

« T'es un vrai chacal », j'ai fait, mais sans force.

Il a hoché la tête d'un air misérable. « C'est vrai. C'est vrai. Je me sens affreusement mal.

– Et tu vas te sentir encore pire, même. Je rentre, premier vol que je trouve. »

Il m'a regardé.

« Ah, me regarde pas comme ça, j'ai grogné. Ça t'étonne ? Franchement, ça t'étonne ?

– J'imagine que non. J'imagine que c'est logique. Oui, je comprends.

– J'en ai rien à foutre que tu comprennes.

– Tu vas laisser tomber la Pologne, je suppose. »

J'ai soufflé un peu d'air entre mes dents, amèrement, sans un mot.

« Je t'en veux pas, il a dit, en levant les yeux pour me lancer un regard plein d'espoir. Si tu changes d'avis, ben, j'ai déjà loué la voiture.

– Tu rigoles. »

Il avait l'air confus, il savait pas comment le prendre. Je suis descendu de mon tabouret, j'ai jeté de la monnaie sur le comptoir. « Mange, j'ai dit. Mange ma foutue assiette aussi. Finis-la. C'est pas bon de faire les choses à moitié. » Et je suis sorti de sa vie pour de bon.

Ou du moins ce que je croyais être pour de bon.

J'ai zappé le reste du festival. Oui monsieur. Et comme je me suis dit que Caspars avait une dette envers moi, j'ai passé le samedi à m'offrir des massages et des repas copieux, indigestes, à ses frais. Le dimanche j'ai acheté des cravates dans les boutiques du Westin Grand, des chocolats, des vins qui me plaisaient même pas, en mettant tout sur le compte de, pardi, le Kurt. Mon seul regret était de ne pas être là pour voir sa sale tronche quand il recevrait la facture. Chip, il s'est pointé deux fois à ma porte le premier jour mais j'ai pas répondu. Après il a cessé de venir.

Finalement, je l'ai vu le lundi matin, le vieux Judas. À mon réveil, j'ai trouvé ma valise cabossée sur le pas de ma porte. J'avais même pas eu besoin de la défaire. J'ai suivi mon porteur à travers le hall et on marchait vers la station de taxis pour l'aéroport quand le jeune gars a tourné la tête et s'est arrêté net. Sur la droite, une petite foule s'était formée sur la Behrenstrasse. Une Mercedes gris écaille s'ébrouait et avançait de quelques centimètres, puis s'ébrouait et reculait de quelques centimètres, dans l'espoir de quitter le trottoir. En marche arrière, elle a bien failli emboutir un taxi qui démarrait derrière elle ; en marche avant elle a presque heurté un panneau de stationnement.

Et putain, qui était courbé sur le volant, jetant des regards de dément en avant, en arrière, le visage tout crispé ? Charles C. Jones. L'air apeuré comme un enfant, le fichu bougre.

« Attends, mec », j'ai dit au porteur, qui m'a lancé un regard perplexe. J'ai repris en bon *Hochdeutsch*: « Pourriez-vous attendre une seconde, s'il vous plaît ? »

Je l'ai laissé sur le trottoir et me suis dirigé à grandes enjambées vers la voiture de Chip ; là j'ai donné des coups secs des doigts sur la fenêtre. Il a tourné la tête, vachement nerveux, et son visage s'est durci quand il a vu que c'était moi. Il a baissé sa vitre.

« Laisse-moi tranquille, Sid. Je me débrouille. »

J'aurais voulu lui cracher mon dentier à la gueule. « Tu te débrouilles, mon cul. Tu sais de quoi t'as l'air vu d'ici ? Bon sang, frère, t'y vois quelque chose ?

– Vas-y, il a grogné, casse-toi. »

J'ai secoué ma vieille caboche. « T'as l'air d'un pauvre fou là-dedans. »

Les bras tordus sur le volant, le regard fixé par-dessus le tableau de bord, il a marmonné : « Tout va bien, bordel. Faut juste que je me mette en route et tout ira bien.

– Ben voyons. Aussi bien que Tante Cécile allait bien. »

À ce moment-là il m'a regardé avec une expression qui ressemblait à de l'espoir. Ça m'a refoutu en colère.

« Me regarde pas comme ça, je lui ai dit, je vais pas t'aider.

– Je t'ai pas demandé de le faire.

– Nan, c'est vrai. »

Je suis resté là, penché à sa fenêtre, le regardant me regarder. Je sentais le vieux couteau tourner dans mes entrailles.

« Si tu me le demandais, j'ai repris, si tu me le demandais, peut-être que je le ferais.

– Je te demande pas de m'aider.

– Tu vois au moins quelque chose par-dessus le tableau de bord ? T'as pas besoin de bottins pour t'asseoir dessus ? »

Il a rien répondu. Je le voyais s'escrimer à mettre le levier de vitesse en marche arrière.

« T'as pas pris une automatique ? T'es encore plus dingue que je croyais.

– Je suis pas dingue, Sid », il a hurlé tout d'un coup, comme s'il allait encore me piquer une crise de larmes.

Là je me suis reculé et j'ai croisé les bras. « Vas-y. Voyons voir comment tu sors de là, alors. »

Il a rien répondu, il restait assis là, à cligner des yeux droit devant lui. Un vieux raisin sec, cet homme-là.

Je voyais le personnel de l'hôtel, derrière la vitre, profiter du spectacle. « Fils de pute, j'ai fini par dire. Sors de ton foutu siège. Je suis sérieux. Je vais pas t'aider mais que je sois pendu si je te laisse bousiller une bonne automobile. »

J'ai ouvert la portière ; le tableau de bord a sonné ; une odeur de cuir propre m'est montée aux narines. Bon Dieu. Le porteur était toujours debout sur le trottoir, ma valise dans ses poings rougeauds. J'ai baissé ma vitre et je lui ai fait signe de l'apporter.

Chip évitait soigneusement de me regarder. J'ai jeté un coup d'œil sur la route. Tout a paru ralentir d'un coup. Le jour, clair et froid dans ce pays désormais inconnu. Je sais pas. Nous autres on change pas, je crois.

Troisième partie

BERLIN 1939

Qu'est-ce que la chance sinon un truc destiné à s'épuiser ?

On a traversé la rue à petites foulées, Paul et moi, et sauté tranquillement dans le trolley qui descendait le boulevard dans un fracas métallique. Paul s'est penché en avant pour me tirer à bord. Le soleil de la fin d'après-midi se posait sur lui comme du phosphore, illuminant ses yeux bleus, les phalanges pâlies du poing qui me tenait. C'était la dernière semaine d'août et la lumière qui perçait à travers les fenêtres paraissait luxuriante et douce comme de l'eau.

« Tu dois faire plus de sport, mon gros », Paul a dit en riant.

J'ai hoché la tête, essoufflé.

Nous avons gagné des sièges en trébuchant. Le trolleybus cliquetait et vibrait sous nos pieds en prenant de la vitesse. Les bancs d'acajou étaient chauffés par la longue journée de soleil et j'ai abrité mes yeux, le regard perdu au-delà des stores relevés ; les lampes en verre clignotaient doucement. La ville s'écoulait derrière nous comme quelque chose de décisif, quelque chose qui touchait à sa fin.

Assis là à reprendre mon souffle, je sentais peser en moi une curieuse et vague tristesse.

L'humeur de Paul était radicalement différente. Avec un doux sourire, il a lancé un clin d'œil à une gonzesse de l'autre côté de l'allée. Elle a piqué un fard et regardé ses pieds. Diable. C'était un bon vivant, notre Paul, un grand séducteur. Avec ses cheveux blonds ondulés et son élégante petite moustache, Paul avait plus l'allure d'une star de cinéma que du pianiste au chômage qu'il était. À le regarder brosser la poussière de la rue de son joli costume bleu, j'ai soudain vu comment toutes les gonzesses du trolley, sans exception, le voyaient : beau, sportif, avec cette mâchoire carrée, ces yeux plus bleus que de la soie grecque. Le parfait aryen. Et il était juif.

« Écoute, Sid, il a fait, tu parlais sérieusement quand tu disais que demain, t'allais me tirer d'affaire ?

– Quoi, avec Marta ? Ou avec Inge ? »

Il a haussé les épaules. « Je sais pas. Avec Marta, je suppose.

– Tu peux compter sur moi si c'est Inge.

– Inge alors. Ça n'a pas vraiment d'importance. »

Les boulevards étaient ombragés, les tilleuls verts paraissaient noirs sur le ciel chauve. Le trolleybus s'est rangé à un arrêt, s'est vidé, rempli, puis il est reparti. On était en chemin pour le Molosse pour répéter quelques morceaux avec le môme, même si j'en voyais pas bien l'intérêt. Il nous était interdit de jouer devant un public. Ce qui voulait dire qu'on avait l'interdiction de jouer, point final. De fait, si Ernst avait pas été propriétaire du Molosse – un petit sanctuaire douillet, ce club, acheté avec l'argent de son papa –, on aurait sans doute renoncé à jouer tout court. C'est-à-dire, pas vraiment, mais vous voyez le topo. Le club était fermé depuis des mois ; c'était plutôt devenu un endroit où aller rigoler entre nous.

Mes yeux ont dérivé vers la fenêtre ; je regardais les gens dehors dans la lente lumière de l'été, les types en bras de chemise, les filles sur des bicyclettes. On passait devant une place encombrée de tables, de gens qui prenaient des cafés, mangeaient des pâtisseries, quand j'ai aperçu un visage familier.

« C'est pas Ernst ? » j'ai fait, en me redressant.

Ça lui ressemblait en tout cas – ses cheveux de jais, sa peau tellement pâle qu'elle était presque translucide, les veines qui ressortaient comme des eaux-fortes sous la chair. Il parlait à une femme avec de grands gestes, une cigarette allumée entre les doigts. Elle, je la reconnaissais pas.

« Quoi, là-bas ? Paul a répondu. Non, ce n'est pas lui.

– Mon œil que c'est pas lui. Regarde bien, mon frère. » On arrivait à leur hauteur à présent. La femme avec qui il était assis, à une petite table posée sur la chaussée au soleil, portait un énorme turban gris attaché par une vilaine broche en cuivre jaune. Elle était maigre comme un râteau et lorsqu'elle a souri j'ai vu clairement une rangée de dents très petites et très tordues. On est passés devant eux dans un bruit de ferraille.

« Où ça ? Paul demandait, sourcils froncés.

– Là-bas. Avec la gonzesse qui porte une cage en tissu sur la tête. Tu le vois pas ? »

Paul a pivoté sur le banc d'acajou pour regarder par la fenêtre, les yeux plissés, jusqu'à ce qu'on soit loin. « C'était pas lui, il a répété avec conviction. Qu'est-ce qu'il ferait avec une gonzesse comme ça ?

– Une gonzesse comment ? »

Paul a avancé la mâchoire inférieure et fait le signe de s'enrouler un turban autour du crâne.

J'ai souri. « On en a pour ce qu'on paie, mon frère.

– Ernst doit être dans une sacrée mauvaise posture avec son papa, si c'est pour ça qu'il paie. »

Le trolley s'est arrêté, la clochette a retenti avant qu'il reparte. Un type assez âgé est monté, petit, étroit d'épaules, avec un insigne du parti. Nous nous sommes tus. En me voyant, sa figure s'est assombrie, mais quand ses yeux se sont arrêtés sur Paul, il s'est mis à sourire. Ce bon vieil Aryen de Paul. Le mec, en approchant, a jeté un coup d'œil à sa montre de gousset.

Il s'est assis de l'autre côté de l'allée, ses mains tavelées posées sur les genoux. Le soleil entrait de biais par les vitres derrière lui, de sorte que je voyais plus son visage.

« Si ce temps se maintient, nous aurons l'été jusqu'au mois de novembre », il a dit aimablement.

J'ai rien répondu.

Au bout d'un instant, Paul a souri. « C'est tout ce qu'on peut souhaiter. » Je le sentais embrayer, rassembler son charme. Il a décoché un de ses sourires étincelants.

« Tu n'es pas en uniforme, fiston, le mec a repris.

– Pas encore. » Il a lancé au gonze un regard entendu.

L'homme a eu l'air d'y réfléchir un moment. Puis il a baissé la voix. « Qu'est-ce que tu sais ?

– Qu'est-ce que vous avez entendu ? Paul a demandé à son tour.

– C'est pour bientôt, n'est-ce pas ? » L'homme s'est penché en avant, en travers de l'allée. « Il n'y a plus de chevaux sur les marchés. Ma femme pense que ce n'est rien. Mais c'est vraiment le début, n'est-ce pas ?

– C'est toujours le début, a dit Paul. Nous devons sans cesse nous tenir prêts.

– Les Anglais n'arrêteront pas.

– Les Anglais sont impuissants, Paul a décrété.

– Oui, l'homme a répondu, oui. »

Il avait un brin de persil entre les dents et je le fixais, un peu écœuré. « Nous ne commençons pas les guerres, il a marmonné, mais par la grâce du Führer, nous les terminons. »

Ma bouche s'était desséchée. J'ai tendu le bras pour demander le prochain arrêt. Nous nous sommes levés, agrippés à la barre de laiton pour nous soutenir. Il y a eu une secousse, un tremblement, et le trolley s'est arrêté.

« *Heil Hitler*, le gonze a fait.

– *Heil Hitler* », Paul a répondu avec un sourire.

Puis nous sommes descendus et nous avons fait à pied le reste du chemin jusqu'au Molosse. Paul tremblait. J'ai pensé que c'était nerveux, mais quand j'ai jeté un coup d'œil à sa figure, j'ai vu qu'il était furieux.

J'ai rien dit. Y avait des mois qu'Ernst nous avait dégotté des cartes d'identité brunes d'Aryens, mais on était quand même pas à l'aise. « Contentez-vous de ne rien faire de stupide, il nous avait dit. N'attirez pas l'attention sur vous. Ce sont de bons faux, mais ils ne sont pas parfaits. »

Donc ça passait pour nous, bien sûr. Mais y avait passer et passer. Parfois il semblait qu'on était carrément passés près d'y laisser notre peau.

Le club d'Ernst, le Molosse, avait été fermé y a longtemps à cause de ses sympathies dégénérées. Et par « sympathies dégénérées », je veux dire nous. C'était pas une boîte miteuse, pas exactement, pas encore. Y avait encore l'eau courante en coulisse, des sols carrelés, un éclairage grandiose. La clientèle montait des escaliers recouverts de velours rouge qui menaient à une galerie tout en laiton et en miroirs. Ou du moins c'est ce qu'elle faisait jadis, quand y avait encore un tapis sur les marches, avant qu'Ernst le vende pour qu'on puisse continuer à se chauffer. On s'en fichait que des rats vivent dans les murs, que des fois l'eau coule brune. Nous, les Hot-Time Swingers, on se sentait chez nous sur sa scène.

On est entrés, Paul et moi, et on a trouvé le môme déjà sur les planches, déjà en train de faire ses trilles. Ça fichait toujours le frisson, de jouer sans Chip. Pour sûr on peut être génial sans la batterie, mais quand même, ça faisait toujours drôle. C'était comme se réveiller pour découvrir qu'on vous a ouvert le ventre et arraché votre foutu appendice pendant votre sommeil. Il manquait quelque chose.

Une demi-heure plus tard on était encore sur scène, le môme et moi, les yeux fixés sur Paul par-dessus le piano. Tous les trois en bras de chemise, on fumait en buvant du tchèque. Le môme arrêtait pas de s'interrompre, de me faire des petits signes, de me donner le décompte. J'ai fini par carrément cesser de jouer, bras croisés autour de ma grand-mère, l'air renfrogné.

« Hé, frère, arrête ça. » Je me suis passé un mouchoir sur le cou. Il faisait sacrément chaud. « C'est quoi ton problème, bon sang ? »

Hiero a regardé Paul, vaguement effrayé.

« Ben vas-y, dis-le, j'ai continué, qu'est-ce qui cloche ? »

Le môme a haussé les épaules.

« Hiero, Paul est intervenu, quel est le problème ? Sid est à cinq minutes de tout remballer.

– Je suis désolé, il a marmonné. J'essayais juste de faire passer cette mesure en dessous de la sienne. »

Paul a eu un sourire fatigué. « Sid, ce môme signera ton arrêt de mort. »

Il a frappé quelques touches graves pour souligner son propos.

Le môme restait là sans bouger, il attendait. Il m'a jeté un coup d'œil en biais.

« D'accord, d'accord, j'ai acquiescé. On reprend au pont, t'es content ? »

Le môme avait l'air penaud.

« C'est ça, reprenez, les gars, Paul a dit en allumant une cigarette. Je vous attends ici. »

Salopard. On s'y est remis seuls, Hiero et ma pomme. Et cette fois-ci, je l'ai senti, j'ai senti le môme comme qui dirait se mettre entre mes cordes et pousser dessus pendant que je traversais. Il me fixait durement. Puis il a plissé les lèvres et il a repris, éclatant, son côté du morceau, et on a joué tout le pont. Paul est revenu peu à peu en chatouillant les marteaux.

Mais ça faisait quand même une drôle d'impression, le môme qui m'obligeait à recommencer. J'aimais pas ça.

On a joué jusqu'au changement d'accord. Puis brusquement le môme a encore baissé sa soufflante, en jetant un regard inquiet dans l'obscurité.

« C'est quoi encore le problème ? » j'ai aboyé. Mais ensuite je me suis tu.

Quelqu'un applaudissait dans la salle, des applaudissements lents et sonores.

« Ernst ? » Paul a crié. Il a repoussé son tabouret, posé un coude au coin de son piano, la main en visière devant les yeux. « C'est toi ? »

Ernst est sorti de l'ombre, un mégot encore allumé si près des doigts qu'il allait sûrement se brûler, les paupières tombantes sur son regard endormi. « Une minute de pause, messieurs. J'aimerais vous présenter quelqu'un. »

Une silhouette est apparue derrière lui et s'est mise à onduler entre les tables. C'était elle, mon vieux. La gonzesse aux dents minuscules. Elle portait un haut turban, une robe bleue, fluide, qui coulait sur elle comme de l'eau. Elle avançait à petits pas sur des talons aussi hauts que des fourchettes ; elle était grande, raide comme un bouleau. Quelque chose est arrivé à mon souffle à ce moment-là, il a pour ainsi dire accroché dans ma poitrine. Elle était pas belle, ça non. Sa peau était d'un ton bistre bizarre, couleur d'avoine. Et elle était maigre, une vraie perche, avec un de ces corps durs, comme fait de planches clouées ensemble. J'ai vu les os de ses poignets ressortir quand elle a levé la main pour ajuster cet épais turban.

« Vous n'êtes pas mauvais, les gars, elle a dit en anglais. Pour un trio d'Allemands.

– Sid vient des États-Unis, Ernst a murmuré.

– Mmm. Bien sûr. »

Bon sang de bonsoir. Cette voix. Elle était grave et douce, emplie des tons sombres de mon ancienne vie à Baltimore. Je me suis mis à la regarder plus attentivement. Cette petite poitrine haute. Ces lèvres couleur prune malicieusement retroussées. Même ses hanches de garçon. Elle a souri, et ses dents de travers ont soudain paru sensuelles.

Ernst a posé une main élégante sur son coude, comme pour la guider vers nous. « Messieurs, voici Dalilah Brown. Elle nous vient de Paris. Vous devrez l'excuser, elle ne parle pas allemand, mais il y a deux trois choses dont elle voudrait discuter avec nous. »

Paul a passé un doigt sur sa fine moustache, le regard tourné vers moi. « Je parie que notre Sid voudrait bien discuter de deux trois choses avec elle.

– Dans quelle langue ? a fait Hiero avec un sourire en coin.

– Celle de l'amour.

– Espèces de crétins, tous les deux. » Je me suis éclairci la gorge et je suis descendu de scène. « Miss Brown ? j'ai commencé. Sid Griffiths. Voilà Paul Butterstein. Et…

– Hieronymus Falk, elle a interrompu. Oui, je sais. » Elle fixait un regard de louve sur le môme. Ses yeux étaient incroyables – d'un vert pâle étrange, presque transparent.

« C'est toi qui lui plais, jeunot », Paul a fait en souriant au môme.

Hiero a baissé les yeux.

Elle a jeté à Ernst un coup d'œil rapide.

« Où sont les autres ? Les Hot-Time Swingers sont six, n'est-ce pas ? Vous n'êtes pas tous là ? »

J'ai un peu rougi en entendant ça. Comme si on était le top du top.

« Où sont Chip et Fritz ? » a demandé Ernst.

Paul a haussé les épaules. « Fritz a dit qu'il avait un rendez-vous. Chip, eh ben, à coup sûr il est en train de pioncer quelque part. Qu'est-ce qu'elle veut, Ernst ? C'est qui ?

– Ils ont dit qu'ils nous retrouveraient plus tard, le môme a placé, un léger tremblement dans la voix. Aux bains.

– D'abord, asseyez-vous », Ernst a fait. Puis, en anglais, « Asseyez-vous s'il vous plaît, asseyez-vous. » Il a tiré une chaise et la gonzesse s'est assise à l'une des tables à nappe bleue sous la scène. « Que peut-on vous offrir ? J'ai bien peur que nous n'ayons que du tchèque. »

Elle observait Paul, qui fourrageait derrière le bar. « Du tchèque ? »

Paul revenait déjà avec une bouteille opaque serrée dans une main, cinq verres à liqueur entre les doigts de l'autre. Il a levé le tchèque à la lumière, l'a secoué. Puis il nous en a versé un doigt à chacun et posé les dés à coudre devant nous avec un léger cliquetis. À elle aussi il en a versé un.

Elle a levé le liquide à la faible lumière, le front plissé. « Vous plaisantez ? Vous buvez ce truc ? »

Ernst a souri. « Chip le sniffe parfois. Mais en général, oui. »

J'ai souri aussi et j'en ai avalé une rasade amère. C'était comme si de l'essence me raclait la gorge.

Le môme faisait tourner son dé entre ses longs doigts.

« C'est pas vraiment tchécoslovaque, j'ai fait, en toussant. Avant, on appelait ça le chèque. Parce que, tu le bois maintenant et tu paies plus tard.

– Quand le chèque arrive, tu passes à la caisse. » Ernst a vidé son verre avec un frisson élégant. « Allez-y, il a ajouté en lui montrant le sien.

– Hieronymus n'a pas bu, elle a remarqué, soupçonneuse.

– Elle dit que tu bois comme une fille », j'ai traduit.

Le môme a pas bronché, il s'est contenté de la regarder.

« Allez-y », Ernst a répété.

Elle a levé son dé, fait au môme un petit signe moqueur de la tête, et l'a vidé d'un trait.

Nous regardions tous son visage.

Elle a rouvert les yeux. « Jésus », elle a croassé. Ses lèvres se sont tordues, elle a eu un léger frisson. On s'est tous mis à rire. « C'est même pire que ça en a l'air. Pas étonnant que Hitler soit aussi déchaîné, si c'est ça qu'il boit. »

Des larmes lui coulaient des yeux.

C'est vrai que c'était de la saloperie, ce tchèque. Je parie qu'il aurait été illégal dans la moitié des États chez nous. Le môme, il est parti à rire, de son rire aigu, cassé, hoqueté. Puis il lui a lancé un regard étonné par-dessous la bordure de son chapeau.

Mais la gonzesse s'est penchée en avant, la faible lumière a saisi le teint bis, un peu morbide, de sa peau, et soudain j'ai pigé. Cette fille était quarteronne, comme moi. Une *Mischling*, une sang-mêlé. Elle avait ce type de visage métis que seul un œil exercé peut repérer.

« Les gars », elle a fait en croisant une jambe sur l'autre. L'ourlet bleu s'est relevé, et je me suis senti rougir. « Les gars, je voudrais vous inviter à Paris. Pour graver un disque. Ce que vous avez, c'est tout à fait ce que nous cherchons. »

Ernst a traduit en allemand. « Elle veut que nous allions à Paris. Pour graver une galette.

– Paris », Paul a répété, les sourcils froncés.

Je fixais toujours le pan de cuisse pâle quand, levant les yeux vers son visage, j'ai vu qu'elle me regardait. J'ai rougi. « Vous êtes du métier ? » j'ai demandé. Mais ça sonnait un peu désobligeant. Un éclair d'impatience est passé dans ses yeux.

« Je m'appelle Dalilah Brown, elle a dit, en appuyant sur le nom de famille.

– Oh, j'ai fait. Évidemment.

– La chanteuse, elle a repris après une pause, en insistant encore. *Black-eyed Blues* ? *Dark Train Song* ? »

Je hochais furieusement la tête. « Bien sûr. Évidemment. Dalilah Brown. »

Mais j'ai lancé un coup d'œil à Ernst, comme pour savoir si elle plaisantait. Je connaissais aucune chanteuse de ce nom-là.

« Elle représente Louis Armstrong », Ernst a dit.

Ça, oui, bordel, on comprenait. Toute la tablée s'est tue.

« Qu'est-ce qu'elle veut, le môme a fini par demander, d'une voix toute douce. Elle est son agent ?

– Vous êtes son agent ? je lui ai demandé.

– Non. »

Paul a relevé une mèche blonde de son front, puis il a fixé ses yeux bleus limpides sur Ernst. « De quoi est-ce qu'on parle, là? Elle parle d'Armstrong, le joueur de soufflante? Pour de vrai? »

J'ai secoué la tête. « Non, elle parle d'Armstrong le bouffon du roi.

– Ça c'était Archy Armstrong, Ernst a corrigé d'un air distrait. Eh oui. On dirait bien que c'est pour de vrai. »

Je l'ai regardé. « Y a un bouffon qui s'appelait Armstrong? Vraiment? »

Il a hoché la tête. « Jacques Ier.

– Putain! »

La gonzesse était là à nous regarder, sans comprendre un traître mot. Elle devait penser qu'on discutait de sa proposition, d'après la position sévère de sa mâchoire. « Donc? Qu'en dites-vous? »

Finalement, Ernst lui a lancé un long et lent regard. « Vous nous demandez d'abandonner nos vies, mademoiselle Brown. C'est un choix difficile. Si nous allons à Paris, nous ne reviendrons pas. »

Son visage s'est crispé. « Sauf votre respect, monsieur von Haselberg, si vous ne partez pas bientôt, vous n'aurez même plus de vie à abandonner. Vous êtes en train de sombrer ici, vous le savez aussi bien que moi. » Elle a esquissé un sourire, comme pour adoucir ses paroles.

Ernst a brossé une poussière de son pantalon. « Nous survivons.

– Mais vous ne vivez pas. Vous connaissez la différence. Vous n'êtes pas obligés de prendre une décision maintenant, bien sûr. Mais je vous offre une chance de revivre, de jouer votre musique. De marcher dans les rues d'une ville sans avoir peur d'être arrêtés. Ou pire, nom d'un chien. Berlin est comme une pièce verrouillée pour vous, les gars. Je vous offre une clé. »

J'ai presque rien saisi de tout ça. J'avais toujours l'œil fixé sur sa cuisse.

Le jazz. Ici en Allemagne c'était devenu pire qu'un virus. On était tous comme des puces, nous les Nègres, les Juifs et les voyous de basse classe, décidés à produire ce tintamarre vulgaire pour entraîner de mignonnes petites blondes dans le vice et le sexe. C'était pas une musique, c'était pas une mode. C'était un fléau envoyé par les hordes noires maudites, fomenté par les Juifs. Nous les Nègres, voyez-vous, on ne pouvait nous le reprocher qu'à moitié, c'est tout bonnement plus fort que nous. Les sauvages ont un instinct naturel pour les rythmes dégradants, aucun self-control à proprement parler. Mais les Juifs, mon frère, eux ils faisaient exprès de mijoter cette musique de la jungle. Tout ça faisait partie de leur plan démoniaque pour affaiblir la jeunesse aryenne, corrompre ses filles, diluer son sang.

On avait vécu dix ans dans cette ambiance de merde. Depuis la création de la *Reichsmusikkammer* de ce bon vieux Joe Goebbels, qui exigeait que tous les musiciens se déclarent aux autorités. Avec cette exposition abjecte à Düsseldorf au printemps dernier. Laissez-moi vous aider à l'imaginer : prenez la soirée de l'Art dégénéré à Munich en 1937, remplacez les tableaux par des affiches de ménestrels de la jungle s'époumonant sur leur sax et remplissez la pièce de notre belle musique, et vous pigez l'idée. Nous étions officiellement dégénérés.

Et comme une ombre portée sur tout ça, y avait des musicos qui nettoyaient le pavé avec des chiffons, d'autres qui se faisaient matraquer rien que parce qu'ils étaient assis dans un foutu troquet, d'autres encore réduits à faire les poubelles dans les ruelles pour manger. Et les pauvres Juifs, nom de Dieu, massacrés à coups de massues dans la rue, leurs vitrines brisées, leurs instruments arrachés. Merde. Quand ce vieux tapeur de touches de Volker Schramm a dénoncé son manager Martin Müller comme étant un faux Aryen, on a compris que Berlin n'était plus Berlin. On sortait d'une décennie sacrément sauvage.

Donc Paris, c'était plutôt tentant.

Le problème, c'était les papiers. Y avait aucune chance que des types comme nous, on puisse obtenir les bons papiers pour aller à Paris. Ça faisait des années que c'était plus possible.

Qu'on s'entende bien – j'adorais Berlin, je dis pas autrement. Et pendant longtemps, le Peintre en bâtiment nous a même pas paru aussi redoutable que le père Jim Crow. Au moins, ici en Europe un bougre se sentait un peu apprécié pour son art – même s'il s'agissait d'un amour secret, d'un pelotage furtif dans l'ombre, quand personne regardait. Je le prenais pas mal. La vérité c'est que j'avais pas l'air tellement noir, et quant à ceux qui soupçonnaient la vérité, eh ben bravo, je vous paie un verre.

Parce que les Noirs n'étaient en rien la priorité dans ces années-là. On était tout simplement pas assez nombreux, faut croire.

Les bains juifs étaient à moitié en ruine, délabrés, la plupart des bassins déjà fermés au public. Mais c'était les seuls bains que certains d'entre nous avaient encore le droit d'utiliser et parfois un bonhomme, ça le démange de sentir l'odeur des pierres chaudes, les eaux brûlantes et glacées sur sa peau. Les bassins verts transparents enfouis comme des cratères dans la terre. On s'y laissait glisser, la tête en arrière, nus comme au jour de sa naissance.

Chip et Fritz nous attendaient au vestiaire. Chip avait retiré ses souliers, il tortillait ses fichus orteils sur le sol en pierre.

« T'es pas encore à l'intérieur ? j'ai crié. On a cru te sentir de la rue.

– C'est Fritz que vous avez dû sentir », il a répondu. Il a levé le menton et balayé l'air par-dessous. « À moins que vous ayez reconnu le numéro 9 du Dr McMorran, le Spécial. »

Paul a reniflé. « C'est quoi ? Un sirop pour la toux ?

– Ouais, c'est bien un médicament, j'ai fait. Pour les araignées au plafond.

– C'est le parfum qui fait craquer les femmes, Chip a protesté.

– C'est le parfum qui les fait fuir », j'ai chuchoté au môme. Hiero a souri de toutes ses dents, ravi d'être de mèche.

Le gros Fritz était affalé sur le banc de bois dur, énorme, rougeaud, l'air épuisé. C'était un Bavarois massif, doigts épais, cheveux de paille, grand nez de faucon. Pour couronner le tout il était bête comme ses pieds. Il s'est mis debout à grand-peine, le souffle bruyant dans la chaleur étouffante du vestiaire.

« Ça va, Fritz ? » Ernst a demandé en s'approchant. Il a posé son chapeau sur le banc avec délicatesse, s'est mis à dénouer ses lacets.

Fritz a fait un geste de sa main poilue. « Je vais bien. Juste crevé. » Sa voix grave résonnait à travers la pièce – on sentait presque les poutres trembler. Il a lentement cligné des paupières, le front luisant de sueur. « Le vieux Fritz est pas taillé pour la chaleur, Chip a lancé avec un sourire.

– Pas comme vous, bande de chimpanzés », Fritz a rétorqué. Hiero lui a jeté un regard embarrassé.

J'ai fait la grimace, même si je savais qu'il plaisantait. Il était comme ça, Fritz, rude des fois, c'est vrai, mais ça voulait rien dire.

Chip a demandé à Paul où il en était avec ses deux poules. Il sortait avec deux souris depuis un mois à présent, et ça lui arrivait de s'esquiver de chez l'une pour aller chez l'autre dans la même nuit, j'vous jure. Un soir, il avait même eu rendez-vous avec les deux dans le même restaurant. Et aucune des deux s'en est aperçue. C'était ses mains de pianiste, selon Chip – l'une et l'autre faisaient jamais la même chose. Ouais. Je pensais que Paul devait pas être loin de l'épuisement. Chip trouvait que c'était un fier salopard. Le môme, eh ben, je crois que tout ça l'effrayait un peu en fin de compte.

« Tu devras choisir tôt ou tard, Ernst a remarqué. Ne serait-ce que pour éviter de t'effondrer.

– C'est pas ce que pense Chip, Paul a dit en souriant. Il trouve que je devrais les présenter l'une à l'autre. Voir ce que ça donne. »

Je me suis marré. « Marta, c'est un joli petit morceau, d'accord. Mais tu serais cinglé de risquer de perdre Inge. Cette fille a un châssis, euh, de tous les diables. » J'ai écarté les bras comme pour mesurer une chaudière. « Faut se retrousser les paupières rien que pour la voir en entier, mon frère.

– Je vois toujours pas pourquoi y faudrait que tu choisisses, mec », Chip a fait.

Fritz a gloussé, ce qui a fait vibrer ses énormes joues rouges. Mais j'ai eu l'impression que ses yeux restaient petits, et durs.

« Qu'est-ce que t'en penses, le môme ? Chip a poursuivi. Inge ? »

Hiero a haussé timidement les épaules.

« Parle, mon frère.

– Marta », le môme a fait, à contrecœur. Puis il a rougi. « Ou Inge. Zut, elles sont gentilles toutes les deux. »

Chip a retiré son froc. Il était debout, un pied sur le banc ; ses parties poilues pendouillaient comme une cloche. « Marta ! il s'est esclaffé. Franchement, mon frère, y a rien devant, et y en a trop derrière.

– Elle a un joli sourire, le môme a répondu à Chip, en s'efforçant de pas regarder de son côté.

– La mère Inge, par contre, il a ricané. Elle te fait rougir jusqu'aux oreilles rien qu'en prenant une inspiration. Elle te fait fumer le moteur.

– C'est mon moteur que tu fais fumer, mec, Paul a crié. Mets une serviette ou bien viens par ici nous faire des mamours.

– La serviette, par pitié », Fritz a gueulé.

Chip les a ignorés. « Un joli sourire, ça fait pas sauter les verrous, mon frère. » Il se penchait en avant et je vous jure, il avait l'air d'apprécier de sentir le battement de sa vieille calebasse. « Avec un joli sourire, t'es pas plus avancé dans ta chasse au trésor. À moins que ce soit un sourire du tonnerre. Comme celui de la mère Mona Lisa. Ça c'est une gonzesse attirante – elle a du mystère. »

Ernst a suspendu sa cravate à la porte du casier. Il s'est retourné pour lancer au père Chip un long regard scrutateur. « Charles C. Jones », il a lâché avec un sourire tranquille. Il a défait ses boutons de manchette. « De temps à autre tu nous sors un truc complètement stupéfiant. »

Chip a gloussé. « Pour sûr. Je la chasserais pas du pieu, la mère Mona. Elle a pas de sourcils ; t'es pas curieux de savoir où elle a pas de poils encore ? »

Ernst a cligné des yeux. « De temps à autre, il a répété, en secouant la tête. Et puis tu continues à dire des conneries. »

Je me suis débarrassé de ma chemise sans me soucier de défaire les boutons. J'ai balancé mon calcif. Quand j'ai levé les yeux, j'ai vu que Hiero m'observait.

« T'es pas ma tasse de thé, mec, j'ai fait. Commence pas à te faire des idées. »

Chip a levé les yeux, amusé. « Bon sang, Sid, faut que tu fasses plus de sport. Je connais des poulets de Géorgie qu'ont de plus belles guiboles. »

Je lui ai flanqué un coup de serviette. Après, on s'est mis à courir le long du couloir, là où les anciens se reposaient sur des bancs, enveloppés dans des draps comme s'ils étaient prêts pour leur enterrement. Les pierres humides claquaient sous nos pieds. On est passés en hurlant devant deux vieux types fripés, penchés en peignoir sur un jeu d'échecs, l'odeur de paillis de leur peau mouillée, leurs serviettes humides qui tombaient. Puis on est sortis, on a couru dans la caverne faiblement éclairée du bain, avec ses plafonds de cathédrale qui disparaissaient au-dessus de nos têtes dans les ombres et la vapeur. Immense, avec une voûte d'opéra, une acoustique d'outre-tombe, et les arcs des galeries qui s'effritaient tout autour.

Le père Chip a couru droit vers le dernier bassin et quand il a sauté, son ventre a claqué sur l'eau. « Putain, mon frère, j'ai dit en rigolant. Tu dois avoir un estomac de pierre.

– Qu'est-ce que ça fait mal, bon Dieu ! » il a gémi, la bouche crispée. Et craché un long jet d'eau à travers ses dents de devant.

Je me suis accroupi et j'ai glissé dans l'eau. L'écho de nos voix rebondissait sur les murs. Autour de nous la vapeur s'élevait en colonnes qui déformaient tout, faisaient tout trembloter. On se serait cru dans un champ à l'automne, à essayer de percer un épais brouillard.

Les autres sont sortis plutôt lentement, Ernst a laissé tomber la serviette qu'il avait autour de la taille et il est entré doucement, avec sa peau luisante, pâle et cireuse. Paul, il s'est tenu debout sur une jambe comme une grue avant de poser les deux pieds sur le sol. Le bide énorme de Fritz, déjà rose à cause de la chaleur, devenait de plus en plus rouge, et il l'a soulevé à deux mains en descendant dans l'eau, avec sa bite en dessous comme une limace rouge.

Ernst est revenu vers le bord dans une gerbe d'éclaboussures. « Il est où Hiero ? » Il s'est essuyé la figure.

« Oh, il fait juste son timide, j'ai dit.

– Y a que lui qui vous intéresse ? Chip a protesté.

– Il est sans doute en train de fouiller dans le portefeuille de Chip pour trouver son deuxième prénom, Paul a crié à travers la vapeur.

– Je t'en ficherais, du deuxième prénom. Et par deuxième prénom, je veux dire un bon coup de pied dans les dents. »

Le gros Fritz a toussé, ses grondements renvoyés par les murs.

Et puis le môme est arrivé, agrippé à sa serviette. Sa peau paraissait très, très noire contre le tissu blanc, sa poitrine maigrichonne se soulevait un peu quand il respirait. Il avait l'air nerveux comme c'est pas possible, alors qu'il y avait aucune raison. Il me faisait de la peine, à le voir comme ça.

« On était justement en train de parler de toi, gamin », Chip a crié.

Hiero est entré dans l'eau, l'air inquiet.

« On se demandait si t'étais noir de partout.

– C'est pas une bouche que t'as, Chip, c'est un égout », Paul a crié d'en face.

Hiero a jeté un coup d'œil à Paul. Et tout d'un coup il a éclaté de rire.

« Ah, tu trouves ça drôle ? » Chip a fait avec un sourire. Il a rejoint le môme à travers la flotte, posé ses deux bras musclés sur la tête étroite, et il l'a coulé dans une seule et violente volée d'écume. Le corps du môme, sous l'eau, ressemblait à des cendres soufflées par le vent. « Continue à te marrer, mec, Chip braillait. T'es encore en train de rire ?

– Chip, j'ai fait, arrête ça.

– Ça suffit », Fritz a dit. Les bras tendus, il a pris Chip par les aisselles et l'a écarté du môme comme s'il était pas plus lourd qu'un sandwich. Chip se tortillait contre le ventre du gros. « Fiche-lui la paix, maintenant. T'es trop dur avec lui. »

Une gerbe d'eau a jailli, et le môme a surgi en toussant et en crachant de la morve. Il a secoué la tête pour en chasser l'eau. Il souriait d'un air qui se voulait détaché, mais il paraissait gêné, terrifié et très en colère.

Chip se débattait sous la poigne massive de Fritz, une expression de dégoût sur la figure. « Putain, je sens que t'es content de me voir, il beuglait. Dégage, dégage.

– T'es sûr que c'est ce que tu veux ? » j'ai dit en rigolant.

Alors Fritz l'a lâché et il s'est éloigné en vitesse. « Fais gaffe, mon frère, il a crié. Je pourrais te coller une baffe, si seulement je savais de quel côté grimper. »

Soudain Ernst s'est mis debout au bord du bassin, une grande vague venant battre son torse pâle. Ses cheveux noir de jais étaient plaqués en arrière. « Bon, parlons-en. On y va ou pas ?

– À Paris ? Paul a crié. Bien sûr qu'on y va. Pourquoi on n'irait pas ? »

Chip et Fritz regardaient Paul, puis Ernst, puis Paul de nouveau.

« Tu sais de quoi ils parlent ? » Fritz a demandé.

Chip a haussé les épaules.

« Nous avons une offre, messieurs, Ernst a expliqué. Une dame est venue aujourd'hui nous demander si ça nous intéresserait de graver un disque avec Louis Armstrong. »

Chip a lâché un sifflement sourd.

« Qu'est-ce que tu lui as répondu ? Fritz a demandé.

– Que nous devions en discuter. Qu'est-ce que je pouvais lui dire d'autre ? »

Chip a grogné, remué dans la vapeur. « Je peux pas croire que tu doives même poser la question.

– Ça veut dire non, Jones ?

– Ça veut dire oui. Et je vais même rajouter oui, bordel de merde ! Paris ? Armstrong ? »

Le gros Fritz fronçait les sourcils, en émergeant de la vapeur comme un sombre rocher. « Comment savoir si c'est vrai ? C'est qui, cette femme ? Elle pourrait être n'importe qui. »

J'ai pouffé. « Qu'est-ce que tu crois, mon frère ? Que la Gestapo nous pousserait à partir à Paris pour nous tendre un piège ? Ça te paraît plausible qu'ils prennent cette peine ? »

Fritz a rien répondu, il s'est contenté de retourner son énorme masse dans la flotte.

« Elle est avec Armstrong, Fritz », Ernst a repris. Avec ses cheveux plaqués qui rebiquaient à cause de toute cette vapeur, on aurait dit une version encore plus inquiétante de lui-même. Il a étendu ses longs bras bleus le long de la paroi, laissé ses jambes de fantôme dériver vers la surface et rejeté la tête en arrière, le regard fixé au plafond. « Je ne doute pas un instant qu'elle soit qui elle dit être. Ce n'est pas la question. »

Fritz faisait toujours la grimace. « Elle est venue nous trouver ? Elle est venue à Berlin spécialement pour nous ? Avec le Führer qui fait des siennes ?

– Tu veux dire le Peintre en bâtiment », j'ai fait.

Il m'a lancé un regard. « Elle n'est pas ici pour nous, Ernst a répondu. Elle est venue pour récupérer de l'argent qui est dû à Armstrong. On est juste la pomme sur le gâteau.

– Je crois que tu veux dire la cerise », Paul a rectifié. Il s'est laissé flotter mollement vers Fritz. « Écoute, Fritz, Armstrong est un fan. Il a nos disques.

– Quels disques ?

– C'est important ? j'ai fait.

– On n'a pas demandé, Paul a poursuivi. Elle dit qu'Arthur Briggs a vu quelques-uns de nos concerts il y a quelques années. Et Bechet a dit à Louis qu'on était vraiment bons quand on a fait sa première partie à Vaterland.

– Bechet, Chip a grimacé. Il me doit encore cinq sacs, bordel.

– Elle sert vaguement de manager pour Armstrong à Paris, Ernst a expliqué. Je sais pas. Elle doit mettre de l'ordre dans ses affaires.

– Ses affaires », Chip a chuchoté.

Paul a souri, le bout de la langue pointé entre les incisives.

« T'as quel âge, dix ans ? Ernst a dit en grimaçant. Armstrong nous suit depuis des années, je crois. Quand il a appris qu'on était encore là et qu'on ne jouait plus en public, il a dû penser que ça pourrait nous intéresser de venir à Paris.

– Ce qu'Ernst vous raconte pas, j'ai fait, c'est tout ce qu'elle a dit sur le môme. Armstrong veut jouer avec lui spécialement. Paraît qu'il est le meilleur souffleur de trompe de ce côté-ci de l'Atlantique. Y en a qui disent qu'il est même meilleur que Briggs. Henry Crowder par exemple. Il a dit à Armstrong que Hiero lui rappelait King Oliver au meilleur de lui-même. »

J'en sais rien, je croyais sans doute qu'on allait tous se mettre à blaguer là-dessus. Mais personne n'a même souri.

« Il veut quand même de nous, du coup ? Chip a fait. Ou bien c'est juste le môme qu'il veut ?

– Elle a dit qu'il voulait jouer avec les Hot-Time Swingers, Hiero a répondu nerveusement. Elle a dit nous tous. »

Fritz m'a lancé un regard.

J'ai haussé les épaules. « C'est ce qu'elle a dit, oui.

– Elle nous a traités d'iconoclastes, Paul a ajouté.

– Et tu lui as pas collé une gifle ? Chip a dit en souriant. Utiliser un pareil langage devant le gamin ?

– C'est payé combien ? » Fritz a coupé, avec sa brusquerie habituelle.

Ernst a levé la tête. « Combien c'est payé ?

– Merde, mon frère, aucune chance que ça paie moins que ce qu'on gagne maintenant.

– Sid marque un point », a fait Paul.

Ensuite on s'est tus, tous à la dérive dans la chaude lumière bleue. L'eau clapotait contre les murs de pierre, son murmure feutré résonnait jusqu'au plafond.

Un toussotement. Puis le môme s'est dressé, l'eau dégoulinant de son torse rachitique. « Je pense qu'on devrait y aller », il a dit doucement. Sa lèvre supérieure tremblait.

« On vient d'arriver, Paul a répondu.

– Je crois qu'il veut dire à Paris », a dit Ernst.

Hiero, l'air gêné, s'est replongé dans l'eau.

« Tu penses qu'on devrait y aller ? Chip a lancé. Tu penses qu'on devrait se barrer à Paris, le plus loin possible du Peintre en bâtiment ? Tu penses qu'Armstrong, ça suffit comme raison ? Tu te dis que ça vaut le coup, de marcher dans les rues d'une ville où t'es chez toi sans avoir peur de te faire tuer ? C'est ce que tu penses ? »

Hiero a regardé Chip droit dans les yeux. « Oui, il a simplement répondu.

– Ah, petit, Chip a ri. T'es impayable. Bien sûr que ça vaut le coup.

– Le problème, a repris Ernst, c'est comment, au juste.

– Attendez », a fait Fritz. Il avait presque l'air en colère. « Je suis pas convaincu. Désolé les gars. » Il a pataugé vers le petit bain, s'est assis sur les premières marches, les coudes sur les genoux ; l'eau courait le long de ses cuisses massives. Les poils plaqués sur sa poitrine formaient un épais tapis. « Je suis désolé, il a répété. Mais je vais pas me mettre à danser juste parce qu'elle dit que c'est l'heure de danser.

– Pas de problème, a répondu Ernst. On ne fait que discuter, là.

– On parle de Paris, mec, Chip a dit. Bordel !

– On habiterait où ? On irait pour combien de temps ? »

Ernst a secoué la tête. « Je ne sais pas. Je n'ai pas toutes les réponses. Je ne suis même pas sûr qu'on pourrait partir tout de suite. Il nous faudrait des visas.

– Donnez-lui une heure ou deux, Chip a fait. Ernst trouve toujours un moyen.

– La gonzesse de Louis, elle reste toute la semaine, j'ai dit. On a pas besoin de décider tout de suite.

– Bon. »

Ernst s'est éclairci la gorge. « D'accord, alors ?

– D'accord. »

Mais quelque part les réticences de Fritz nous faisaient réfléchir, elles assombrissaient ces mêmes eaux dans lesquelles on flottait. Merde. On est restés silencieux, à barboter doucement durant un certain temps. À la fin Ernst s'est raclé la gorge et avec une vieille tristesse en lui, il a dit : « Bon, messieurs, je pense que je vais retourner au Molosse.

– Tu dois encore travailler tard ? Paul a dit. J'arrive pas à comprendre pourquoi t'écris encore ces articles, mec. Personne n'en a plus rien à faire du jazz. »

Ernst s'est arrêté. « Moi si. » Il a grimpé hors du bassin, blanc comme neige, comme si l'eau avait sucé tout le sang de ses veines.

On est pas restés longtemps après ça.

Dehors, sous les réverbères, la place devant les bains luisait comme du talc. Des gens marchaient en silence dans l'obscurité. Ma nuque était encore mouillée, je sentais l'air frais passer dessus. Chip m'a donné un petit coup de poing sur l'épaule.

« Allons-y à pinces, mec. » Il avait l'air morose.

Je ressentais la même chose. J'ai hoché la tête.

Les rues étaient sombres. On gardait la tête baissée, les mains fourrées dans les poches, nos cheveux humides dans l'air de la nuit. On marchait lentement, comme si on avait la trouille de rentrer. On voyait Fritz, le môme et Paul quelques pas devant nous dans le noir, puis ils se sont évanouis dans l'ombre et on les a perdus de vue.

J'adorais toujours Berlin à cette heure-là – la tranquillité, la manière dont les ombres envahissaient les vitrines. On est passés devant un magasin de jouets avec des ballons décorés de croix gammées en vitrine, une boucherie qui avait baissé son rideau de fer. Y avait comme du limon suspendu dans l'air, un goût de terre, et j'ai soufflé fort pour l'expulser de mon nez. Puis on a entendu des voix aiguës, et au fond d'une rue embrumée on a vu des employés de la voirie au travail dans la faible lumière. Des gamins agrippés à des brocs noirs fumants, qui versaient du goudron entre les pavés irréguliers. La vapeur s'élevait autour d'eux. Des hommes vêtus d'une épaisse salopette essuyaient la crasse de leur figure.

On a replongé dans l'ombre et pris un autre chemin.

Je me suis mis à songer que ces derniers mois, Chip et moi on avait rétréci. Ne serait-ce que deux ans plus tôt, on aimait beugler dans ces rues comme si on faisait partie d'un défilé.

À présent on marchait à pas de loup dans l'obscurité, on fuyait la lumière. Je nous revoyais tous les deux écouter les disques d'Armstrong, là-bas à Baltimore quand on était gosses. Et je pensais à la famille de ma m'man, là-bas en Virginie, la peau claire comme des Français, qui flottait à travers ce monde blanc comme des fantômes. Avec la peur d'être reconnus pour ce qu'ils étaient vraiment.

Puis on l'a entendu. Une sorte de hurlement strident. Il est passé à côté de nous comme une rafale de vent noir.

Chip m'a attrapé la manche. « C'était pas Hiero ? »

J'ai tendu l'oreille. Plus rien.

« Bordel », Chip a sifflé.

Ensuite on courait tous les deux.

On est arrivés au coin de la rue hors d'haleine, et je me suis arrêté. Tout s'est ralenti d'un coup. Sous le faible éclairage de notre immeuble, au milieu de la ruelle, trois types de la Gestapo tenaient le môme par les cheveux, comme s'ils soulevaient un bouvillon par les cornes. Ils essayaient de le décoller du sol. Mais bizarrement le môme tombait pas, il se balançait juste au vent comme des vieux papiers. Un quatrième salopard, un grand au cou de taureau, tenait Paul par la gorge. Mon estomac s'est soulevé, la nausée montait. Comme si une lumière s'éteignait en moi.

« Chip, j'ai sifflé. Nom de Dieu. »

Il avait déjà retiré son chapeau et se tortillait pour se défaire de sa veste. Il a foncé sur le Boche le plus proche, s'est penché très bas et lui a donné un grand coup de pied dans le genou gauche. Il y a eu un curieux bruit de broyage, puis un horrible hurlement. Ensuite, Chip s'est mis à donner des coups de pied dans la gorge du Boche qui se tordait de douleur par terre. Un deuxième Schleu s'est retourné et dans un grand geste il a cassé une bouteille sur la tête de Chip. Le père Jones est tombé, le crâne entre les mains.

« Putain de merde, j'ai fait.

– Sales youpins ! le Boche s'est mis à beugler. Enfoirés de Juifs ! Sales Nègres ! »

Je me suis jeté à l'eau. En un éclair j'ai vu les ombres sous notre immeuble remuer, commencer à se soulever, on aurait cru que toute la porte d'entrée éclatait : le gros Fritz. Il a saisi le type qui se bagarrait avec Paul par la nuque. Il l'a soulevé au-dessus du sol, puis il l'a jeté sur les pavés comme un sac de viande. Et il s'est mis à le dégommer à coups de pompe.

Je cognais cette ordure à coups de bouteille droit dans les dents et sa figure se tordait. J'arrêtais pas d'essayer de l'attraper par le col mais lui il arrêtait pas de m'échapper, de cracher du sang, de griffer mes satanées joues, mes oreilles. « Elle est où ta fierté raciale ? » il hurlait. Sa bouche était comme une fente déchirée, qui se remplissait de sang. « Enfoiré de Nègre ! Enfoiré enfoiré enfoiré de Nègre ! »

Il avait les yeux comme du verre brisé dans la faible lumière.

Je l'ai frappé encore, et encore. Puis quelque chose de pointu m'est rentré dans les côtes et je suis tombé en vitesse, en tâchant d'esquiver les talons de bottes qui, je le savais, allaient m'arriver dessus. J'entendais le môme hurler, rien que hurler et hurler. Les coups de talon sont pas venus. J'ai fait la grimace, levé les yeux. Le gros Fritz se tenait au-dessus de moi, tout tremblant.

« Fritz, mon beau salaud, j'ai beuglé. Tu te bats comme un vrai salopard ! »

Mais quand il a tourné la tête j'ai vu qu'il pleurait.

Un bruit de pas résonnait au loin dans la sombre ruelle. Je me suis mis debout à grand-peine, en grognant. J'avais pas les idées claires. Trois autres agents de la Gestapo nous tombaient dessus, tous en civil, à part ces foutues bottes de cuir sous leurs longs pantalons.

Mes mouvements étaient lents maintenant. J'ai lancé un crochet maladroit et manqué mon but. Je me suis pris un coup dans le ventre, puis un autre. Mais j'ai réussi à lui balancer un bon uppercut sous la mâchoire et ce foutu Boche a mis genou à terre. Bordel. Mais à présent le premier salopard s'était relevé et je l'ai cogné de toutes mes forces en pleine poire: j'ai senti un craquement et quelque chose de liquide se répandre sous mon poing.

Quand je me suis retourné j'ai vu Fritz courir en trébuchant après deux des types qui filaient dans le noir. Deux autres se tordaient de douleur sur les pavés, avec des gémissements atroces. Pas moyen de reprendre haleine ; je restais penché en avant, haletant, à recracher un peu de ce que j'avais mangé tout à l'heure. La respiration sifflante comme un soufflet de forge.

J'ai entendu un piétinement dans l'entrée de notre immeuble et quand j'ai levé la tête je l'ai d'abord vue briller. La bouteille brisée. Tenue à la gorge du môme. « Je le connais cet enfoiré de Juif, le Boche gueulait. T'es l'enfoiré à la tête de ce groupe de jazz, cette putain de musique de Nègres. Je vais te zigouiller. Je vais te zigouiller. »

Mais c'était Chip, qui titubait devant lui, qu'il fixait. Le dos de la chemise de Chip était couvert de sang, comme un tablier noir poisseux. Puis le père Jones s'est accroupi comme pour reprendre son équilibre. J'ai cligné des yeux, essuyé le sang autour de mes paupières. Ensuite j'ai vu le môme s'éloigner en rampant, et Chip et le Boche se cogner dessus contre les murs de l'entrée ; puis, brusquement, Chip était debout au-dessus du Boche et le Boche étendu sur les marches, la tête dodelinant dans le caniveau.

Quelque chose de noir s'écoulait lentement de sa poitrine, une longue tache humide sur les pierres.

« Chip, j'ai sifflé. Faut qu'on file. »

Chip bougeait pas.

Fritz tenait Paul sous un bras et de l'autre il remettait le môme sur ses pieds. Il m'a lancé un regard perçant. « Sid, il a crié. On y va.

– Je sais. Chip », j'ai fait doucement. Je me suis approché de lui. « Faut qu'on y aille maintenant. »

Il avait toujours le poing fermé autour du goulot de la bouteille. Je regardais le sang suinter par-dessous le corps du Boche, et luire plus noir que la nuit, comme si une sorte de gouffre sombre et terrible s'était ouvert dans le trottoir, un portail vers les enfers.

« Chip », j'ai répété.

Il a fini par se retourner. On a couru.

2

« Ils vont venir nous arrêter », Chip a dit. Il s'est retourné, grimaçant, en jetant un regard noir à Fritz. « Bordel, mon frère, tu creuses jusqu'en Chine ou quoi ? »

Le gros Fritz, qui s'affairait sur le crâne de Chip, s'est penché en arrière, l'air fâché, un tesson de verre noir dans la paume. Ses doigts énormes tenaient délicatement la pince à épiler.

« Alors qu'est-ce que t'en dis, mec ? » j'ai demandé.

Paul pressait un linge mouillé contre sa pommette où commençait à poindre une bosse d'un rouge violent. « Il en dit qu'on doit rester ici, il a marmonné de derrière le chiffon. Il espère que vous ne dormirez pas trop mal par terre, il dit. »

Le môme se triturait les mains en silence.

J'ai changé de position sur mon siège pour tâcher de mieux respirer. Mes côtes me faisaient sacrément mal. Le Molosse paraissait sombre, complètement silencieux autour de nous. On avait pas d'autre endroit où aller.

On était tous assis dans le noir au bord de la piste de danse, la scène dans l'ombre derrière nous, et la seule lumière venait du bureau d'Ernst au-dessus de l'alcôve où se trouvait le bar. Sa porte était ouverte là-haut, la lumière se répandait en un cône jaune sur les marches. Ernst fumait en silence à la table à côté de la nôtre.

On a entendu un léger cliquetis quand Fritz a laissé tomber le tesson dans une soucoupe.

« Ils vont se servir de ça comme prétexte, a repris Chip.

– Prétexte pour quoi ?

– Pour n'importe quoi. Pour cogner sur les gens. Pour arrêter les musiciens. Qui sait ? »

Fritz a froncé les sourcils. « Ce sera peut-être pas aussi grave que ça. Il y a encore des lois. Ils peuvent pas les enfreindre, plus maintenant. »

J'ai secoué la tête. « T'habitais dans quel pays ces dernières années ? C'est exactement ce qu'ils font. »

Chip a aspiré l'air entre ses dents. « Merde, Fritz. Vas-y mollo. »

Fritz a grogné. Un autre cliquetis de verre.

Ernst était assis de travers sur sa chaise, une jambe croisée sur l'autre, tenant une clope qui s'embrasait puis mourait entre ses doigts pâles. Quand il a fini par parler, son ton était doux, mesuré. « Chip a raison. On devrait rester ici jusqu'à ce qu'on trouve une solution.

– Je crois qu'on va pas traîner à Berlin après tout, j'ai dit à Fritz. Tu ferais mieux de fourrer des caleçons de rechange dans une valise. Comment on dit "Monsieur Armstrong, vous avez de drôlement beaux mollets" en français ?

– Tu trouves ça amusant, Sid ? Fritz a répondu.

– Je rigole pas, mec, j'ai dit. Ça fait vachement trop mal de rire.

– Hiero ? » Paul a fait. Il s'est penché en avant en baissant le menton pour regarder le môme. « Ça va ? »

Le môme tremblait comme une feuille. Il a lancé un regard à Paul, puis il a détourné les yeux.

« Oh, il va bien. Il rêve juste de Paris.

– Bien sûr qu'il va bien, Chip a poursuivi. Il a pas une trace sur le corps, lui. Bon Dieu, Fritz, je suis pas un bout de saucisse. »

Fritz a fait un geste de sa main libre, puis il a posé son énorme paluche sur le crâne de Chip et l'a tourné vers la lumière. « Y en a pas un d'entre vous qui trouve ça bizarre, cette femme qui se pointe avec sa proposition ridicule la nuit même où on se fait attaquer. Depuis combien de temps est-ce qu'on vit ici ? Et combien de fois on a eu des problèmes ?

– C'est tiré par les cheveux, mon frère. »

Ernst a changé de position sur sa chaise. « Qu'est-ce que tu sais que tu nous dis pas, Fritz ? »

Fritz a pincé les lèvres.

« Fritz ?

– Rien. Mais ça ne me dit rien qui vaille.

– Bon, ça suffit », Chip a gueulé, en tapant de son poing meurtri sur la table. Un verre a tinté. « Plus personne dit rien à Fritz tant qu'il a pas fini de s'occuper de ma foutue caboche. Compris ?

– Je sais pas pour Paris, Ernst a repris. Mais on ne peut pas rester à Berlin. Plus maintenant. »

Fritz a lancé un regard à Ernst à travers la pièce. « Ça passera. Je vous assure. »

Ernst s'est levé, les sourcils froncés. « Bon. Pour l'instant, vous pouvez rester ici au Molosse. Du moins jusqu'à ce qu'on puisse se faire une idée de la gravité de la situation. Peut-être que le gars n'est pas mort. Peut-être que personne vous a reconnus.

– Si, ils nous ont reconnus, j'ai fait.

– T'en sais rien, Fritz a rétorqué. Pas forcément.

– Y a pas trois types de ta taille dans toute la ville, Fritz. Encore moins qui se promènent à minuit avec deux Noirs. Ils nous ont reconnus, c'est sûr. »

Cette nuit-là, on a dormi dans nos habits tout froissés en souffrant le martyre. La forme longue, étroite du club, l'angle bizarre de son mur, me donnaient l'impression qu'on était dans la cale d'un navire. Ou c'était peut-être à cause du vieux canapé où j'avais couché, avec ses coussins posés de travers. La pièce était entourée de vieilles chaises, avec un long miroir sur le mur du fond, et plein de tables éraflées placées bout à bout. Dans un coin, un énorme lavabo en cuivre qu'on aurait pris pour un vieux bidon, qui attrapait les reflets renvoyés par le miroir. Une haute fenêtre munie de barreaux était masquée par un rideau doré, mais ça n'empêchait pas la lumière blanche de la rue de s'infiltrer à travers les coutures.

J'ai été réveillé par des petites tapes régulières sur le pied. En ouvrant lentement les yeux, j'ai pensé, oh, merde. Dalilah Brown, debout au-dessus de moi, me poussait du bout de son escarpin. Habillée d'une jupe blanche, d'un corsage blanc et coiffée d'un turban blanc enroulé comme de la gaze autour de la tête. Elle tenait un sac en papier au creux du bras.

« Vous avez une mine affreuse, elle a dit.

– Bonjour », j'ai marmonné, en refermant les yeux. Respirer me faisait un mal de chien, mon frère.

Paul a levé la tête de dessous la dernière table, ses cheveux jaunes gominés dressés à des angles bizarres. « Mmm... Je reconnais cette voix. »

Hiero ronflait encore dans le gros fauteuil à côté du miroir.

« Sid, où est Ernst ? » Dalilah a demandé plus doucement, comme pour ne pas réveiller les autres. Elle s'est accroupie, avec sa jupe étroite, les genoux serrés l'un contre l'autre.

J'avais pas les idées claires.

« Ernst, elle a répété. Où est-il ?

– Il est pas là ? » J'ai cligné des yeux, lancé un regard endormi à Paul. J'ai demandé en allemand, « Eh frère, où est-ce qu'il est allé Ernst hier soir ? »

Paul avait la voix pâteuse. « Peut-être qu'il est retourné à son appartement. Il a dit que c'était plus sûr, je crois. Que ça paraîtrait trop bizarre, qu'il rentre pas chez lui. » Il a passé une main tout écorchée dans ses cheveux, puis il s'est redressé brusquement, comme une marionnette, en étirant son cou raidi. L'hématome sur sa joue lui donnait seulement l'air plus rude, plus ciselé, comme un Bogart plein d'élégance. Le salopard était même pas foutu de perdre sa belle gueule quand il se faisait tabasser.

J'ai fait la grimace, frotté mes côtes endolories. « Alors lui il a le droit de dormir dans un lit ? Putain. »

On a entendu un grand bruit dans le couloir, et Chip est entré. Il avait un large pansement blanc autour de la tête. « Ernst est dans son bureau », il a grommelé en allemand. Il a regardé Dalilah. « Tu cherches Ernst, fifille ? »

Elle m'a regardé. « Qu'est-ce qu'il a dit ? »

Mais il avait la figure tellement enflée et couverte de plaies que je me suis mis à rigoler, en oubliant de traduire. On aurait dit une assiette de purée de haricots noirs qu'essayait de parler.

« Qu'est-ce qui te fait sourire, Chip a fait. T'as vu ta tête, mec ?

– Sid n'a pas pris de coups au visage, Paul a marmonné.

– T'en es sûr ? » Chip a marqué un temps, en reluquant Dalilah de haut en bas. Il est passé à l'anglais : « Tout le monde est là, à ce que je vois ?

– On dirait », elle lui a répondu, en le toisant à son tour de haut en bas. « Monsieur Jones, je présume ? »

Il a commencé à sourire puis il s'est arrêté, une grimace de douleur aux lèvres. « Charles C. Les copains m'appellent Chip. Mais toi tu peux m'appeler à n'importe quelle heure du jour ou de la nuit.

– Charmant.

– Il faut l'excuser, j'ai dit. Il a pris un rude coup sur la tête.

– C'est pas cette partie de mon anatomie qui va l'occuper », il a fait en allemand, avec un nouveau sourire.

Paul a pouffé. Il a montré du doigt le turban blanc de Dalilah, puis le pansement sur le crâne de Chip. « Il vous manque qu'un chameau, à tous les deux. »

Dalilah a pas compris l'allemand, mais elle a pigé l'essentiel. « Vous pouvez dire à monsieur Jones que j'ai quelques jupes de rechange aussi, si ça peut lui servir, elle a fait un peu sèchement.

– Oh, ça devrait l'intéresser. Chip est à croquer en jupe. »

Chip a traversé la pièce à ce moment-là et il a flanqué un coup de pied dans le fauteuil du môme qui a failli tomber. « Debout là-d'dans, mon frère, il a beuglé. Un nouveau jour commence.

– Laisse-le dormir, mec », j'ai dit.

Mais le môme ouvrait déjà des yeux terrifiés et fixait Dalilah, accroupie à côté de moi. Elle lui a fait un clin d'œil. Troublé, il a vite regardé ailleurs. À le voir gêné comme ça, les brutalités de la veille me sont brusquement revenues. Je me suis redressé, j'ai frotté ma figure.

« Alors, c'est toi la célèbre Dalilah Brown », Chip a fait. Il s'est assis sur le canapé au fond, a posé les pieds l'un après l'autre sur la table basse tachée, en croisant les chevilles. « Depuis hier, on parle que de la célèbre Dalilah Brown. De Dalilah Brown la célèbre chanteuse. »

Une légère ombre est passée sur son visage.

« Chip, j'ai dit, mal à l'aise.

– Tu me préviens quand t'as fini, elle a dit.

– Ah mais je fais que commencer, fifille, Chip a répondu avec un large sourire. Quand j'aurai fini tu verras que l'arrière de ma tête.

– J'espère qu'il vaut mieux que le devant. »

J'ai rigolé.

J'ai senti sur moi le regard dur comme pierre de Chip, sa soudaine irritation, si intense qu'elle courait comme des toiles d'araignée sur ma peau. Mon cœur a trébuché dans ma poitrine. J'ai jeté un coup d'œil à Dalilah mais elle nous regardait plus. Elle regardait Hiero.

Chip a désigné le sac en papier enroulé qu'elle tenait encore. « Qu'est-ce que t'as là-dedans, célèbre Dalilah Brown ? Du carburant pour nos vieux moteurs ? »

Sans rien répondre pendant un long moment, elle a seulement étudié Chip de ses yeux verts perçants. Puis elle a souri. J'ai aperçu ses petites dents de travers. « Toi et moi,

Charles, elle a dit, nous allons bien nous entendre. Je vois ça d'ici. »

Le père Chip a pas trop su quoi répondre.

Elle a ouvert le sac en papier, en a tiré un journal du matin replié et six brioches.

« Eh ben voilà, Chip a fait. Comment t'as su qu'on était…

– Votre saxophoniste, Fritz. Je l'ai rencontré ce matin quand il sortait du club. Il m'a raconté pour hier soir. Il a dit que vous auriez peut-être envie de manger autre chose que des cacahuètes salées. » Elle fixait le môme à l'autre bout de la pièce. Debout devant le lavabo, il tournait le vieux robinet et attendait que l'eau brune commence à couler. Il s'est mis à se laver la figure, les bras ; l'eau luisait comme de l'argent battu sur sa peau sombre. « Comment il va ?

– Hiero ? a fait Chip. Ça va. Ces salauds de la Gestapo l'ont battu avec des plumes. »

Dalilah n'avait pas l'air convaincue. Mes vieilles côtes se sont remises à me faire mal.

« Attendez – vous dites que vous avez croisé Fritz ? j'ai demandé. Il allait où ? »

Mais peut-être qu'elle m'a pas entendu.

Chip s'activait déjà à déchirer une brioche et à fourrer la pâtisserie friable dans sa bouche. Paul m'a fait un grand sourire, montrant joyeusement ses dents pleines de miettes. Il a attrapé le journal et s'est mis à le feuilleter, à le massacrer plutôt, pour voir si on parlait de nous.

« J'ai toujours plus faim quand j'ai pas dormi, Chip a dit. C'est pas bizarre ?

– Non, Paul a répondu.

– Pourquoi t'as pas dormi ? j'ai demandé. Comment ça se fait que t'es debout si tôt ?

– Comment ça se fait que vous, vous dormez encore, les mecs, c'est ça la question. Ce foutu chat vous a pas empêchés de dormir ? »

Hiero se séchait avec sa chemise. Il s'est retourné timidement. « Un chat ?

– J'ai bégayé, mon pote ?

– Est-ce qu'il a dit chat ? Paul m'a demandé. Chat ? »

– Chat », j'ai confirmé.

Chip nous a fixés l'un après l'autre comme si on était tous timbrés. « Chat. C-H-A-T. Chat. Il vous a pas empêchés de dormir, ce foutu salopard de félin, avec ses foutus braillements dans les murs ? »

Je me suis mis à rire. « Ils t'ont vraiment cogné fort sur la tête ?

– Bon Dieu, mon frère. Il a pas fermé son foutu clapet de la nuit.

– Continue de carburer au tchèque, mon frère.

– Je l'ai entendu moi aussi », Hiero a soufflé.

Paul a haussé un sourcil au-dessus du bord supérieur de son journal.

« N'importe quel mec dans un rayon de six pâtés de maisons doit l'avoir entendu », Chip a dit.

Paul a souri. « La copine d'Armstrong n'est pas la seule chanteuse en ville, on dirait.

– Maintenant que j'y pense, Chip a fait avec un grand sourire, ça ressemblait un peu à sa voix. Elle a dit où elle a dormi hier soir ?

– Lady Dalilah deuxième du nom, Hiero a murmuré. Elle nous tient compagnie, c'est tout.

– Lady Dalilah deuxième du nom, c'est ça », Chip a rigolé.

Dalilah se raclait la gorge et se retournait chaque fois qu'on prononçait son nom. « Je suis là, si vous n'avez pas remarqué », elle a fini par dire, l'air fâché. Elle a posé une main ornée de bracelets sur sa hanche.

« Oh, on se moque pas, j'ai dit en anglais.

– Que des compliments, Chip a fait, souriant.

– Mmm, j'en suis sûre. Ernst est dans son bureau ? » Mais elle observait le môme qui prenait sa trompe et tripotait nerveusement les pistons. Il évitait à tout prix de la regarder, j'ai vu. Merde.

« Des chaussettes pour dix pfennigs chez KaDeWe, Paul a marmonné. Je crois qu'on va devoir s'en passer. » Il a tourné la page froissée.

« T'as trouvé quelque chose sur hier soir ? » le môme a demandé avec sa douceur habituelle. Son regard a frôlé Dalilah, puis s'est reposé sur Paul.

« Je cherche, je cherche, Paul a répondu distraitement.

– Vous croyez que c'est bon signe ? » a demandé Chip.

J'ai haussé les épaules. « Je crois que ça veut rien dire. Qu'est-ce que ça dit de la Pologne ? »

Paul a secoué la tête. « C'est juste le torchon du quartier, mon pote. Il va pas te donner des nouvelles que t'as pas déjà entendues ailleurs, tu sais. » Il continuait à tourner les pages. « Fritz serait fou de joie. Le cœur du commerce continue à battre.

– T'arrête pas, Socrate. T'as quoi d'autre ? »

Hiero a levé la tête et s'est mis à fixer le journal avec une intensité soudaine. Il a cligné des yeux deux fois, rapidement. Puis il a tendu la main et déchiré une bande de la dernière page. Paul a vite ramené le journal vers lui, mécontent, mais le môme disait rien.

« Qu'est-ce que t'as là ? Chip a demandé. Hé, réponds-moi, mec. M'oblige pas à venir te le prendre. »

Hiero a regardé autour de lui nerveusement. De sa petite voix perchée, il a dit : « Y a un papier d'Albert Basel sur les Golden Seven là-dedans. Écoutez : *Jamais je n'ai rien entendu de plus abominable que ces gentlemen s'efforçant d'incarner quelque chose d'indigne. Les Golden Seven nous livrent une parodie des percussions négroïdes qui finit par être plus méprisable que le jazz de Chicago lui-même.* »

Chip a poussé un cri de joie. « Le vieux Goebbels est en train de faire tomber ses propres murs. Qu'est-ce qui lui prend, de demander à Albie de critiquer les Seven ? Il est cinglé ?

– T'as besoin de poser la question ? j'ai fait. Vraiment ?

– Salaud d'Albie », il a marmonné.

Albert Basel, voyez-vous, c'était un critique qui venait de Leipzig, un Boche dont la plume était, pour reprendre un mot de Chip, trois centimètres et demi plus longue que son épée. Il s'est trouvé qu'en 29, il raffolait de nous. Il nous savourait comme un bon merlot. Écrivait article après article sur « les rythmes ingénieusement complexes du jazz allemand ». C'était de Chip et moi qu'il parlait, on était ses chouchous. Puis il y a eu 33. En voyant ses jours comptés comme enseignant au conservatoire de Leipzig, il a soudain retourné sa veste, régénéré par le nazisme. Le premier jour que je l'ai croisé dans la rue, je me rappelle, il a carrément changé de trottoir, comme s'il m'avait pas entendu l'appeler à voix haute. On était de la « vermine sonore » après ça, de la « pacotille judéo-hottentote ».

Chip avait jamais pardonné à ce salopard.

Mais ça n'avait pas de sens, qu'il ponde une critique sur les Golden Seven. Vu que les Seven étaient la réponse du père Goebbels à la soif de jazz du public. La musique refusait de mourir, voyez-vous. Parlons même pas des Swing Boys là-haut du côté de Hambourg. Il y avait encore des types qui distinguaient leur Whiteman de leur Ellington. Et ça les démangeait encore de swinguer. La TSF avait complètement banni le jazz, d'accord, mais Joe Goebbels était assez malin pour offrir une alternative. Et les Seven étaient cette foutue alternative. Comme remplacer le sucre par du sel. Avec des musicos de second ordre comme Franz Thon, Kurt Hohenberger et Erhard Krause, qui jouaient à partir – bon sang, tenez-vous bien – de partitions.

« Qu'est-ce qu'il dit d'autre, gamin ? » j'ai demandé.

Le môme s'est retourné, le regard fixé sur l'entrée.

J'ai levé les yeux. Ernst nous regardait avec colère, son visage pâle brouillé dans la pénombre. Il portait un simple costume noir et avec ses cheveux noirs et ses yeux de charbon il était terrifiant. « Qui n'est pas là ? » il a demandé d'un ton tranchant.

Paul a baissé le journal et jeté un coup d'œil par-dessus.

« Quoi ? a fait Chip.

– Qui n'est pas là ? QUI ? »

J'ai cligné des yeux. « Fritz est pas là. Tu parles de Fritz ? »

Ernst a froncé les sourcils. « Fritz passe par l'entrée des artistes », il a soufflé à voix basse. Il s'est tourné vers Dalilah : « Vous attendez quelqu'un ? Vous avez demandé à quelqu'un de passer ?

– Non.

– Qu'est-ce qui se passe ? j'ai demandé. Ernst ? »

Mais sans répondre, il a simplement tourné les talons et il est parti d'un pas pressé. On s'est vite levés et on l'a suivi sur la scène. Ernst était au milieu des planches quand il s'est arrêté net, une main cireuse en l'air. Personne ne bougeait. Et là, on a entendu aussi.

Quatre coups secs réguliers à la porte d'entrée. Le verre qui vibrait. Une voix étouffée qui criait en allemand.

« C'est pas Fritz », j'ai chuchoté.

Hiero était debout, son cornet serré dans l'une de ses longues mains, cherchant autour de lui, paniqué, par où il pourrait se tirer du club.

« Bon Dieu de merde, Chip a sifflé entre ses dents cassées. C'est la Gestapo.

– Je pense, oui », Ernst a acquiescé, en revenant calmement vers nous. Soudain c'était comme si ce qui brûlait en lui s'était apaisé d'un coup, s'était solidifié comme une feuille d'acier. Il a mis ses mains pâles en coupe pour allumer une cigarette. Elles ne tremblaient pas. « Passez par les lavabos. De là vous pouvez rejoindre la cave. Entrez là-dedans et allez tout au fond. Et pas un bruit. Ça vaut pour tous. »

Le môme, il tremblait.

« Et la ruelle derrière ? » J'entendais la peur dans ma voix. « Si on passe par là, on est sûrs de s'en sortir. »

Ernst a secoué la tête. « Ils doivent la surveiller », il a répondu presque négligemment. Il a fait un geste avec sa cigarette. « Allez-y. »

Alors on a filé.

On a traversé la scène en courant, descendu les marches, passé les portes calfeutrées et suivi le couloir de briques étroit qui menait aux toilettes. Le gamin serrait encore sa trompette et j'ai failli la lui arracher. Puis j'ai pensé, bordel, peut-être qu'il vaut mieux qu'ils la voient pas. Je sais pas.

Mon foutu sang me tonnait dans la tête. Un panneau de plâtre avait été découpé autour des tuyaux dans les toilettes, juste en dessous du lavabo ; le gamin s'est accroupi et l'a fait basculer. Il a baissé les épaules et il s'est faufilé dans le noir. L'endroit était trop exigu pour qu'on y soit tous en même temps. J'ai attendu dans le couloir, en lançant des coups d'œil inquiets vers la porte basse qui donnait sur la scène.

« Dépêche-toi, j'ai sifflé. Paul ? Vas-y, merde »

Je tendais l'oreille mais j'entendais rien.

« Qu'est-ce qu'il y a, tu t'inquiètes pour ton beau costume ? Chip a lancé à Paul. Vas-y, mec. »

Paul a fini par se glisser dans la brèche, et enfin c'était au tour de Chip de se tortiller. Je suis entré, j'ai refermé la porte doucement derrière nous, sans tirer le verrou.

« Encore heureux que le père Fritz soit pas là », Chip m'a dit dans un murmure, à moitié engagé dans le trou, un coude à l'extérieur dans une position bizarre. Son pansement blanc luisait comme du lait dans une pièce sans éclairage. Il m'a lancé un sourire terrifié.

Je l'ai suivi.

L'air chargé de sciure était irrespirable. J'ai senti une toux venir, je l'ai retenue. On était dans un espace étroit qui s'étendait derrière la salle des décors, sous la scène. Y avait là tout un réseau de tuyaux froids, dans l'obscurité ; je bougeais très lentement entre eux, me guidant à tâtons de mes doigts calleux. J'ai tendu le bras pour refermer le panneau derrière nous. On s'est retrouvés dans le noir absolu.

J'ai senti une main chaude sur mon épaule et entendu Chip retenir son souffle. Mes yeux s'habituaient et j'ai vu, oh à peine visibles, de minces filets de lumière à travers les trous des clous sous la scène. Puis une vision terrifiante est sortie des ténèbres. Une paire d'yeux brillants comme des pièces de cuivre, qui étincelaient dans le noir. Ils ont disparu presque aussi vite qu'ils sont apparus.

« Lady Dalilah, Chip a soufflé. Je te l'ai dit, mon frère. Y a bien un foutu chat qui vit là-dedans.

– Fermez-la, Paul a chuchoté. Putain. »

Nos respirations emplissaient l'espace. Au bout d'un moment j'ai entendu un pas lent et lourd passer sur les planches au-dessus de nos têtes, le léger grattement d'un talon. Quiconque ça pouvait être s'est arrêté, comme s'il regardait vers la piste de danse.

J'ai levé les yeux, très lentement, dans le noir.

Puis le type s'est mis à parler, tout doucement, calmement. C'était une voix étouffée, un peu nasillarde. J'arrivais pas à distinguer les paroles.

Au bout de quelques minutes, le bruit sec d'un objet qui tombe, puis un autre.

« Ça suffit vraiment », Ernst a crié avec colère.

Encore un truc qui s'écrase, le fracas de la batterie de Chip qui se renverse.

Les pas retraversent la scène au-dessus de nos têtes, puis reviennent. Et s'arrêtent encore. Le type continuait, de la même voix calme et nasillarde. Et là j'ai pensé, bon Dieu, est-ce qu'on a laissé quelque chose dans la pièce verte? N'importe quoi qui prouverait qu'on a dormi là hier soir, que quatre hommes ont dormi là? Merde. Il y avait forcément quelque chose.

J'ai senti la grosse main de Chip m'agripper le bras.

Les portes du couloir derrière nous s'ouvraient en claquant. Le bruit se rapprochait. La pièce verte. L'armoire aux accessoires. La vieille loge. Une porte après l'autre, bang, crac, bang. On entendait des bottes se frayer un chemin à travers le bric-à-brac de la pièce voisine. Une pause. Bang, la porte des WC qui s'ouvre.

On retenait tous notre souffle.

J'ai entendu quelqu'un entrer. Ils ont paru chercher un bon moment là-dedans.

Le mec au-dessus continuait à parler de sa voix nasillarde. Il était question de permis, d'heures d'ouverture. J'entendais pas clairement.

Celui qu'était dans les toilettes respirait vachement doucement. Un cliquetis, un truc qui roule dans le lavabo. Des coups sur l'autre mur. Puis on aurait dit que le mec était debout sur le siège, qu'il sondait le plafond, soulevait les panneaux un par un. Le salopard.

Le panneau sous le lavabo était affreusement visible, merde. *S'il entre ici*, j'ai pensé. *Si jamais il entre.*

Il a crié, d'une voix étonnamment claire, comme s'il était debout à côté de moi. « Ma femme voulait que je vous demande où vous avez trouvé ces pommes. »

Un commentaire étouffé venu du couloir.

« Six heures, le type a répondu. Non, pardon. Cinq heures. Mais pas demain. »

Une réponse sacrément longue depuis le couloir. J'étais accroupi dans l'ombre, retenant mon souffle, et je priais. Je faisais que prier.

Puis le type est sorti en fermant la porte derrière lui. J'ai entendu un fracas dans la pièce suivante.

Je pleurais sans bruit. J'ai essuyé ma tronche sur ma manche, honteux. J'aurais jamais pensé que la peur avait un goût. Mais si. Dans cette obscurité, la peur m'emplissait les narines, épaisse comme du sable dans la gorge. J'ai failli m'étouffer avec.

Je sais pas combien de temps on est restés là-dedans. Mes jambes me lançaient et après je les sentais plus du tout. On était accroupis dans la cave, en silence. Au bout d'un moment Dalilah nous a crié de nous tenir tranquilles, que les types de la Gestapo étaient partis mais qu'ils pourraient revenir. Du temps a encore passé. Chip se retournait sur les fesses. Le môme a laissé échapper un son étranglé bizarre, puis il a marmonné des excuses gênées. Mon esprit s'est mis à dériver.

Enfin on a entendu un bruissement contre le mur, et quelqu'un a retiré le panneau. Ernst a passé la tête à l'intérieur.

« C'est bon. Sortez », il a dit d'un ton brusque.

Nom de Dieu. On est sortis en titubant, crasseux et encore tremblants. Y en avait pas un qui mouftait. J'avais de la sciure sur le col, plaquée par la sueur, je me suis mis à la gratter comme un fou. Ernst nous a fait sortir, on a monté les marches, traversé le foutoir de la scène et on est entrés dans son bureau. Les tables de la piste de danse avaient été retournées, la batterie dispersée.

Dalilah était assise sur le canapé de cuir sous les longues fenêtres, ses mains fines croisées sur sa jupe. Son regard était sombre.

Les tiroirs avaient été renversés sur la moquette qui était jonchée de papiers.

« Asseyez-vous », Ernst nous a dit. Il est passé derrière son lourd bureau en étalant sa cravate sur le devant de sa chemise. « Nous sommes dans de sales draps, messieurs. »

Aucun de nous s'est assis. On avait encore des crampes dans les genoux.

« À quel point ? Paul a demandé au bout d'un moment. Ils savent qui nous sommes ?

– Ils croient savoir qui vous êtes, Ernst a répondu.

– Merde, Chip a juré. Putain. Et où est Fritz, bordel ? Qu'est-ce qu'il fout ? »

Ernst a haussé les épaules. Les murs peints en bordeaux et le mobilier noir faisaient une impression lugubre. Il a pris un stylo argenté, s'est mis à le tapoter sur le bureau. « J'ai passé un coup de fil hier soir. À Hambourg. »

On a tous levé les yeux et fixé le père Ernst. On aurait pu entendre les rats creuser dans les murs, tellement on était silencieux.

Chip a fini par l'ouvrir. « À ton p'pa ? C'est vrai ?

– Comment pourrait-il nous aider ? Paul a demandé, énervé. Et pourquoi il le ferait ?

– On est dans les emmerdes, mec.

– Ça fait des mois qu'on y est.

– Je ne suis pas certain qu'il le fera, Ernst a remarqué. Il se peut qu'il refuse. »

Mon regard a dérivé vers Dalilah, vers ses longues jambes croisées haut. Avec sa jupe et son turban blancs elle avait l'air d'un fantôme, d'un spectre d'un autre temps.

Le môme s'est retourné, il est sorti vers l'escalier, rentré, comme s'il voulait juste se dégourdir les jambes, comme s'il avait nulle part où aller. Il a posé une main délicate sur le montant de la porte, l'air angoissé. « Et qu'est-ce qu'il a dit ? »

Ernst a fait un geste vague avec son stylo.

« Qu'est-ce que c'est censé vouloir dire ? » j'ai fait, en imitant le geste d'Ernst de ma main blessée.

Il m'a regardé par-dessous ses paupières tombantes : « Ça veut dire que j'attends toujours. Ça veut dire qu'il me rappellera. Il se peut qu'il téléphone cet après-midi. »

Chip s'est renfrogné. « Ou peut-être qu'il te sonnera dans une semaine. Ou dans un mois. Qu'est-ce qu'on va faire, rester assis à attendre que cette saloperie de Gestapo revienne ?

– Admettons qu'il puisse faire quelque chose, Paul a repris, est-ce qu'on peut seulement lui faire confiance ? »

Ernst a passé l'une de ses mains blanches comme du calcaire dans ses cheveux noirs gominés. « Je crois, oui.

– Bon, Paul a continué. Dans ce cas, la question qui se pose c'est, va-t-il le faire ? »

Parce que le vieux von Haselberg, on le dégoûtait. Un des industriels les plus cyniques du *Vaterland*, il était dans le commerce du fer, de l'acier, du charbon, et même des armes. Une sorte d'empire de la Sarre. Rien de délicat ni de dandy comme le jazz. Ses affaires étaient dures, il était dur, son monde était dur. Il avait déjoué les années d'inflation en achetant des hordes de machines avec de l'argent emprunté qui avait passé son heure au moment de rembourser. Il avait lutté contre les syndicats, foulé aux pieds un luxe comme la journée de huit heures. Ernst nous avait raconté que pendant Weimar son père s'était fait tabasser deux fois dans la rue, parce qu'il se faisait du fric sur le dos des pauvres. Le père von Haselberg, ça l'avait pas gêné.

Voilà le bonhomme qui nous avait mis une croix dessus, parce qu'il nous tenait pour des dégénérés. Voilà le bonhomme dont on avait besoin à présent. Nous, qui faisions la ruine de son cher fils. Depuis le jour où Ernst, adolescent, avait entendu Ma Rainey et Rabbit Brown chez son ami Paul, il était mordu de jazz jusqu'à la moelle.

Les yeux d'Ernst pétillaient encore chaque fois qu'il le racontait. La façon dont il écoutait, une oreille collée contre le pavillon, comme si la vieille âme noire de ce jazz lui parlait rien qu'à lui.

« Alors on y va, c'est sûr », j'ai dit.

Chip a grogné.
« Fritz sera pas content, a fait Paul.
Fritz survivra », Ernst a répondu.

Y avait plus rien à faire qu'à attendre.

Tout le club est devenu vachement silencieux après ça. J'ai commencé à me sentir mal, à m'interrompre dans ce que je faisais, à l'affût de bruits à la porte. Paul et le môme passaient leur temps à nettoyer le bazar. J'avais pas vu Chip depuis un bout de temps, puis j'ai vu sa tête bandée rôder près du bar, puis je l'ai plus revu. Les heures s'écoulaient.

C'était la fin de l'été dehors. Mais ici dans le club, avec toutes les lumières baissées, il faisait frais, presque froid. Je vivais dans mon pardessus. La scène était sombre, l'éclairage de la salle très faible, et les chaises brisées étaient empilées dans l'ombre sous la scène. Il y avait de curieux relents de roses fanées dans l'air. J'ai levé les yeux au moment d'entrer dans les coulisses et j'ai vu Dalilah assise dans les cintres, au bord de la plate-forme, le regard baissé vers moi.

Bon sang. J'ai traversé les planches en me faufilant entre les cordes et les poulies mal fixées, puis j'ai attaqué la vieille échelle crissante. Mais en grimpant sur la plate-forme de bois rugueux, je sentais mes côtes. Dalilah m'a regardé puis elle a détourné les yeux. Elle était blottie contre une rambarde, la tête parée d'un énorme turban doré. Le tissu miroitait chaque fois qu'elle tournait le visage.

« Vous avez changé de chapeau », j'ai fait.

Elle a haussé les épaules, l'air désespéré.

« Ça va ? On va s'en sortir.

– Ernst a peur. Je le vois bien.

– Mince, ma jolie, il a peur de rien, Ernst. »

Elle regardait ailleurs. « D'où vient-il ?

– Qui ça ? » j'ai demandé naïvement. J'ai suivi son regard posé sur le môme, occupé à traîner une vieille malle dans les coulisses. Il avait l'air petit, vulnérable de là-haut. « Hiero ? Il vient de Cologne, je crois. »

Elle s'est retournée et m'a scruté un moment. « Mais d'où est-ce qu'il vient réellement ? Il est apparu comme ça, de nulle part, sans avoir jamais joué avec personne ? Il s'est simplement pointé comme ça ? »

Je voulais lui demander, comme quoi ? Mais je voulais pas entendre sa réponse.

Elle a secoué la tête, ses cils d'araignée baissés. « Lou était comme lui quand il était jeune. Diriez-vous que Lou a du talent ? Appelle-t-on encore cela du talent, quand ça s'épanouit comme ça, sans aucune sorte de formation ? C'est forcément autre chose. »

À l'entendre on aurait cru que c'était une insulte, d'avoir du talent. J'ai senti quelque chose d'aigre, de graveleux dans ma gorge. J'ai posé mes paumes éraflées contre les planches rêches.

« C'est Paul qui nous l'a amené, j'ai expliqué au bout d'un moment. C'est Paul qui l'a découvert.

– Personne ne découvre ça. »

J'ai changé de position, mal à l'aise. « La tante de Paul habitait dans le même quartier. Un jour qu'il était venu lui rendre visite, il a entendu Hiero jouer à une fenêtre en face. Sa tante a dit un truc du genre, "Oh, c'est le pauvre petit Falk. Il est noir". Paul est allé le voir de suite, sans même enfiler ses souliers.

– Le pauvre petit Noir, elle a murmuré. Mon Dieu. Imaginez un peu, s'il ne s'était pas exercé à ce moment-là. » Elle m'a lancé un regard. « Ou peut-être qu'il aurait quand même fait son chemin jusqu'aux feux de la rampe. Un don comme le sien, ça vous guide, non ?

– Oh, il est bon, certainement, j'ai dit prudemment. Mais de là à guider lui-même. »

Elle a rétréci ses yeux verts et brillants. « C'est le meilleur trompettiste que j'aie entendu depuis la première fois que j'ai entendu Lou. C'est la vérité. Il sera célèbre longtemps après que vous et moi on sera oubliés, Sid. »

Il n'y avait pas de chagrin dans sa voix, pas de regret. Juste une fièvre qui brûlait doucement. Mal à l'aise tout d'un coup, j'ai frotté mes côtes endolories, le regard baissé vers le môme. Il tirait une perruque blonde de la malle, l'ajustait sur sa tête, tournait la figure de droite à gauche devant le miroir d'essayage. Il a fait une petite révérence, une hanche en l'air, puis il a ôté la perruque et continué à farfouiller.

« Qu'est-ce que vous avez avec Hiero ? » j'ai demandé, en sentant une aigreur pointer dans ma voix.

Elle m'a lancé un regard bizarre. « Qu'est-ce que vous voulez dire ?

– Rien, rien. C'est juste que vous le lâchez pas des yeux.

– Oh. » Elle le fixait, l'air pensif.

« Comme là par exemple. »

Ce que je pensais au fond, c'était que le foutu môme, il savait peut-être qu'elle était là-haut. Peut-être qu'il trifouillait dans cette foutue malle dans les coulisses parce qu'il voulait qu'elle le regarde. Le salopard.

« Il parle comme nous, vous savez », j'ai fait tout d'un coup, je sais pas pourquoi.

Elle a pas compris. « Il parle anglais ?

– Non. Non, je veux dire, son allemand. C'est un drôle de mélange. Comme s'il prenait notre vieil accent, à moi et à Chip, comme s'il nous imitait. Comme s'il avait pas sa propre façon de parler. Son jeu de trompette est un peu comme ça aussi. »

En bas, dans ces satanées coulisses, il venait de mettre mon chapeau et le penchait d'un doigt à un angle désinvolte. Merde. Qu'est-ce qu'il foutait avec mon chapeau ? Il laissait tomber ses épaules, copie conforme de moi-même. Son costume avait l'air crasseux.

« Il a tellement d'estime pour vous, elle a fait avec un sourire.

– Ben voyons. Il cherche juste à me provoquer. »

Dalilah a secoué la tête. Elle a posé une main fraîche sur mon poignet, et j'ai senti un violent frisson me courir dans les veines. Nom de Dieu. « Vous avez une vraie bonté en vous, Sid. Je l'ai vu tout de suite. Je comprends pourquoi il vous suit comme ça. »

J'ai senti un élan monter dans ma poitrine. Je me suis levé d'un bond, en la repoussant presque.

« Sid ? elle a fait, surprise.

– Attendez, j'ai dit. Une petite minute. » J'ai descendu l'échelle branlante, rejoint le comptoir à petites foulées, tiré une bouteille de tchèque de son manchon. Mis deux petits verres dans les poches de mon costume. Puis j'ai remonté l'échelle, le poing serré ferme autour de la bouteille.

« Oh, qu'est-ce que vous faites ? » Elle souriait.

« Juste pour réchauffer nos vieux estomacs, j'ai fait, de bonne humeur, avant de nous verser deux doigts à chacun. Là d'où je viens, on appelle ça une conférence de cosaques.

– Vous n'allez pas vous mettre à danser autour de moi, hein ?

– Sur cette plate-forme ? Mazette. Pas avant que nous touchions le fond de la bouteille. »

Nous avons trinqué. Je sentais encore la brûlure de ses doigts sur mon poignet, comme s'ils y avaient laissé une cicatrice.

« Comment vous vous êtes retrouvés ensemble, vous et le père Armstrong ? j'ai demandé.

– Nous ne sommes pas ensemble. Pas dans ce sens-là.

– Non, je voulais dire, comment vous vous êtes rencontrés, Louis et vous ?

– Je sais ce que vous vouliez dire. C'est ce que tout le monde pense en nous voyant. »

Je sentais la chaleur émaner de mon visage.

« Lou m'a découverte, elle a fait en haussant doucement les épaules. Enfin, Oliver m'a découverte. Lou, il a su quoi faire de moi, simplement. Il m'a appris à chanter.

– Lou, j'ai répété doucement, en secouant la tête. C'est vraiment comme ça que vous l'appelez ?

– Comment je l'appelle, je ne peux pas le répéter en public », elle a répondu avec un sourire.

J'ai gloussé. « Pardi, je vois vraiment pas pourquoi les gens pensent qu'il y a quoi que ce soit entre vous deux. Alors vous êtes pas de la Nouvelle-Orléans ?

– Je suis de Montréal. J'ai rencontré Lou à Chicago. Avant lui, je traînais seulement dans la Petite-Bourgogne[1], à chanter dans les mariages et tout ça. Le chœur de l'église.

– Bien sûr, j'ai dit. Bien sûr. Chip et moi, on jouait dans les gares. On avait pas d'instruments, on faisait la mélodie rien qu'avec nos bouches. Mais on était gamins.

– Vous êtes ensemble depuis longtemps, vous deux.

– On est pas ensemble. Pas dans ce sens-là. »

Elle a laissé échapper un petit rire inattendu. C'était un peu comme un bruit de pas le long d'une berge, à travers de frêles roseaux, comme un souffle d'air qui plie et soulève une jeune pousse.

« Depuis toujours. On a grandi dans le même pâté de maisons. C'est Chip qui m'a fait découvrir le jazz.

– C'est sa faute donc.

– C'est lui le coupable. » J'ai souri. « Donc, le bon vieux Chicago. Quand est-ce que vous étiez à Chicago ? Si ça se trouve on y était au même moment. Eddie Condon y était ? Earl Hines ?

– Vous connaissez Eddie ?

---

1. La Petite-Bourgogne est un quartier de Montréal, essentiellement occupé par des Noirs jusqu'au XXe siècle. C'est aussi le berceau du jazz canadien.

– Oh, pas personnellement, j'ai vite précisé. C'était un jazzman sensationnel, tout de même. Bon sang, y avait un temps où Chicago avait tant de charme.

– Quand on ne devait pas dormir dans les parcs, peut-être.

– Peut-être qu'on a dormi sur le même banc, vous et moi.

– Sid, j'étais une jeune fille de seize ans tout juste arrivée de Montréal. Je dormais dans les buissons. Terrifiée pour ma vertu. » Elle a ri de nouveau, tout doucement. J'étudiais ses petites dents crochues, saisi par cette grosse vague de désir qui montait en moi. Qu'est-ce qui me prenait, à la fin ? Elle continuait : « J'étais sûre et certaine qu'il me suffirait de trouver King Oliver, de lui faire entendre ma voix, et je serais lancée. Il poserait un bras sur mes épaules et me présenterait à son Creole Jazz Band. Dingue, n'est-ce pas ?

– Oh, pas tant que ça.

– Je me disais, le talent reconnaît le talent.

– Bien sûr que oui. »

Elle s'est redressée et m'a examiné, avec un éclat de rire. « Regardez-vous. Je vous mène par le bout du nez, non ? »

J'ai rougi.

« Je vous taquine. » Elle m'a lancé un curieux petit sourire, puis elle a détourné les yeux. « J'étais si jeune. » J'ai vu son regard dériver vers le môme. Il fouillait encore dans la malle.

Elle a repris : « Un soir, j'étais devant le Lincoln Gardens quand Lil Hardin est sortie. Vous l'avez rencontrée, Lil ? La pianiste d'Oliver ? Bon, peu importe. Lou a perdu la tête quelque temps et quand il a retrouvé ses esprits il s'est aperçu qu'il l'avait épousée. Pauvre Lou. Mais c'était plus tard. Alors, je l'ai vue sortir et ça m'a regonflée à bloc. Je me suis dit qu'Oliver serait peut-être encore dans le club, et je me suis faufilée à l'intérieur.

– Bien sûr. Une jeunesse timide de seize ans descendue de sa province qui pense que son idole est à l'intérieur, elle se faufile dans le club. Je vois ça d'ici.

– Je n'ai jamais dit que j'étais timide », elle a protesté avec un petit sourire malin.

J'ai ri. « Et ensuite ?

– Il était bien à l'intérieur. Je crois qu'il a aimé ce qu'il a vu. » Elle s'est adossée, a bu une gorgée, les anneaux à ses poignets cliquetaient doucement.

Je l'ai observée un moment, puis je me suis penché en avant et j'ai fait non de la tête.

« Ah non, pas question, pas question, ma belle. Vous vous en tirerez pas aussi facilement. »

Elle a eu son rire sombre, liquide.

« Allez, Dalilah. Qu'est-ce que vous lui avez dit ? » À dire son nom à voix haute comme ça, ça m'a paru si intime, bon sang, si doux, je me suis pris à rougir encore. J'ai baissé les yeux, attrapé un brin de poussière qui flottait à la surface de mon verre.

« Vous voulez savoir ce que j'ai dit ? elle a demandé.

– Allez-y. Dites-moi votre secret.

– Ça vous intéresse vraiment ?

– De savoir comme une fille venue du Canada a décroché la timbale ? Qui ça n'intéresserait pas ?

– La timbale, elle a murmuré, mais il y avait une note grave au fond. Mon nom n'est même pas arrivé de Paris à Berlin.

– Oh, ma belle. On vit dans une bulle de savon ici. On a aucune nouvelle du monde, aucune. Vous le savez bien. »

Elle a pris un air gêné. Détourné le regard. Puis elle a esquissé un léger sourire, comme si elle se rappelait un très vieux souvenir. « Vous l'avez déjà vu, King Oliver ? Je veux dire, en personne, de près ?

– J'ai partagé un taxi avec lui un jour, j'ai répondu. Enfin, il venait d'en descendre. »

Elle m'a lancé un drôle de regard. « Eh bien, c'est un énorme gaillard. Très tendre à l'intérieur, un peu comme votre Fritz.

À l'instant où je suis arrivée derrière eux, j'ai su que c'était lui, je l'ai vu rien qu'au roulé de ses épaules. Mais mon Dieu, il était si gros. J'ai pensé, "On dirait un bon gros bébé".

« Quand il s'est retourné et qu'il m'a vue là, avec mes seize ans révolus, il s'est contenté de rire et il a demandé qui avait laissé entrer le bébé. Et j'ai dit, "J'aurais cru que vous étiez entré tout seul, crâne d'œuf". »

J'ai souri jusqu'aux oreilles. « Vous me faites marcher. Vous avez pas pu lui dire ça.

– Oh, c'est que le début, elle a dit en éclatant de rire. Il n'était pas du tout offensé. Oliver ? Il a le cuir plus épais qu'une peau de tambour. Il m'a demandé si je voulais entrer manger un bout ou boire un verre, et je me suis contentée de lui lancer un très, très long regard avant de répondre, "Je dirais bien manger, mais j'ai l'impression que vous avez déjà tout nettoyé ici". »

J'ai secoué ma tête.

« Le musicien debout à côté de lui ne pouvait plus s'arrêter de rire. Eh bien, c'était Louis. J'imagine que c'était drôle, une petite brindille de rien du tout, tenant tête au père Oliver comme ça. Bref. Oliver ne savait pas quoi faire de moi, mais Lou m'a emmenée chez lui, m'a servi un repas chaud, m'a donné un endroit où dormir. Comme un grand frère l'aurait fait. » Elle a hoché la tête, pensivement, et fixé le môme en bas. « Il m'a sauvée, le père Lou. »

J'avais une drôle d'impression. « Alors c'est comme ça qu'il faut s'y prendre pour se faire une place chez les gros bonnets, j'ai dit avec un sourire forcé. Il suffit de pas mâcher ses mots avec eux. Je crois que le père Chip a de beaux jours devant lui.

– Chip ? Il fera du chemin, c'est sûr », elle a dit en riant.

Je l'ai regardée à la dérobée. Elle avait à peine touché à son tchèque.

« J'ai toujours aimé les boîtes de nuit après la fermeture, au petit matin », elle a dit au bout d'un moment.

J'ai hoché la tête. « Quand tous les gens sont partis. C'est vrai. Chip dit toujours qu'elles ont l'air abandonnées, désespérées. Je pense un peu le contraire. Elles ont quelque chose d'inattendu.

– C'est ça. Comme si quelque chose pouvait se produire à tout moment. Tout est tellement possible. »

Elle a souri.

Puis j'ai plus pensé à rien pendant un très, très long moment. Elle était si belle.

« Qu'est-ce que vous fichez là-haut, tous les deux ? » Chip nous a crié. Lui et le môme étaient debout, les mains en visière sur le front, les yeux sur nous là-haut dans les cintres. Dalilah a fait un petit geste.

« On se cache de la Gestapo, j'ai répondu. Qu'est-ce que tu crois ?

– Je crois que c'est pas ce que vous faites. »

Le môme s'est mis à rigoler.

Je l'ai regardée en biais, gêné, mais Dalilah n'a pas eu l'air de remarquer. « Pourquoi est-ce que vous l'appelez Chip ? elle a demandé.

– Il déteste Charles.

– Pourquoi ?

– Oh, il trouve que ça fait fils de pasteur. »

Elle s'est tue un moment. « Et que fait son père ? »

J'ai souri de toutes mes dents. « Il est pasteur. » Puis je me suis penché en avant et je lui ai donné une petite tape sur la cheville. « Hé, ma belle, vous voulez rire ? »

Elle m'a lancé un regard soupçonneux.

J'ai souri. « Si vous voulez rire, demandez à Chip ce que le C veut dire.

– Le C ?

– Dans son nom. Le C. Demandez-lui ce qu'il veut dire.

– Charlie, elle a crié vers la scène. Qu'est-ce que le C veut dire ? »

Il a levé les yeux et fait une grimace comme s'il avait une rage de dents. « Chip, ma sœur. Juste Chip.

– Mais le C, qu'est-ce qu'il veut dire, Chip ? »

J'ai secoué la tête. « Il a jamais dit à personne son deuxième prénom. Jamais.

– Je t'entends, il m'a crié. T'es pas l'homme invisible. » Puis, à Dalilah : « Un homme doit garder certaines choses pour lui, ma belle.

– C'est si affreux que ça ? elle a insisté. Qu'est-ce que c'est, Clayton ? »

Chip l'a fixée d'un air incrédule. « Bon sang de bonsoir. T'as deviné. Du premier coup.

– Vraiment ? C'est Clayton ? »

Il a ricané. « Clayton ? Je viens pas de l'Idaho, ma belle. »

Paul est monté sur scène, a soulevé le couvercle de son piano et s'est mis à caresser les touches. Il nous observait, Dalilah et moi, là-haut dans les cintres.

« Elle lui demande son deuxième prénom, je lui ai crié.

– Dis-lui d'essayer Cecil, il a fait, en baissant d'un ton.

– Paul pense que c'est peut-être Cecil, j'ai dit. J'ai toujours cru que c'était Chauncey.

– Je suis pas un Chauncey, mec. Tu le sais bien.

– Cecil, Paul a répété. Je sens que c'est Cecil.

– Chevrotain », Hiero a dit tout d'un coup, avec un craquement dans la voix.

Paul a frappé une note aigre, puis s'est arrêté de jouer. « Chevrotain ? » il a répété en riant.

J'ai fait non de la main. « Vous faites erreur tous les deux. Les vieux de Jones sont pas aussi chic que ça. C'est sans doute Christopher. Ou Curtis.

– Et si c'était Carolina ? Dalilah a fait. Ou Christina ? »

Chip l'a regardée, interdit. « C'est des noms de fille. »

Elle a souri, lui a fait un clin d'œil.

« C'est bon, c'est bon, a fait Chip. On emballe et on oublie. Vous êtes loin du compte, les mecs. Surtout toi, ma belle.

– Chloé ? » elle a crié.

Chip a pouffé et fait non de la tête.

Elle a lancé un sourire oblique au môme et là j'ai ri, je me suis un peu penché vers elle et je l'ai poussée doucement de l'épaule. Comme pour flirter.

Elle m'a regardé, le visage soudain fermé. Pas par colère ou par haine ni par prudence, ni pour aucune des raisons pour lesquelles une gonzesse ferme boutique en votre présence. Non, c'était quelque chose de plus sec, de plus rude. Y avait simplement plus aucun intérêt. Comme si elle souhaitait que je me lève pour partir, pour que ce foutu môme puisse venir grimper là à ma place.

J'ai souri et détourné le regard, mortifié. Je me mordais l'intérieur de la joue si fort que j'avais un goût de sang dans la bouche.

Le lendemain je me traînais dans le club à la recherche d'Ernst quand Chip et Paul m'ont crié de venir au bar. Ils étaient assis sur les hauts tabourets, bras croisés ; ils jouaient au poker et faisaient un sort à une bouteille de tchèque.

Chip m'a lancé un sourire alcoolisé. « Te voilà, mon frère. Assieds-toi ici un moment.

– J'suis occupé, Chip.

– Il faut qu'on parle.

– Six de cœur, Paul a annoncé, sourcils froncés. Ou bien est-ce un neuf ? » Il tournait et retournait la carte fatiguée, la fixant d'un air stupide. « Je vais dire que c'est un neuf.

– On joue à pique là, Chip a fait. Qu'est-ce que tu fiches, mec ? »

Paul a versé un second doigt dans le verre de Chip. « Il faut que tu me rattrapes ou bien ce sera pas vraiment du jeu. » Il a retroussé ses manches sur ses avant-bras blonds. Son col et ses poignets étaient tout jaunis.

On commençait tous à tourner à l'aigre, à surir, sans vêtements de rechange. Chip frottait les siens dans le grand lavabo chaque soir, mais le vieux sang voulait pas partir. J'ai remarqué un accroc dans la couture à l'épaule de Paul. On se rasait tous avec le même rasoir émoussé. Nos tronches pleines de balafres. Et par-dessus le marché, il faisait un froid polaire dans le club. C'était le cœur de l'été, et on était piégés à l'intérieur, frigorifiés et morts de trouille.

Paul a posé sa main. « Vas-y. Mais vas-y doucement. »

Chip a souri. « Pourquoi est-ce qu'on ne propose pas à Sid de jouer. Il est fort pour abattre ses cartes.

– T'es un marrant, j'ai dit, en secouant la tête. Je passe.

– Tu fais que passer depuis que t'es né, mon pote », Chip a fait, en promenant précautionneusement sa langue sur ses dents de devant. Ses bajoues commençaient à désenfler un peu. Elles avaient toujours l'air pleines de coton, quand même. « Oh, je plaisante. Allez, je rigole.

– Il fait que plaisanter, Sid. » Paul était déjà en train de me verser un verre et l'a fait glisser de mon côté. « Assieds-toi, va. »

Chip a gloussé. « Tu sais ce que t'es mec ? T'es un idiot de première classe. À fixer le môme comme si t'allais l'assassiner dans son sommeil.

– Qu'est-ce que tu racontes ?

– Comme si t'allais l'assassiner à cause de cette tigresse. À cause de ce bout de bois. »

Paul a souri. « C'est pas grave, Sid. Sois pas gêné.

– Il a de quoi être gêné, pardi. Se comporter comme ça. » Mais Chip avait pris un air préoccupé et j'étais un peu surpris de le voir inquiet pour moi. « C'est juste qu'on voit ce qui se passe ici, Sid. Tu fonces tête baissée vers la banquise. Un râteau, mon frère.

– Ce n'est pas comme ça qu'on s'y prend, Paul a approuvé, en passant un doigt sur sa moustache et en battant ses cartes. On commence par quoi, pique ?

– Cœur. »

Paul a froncé les sourcils.

« Tu veux l'avoir ? Chip a demandé. Tu veux vraiment l'avoir ? Il faut d'abord que tu sèmes le môme. Mais pas comme un écolier, pas comme un imbécile. Comme un homme, un vrai.

– Sois un homme, Sid, Paul a murmuré distraitement. Tu es sûr que tu ne veux pas commencer à pique ?

– Cœur. »

J'ai plissé le front. « Mmm.

– Bon, tu t'assois ou quoi ? » Chip m'a lancé.

Je me suis assis.

« On parle sérieusement, Sid. Tu peux pas rester là bouche bée comme un type qu'a raté la patache. Tu peux pas la laisser voir ce que tu fais. Faut être subtil, tu vois. Quoi que lui il fasse, faut que tu lui fasses de l'ombre, en quelque sorte. Arrange-toi pour qu'elle oublie le jeu auquel il joue avant même qu'il ait fini. Mais faut que tu donnes l'impression de même pas essayer, sinon tu coules, mon frère. Faut que tu la joues royal. »

J'ai senti cette vieille noirceur monter en moi. Parce que ça me paraissait sacrément sinistre, le môme et Dalilah. J'ai soufflé de l'air entre mes dents. « T'es pas en train de suggérer que je me batte contre un môme de dix-neuf ans pour une femme de vingt-neuf ? Si ? »

Chip a haussé les épaules. « Paul avait déjà brisé deux mariages avant l'âge de seize ans.

– C'était de très jeunes femmes », Paul a précisé, avec un large sourire. Mais son regard était trouble. Il a tendu la main vers son verre.

« Tu vois, Chip a repris. Et Dalilah est même pas jeune. »

J'ai secoué ma tête, et je leur ai lancé un regard noir à tous les deux. Puis j'ai sifflé le tchèque, et avec un grand frisson je me suis tourné pour partir. « Vous êtes pas bien tous les deux. C'est pas possible que Dalilah ait le béguin pour le môme. Pas possible. Si elle éprouve quelque chose pour lui, ce serait comme une sœur.

– J'en ai vu des vilaines choses en mon temps, mon frère, Chip a fait, en sifflant. Ça c'est que le glaçage.

– Gaffe à ce que tu dis. Gaffe à ce que tu dis sur elle.

– Du calme, du calme, Paul a dit avec un sourire tranquille. Calme-toi, Sid. »

Chip est parti à rigoler. « C'est pas la peine de nous la jouer au roi Joseph de Bavière, mon frère. T'es pas prude, allez. Et elle, c'est pas du caviar. Chaque homme choisit l'épice qu'il veut. Toi tu préfères le bon vieux poivre ordinaire.

– Rien de mal à préférer le poivre, Paul a approuvé.

– C'est noir.

– Et poivré.

– C'est ça, mec. C'est ça. »

Je les ai regardés de plus près tous les deux ; j'ai vu les veines rouges qui luisaient dans les yeux humides de Chip.

« Jésus. Vous avez bu combien de verres ?

– Oh, on a presque rien bu, Chip a répondu, comme si ma question l'avait blessé.

– On a à peine touché cette bouteille, Paul a surenchéri.

– Celle-ci, du moins. »

Paul a laissé échapper un long rire bizarre. Il a baissé ses cartes, les épaules tremblantes. Chip a jeté un coup d'œil rapide à sa main.

J'ai attrapé la bouteille. « Bon Dieu. Ernst veut qu'on joue un set complet pour Dalilah, d'ici à l'année prochaine. Vous pensez que vous allez dessaouler un de ces jours ? »

Chip s'est penché en avant. « Comment est-ce qu'on pourrait faire un set sans Fritz ?

– On peut pas jouer sans Fritz », Paul a dit en hochant la tête compulsivement.

J'ai regardé de l'autre côté. Paul avait une deuxième bouteille de tchèque près du genou, il remplissait en douce son verre et celui de Chip. J'ai simplement secoué la tête.

« Bordel. Le jour où j'écouterai les conseils de types ronds comme des queues de pelle, ce sera le jour où je raccrocherai mes vieux étriers.

– Il va raccrocher ses étriers, Paul a dit en souriant.

– Fini les chevauchées pour Sid, Chip a ajouté. Tu nous verses un autre doigt ? Verses-en un à Sid aussi.

– J'y toucherai pas », j'ai répondu.

Chip m'a lancé un regard tragique. « Mon frère, t'as le plus grand génie de Berlin en matière de gonzesses assis en face de toi, et t'as pas une question à lui poser ? »

J'ai jeté un coup d'œil à Paul ; sa tête dodelinait sur ses épaules. Et là, j'ai pensé, bon sang, c'est pas comme si j'avais quelque chose à perdre. « D'accord, j'ai dit. Sérieusement. Comment tu fais, Paul ? Comment tu les fais craquer ?

– Il faut d'abord que tu vides ce verre, mec », a dit Chip.

J'ai froncé les sourcils. Puis j'ai bu cul sec et claqué le verre sur le comptoir.

Chip a poussé un cri de joie. « Ah, le revoilà. Le vieux Spécial Baltimore en personne. Tout le monde à bord si tu montes à bord. » Il m'a donné une claque dans le dos.

J'ai toussé dans mon poing. « Alors, c'est quoi ton secret, Paul ? »

Il a levé un sourcil tremblotant. « Il n'y a pas de secret. Tu les laisses venir à toi. Les gonzesses n'aiment pas qu'on les pousse.

– Ça fait pas de mal non plus si t'es fait comme un Adonis », Chip a dit en souriant.

Paul a haussé les épaules avec un petit rire.

« Ça va pas tous les deux. » Mais moi aussi je commençais à sourire maintenant. C'était le sacré tchèque, je suppose, qui me rongeait le foie peu à peu. « Je suis pas un Adonis, mec.

– Sid marque un point.

– C'est vrai », Paul a acquiescé. Il s'est éclairci la gorge, a levé les yeux comme s'il venait de s'apercevoir qu'il était assis à un comptoir sombre dans un club aux volets fermés et qu'il n'avait pas changé de chemise depuis deux jours. Il a passé un pouce sous ses yeux larmoyants. « OK, il a repris, OK. Le premier truc que tu dois comprendre, c'est que les gonzesses, on ne peut pas les comprendre. Jamais. Si elles sont en colère contre toi, ça veut dire que tu leur plais. Ou peut-être pas. Si elles t'ignorent, ça veut dire que tu ne leur plais pas. Ou peut-être que si. »

J'ai hoché la tête en clignant des yeux. « OK. Pas moyen de les comprendre. Pigé. »

Chip m'a versé deux doigts de plus. « Et il faut que tu les fasses se sentir spéciales.

– Bien sûr, Paul a dit en hochant la tête. Tu dois leur donner l'impression que tu les écoutes. Comme si tu cherchais à les connaître vraiment, tu vois.

– Et il faut leur acheter des trucs, mec. Les dames aiment les cadeaux. T'en connais, toi, une souris qu'aime pas les cadeaux ? »

Paul a hoché la tête. « Elles aiment les cadeaux, les souris. C'est vrai.

– Tu dois faire en sorte qu'elle pense à toi avant de penser au môme. C'est ça le truc.

– Voilà, c'est ça le truc, Paul a répété en hochant sagement la tête. Eh oui. À qui le tour ?

– Passe-moi cette vieille bouteille, mon frère.

– Je crois que c'est mon tour. C'est pas mon tour ? »

Mais j'écoutais que d'une oreille. Parce que Hiero venait d'apparaître entre les lourds rideaux rouges qui cachaient les coulisses, sa masse de cheveux crépus aplatie à gauche comme s'il venait de dormir, sa trompette accrochée à l'index, brillante comme un bijou scandaleux.

Eh merde, Dalilah arrive juste après lui. Elle riait, plaisantait, battait ses sacrés cils vers lui un peu sottement, sans remarquer qu'on était assis là. Le môme relevait un coin de sa bouche comme s'il avait une crampe dans la mâchoire, gêné. Puis il a simplement pressé ses lèvres contre sa trompette, soufflé très fort un do aigu, puis descendu la gamme millimètre par millimètre jusqu'à la dernière marche. Ses notes étaient si chaudes qu'elles vous brûlaient les oreilles.

Il s'est arrêté, a mis une main devant ses yeux, nous a fixés au loin. « Qu'est-ce que vous faites là-bas ? »

Paul s'est mis à rigoler. « Fais pas attention, il lui a crié.

– On parle de toi », Chip a ajouté avec un sourire paresseux.

J'ai piqué un fard.

Je regardais Dalilah là-haut sur la scène. Elle portait le turban doré de la veille ; les paillettes étincelaient comme des millions d'yeux dans les plis.

« C'est quand même quelque chose, j'ai murmuré. On dirait une reine.

– Plutôt une diseuse de bonne aventure, Chip a fait.

– Une diseuse de mauvaise aventure, Paul a corrigé avec un petit rire silencieux.

– Eh, vous êtes dingues tous les deux. Elle est belle. »

Chip m'a fixé d'un œil torve. « Ce truc-là, on dirait un tas d'ordures sur sa tête, mon frère. Tu crois qu'elle irait porter ça si elle était pas obligée ? »

J'ai cligné des yeux. « Quoi ?

– Ouvre les yeux, mec. Cette cochonnerie sur sa tête, c'est un cadeau.

– Quoi ?

– Tu reconnais pas le tissu ? »

Le bronze qui miroitait, les paillettes qui scintillaient – tout d'un coup j'ai réalisé. Le vilain rideau qu'on avait tiré devant la fenêtre de la chambre verte. Je tâchais de contenir ma figure. Mais j'étais si submergé de déception et de colère que je sentais mes joues se plisser.

« C'est quoi cette histoire ? j'ai marmonné. On a plus de rideau maintenant ?

– Le môme a cloué une vieille bâche, Paul a dit, souriant. Ça fonctionne mieux. Ça bloque davantage la lumière. »

Chip a roté une fois. Puis deux.

Il avait versé le fond de la bouteille dans mon verre quand je regardais pas – ce truc granuleux qui vous colle à la langue comme la boue du bayou – et je me suis mis à étouffer, à recracher dans mon verre. Chip a poussé un cri. « Vas-y, mec, il a dit avec un grand sourire. Finis-la. »

Je louchais tellement que j'avais l'impression de devenir aveugle. Bordel de merde.

Le môme montait une gamme en faisant crisser, grincer, piauler chaque satanée note, il montait et descendait, montait et descendait. À vous en faire retrousser la peau. J'ai fermé, puis rouvert les yeux. Les murs tanguaient légèrement.

Chip a grogné. « Je vais au petit coin. Touchez pas à mes cartes. »

Paul a pas bougé d'un poil.

Dalilah tendait le bras pour retirer ses talons. Elle était debout pieds nus sur les planches, et j'étais stupéfait de la voir si petite brusquement. Comme une môme, j'ai pensé avec amertume.

« Il faut que je te dise deux mots », Paul a fait à voix basse. Il a levé la tête, ses yeux paraissaient très clairs, très pâles. « Sid ? Eh, Sid.

– Je t'écoute.

– J'ai besoin d'aide.

– Tu m'étonnes. Chip aussi d'ailleurs. »

Il a secoué la tête. « Non. Je suis sérieux. J'ai besoin d'aide.

– Je te l'avais dit, j'ai fait, m'inclinant un peu plus en avant à chaque mot, pour l'emphase, “Je prends Inge mais pas Marta. Marta c'est pas ma came”.

– J'ai laissé un truc à l'appartement, il a marmonné, un truc sans quoi je suis perdu. Je ne peux pas sortir pour aller le chercher. Mais je ne peux pas non plus demander à quelqu'un d'autre.

– Demande à Hiero. C'est lui qui réalise les rêves », j'ai grommelé, le regard fixé sur lui, toujours occupé à monter et descendre les gammes. Dalilah, adossée au piano, le regardait travailler.

Paul m'a lancé un regard perplexe. « Hiero ? »

Je pensais aux conseils qu'ils venaient de me donner. À ce qu'un mec peut offrir à une fille pour la faire se pâmer. Merde. Je vais pas lui offrir un foutu chiffon pour ses cheveux, ça c'est sûr. Faut que ce soit un cadeau qui ait du sens.

« Tu m'écoutes, Sid ? Sid ? »

Mon esprit revenait à travers le brouillard. « Tu l'as laissé à l'appartement, j'ai répété en hochant la tête. Ouais. C'est quoi déjà ? »

Il a baissé la tête. Je me suis aperçu à ce moment-là qu'il avait pas dit ce que c'était.

« Si c'est tellement important, j'ai repris, demande à Dalilah d'aller le chercher. Elle peut encore sortir. Ou si c'est trop gênant qu'une gonzesse le voie, eh ben, y a encore le père Ernst. Quel est le problème ? »

Paul hochait la tête lentement, mais son regard était tendu, dubitatif. Je lui ai pas demandé pourquoi il n'y allait pas lui-même, blond aux yeux bleus comme il était. C'était de la peur. Je connaissais ça. Je savais pas non plus pourquoi il m'en parlait et soudain j'ai compris.

« Bon sang, je me suis écrié. Tu veux que moi j'y aille ? Si tu veux que j'y aille, j'y vais. Faut juste que tu me dises ce que je vais chercher. »

La figure de Paul s'est éclairée de soulagement. Mais il s'est remis à ruminer aussi sec, et à secouer lentement la tête. « Non, Sid. Je ne peux pas te demander d'y aller. » Mais il a posé une main hésitante sur mon épaule en me regardant longuement.

« Alors demande à Dalilah. Ça va pas la gêner de faire un saut à l'appartement. » Mais j'ai su à la forme de sa bouche, à la façon dont les coins se repliaient, qu'il lui demanderait jamais. Paul au fond est dur comme du fer. Y a pas grand-chose qui puisse le faire bouger. « Tu crois que son manteau fait l'affaire ? j'ai demandé sans réfléchir. Il est pas trop fin ? Il fait plutôt froid ici d'dans. »

Paul a secoué la tête comme pour la vider. « Quoi ? »

Le môme continuait de monter et descendre les gammes, en faisant couiner chaque note. Bordel de Dieu.

« Le manteau de Dalilah, j'ai repris. Tu crois qu'il est assez chaud pour elle ? Elle arrive de Paris, en plein été et tout ça. Je le trouve un peu fin. Elle doit geler ici. »

Les épaules de Paul étaient basses. « Je ne sais pas. J'imagine. Qui n'a pas besoin d'un manteau neuf ? »

J'ai hoché la tête avec assurance. « C'est ce que je me disais aussi. »

Tout d'un coup Hiero, là-haut sur les planches, s'est lancé dans une mélodie dansante, si pimpante que je l'ai pas reconnue. Nan, je la connaissais, en fait : *Empty Bed Blues*, le blues du lit vide. Il jouait *Empty Bed Blues*, mais d'une façon si discrète que le morceau était méconnaissable. Ça faisait charmeur, fifille presque, et il laissait de courts silences là où il aurait dû y avoir la voix d'une chanteuse.

Dalilah avait l'air surprise, charmée, les lèvres entrouvertes. Elle a fait quelques pas paresseux sur ses petits pieds nus. Puis, le regard fixé sur Hiero, elle a levé les bras, rapproché ses épaules de ses oreilles.

« *Quand mon lit est vide, y m'vient un sacré cafard,* elle a gémi, *Quand mon lit est vide, y m'vient un sacré cafard. Mes ressorts prennent la rouille, à force d'être seule dans mon plumard.* »

Paul m'a souri.

Bon sang de bordel de Dieu. Sa voix vibrait comme un muscle. Elle était grave et riche, avec au fond le frémissement de quelque chose qui rassemblait ses forces. « *Quand tu trouves ton bonheur, va pas le crier sur les toits. Oui, il te trompera, et le blues du lit vide, c'est tout c'qui te restera.* »

Elle enroulait la corde épaisse, robuste de sa voix autour des mots, les enserrant comme au lasso. Puis elle lançait ses notes en l'air, très haut, audacieusement, comme avec une trompette. Mais sa voix, au fond, c'était une voix de marin, rude et masculine. Ses notes basses croassaient d'amertume, pleines de regrets boucux.

À les entendre comme ça, Dalilah et le môme, je me suis senti empli d'une énergie bizarre, d'une curieuse et vaine sensation. C'était pas à cause du tchèque. C'était pas seulement à cause du tchèque, je veux dire. Je me sentais... rabougri, avec une sécheresse dans la gorge, comme si on avait aspiré tous mes fluides vitaux. Puis le môme a baissé sa trompette et lui a souri timidement. Et elle était là immobile, le regard posé sur lui, pleine d'un éclat exquis. J'ai pensé, *Pas moyen que je puisse lui offrir ça. Pas moyen.*

Alors j'ai senti que quelqu'un m'observait et je me suis retourné. Chip, debout de l'autre côté de la piste de danse, me fixait durement. Il m'a lancé un regard noir, en secouant la tête.

Le plafond tournait. La main de Paul était sur mon épaule.

« Mon vieux, t'es vraiment chargé. » Il souriait de toutes ses dents.

« Comme une carabine », j'ai marmonné.

Le lendemain soir, on était encore saouls.

Dalilah, quand même, c'était une vraie enquiquineuse. Je vous jure. On était pas préparés, ni les uns ni les autres, à ses flatteries bizarres, à ses flopées d'insultes moqueuses, ni encore à l'air insouciant, distrait qu'elle prenait pour donner son avis. Sans parler de sa façon mystérieuse de terminer une conversation, de s'arrêter parfois au milieu d'une phrase et de s'éloigner, comme ça. Ça nous intriguait. Peu importait les protestations de Chip, qui répétait à qui mieux mieux qu'elle était qu'un bout de bois, assommante comme du poivre noir – je le voyais bien sur toutes les tronches, la façon qu'ils avaient de se retourner chaque fois qu'une porte s'ouvrait, espérant que ce serait elle.

Alors quand Chip est monté sur scène, en titubant juste un peu, et qu'il s'est mis à tripoter sa batterie, j'ai su qu'il la surveillait au moins du coin de l'œil, Dalilah.

« T'es loin de chanter aussi mal que j'aurais cru, il lui a dit en souriant. Hier soir.

– Oh, Charlie, tu vas me faire rougir.

– Charlie, c'est un nom de cheval », il a grommelé. Puis il a lancé un rot, suivi d'un sourire satisfait.

Ernst est venu sur scène avec son bâton de réglisse. « Chip, t'es un vrai gentleman. La classe absolue. » Il était en bras de chemise, le nœud de cravate défait. « Quelqu'un a eu des nouvelles de Fritz ? N'importe quoi ? »

Le môme a haussé les épaules.

Dalilah était appuyée contre le mur de briques nues, à tripoter du pouce le bouton du haut de sa robe, un léger sourire aux lèvres. Zut. Je savais que c'était pas un geste aguicheur, qu'elle le faisait pas pour séduire. J'ai aucune excuse. Mais quand elle s'est retournée tout d'un coup, qu'elle m'a vu immobile au bord de la piste de danse, j'ai baissé les yeux et ma figure s'est embrasée.

« Salut, Sid, elle a fait.

– Dalilah », j'ai répondu, en m'efforçant de cacher mon ivresse. J'examinais le bout de mes chaussures bicolores, comme si elles avaient besoin d'être cirées.

Elle a ri et baissé sa main.

J'ai vu une forme sombre et musclée sortir des coulisses, passer sous la batterie sur laquelle Chip était penché, se glisser rapidement derrière le piano et approcher de Dalilah. C'était un rat, bon sang de bonsoir, et sacrément gros. J'ai agité le bras et crié brusquement pour l'avertir : « Dalilah ! »

Tout le monde s'est figé et m'a regardé fixement comme si j'étais devenu dingue.

La boule de fourrure sombre s'est enroulée autour des mollets de Dalilah et elle s'est accroupie, sa robe remontée jusqu'aux cuisses. Sans cesser de me regarder, elle l'a soulevée dans ses bras. La boule s'est mise à miauler d'un ton aigu, dédaigneux. Merde, c'était un chat.

«J'en connais un qu'a dû boire un sérieux coup», Chip a chuchoté comme un souffleur au théâtre.

Paul a incliné son pouce au-dessus de sa bouche ouverte, comme s'il buvait à la bouteille.

«Cachez vos eaux de Cologne», Chip a repris.

J'en ai rougi de partout.

C'était un chat ébouriffé, les yeux sauvages, l'air fou. Une fraise majestueuse de fourrure noire et blanche lui couronnait les épaules. Dalilah a soulevé cette bête malodorante, l'a fixée dans les yeux. «Salut Lilah, elle a chuchoté. Comment ça va? Comment ça va?» avec un petit rire en cascade.

«C'est un chat, j'ai dit, étonné.

– En tout cas c'est ce qu'elle prétend, Paul a dit en souriant. Je ne suis pas convaincu.» Il a trébuché sur un câble et s'est mis à rigoler.

J'ai secoué la tête. «Merde alors. D'où est-ce qu'elle vient cette saleté?

– De Paris, Chip a dit. Mais elle prétend être de Montréal à l'origine.

– Sois aimable», Ernst a dit en anglais.

À ces mots Dalilah a levé les yeux. «Vous feriez mieux de ne pas vous moquer d'elle, les garçons.» Son sourire était un avertissement. «C'est une chatte guerrière. N'est-ce pas, ma chérie?

– Lady Dalilah deuxième du nom? Chip s'est esclaffé. Elle ne mange que plus petit qu'elle. Hiero ferait mieux de faire attention.

– Lady Dalilah ? j'ai dit. Elle sort du mur ? »

La chatte, avec un cri perçant, s'est tordue comme un ver pour échapper à l'emprise de Dalilah, avant d'atterrir sans bruit sur le sol. Tout le monde a éclaté de rire. J'ai rougi encore plus fort et j'ai pensé, bon Dieu, personne d'autre a l'air de s'étonner. Comme s'ils savaient tous déjà.

La bête a trottiné vers Chip et sauté sur ses genoux. Il s'est levé d'un coup, la laissant tomber sur les planches.

« Elle t'aime bien, Charlie, Dalilah a dit en riant.

– C'est Chip, ma sœur. Bon Dieu. »

Mais le chat ronronnait et se faufilait entre les pièces de la batterie pour venir se frotter contre les chevilles du père Chip. « Venez me débarrasser de cette sale bestiole, il a aboyé. Elle est sûrement malade.

– Forcément, si tu l'attires », Dalilah a rétorqué.

Ernst s'est marré.

Mais Chip, il m'a juste lancé un coup d'œil acide. Son regard a dérivé lentement vers un coin, et il a secoué la tête.

Le môme. Hiero était debout à l'entrée des coulisses, l'air carrément radieux.

Alors c'était lui. Il lui avait donné le chat. Putain. J'arrivais pas à comprendre ce qui se passait entre ces deux-là. Il était si jeune.

Je me sentais mal à l'aise, plus très sûr de mon coup. Pas moyen de rivaliser avec ça. Pas moyen. Mais fallait essayer, au moins. Je pensais aux conseils de Paul.

Dalilah était assise au bord de la scène, une longue jambe croisée sur l'autre, occupée à ouvrir une boîte de sardines. Mais d'où elle pouvait venir, cette boîte ? Lady Dalilah deuxième du nom a sauté de la batterie de Chip et couru vers elle.

« Sid ? Ernst a crié. Tu nous rejoins ? »

Je lui ai souri faiblement. Je zigzaguais un peu, une main appuyée sur la scène, pour tâcher de cacher à quel point j'étais saoul. J'ai humecté mes lèvres. J'avais pas encore trouvé ce que j'allais dire.

Dalilah m'a jeté un coup d'œil au moment où j'approchais. « Sid ? » Elle paraissait inquiète. « Tout va bien ? »

Ses pieds nus se balançaient négligemment devant moi. J'ai levé les yeux. Entendre mon nom prononcé par ses lèvres a fait venir un sourire paresseux sur ma bouche. « Je me sens bien », j'ai répondu ; ma voix sonnait un peu creux, j'ai trouvé. Je me suis éclairci la gorge et j'ai répété sur un ton plus profond : « Je vais bien. » Là, c'était mieux. Puis, me rappelant tout ce que je voulais lui dire, j'ai essayé de prendre une expression solennelle. « Mais je me fais du souci pour vous. »

Un vague sourire aux lèvres, elle regardait nerveusement autour d'elle. « Pour moi ? Pourquoi ?

– Vous devez avoir froid. » Les mots traînaient dans ma bouche comme un tas de chiffons humides.

Elle a froncé les sourcils. « C'est l'été, voyons, Sid. Je vais bien, merci. »

Tout au fond de mon cerveau imbibé de gnôle, j'essayais de décoder ce qu'elle voulait dire. Non, je savais ce qu'elle voulait dire, mais je trouvais pas de manière plus claire de me lancer. Je veux dire, de façon acceptable pour les oreilles d'une dame, dans le langage de la haute, pas dans cet argot de caniveau qu'on jacte tous dans nos rêves.

« Vous n'êtes pas un petit peu frigide ? » j'ai hasardé.

Même en le disant j'ai senti que c'était pas tout à fait ça.

J'ai entendu un rire tranchant venir de la scène. Chip, tout tremblant, se penchait vers les autres et leur soufflait quelque chose. Des rires étouffés ont fusé, tous les regards braqués sur moi. Même Hiero est parti de son rire aigu, hoqueté. J'ai senti un pincement de panique au milieu de mon brouillard. Mon cerveau suivait pas, mon frère.

J'ai jeté un coup d'œil désespéré à Dalilah. Elle s'était carrément empourprée.

Sentant que mon moment était en train de m'échapper, j'ai bredouillé : « Je voudrais vous donner mon manteau, Dalilah. » Je me suis mis en tête de l'ôter pour le lui donner. Mais le tchèque, bordel. Mes bras étaient en caoutchouc, ils s'emmêlaient dans les manches, j'étais là, debout, titubant, une épaule maladroitement rejetée en arrière, et je faisais des mouvements violents pour tâcher de me libérer, comme si j'étais le plus grand imbécile qu'ait jamais honoré notre belle Terre de sa présence.

Je suis parti à rire. C'était un rire bizarre, paniqué, et tout en riant je pensais en moi-même, *Sid, qu'est-ce que tu fous, idiot ? Arrête. Arrête.*

« Sid ? Dalilah a demandé, perplexe. Sid, ça va ? »

Chip en est presque tombé de son foutu tabouret, tellement il gloussait. Le môme se tenait les côtes, il pouvait plus respirer. Rien à faire, j'arrivais pas à me dégager. Puis j'ai senti une main fraîche se poser sur mon épaule et me faire pivoter : c'était Dalilah, qui remettait mon bras dans la manche.

« Je voulais juste vous faire un cadeau, j'ai dit d'une voix pâteuse.

– Tu l'as dit, mec », Chip a crié.

La pauvre. Elle était presque verte, tellement elle était gênée. « C'est aimable à vous de vous préoccuper de moi, Sid, elle a répondu avec beaucoup de dignité. Je n'ai pas froid. Mais merci. »

Puis, rassemblant son propre manteau, ses gants en cuir de veau, sa boîte de sardines et son immonde sac à puces, elle a salué les messieurs de la tête, adressant un salut plus long, plus poli à Ernst, avant de quitter la scène.

Je suis resté là, immobile, me sentant envahi par un vague sentiment de honte. Et par vague, je veux dire comme si un mur d'eau venait s'écraser sur un village et tout anéantir. J'avais cette faible sensation de néant, de torpeur, comme si tout autour de moi se déroulait sous l'eau.

Et ces mecs-là, bordel, qui n'arrêtaient pas de rigoler, rigoler à se pisser dessus. Même Ernst avait le sourire aux lèvres et secouait la tête comme s'il pouvait pas croire ce qu'il venait de voir et d'entendre.

« Oh, Sid, Chip a commencé, le souffle court. Merde, Sid, t'es impayable.

– C'est bon, on se calme maintenant », Ernst a dit. Mais il avait encore les yeux humides d'avoir ri. « Où est Fritz ? Quelqu'un a eu de ses nouvelles ?

– Faut toujours qu'on joue, même si Dalilah est partie ? » Chip a demandé.

Je voulais quitter la piste de danse mais mes pauvres jambes m'obéissaient plus, rien à faire. Je me suis effondré à l'une des tables devant les lumières de la rampe.

« Nom de Dieu, Ernst a fait. Combien de verres avez-vous bu, les gars ? »

Paul a pris un air sérieux soudainement. « Pas tant que ça », il a articulé avec soin.

Le pied de Chip a fait résonner la grosse caisse. Il a sursauté, en la regardant comme si elle avait fait du bruit de son propre chef. Puis il a regardé Paul et pouffé.

Et tous les deux se sont remis à rigoler comme des fous.

J'étais malade d'embarras. La seule chose qui résonnait dans mon crâne, c'était le rire en hoquets de Hiero, ce salopard.

Ils jouaient un set approximatif, Paul ratait ses entrées et répondait par un grand sourire aux signes de tête d'Ernst. Chip, tout bourré qu'il était, jouait aussi pile poil que jamais, il brossait ses vieilles peaux avec une aisance parfaite. Je suis resté longtemps assis à cette table, un peu nauséeux. Puis je me suis levé et, en titubant, je suis passé dans les coulisses.

Elle sortait tout juste de la chambre verte par les portes calfeutrées au moment où je descendais l'escalier. En voyant que c'était moi, son sourire a un peu faibli. Mais elle m'a pas giflé ni fait la tronche ni rien, et j'ai pensé que c'était bon signe.

« Écoutez, faut m'excuser rapport à tout à l'heure », j'ai commencé, mes deux mains serrées sur mon chapeau. Mes bras tremblaient un petit peu et j'essayais de le cacher en les bougeant. « J'avais pas tous mes esprits. Je voulais pas dire ce que j'ai dit. Si…

– S'il pensait vraiment que vous étiez frigide, il n'essaierait pas de se glisser sous votre robe », Paul a lancé, sorti de nulle part d'un pas nonchalant. Il nous a salués d'un coup de chapeau et il a poursuivi son chemin.

Oh, ce silence. Un bonhomme s'y serait cassé les dents. Je suis resté là sans bouger, la gorge serrée, sans trop savoir où regarder. Une seule idée en tête : *Ne croise surtout pas son regard.* J'ai baissé le mien, mais quand j'ai constaté que mes yeux étaient au niveau de ses seins, j'ai tressailli et relevé la tête.

Elle avait pas l'air à l'aise non plus, c'est peu de le dire. Son sourire était si crispé que j'ai pensé que son visage allait peut-être se briser.

Je me suis raclé la gorge. « Il faut que je pose une question à Ernst. Je viens de m'en souvenir.

– D'accord, elle a fait, en hochant rapidement la tête, d'accord, très bien. »

Elle a tourné maladroitement sur ses hauts talons et s'est mise à marcher résolument dans la direction opposée. Y avait rien de ce côté-là que le placard aux accessoires.

Écœuré n'est même pas le mot juste. Mortifié, honteux, embarrassé – j'étais tellement dedans jusqu'au cou que je savais même pas ce que j'éprouvais. Et coincé dans ce foutu club. Nom de Dieu.

Le lendemain soir, je me suis aventuré dans la chambre verte, à la recherche d'un moyen, n'importe lequel, de me calmer un peu les nerfs. Chip était assis là, à regarder le mur d'un air sombre comme s'il s'attendait à ce qu'un tableau apparaisse. Lady Dalilah deuxième du nom, blottie sur ses genoux, ronronnait.

Il la regardait avec dégoût. « Cette horrible saleté de bête galeuse », il grommelait. Il paraissait encore saoul.

Je me suis assis à côté de lui.

« Elle est toujours fâchée ? il a fait. Qu'est-ce qui t'a pris, de faire du gringue à une gonzesse quand t'es rond comme une bille ? Faut jamais t'y risquer quand t'es saoul, mon frère. T'es marteau. » Il secouait la tête. « Espèce d'idiot. Dire à une poule avec qui tu veux pécher qu'elle est frigide. »

J'ai vaguement haussé les épaules, les ai laissées retomber en soupirant. Il avait raison. Il fallait que je me reprenne. Que je sois plus malin dans ma façon de procéder.

Il est parti d'un rire sec. « Un chat, c'est dur de faire mieux. Très dur. » Il a soulevé la Lady de ses genoux, mais ses griffes restaient profondément enfoncées dans son costume. Avec une grimace il l'a reposée. Il sentait encore le tchèque. « Mais ça va aller. Maintenant t'es pile où il faut. Maintenant t'as le droit de lui présenter des excuses, mon frère. Les souris, elles adorent ça. »

J'ai grommelé : « Merde, Chip. Quand je voudrai tes conseils, je te sonnerai.

– Je t'assure, mon frère. Monte tout de suite lui dire à quel point t'es désolé, bon sang. Ça va marcher. Tu verras. »

J'ai examiné sa figure dans la vilaine lumière jaune qui venait du miroir d'essayage. Elle formait une flaque bizarre autour de ses lèvres d'huître ; ça donnait l'impression qu'il se foutait de moi.

« Quoi ? Elle est ici ?

– T'étais où, mec ? Elle est là-haut depuis une heure. » Il a gloussé. « Là-haut dans le bureau d'Ernst. Et elle est seule, mon frère.

– Où est le môme ? »

Il a haussé les épaules.

Bordel. Bordel et re-bordel. Je me suis levé, l'air de rien, en faisant tourner mon vieux chapeau entre mes doigts, et je suis parti vers le couloir comme si je pensais à autre chose. Mais voilà ce que je pensais : *Ça suffit. Calme le jeu, montre-lui le fond de ta pensée. Et après laisse les choses se faire.*

Ernst était assis tout seul sur une chaise qu'il avait traînée sur la scène et s'employait avec douceur à nettoyer son bâton de réglisse. Il a même pas levé les yeux quand je suis passé devant lui ; l'instrument brillait comme une lame. Le club était sombre, mais y avait de la lumière dans son bureau. Je me suis glissé entre les tables, j'ai monté les marches étroites. La porte était ouverte, mais je me suis quand même arrêté dans l'ombre avant de toquer sur l'encadrement.

Debout dans sa robe en soie bleue, elle tenait à deux mains son turban doré sur sa tête ; le tissu glissait comme du sable fin le long d'une oreille. La peau tendue de ses aisselles était criblée de poils noirs, comme des croûtes. « Sidney, elle a fait en se tournant vers moi. Quelle surprise !

– Je suis venu m'excuser. » Je la regardais pas en face. Je craignais sa colère. Mais ce silence, c'était brutal. J'ai levé les yeux. Elle me fixait durement, attendant la suite.

« J'ai rien à vous donner », j'ai dit.

Elle est restée là, impassible, l'espace d'une minute. « C'est une plaisanterie ?

– Non.

– Parce que j'en ai eu mon compte, venant de vous. »

Je me suis éclairci la gorge, difficilement.

« Qu'est-ce que vous voulez, Sid ? » Il y avait quelque chose de faible, de vulnérable dans cette question.

J'allais lui prendre la main, mais elle s'est vite penchée en avant pour renouer ce tissu doré qui tenait pas en place. Puis elle a laissé ses mains pendre le long de ses cuisses. J'ai pas été assez fou pour m'y risquer une seconde fois.

«J'ai rien à vous donner, Dalilah, j'ai répété à voix basse. Mais je voudrais plus que tout pouvoir le faire.»

Ma figure a pris feu, à m'entendre parler comme ça. J'avais jamais parlé à une gonzesse de cette manière, même pas quand je commençais tout juste à sortir avec des filles. Le beau visage intelligent de Dalilah, la rude pureté qui en émanait, comme si la douleur et le bonheur avaient l'un et l'autre laissé leur marque sur elle. Dieu du ciel.

Elle restait là à me regarder; ses lèvres comme une meurtrissure. Elle disait pas un mot. Je me sentais mal.

«Bon sang, ma belle, j'ai marmonné. Je suis désolé. C'est pas bien, de vous mettre tout ça sur le dos.»

J'ai porté deux doigts à mon chapeau, hoché la tête, et je me suis retourné pour sortir.

«Sidney.» Elle a dit mon nom avec une tendresse maussade, comme si elle s'en voulait.

Je me suis arrêté net. Le parquet en chêne craquait sous mes talons. Je sentais une boule de chaleur irradier mes nerfs, et mon corps tout entier se remplir d'une sensation confuse, meurtrie, comme un papillon pris dans une lampe.

«Entre, elle a dit. Ferme la porte.»

Elle a tendu le bras et fermé les rideaux des fenêtres du bureau. Cette horrible pièce exiguë avec ses radiateurs sans chaleur. Sa robe bleue était si légère, si fine que je voyais les crochets de sa lingerie à travers le satin.

Je me suis humecté les lèvres, nerveux.

Les yeux braqués sur moi, elle a levé les bras très lentement. Son regard était si intense que je savais pas quoi regarder – la courbe aguicheuse de ses bras ou la tension qui se lisait dans ses yeux verts. J'allais de l'un à l'autre, effrayé et attiré en même temps.

Elle a dénoué le tissu doré de son turban, l'a déroulé lentement, puis elle l'a retiré et ramassé en boule entre ses deux mains.

Doux Jésus. Elle était chauve. Son crâne rugueux était piqué de touffes de cheveux, entre lesquelles la peau pâle brillait d'un éclat étrange.

Son visage était absolument immobile, absolument vide. Mais de l'eau miroitait dans ses yeux, qui brillaient avec défi. Elle a posé une main sur sa hanche rigide. « Et maintenant, tu as toujours envie de moi, Sid ? elle a demandé, amère. Ça te démange toujours de te jeter sur moi ? »

J'ai rien répondu. Je faisais que la fixer.

D'une voix sombre, elle a poursuivi : « Ils ont dit que c'était la fatigue. C'était censé repousser. » Mais sa voix, à ce moment-là, s'est en quelque sorte étranglée. Son regard était braqué sur moi.

J'ai ôté mon chapeau, en clignant lentement des yeux.

Puis j'ai fait un pas et je me suis penché. Et je l'ai embrassée.

Elle a même pas bougé. Mais j'ai senti une onde de soulagement traverser son corps, la tension disparaître. Et puis elle s'est mise à me rendre mon baiser, sa bouche douce et chaude contre la mienne. J'ai pensé, cette fille sait même pas ce qu'elle est pour moi, bon sang, la chose la plus incroyable, la plus singulière qui me soit jamais arrivée.

Elle a reculé et posé une main sur ma poitrine. « Qu'est-ce que tu fais ? »

J'ai touché son crâne, très doucement.

« Ne fais pas ça, Sid. Non. C'est laid. » Elle a détourné la tête.

« Hé, hé, j'ai dit, mes doigts pliés balayant délicatement ses joues mouillées, non, ça l'est pas. Viens ici. Ça n'a pas d'importance. Ça va te paraître dingue : t'es ici depuis pas plus longtemps qu'une vie d'insecte, ma belle, mais déjà j'ai l'impression de te connaître depuis toujours. Je crois que je suis en train de tomber amoureux de toi. »

Elle a vivement levé les yeux vers moi. Et m'a repoussé brutalement. J'ai trébuché en arrière.

« Ne te fiche pas de moi, elle a dit. Sérieusement. Sid ? Je suis sérieuse. »

Je restais là à me frotter la poitrine.

« Redis-le.

– Quoi ?

– Ce que tu viens de dire.

– Que je suis en train de tomber amoureux de toi ?

– Viens ici », elle a dit.

Je me suis approché, les jambes mal assurées. Ses doigts noueux, le marbre de ses poignets, sa gorge pâle et élancée comme un jeune bouleau. Elle n'était que longueur et grâce, là debout devant moi, et à voir les ombres au creux de ses clavicules, comme une marque laissée par un doigt humain, j'ai eu envie d'y poser ma bouche.

Elle m'a pris la main, m'a conduit vers le vieux canapé d'Ernst. Mes yeux ne quittaient pas les siens. Elle s'est allongée et, timidement, elle m'a attiré sur elle.

« Qu'est-ce que tu fiches, ma belle, j'ai chuchoté, Ernst pourrait entrer. »

Je la sentais respirer sous moi. J'ai posé ma bouche délicatement sur sa tête, embrassé les touffes de coton. Elle a fait un bruit léger, soulevé son visage, et je l'ai embrassée de nouveau. Puis je me suis appuyé sur un coude, lentement, et d'un seul geste j'ai ouvert le devant de sa robe.

Ce que je me rappelle, tandis que j'embrassais ses côtes une à une, c'est la paix dans laquelle elle semblait baigner. La paix absolue.

Réveillé en sursaut le lendemain matin, j'ai scruté l'obscurité du bureau d'Ernst. J'étais couché sous une mince couverture ; mon pantalon, ma chemise et mes chaussettes étaient éparpillés autour du canapé comme une sorte de bête tentaculaire. Je sentais encore la chaleur de Dalilah contre moi, comme une ombre. Me retournant pour la toucher, je me retrouve avec une poignée de rien.

« Lilah ? j'ai appelé doucement. T'es là, ma belle ? »

Une sensation bizarre m'a saisi la poitrine, comme si quelque chose de sacrément mauvais rôdait entre les poutres. La porte était entrouverte ; en jetant un œil par là j'ai vu cette saleté de chat assis dans l'embrasure, qui m'examinait de ses yeux jaunes. Puis faisant demi-tour il s'est dérobé.

J'ai frissonné. « Dalilah ? Où t'es partie ? »

Je me suis levé, j'ai enfilé mon pantalon et je suis sorti sur le palier pour observer la salle en bas. Chip et le môme étaient assis à une table, pas bavards. La trompette du môme était plantée au milieu de la table, comme une pièce de musée.

« Ça alors, voilà le capitaine Romance », Chip a claironné en me voyant descendre.

J'ai souri, rougissant. J'avais pas encore fini de reboutonner ma vieille chemise. « Où est Dalilah ? Vous l'avez vue ? »

Hiero m'a lancé un long regard mesuré. *C'est ça, mec,* j'ai pensé. *Tout ne tourne plus autour de toi maintenant.*

« Quoi, elle a disparu aussi ? » Chip s'est essuyé la bouche du revers de la main. « Est-ce que mes lèvres saignent ? »

Je l'ai regardé un instant.

« J'ai l'impression qu'elles saignent. Quoi ? » Il a gonflé les joues. « Paul est sorti tôt ce matin. Personne l'a vu partir. Ernst est sorti le chercher.

– Tu déconnes.

– Demande au môme.

– Pourquoi est-ce qu'il irait faire un truc idiot comme ça ? À quoi est-ce qu'il pense ? Bordel. » Mais ensuite j'ai eu l'impression de même pas être dans la pièce, tellement mes nerfs me renvoyaient à moi-même. J'avais froid à la gorge tout d'un coup.

« Qu'est-ce qu'il y a ? a fait Chip. Qu'est-ce que tu nous dis pas, mec ? »

Je me suis éclairci la voix et j'ai pris une chaise. Je regardais vers les portes du hall. « Il m'a parlé de retourner à l'appartement hier. Il disait qu'il avait besoin d'un truc.

– De quoi il aurait tellement besoin ? »

J'ai haussé les épaules. « Il m'a pas dit. Il était gêné. » J'ai fixé son vieux piano, ouvert, adressant un grand sourire blanc à la salle. Je sentais l'effroi monter en moi. « Je lui ai dit qu'il devrait demander à Dalilah de l'aider, j'ai murmuré, tout doucement.

– Il avait pas l'air dans son assiette », Hiero a fait. Il tripotait d'un air absent sa manche élimée. « Je lui ai demandé plusieurs fois s'il était malade. Il arrêtait pas de dire non, mais merde, ça se voyait que quelque chose n'allait pas. »

J'ai revu Paul la veille au soir, ses cheveux blonds dressés en tous sens, son rire flasque de saoulard. Chip a expiré bruyamment et posé ses grosses mains sur la table.

« Attends un peu. Ernst est sorti ? j'ai demandé. Bon Dieu. Si on perd Ernst, on est foutus.

– C'est bon, Hiero a dit. S'ils vont juste faire un tour à l'appartement, ils vont sûrement rentrer bientôt. C'est pas loin.

– Paul est parti depuis ce matin, mec, bon sang. Ça fait des heures, des heures. »

Je me sentais la tête légère, presque transparent de peur.

« Il est quelle heure ?

– T'as raté le déjeuner, Chip a dit.

– Ernst a dit qu'il allait voir à l'appartement, le môme a repris, d'une voix douce. Il va les trouver. T'inquiète pas, va, Sid. Ils sont peut-être même pas ensemble. »

Je lui ai lancé un regard désespéré et j'ai secoué ma caboche.

« S'ils se sont fait pincer, Chip a continué, s'ils se sont fait pincer, il faut qu'on sorte de là. La Gestapo va rappliquer ici de suite après. »

Mais s'ils s'étaient fait pincer, nom de Dieu ! Plus rien d'autre avait d'importance.

« Faut qu'on reste calmes, le môme a fait. Ils pourraient revenir d'une minute à l'autre. On en sait rien. » Y avait au fond de sa voix un courant de force que j'ai pas reconnu. Et puis ça m'est revenu. On aurait cru entendre Dalilah.

Ernst est revenu tard le soir. L'angoisse nous rongeait les tripes, tellement on était inquiets. Il est entré très lentement, et j'ai compris tout de suite, même si ses cheveux plaqués étaient toujours impeccables, et ses boutons de manchette en argent aussi brillants. Il a lissé sa cravate d'une main pâle, l'a rentrée proprement dans son costume. Et il a simplement secoué la tête.

« Vous êtes assis dans le noir, il a dit. Quelqu'un pourrait allumer la lumière ! »

J'ai senti mon cœur sombrer.

« Rien ? Chip a fait. Vraiment ?

– C'est peut-être bon signe, Hiero a dit. Ça veut peut-être dire qu'ils ont pas eu d'ennuis.

– Non, petit, Ernst a répondu. Ce n'est pas bon signe. » Ensuite il s'est tu, a lancé au môme un regard dur ; ses yeux sombres paraissaient liquides. « Comment ça, "ils" ?

– Dalilah est partie depuis ce matin aussi », Chip a expliqué. Il m'a jeté un coup d'œil rapide.

Je sentais ma pauvre tête tourner. « T'es allé voir la police ? j'ai demandé fébrilement.

– Oui.

– Ils les ont pas ?

– Ils ont dit qu'ils n'avaient rien appris au sujet de quelqu'un répondant à la description de Paul. » Il a avalé sa salive. « Je n'ai pas demandé pour Dalilah. Mais elle a un passeport canadien. Elle devrait s'en sortir.

– Et américain. Elle a les deux. »

Ernst a hoché la tête. « Alors elle est encore plus à l'abri. » Mais il y avait une trace de douceur, de souplesse dans sa voix, qui m'a fait penser qu'il y croyait pas.

« Oh, regardez qui tombe à pic », Chip a sifflé.

J'ai levé les yeux.

Le gros Fritz se glissait sans bruit sur scène à travers les rideaux noircis de suie des coulisses. Il portait son saxo et son manteau plié sur l'autre bras. L'espace d'un instant j'ai eu du mal à croire qu'il était réel. J'étais assis sur ma chaise, immobile, les yeux rivés sur lui. Il s'est arrêté pour regarder le chat couché comme un tas de chiffons entre les spots. Puis il est descendu nous rejoindre.

Il avait une mine affreuse. Son costume brun trempé était devenu grisâtre, ses joues rougeaudes ombrées d'une barbe de trois jours. Ses petits yeux durs nous étudiaient chacun tour à tour. Sa bouche pendouillait entre ses joues molles comme de la pâte à pain humide. Il avait l'air de vouloir parler, mais finalement il a rien dit.

« Oh là là, Fritz, le môme a fait. Ça va ?

– Fritz. » Ernst l'a salué d'un signe tranquille de la tête, mais il a pas bougé.

On le regardait tous.

Il a ouvert ses mains massives, fait un geste vague. « Je suis venu dès que j'ai su. » Il avait l'air triste. « Pauvre Paul ! Bon Dieu. Qu'est-ce qu'il faisait là-bas ? »

Je fixais le nez de Fritz, rouge, piqué de gros points noirs. Je me disais, la vache, il a une mine épouvantable.

« Il n'y a pas que Paul, Ernst a dit.

– Dalilah a disparu aussi », j'ai dit dans un murmure.

Fritz m'a regardé longuement. « La copine d'Armstrong ? »

Chip a reculé sa chaise en raclant le plancher et s'est levé brusquement. « La copine de Sid, il a dit avec dégoût. Ça fait longtemps que t'es parti, mec. »

Fritz a regardé Chip, mécontent. Ses lèvres plissées sont devenues blanches aux commissures.

Tout d'un coup, j'ai eu envie de me casser de cet endroit, de me trancher la gorge, merde, de foutre le camp. Je voulais plus entendre parler de tout ça, bordel. Je suis resté assis là sans bouger.

« Dalilah Brown, Ernst a expliqué. La chanteuse d'Armstrong, venue de Paris. Elle était avec Paul quand il a disparu. C'est insensé. »

Fritz s'est adossé au rebord du comptoir. « On m'a pas parlé d'une gonzesse. Elle est américaine ?

– Canadienne. Les deux.

– Vous êtes sûrs qu'elle était avec lui ? »

Mais Ernst le fixait de son regard très noir, comme s'il ruminait quelque chose. Il a fini par dire : « Qu'est-ce que tu as appris, Fritz ? Pour quelle raison tu es revenu ? »

Fritz a secoué la tête : « Seulement que Paul a été arrêté.

– Nom de Dieu », Chip a marmonné.

Fritz a regardé nos visages. « Vous ne saviez pas ?

– Non. » Ernst s'est carré dans sa chaise, a croisé les jambes. Mais il y avait une dureté dans ses gestes, comme s'il essayait à tout prix de ne pas sentir ce qu'il ressentait.

« Comment ça, arrêté ? le môme a demandé, affolé.

– On l'a déporté à Sachsenhausen. Ce matin. Je ne sais pas ce qu'on lui reprochait. Comme d'habitude, je suppose.

– Comme d'habitude, le môme a répété, avec une amertume que j'avais pas entendue avant.

– Bon Dieu », Chip a chuchoté. Il a commencé à se passer la main sur la figure, les yeux fixés sur le plancher rayé.

Le chat s'est levé au milieu des projos, s'est étiré, s'est recouché. Il s'est mis à se lécher le dessus des pattes.

J'ai senti quelque chose céder dans ma poitrine, comme si mes poumons s'effondraient. Je respirais très vite, à petites goulées. Sachsenhausen, bon Dieu de merde. Aucun de nous n'avait besoin de demander où c'était. Un bonhomme pouvait vivre dans un trou sans fenêtre et connaître quand même le mot « Sachsenhausen ».

Un robinet gouttait quelque part derrière nous, dans la chambre verte. Le plancher a tremblé légèrement, comme si un gros camion passait dans la rue. J'entendais le môme respirer.

« Et ses papiers ? il a demandé. Il avait ses papiers sur lui, pas vrai ? »

Fritz a secoué la tête. « Je n'ai pas demandé s'il avait ses papiers.

– À qui est-ce que tu n'as pas demandé ? Ernst a dit. D'où est-ce que tu nous sors tout ça, Fritz ? »

Sachsenhausen, j'ai pensé. Merde.

Fritz a rien dit pendant un long moment. On aurait dit que sa grosse trogne piquait un fard, mais il était toujours comme ça. Il a relevé les basques de sa veste, enfoncé ses énormes mains dans ses poches de pantalon. Il a fini par lâcher avec une sorte de soupir : « Albert Basel. Je me cachais dans un vieil appartement à lui. En espérant que ça se tasse.

– Albie Basel ! Chip a hurlé. Chez Albie Basel ?

– Qu'est-ce que tu fous là-bas ? j'ai dit d'un ton sec. Il nous a assassinés, l'année dernière.

– C'était plus raisonnable que de rester ici avec vous, il a répondu d'un air sombre. Que d'être tous au même endroit. J'aurais dû vous le dire. Je suis désolé.

– Voyez-vous ça, il est désolé », Chip a sifflé.

Fritz bougeait pas du tout, comme s'il était en cire.

« Ferme-la, Chip. Je parle sérieusement.

– Tu m'étonnes que t'es sérieux. Si t'étais pas sorti en plein jour, peut-être que la Gestapo aurait eu moins de soupçons, merde. Ils sont venus nous traquer ici le matin où t'es parti. Tu le savais, ça ?

– Si vous n'aviez pas tué ce pauvre garçon, on n'aurait pas tous ces ennuis.

– Pauvre garçon ? j'ai fait. Celui qui tenait une bouteille au cou du môme ? »

Fritz a grogné. « Vous voyez ce que je veux dire.

– Ça suffit », Ernst a dit.

La lumière crue du club balayait nos visages d'une manière qui les faisait ressembler à des masques. Aucun de nous ressemblait à lui-même.

Dalilah est partie, je me répétais. Puis : *Sachsenhausen*. Puis : *Dalilah*.

Ernst s'est levé avec autorité. Il a passé une main sur ses manches, comme par habitude. « Je vais sortir la Horch du garage. Je vais l'amener devant l'entrée de derrière. Nous devons partir. Immédiatement. Nous ne savons même pas ce que Paul ou Dalilah leur auront dit. Mais je suis sûr que ça suffira. Prenez ici ce dont vous avez besoin. »

Sachsenhausen.

« On va où ? » Hiero a demandé lentement, comme s'il était sous l'eau.

Dalilah était partie.

« À Hambourg. Et ensuite, j'espère, à Paris. » Ernst avait l'air de vouloir ajouter quelque chose mais il s'est interrompu, comme s'il y avait trop à dire.

Sachsenhausen.

« Je ne pars pas », Fritz a dit, d'une voix étranglée. Brusquement je le redécouvrais, énorme, et son propre maître. Il s'est dirigé vers la scène, il a ramassé son manteau et son saxo alto.

« Tu ne peux pas rester ici, Fritz. C'est de la folie. »

Fritz a laissé un long silence suivre les paroles d'Ernst. Il a froncé les sourcils. « Franz Thon m'a invité à jouer avec les Golden Seven, il a dit calmement. Je voulais vous le dire avant d'apprendre pour Paul. Et après, eh bien… » Il a vaguement haussé les épaules.

J'avais un goût étrange dans la bouche, comme une texture de toile d'araignée. Fritz chez les Golden Seven ? Imaginez un peu, merde. J'avais jamais rien entendu d'aussi irréel de toute ma vie. Soudain tout se passait comme dans un rêve, tellement c'était grotesque.

Ernst fixait le plancher crasseux. « Et tu as accepté l'invitation de Thon. »

On gardait le silence, tous nos regards sur Fritz.

Au bout d'un moment il a encore haussé les épaules. Puis il s'est retourné pour partir. Le menton haut, il est passé entre les tables et il a pris l'escalier pour sortir. Je croyais entendre ses énormes cuisses frotter l'une contre l'autre dans son costume. Il s'est arrêté au milieu des marches. « Tu devrais venir aussi, Ernst, tant que leur offre tient. Ce ne sont pas des mauvais musiciens. Mais ils seraient bien meilleurs avec toi. Réfléchis-y. De la nourriture, un bon salaire – on s'occuperait de toi. » Il nous a lancé un regard, une sorte de tristesse au fond des yeux.

Ernst s'est penché en avant, a allumé une cigarette, très soigneusement. Je l'ai vu secouer l'allumette mais ses mains, eh bien, elles tremblaient.

« Je ne crois pas avoir jamais eu aussi honte de quelqu'un de ma vie, il a dit. Jamais. » Il a soufflé un long et lent filet de fumée pâle. « Bonne chance à toi, l'ami.

– T'appelles ça un ami ? Chip a hurlé. Lui ? Ce gros connard ? »

Hiero fixait Fritz avec une expression indéchiffrable.

Fritz a hoché la tête, deux fois. Il a ouvert la bouche pour dire quelque chose, mais apparemment il a renoncé.

Chip s'est levé, s'est penché en travers de la table. « Espèce de sac à merde, il a hurlé. Tire-toi de là avant que je t'enfonce ton instrument si profond dans la gorge qu'il va ressortir de l'autre côté. Casse-toi.

– Bon sang, Chip, Ernst a dit en haussant le ton. Assieds-toi. »

Mais Fritz était déjà sorti de la salle, on entendait son pas dans le vestiaire, puis dans le hall d'entrée.

La respiration haletante de Chip remplissait le club. On a entendu le verrou de la porte d'entrée tiré en arrière, un fracas de verre quand la porte s'est ouverte et refermée. Ensuite, rien que le silence. L'eau qui gouttait du robinet dans les coulisses, une vibration lointaine, comme si la rue elle-même frissonnait, comme si la chaussée tremblait.

3

J'étais pelotonné contre la fenêtre arrière de la Horch, ma veste de costume pliée sous ma tête. Les kilomètres de champs se succédaient, arides, dans l'obscurité. Je me souviens du soleil qui se levait, rouge, à l'est. Dalilah, l'odeur de sa peau, la fraîcheur de ses doigts qui traçaient une ligne le long de mes côtes. Et ce vieux Paul ivre mort à son piano, son rire d'ambre. Je me sentais lourd et vide, comme si une lumière s'était éteinte en moi. La Horch cahotait sur les routes de campagne, remontait sur la nationale. Et puis j'ai plus rien senti. Pas un pincement de chagrin, de dégoût, ou de colère. Rien.

Je me souviens du môme qui jurait. On était déjà loin de Berlin quand il s'est mis à jurer et à taper de la main contre le dossier du siège d'Ernst, en hurlant qu'il avait oublié sa trompette au Molosse. J'ai ouvert les yeux. Mon propre instrument était dressé entre nous, sa tête pressée fort contre la toile du toit. Le môme a posé une main sur mon épaule, murmuré des excuses. J'ai refermé les yeux.

Je me rappelle un ciel matinal blond comme de la cendre, un vent chaud qui sentait le charbon et les feuilles de bouleau. La route muette qui se déroulait devant nous. Chip a entrouvert sa fenêtre et, à sentir toute cette poussière, j'ai cru que j'allais pleurer. Je me suis contenté de serrer les paupières, d'enfouir ma figure dans ma veste. Je pensais, *Il y avait forcément quelque chose qu'on aurait pu faire. Se faire la malle pour Hambourg, c'est pas franchement loyal.*

Quelque part au milieu de ce brouillard j'ai entendu Chip et Ernst se disputer sur la banquette avant. Je me rappelle avoir vu Chip dérouler de sa tête le bandage taché, décoller la gaze de son crâne couvert de croûtes, rouler en boule les pansements et les jeter par la fenêtre. On approchait de Hambourg. Puis on s'arrêtait dans une embardée. J'ai levé la tête, fébrile, et j'ai vu Ernst dehors sur les graviers du bas-côté, qui parlait à deux types de la Waffen SS, armés.

« Ça va aller, ça va aller », Hiero m'a chuchoté. Il m'a serré le bras. « T'inquiète pas, Sid, on s'en sortira. Ernst contrôle la situation. »

L'un des deux Boches s'est accroupi, nous a fixés dans l'auto, la figure congestionnée. Ernst lui a aboyé de s'éloigner de la Horch, comme s'il allait la souiller. Il y a eu encore des palabres, et soudain ils sont partis sur leurs motos dans une tempête de graviers. Ernst s'est rassis brutalement, ses mains délicates posées sur le volant. Il souriait froidement, avec colère, et sans un mot il a redémarré.

Je me suis rendormi.

Au réveil je me sentais vidé. La pensée de Dalilah et de Paul a surgi dans mon esprit et j'ai tenté de l'étouffer. Des ombres passaient le long des fenêtres.

« Sid, le môme a dit à voix basse. Ça va ? »

Je me suis retourné pour lui jeter un coup d'œil. Les nids-de-poule de la route faisaient vibrer les jantes et bégayer mes pieds sur le plancher. Les genoux du môme étaient repliés contre ma vieille basse.

« Hiero, j'ai dit, et je me suis mis à tousser.

– T'as soif, mec ? » il a fait. Il a sorti une gourde de dessous son siège. « Vas-y. »

C'était la fin de l'après-midi. Dehors, le boulevard était bordé d'une douce lumière verte, filtrée à travers les arbres. On s'est mis à dépasser de hauts portails flanqués de colonnes, de vastes demeures aux murs de briques couronnés d'arcs et de pignons. Des dames flânaient dans les rues, des bonnes en uniforme strict promenaient des hordes de chiens tenus par des laisses en cuir.

Ernst semblait mal à l'aise, il conduisait très lentement. Personne parlait.

Sauf Chip, évidemment.

« Merde, von Haselberg, il disait avec un grand sourire. T'as grandi par ici ? Avec des majordomes et des jardiniers et des gouvernantes pour te torcher ?

– On ne choisit pas l'endroit d'où on vient », Ernst a répondu.

Chip a pouffé. « Faut que tu gardes les mains propres pour ta clarinette, je suppose. »

Je sentais la mer par la fenêtre ouverte. Ernst a viré sur une route qui serpentait entre des tilleuls pâles. J'ai vu une grande pelouse verte derrière leurs troncs. Et puis j'ai compris : c'était pas du tout une route, mais l'allée d'entrée d'une maison. La vache.

Ernst s'est garé sur du gravier rose. « On est arrivés. » Une vague expression d'aigreur sur la tronche, il est descendu de la Horch en laissant sa portière grand ouverte.

Eh ben, j'étais sidéré. Une immense demeure de pierre blanche, avec des colonnes et un double perron qui montait à la véranda. Une balustrade de pierre dominait la cour. De chaque côté de l'immense façade, de longues ailes ponctuées de fenêtres paraissaient s'étendre à l'infini. Sur la pelouse plus loin je voyais des silhouettes travailler, deux bonshommes accroupis dans les parterres, une fille qui leur portait une sorte de seau. On aurait dit une clinique.

« T'as grandi ici, mec ? Chip a marmonné. Bordel. Ton père, il aurait pas par hasard une petite blouse blanche la plupart du temps, si ? »

Ernst a posé une main sur le capot encore chaud de la Horch et il nous a observés, tous debout sur le marchepied, contemplant la propriété avec des yeux stupéfaits. « Ma famille – eh bien, ce n'est pas moi. Ne l'oubliez pas, s'il vous plaît. »

Hiero a hoché la tête. « On te connaît, Ernst. C'est bon.

– Eh non, Ernst a répondu à Chip. Je n'ai pas grandi ici. Mutti a acheté cette maison il y a deux ans.

– Tu dois avoir une famille sacrément nombreuse, Chip a fait avec un sourire. Putain, mec. Les types de la Gestapo vont jamais nous trouver ici. Même s'ils vivaient avec nous dans cette foutue maison. »

Un homme de grande taille était apparu à la balustrade et nous regardait, son ombre s'allongeant vers nous. Il y avait un truc dans la façon dont ses doigts gris serraient la pierre qui me mettait vachement mal à l'aise. Ernst s'est abrité les yeux pour l'observer.

« C'est ton père ? » Hiero lui a demandé.

Ernst a fait non de la tête. « C'est Rummel. »

L'homme est descendu d'un côté du perron, se déplaçant avec une grâce rigide. Tandis qu'il approchait, j'ai pu apprécier sa stature. Il devait bien mesurer deux mètres, mais il était maigre comme une branche de céleri ; son visage osseux était inexpressif ; ses yeux, sous de lourdes paupières, étaient pâles. Il a salué rapidement, avec raideur, les muscles de son cou noueux tendus comme des cordes.

« Monsieur Ernst, il a dit. Quelle joie de vous voir.

– Rummel, Ernst a répondu avec un sourire. Voici Sid Griffiths. Chip Jones. Celui-là là-bas c'est Hieronymus Falk. Ils vont passer la nuit ici. Pourriez-vous leur trouver une chambre, s'il vous plaît ? Dans l'aile ouest, je dirais. »

Rummel a hoché la tête. « Dois-je informer votre mère que vous êtes ici ? »

Ernst lui a lancé un drôle de regard. « Où est Père ?

– Votre père, monsieur ? »

Mais Ernst a secoué la tête. Il était déjà en route pour la maison. « Laissez vos instruments, messieurs, il nous a crié en se retournant. Rummel s'en occupera. Vous avez faim ? »

Bon sang de bonsoir. Le hall dans lequel on est entrés s'élevait sur plus de sept mètres jusqu'aux moulures du plafond. Le sol était en marbre, les murs bordés de vitraux qui étaient baignés de lumière. Au centre du vestibule, une seule table de bois sombre sur laquelle était posé un bocal de verre où des lys flottaient dans l'eau ; les boutons tanguaient doucement. Des couloirs s'ouvraient sur la gauche, à droite et en face. Derrière des rideaux de velours vert retenus par un cordon, on voyait un jardin d'hiver. Enroulées en fer à cheval de chaque côté du hall d'entrée, de larges marches menaient aux étages supérieurs.

Hiero fixait Ernst avec une drôle d'expression.

« Oui, oui, Ernst a fait, c'est grand, je sais. Ils ne vivent même pas dans la plupart des pièces. C'est comme une tombe. Allons-y. Je déteste passer par cette entrée. »

Chip a laissé échapper un petit sifflement. « Bordel, mec. C'est incroyable.

– Oui, c'est voulu », Ernst a répondu d'un ton cassant.

Il nous a entraînés vers le couloir de droite, s'est arrêté devant une petite alcôve arrondie, a jeté un coup d'œil vers la courbe du vestibule. Par une haute fenêtre dans le mur en face, on pouvait voir la Horch blanche garée tout en bas, couverte de poussière. « Je ne sais pas si elles seront dans le jardin ou dans le solarium. »

Un banc en acajou assez bas était posé contre le mur, et le môme s'est assis, sourcils froncés. Il a levé la tête et tendu l'oreille.

Quelque chose traversait l'entrée. Ça ressemblait aux frottements d'une robe, au doux cliquetis de talons. Et un crissement mécanique, comme un chariot chargé de boissons.

J'ai fini par me demander si on avait interrompu une sorte de *five o'clock tea.*

Mais à ce moment une dame âgée est apparue, vêtue d'une élégante robe beige. Elle poussait une jeune fille dans un fauteuil roulant. Merde. J'ai essuyé une main brûlante sur mes cuisses. La fille était drôlement jolie, avec ses yeux foncés et ses cheveux auburn, ses mains fines pliées sur ses genoux. C'était bizarre de la voir dans cet engin, avec ses traits délicats, et quand elle a souri ça a fait comme une ride à la surface d'un lac tranquille.

« Ernie ! elle s'est exclamée. Je le savais. Je le savais !

– Salut, Buggy », il a souri. Il n'a pas bougé d'un pouce, attendant qu'elles approchent. Chip m'a lancé un regard surpris.

La dame plus âgée a pressé le frein du fauteuil du bout du pied et appuyé dessus pour le bloquer. Puis elle s'est redressée, a passé ses mains le long de ses manches et a étudié son fils avec attention. « Eh bien, elle a dit. Regarde-toi un peu. Tu as une mine épouvantable. »

Ernst a ri.

« Liesl avait cru entendre un bruit de moteur dans l'allée. »

Le visage de la fille s'est éclairé d'un sourire. « Je vous l'avais dit, Mère. »

Frau von Haselberg a croisé les mains, s'est tournée pour nous regarder. Elle était pâle comme un légume d'hiver, avec un visage parsemé de toutes petites rides, comme les nervures d'une feuille. Ses yeux marron étaient les seuls points sombres chez elle. Elle avait un drôle d'air, un peu maladif, blanche comme une chose sortie des profondeurs de la terre. « Vous devez être les Américains de mon fils, elle a dit. Nous avons tellement entendu parler de vous. Quel dommage qu'il ne vous ait pas invités à nous rendre visite plus tôt. Bien sûr nous avons tous vos disques.

– Bien sûr, Ernst a fait sèchement. Mais les avez-vous jamais écoutés ?

– Ernst ! » s'est écriée sa mère, comme si elle était choquée. Mais elle souriait.

Quand Ernst nous a présentés, Chip a ôté son chapeau. Je fixais ses phalanges écorchées, les cicatrices de la bagarre un siècle plus tôt. Ses lèvres d'huître étaient pas belles à voir non plus, encore écrabouillées, fendues et pleines de croûtes, et son œil valide ne voyait pas tout à fait droit, il devait le plisser. *Bon Dieu,* j'ai pensé, *ce qu'il est moche, la vache. Il ressemble à Frankenstein.*

Ernst a désigné les deux dames avec grâce et aisance. « Voici ma mère, madame von Haselberg. Et voilà ma sœur Liesl. Nous l'appelons Buggy. C'est une petite peste frivole. »

Elle nous a adressé un sourire éclatant. « C'est vrai. Vous verrez.

– Êtes-vous ici pour longtemps ? a demandé Frau von Haselberg.

– Non. »

Sa mère a semblé un peu déçue. « Vous êtes venus de Berlin en voiture ? Dans la journée ? Vous devez tous être épuisés. Vous passerez la nuit ici, bien sûr. Je vais demander à Frieda de préparer des chambres.

– Épuisés, Mère ? Des costauds comme eux ? Liesl a dit, avec un sourire plein d'espièglerie. J'espère bien que non.

– Je suis pas si fatigué », Chip a risqué, souriant.

Liesl a porté son regard vers lui, et son sourire s'est encore élargi.

Je les ai regardés avec appréhension tous les deux.

« Rummel m'a dit que Père était absent ? » Ernst a fait au bout d'un moment.

Sa mère a soupiré. « Il est près de Sarrebruck. Pour son travail. Il devrait bientôt revenir, nous l'espérons. Tu es venu pour le voir ? Rien de grave, j'espère ? »

Ernst lui a lancé un bref regard. « Il n'a rien dit ?

– À quel sujet ?

– Tu sais comment il est, Ernie, a dit Liesl. Même Rummel en sait plus que nous.

– Ah, oui. Les frêles femmes von Haselberg. Nous ne devons pas trop vous causer de soucis, n'est-ce pas ?

– En aucune circonstance », Liesl a répondu.

Frau von Haselberg s'est contentée de désapprouver de la tête.

Je regardais le soleil par la fenêtre, très bas sur les vastes pelouses vertes. C'était tellement paisible par ici, bon sang.

« Laissez-moi les installer, Ernst a dit à sa mère. Nous vous retrouverons dans un moment. Nous aurons peut-être faim, si Anke peut dénicher un petit quelque chose. »

Frau von Haselberg a hoché la tête. « Anke nous a quittés. Mais la nouvelle saura trouver quelque chose, j'en suis sûre.

– Oui, oui. Très bien. »

Il nous a entraînés plus loin dans les entrailles de la demeure. On a monté quelques marches, longé une mezzanine bordée de portes fermées d'un côté et donnant sur un long salon en contrebas de l'autre. Chip s'est penché par-dessus la rampe, a roulé des prunelles à mon intention et s'est remis en route.

« Qu'est-ce qui est arrivé à ta sœur ? le môme a demandé à voix basse, tandis que nous marchions.

– La polio. À quatre ans. » Ernst s'est raclé la gorge. « Elle est paralysée des pieds à la taille.

– Merde, Chip a dit. Mais bon, elle a l'air sympa.

– Elle ne l'est pas, Ernst a coupé d'un ton glacial. Aucune des deux n'est sympa. Ce sont des snobs hypocrites et intolérantes, et elles vous jetteraient à la rue sans le moindre remords. Et Rummel en ferait autant.

– Rummel ? Ton majordome ? »

Ernst a froncé les sourcils. « Rummel n'est pas majordome. Rummel est… efficace. » Il a ralenti le pas, nous a regardés avec attention, comme s'il prenait une décision en lui-même. « Quand il y a une chose à faire, Rummel la fait. Sans faillir.

– Je crois deviner que tu parles pas du ménage », Chip a marmonné.

Ernst a eu un sourire amer. « Non. Il y en a d'autres pour ça. »

Cette nuit-là j'ai dormi longtemps dans le lit moelleux. Quand j'ai fini par me réveiller, tard dans la matinée, j'ai trouvé un costume propre préparé pour moi, presque à ma taille. Je me suis demandé où Dalilah et Paul avaient dormi. Et ce qui les attendait au réveil.

J'ai trouvé Chip et le môme dehors dans une petite cour, où la Horch avait été garée pour la nuit. Ils avaient tous les deux des costumes propres aussi. On avait lavé l'auto qui, débarrassée de la poussière de la route, brillait comme un os au soleil.

J'étais juste derrière la porte-fenêtre et je les regardais. Hiero, assis sur les marches en pierre, le dos tourné, regardait Chip passer une main le long de la Horch étincelante. Elle paraissait si ordinaire, cette scène. Mais à ce moment, Hiero s'est retourné et m'a fixé directement, alors que j'étais dans l'ombre. « Sid ? »

Après Berlin, il s'était passé quelque chose entre le môme et moi. J'ai pas vraiment compris quoi. Mais c'était comme s'il s'occupait de moi, veillait sur moi, gardait l'œil sur moi. Putain. Il était comme un frère, à montrer les dents si Ernst ou Chip ou n'importe qui mordait trop fort. Comme s'il n'y avait pas eu de rivalité entre nous à propos de Dalilah, deux jours plus tôt à peine. Mais quelque chose en moi ne répondait pas, parce que même si je voyais ce qui se passait, je sentais rien, moi.

En descendant les marches vers la lumière blanche du soleil, j'ai perçu un mouvement sous le balcon. La sœur d'Ernst roulait lentement son fauteuil vers Chip.

« C'est une belle automobile », elle lui a crié.

Il a haussé les épaules, répondu un truc que j'ai pas entendu.

« Une Horch 853 cabriolet sport, elle a ri. Les modèles de 1938 étaient beaux, oui. »

Chip lui a jeté un coup d'œil interrogateur.

« Je m'y connais en véhicules roulants, monsieur Jones », elle a poursuivi.

Il la dévisageait comme s'il n'avait jamais vu de créature comme elle. Et il a éclaté de rire. « Oh, tu m'appelles Chip, c'est tout.

– Chip, alors. Vous devez m'appeler Buggy. Liesl, ça fait beaucoup trop… comateux. »

Le môme m'a lancé un regard pensif au moment où je m'asseyais.

Liesl continuait de rire. De toute évidence elle était de ces gonzesses qui ne supportent pas les blancs dans la conversation, qui feront n'importe quoi pour les combler. Elle paraissait si frêle, si délicate. Belle comme une fin de saison, comme une chose dont tu sais qu'elle va pas durer. « Oui, c'est à cause de ça, elle disait, avec une tape sur l'accoudoir de son fauteuil. Si vous ne pouvez pas rire de ça, Chip, alors c'est en effet un bien triste destin.

– Un triste destin, le môme a marmonné, les sourcils froncés. Ce fauteuil coûte plus cher que ce que les gens gagnent en un an.

– D'un autre côté, j'ai rétorqué mollement, elle a plus l'usage de ses jambes. »

Hiero a fait une nouvelle grimace. « Ernst rigole pas. Elle a l'air sympa, non ? Mais il connaît sa famille, Sid. Cette fille est dangereuse. »

Je lui ai jeté un coup d'œil, surpris par la colère dans sa voix. Il observait Liesl dans son fauteuil, la regardait toucher les cheveux crépus de Chip. « J'ai jamais aimé Hambourg, il disait avec une douce fureur. Ma maman venait par ici de temps en temps. Je suppose que ça lui rappelait mon papa. J'ai toujours détesté cette ville. Ma maman, elle est de Cologne. »

J'ai levé la tête en entendant ça. « De Cologne ? Tu veux dire qu'elle est née là-bas ?

– Qu'est-ce que ça voudrait dire d'autre, qu'elle est de Cologne ?

– T'es un *Mischling* alors ?

– Quoi ? C'est pas évident ?

– Tu t'es regardé dans une glace ? Au moins une fois ? »

Il a examiné le revers lisse de ses mains. « Noir comme une nuit sans étoiles.

– Y a pas de honte à être noir, mec.

– Mon papa, il est du Cameroun.

– Du Cameroun ? Bon sang. »

Le môme a esquissé un sourire timide. « Il était de famille royale là-bas. Le Kaiser Wilhelm II en personne l'a invité ici, dans ce pays, pour qu'il fasse des études de médecine. Il est arrivé à Hambourg sur un navire de la ligne Wöhrmann, en 1899. Il a rencontré ma maman pendant les vacances. C'était en avril. Elle faisait des études d'infirmière. Quand il a eu son diplôme, il est descendu s'installer à Cologne et il l'a épousée.

– Tu connais l'histoire dans ses moindres détails, on dirait », j'ai fait. Tout en pensant, *Merde, il raconte ça comme s'il voulait pas être cru.* « De famille royale. Merde alors. »

Il m'a souri de toutes ses dents. « Sérieusement. C'est dur à croire, hein ?

– Ça c'est vrai, c'est dur à croire. »

Chip s'est dirigé vers la Horch, il a sorti le bâton de réglisse du père Ernst du siège arrière et il l'a rapporté là où Liesl était arrêtée, au soleil. Il a commencé à lui montrer le doigté pour jouer de cette clarinette. Puis il la lui a prise, a souri, l'a portée à ses lèvres et a soufflé un do aigu, net, pointu.

Il a essuyé l'embout, la lui a repassée.

Hiero m'a regardé avec un haussement de sourcils ombrageux. « Tu sais à quoi je pense quand je la vois ?

– Quoi ? »

Il l'étudiait de ses petits yeux sombres. « Je vais te montrer, il a dit d'une voix plate. Mais faut y aller en voiture. »

Je me suis passé une main sur les yeux, comme pour me protéger un peu de la lumière éclatante. Je me sentais très fatigué. Cette pesanteur en moi de nouveau. « C'est un peu dangereux, môme.

– C'est pas dangereux. » Il m'a observé, a posé une main solide sur mon bras. « Je ne laisserai rien nous arriver. Je te jure. »

Je l'ai regardé, étonné.

Mais on est restés assis encore un bout de temps dans la lumière, sans bouger ni l'un ni l'autre. Le môme observait Chip qui poussait le fauteuil de Liesl sur les pavés.

« Mon deuxième prénom, c'est Thomas, il a fait. Je veux que tu le saches. J'en fais pas un secret. »

Je lui ai souri un peu tristement. Ça paraissait si peu de chose à offrir. « Roscoe, je lui ai dit. Sidney Roscoe Griffiths. »

Hambourg. Ça voulait rien dire pour moi, juste une ville lugubre de plus dans l'Allemagne du Nord. Je me souvenais qu'il y pleuvait souvent, que ses ciels étaient d'un gris trouble, comme un constant reflet d'eau. On y était passés une ou deux fois pour jouer dans des clubs devant ces foutus Swing Boys. Ces gosses de riches aux gueules d'anges qui sortaient pour défier le Peintre en bâtiment. Tous jusqu'au dernier en costumes écossais et chaussures à semelles de crêpe, ou jupes courtes et bas de soie ; leurs cheveux longs étaient si graisseux qu'on aurait pu y rôtir un cochon. Comme si ce qui comptait, c'était ce que tu portais. Je savais qu'ils avaient de bonnes intentions, que c'était notre public, mais mon vieux, la plupart avaient pas deux ronds d'idées sur le jazz et s'ils venaient, c'était à cause de l'interdiction. Des mômes qui croyaient que Whiteman, Gluskin, Bela étaient les égaux d'un Armstrong ou d'un Basie. Qu'étaient même pas capables d'aligner deux pas de danse, avec leurs bras qui se balançaient tous en même temps comme une espèce de bête à cent pattes. En secouant leurs cheveux ou leurs chapeaux mous, ou leurs parapluies fermés. Je savais qu'ils nous adoraient, qu'ils se faisaient tabasser dans les rues à cause de nous. Et bon sang, j'aurais bien voulu les aimer en retour. Mais j'ai jamais pu.

Je pensais à ça pendant qu'on traversait la ville en auto. Toute cette culture du Swing était déjà à l'agonie.

Le môme et moi, on s'est à peine parlé pendant le trajet. Peut-être qu'on pensait plus ou moins aux mêmes choses. Finalement il a tapoté le tableau de bord de ses longs doigts délicats et m'a fait signe d'entrer dans un parking. Je me suis arrêté, la Horch ronronnait doucement, puis j'ai levé les yeux et vu par la vitre un grand panneau sur le grillage.

« Merde. Tu m'emmènes au zoo ?

– Hagenbecks, c'est pas un zoo, le môme a fait. C'est un parc d'animaux. C'est censé être mieux que les zoos. Ils n'ont pas de cages avec des barreaux, que des fossés, pour que leurs foutus animaux restent à l'intérieur. Qu'ils puissent vaquer en liberté dans leur espace à eux.

– Môme, je suis pas d'humeur. Sérieusement. » J'ai croisé les bras sur le volant et gonflé les joues.

Il m'a lancé un regard froid. « Il faut que tu voies un truc. C'est ça, le Hambourg que j'ai connu. »

Il est descendu de l'auto, a claqué fort la portière. Je l'ai regardé à travers le pare-brise pendant une minute. Puis avec un soupir, je suis sorti de l'auto.

Le portail d'entrée était haut et imposant à la lumière du soleil. On a traversé la place cimentée et attendu au guichet. Le type qu'était dedans a adressé un regard poli à Hiero. Le môme lui a fait baisser les yeux crânement.

En entrant, nous sommes passés devant une femme et son très jeune fils. Le garçon a tiré sur la main de sa mère et nous a regardés, effrayé.

Hiero a rien dit. Un sombre sourire satisfait est passé sur ses lèvres.

Hagenbecks était un parc vert et ombragé. L'air charriait des effluves d'excréments, de pisse et de boue, une odeur de terres d'élevage. J'ai vu des oiseaux pâles passer au-dessus de nous en criant comme des veuves ; le sentier descendait en serpentant vers un petit étang. J'ai vu le dos d'hippopotames qui broutaient, leur peau luisante comme des rochers polis. Le môme avait pas l'air à son aise ; il scrutait le sentier devant nous.

« C'est bon, j'ai dit. On a pas besoin d'être aussi nerveux ici. »

Il m'a regardé. « C'est pas ça. »

Alors j'ai remarqué une rangée de cases en argile coiffées de toits de chaume. Le môme s'est mis à marcher à grands pas vers elles, et je me suis plus ou moins traîné à sa suite. Y avait pas beaucoup de visiteurs ce jour-là dans le parc, à part nous. J'ai ralenti sur le sentier. Puis je me suis rapproché.

Y avait pas de fossé pour cette attraction. Au lieu de ça, une palissade en bois, à hauteur de poitrine, dressait ses pointes entre nous.

« Les voilà, les animaux dangereux », Hiero a dit avec amertume.

J'ai regardé, ébahi. D'abord j'étais même pas sûr de savoir vraiment ce que je voyais. Ensuite j'ai juré à voix basse.

Parce que c'était des gens. Des Noirs. Pieds nus, vêtus de haillons. Un groupe de bonshommes, accroupis sur des rochers plats dans la boue, qui fumaient des pipes grossières, des disques pendus à leurs énormes lobes d'oreilles. Les femmes étaient assises en cercle en arrière, des tissus façon léopard noués fermement autour de leur intimité. Elles écrasaient du maïs dans un mortier avec un pilon pour en faire de la farine, et leurs pieds étaient couverts de cette poudre. Et malgré toute la boue, malgré la saleté et les mouches, leur peau avait un aspect étrangement brillant. Un noir argenté, comme si les gardiens du zoo les polissaient comme de l'onyx.

Une douleur m'a saisi à la poitrine. « Ils gardent des gens là-dedans ?

– Ça, c'est seulement l'expo africaine. Ils en ont une de Samoans, une autre d'Esquimaux. » Il essayait de sourire, comme si c'était pas si horrible que ça. Ou comme si c'était tellement horrible que c'en était drôle. Mais le sourire lui montait pas jusqu'aux yeux.

« Un zoo humain, j'ai marmonné. Merde ! »

J'étais trop stupéfait pour dire autre chose. Une vieille femme est sortie de l'une des cases, un bébé dans les bras ; ses maigres guiboles luisaient au soleil. Elle a traversé le coin de boue écrasé de lumière, en chantant quelque chose de très doux au bébé. Il s'est mis à brailler.

« Mon papa s'est jamais pardonné d'être venu ici », a commencé le môme.

J'ai rien répondu.

« C'était un chef à Douala. Ici il était qu'un sauvage en habits civilisés. Mais bon Dieu, Sid – Hiero m'a lancé un rapide coup d'œil irrité –, je l'ai jamais entendu dire un seul mot contre l'Allemagne. Pas une fois. Hérodote raconte une histoire au sujet de Darius, le roi de Perse. Le roi fait venir les Grecs et leur demande : "Combien de pognon est-ce que je dois vous donner pour que vous mangiez le corps de vos pères quand ils mourront ?" Les Grecs ont répondu qu'il y avait pas assez d'argent sur la terre pour leur faire faire ça. Alors Darius a fait venir une poignée d'Indiens, des types qui mangent leurs pères, et leur a demandé devant les Grecs : "Combien de pognon est-ce que je dois vous donner pour que vous brûliez le corps de vos pères quand ils mourront ?"

Les Indiens ont répondu qu'il était absolument hors de question qu'ils brûlent leurs pères. Tu vois, un type croit toujours que ses propres coutumes, c'est les meilleures au monde. Y a aucun moyen de lui faire changer d'avis. Mais mon papa, il était pas comme ça. Il était venu en Allemagne, et voilà. Il est devenu allemand. »

J'avais toujours rien à répondre à ça.

On est restés un bon moment devant cet enclos. Le soleil est descendu. Quand j'ai regardé de son côté, j'ai vu l'un des hommes et le môme croiser leurs regards, un type aux cheveux grisonnants, le blanc des yeux jaunâtre. Ils se sont fixés longtemps. J'entendais les cris des oiseaux au-dessus de nos têtes. Des gens descendaient le sentier en bavardant, ils passaient nonchalamment.

Hiero clignait même pas des yeux. Y avait pas de curiosité partagée dans ce regard, pas d'effroi. Rien qu'une sorte de calme résignation, comme lorsqu'un homme contemple un portrait de lui-même à une autre époque.

Quand on a quitté le zoo de Hagenbecks, c'est comme si quelque chose avait abandonné le môme à ce moment-là, une espèce de fureur. Il était juste fatigué. On est pas retournés tout de suite chez Ernst. Le môme m'a dirigé vers les quais. On s'est arrêtés tranquillement, on est sortis de l'auto et on a marché jusqu'au bout pour nous asseoir dans la fraîche lumière du soleil. Nos jambes pendaient sur l'eau noire. Un vol de mouettes s'est élevé au-dessus de nos têtes en criant. L'air était chargé de la puanteur du sel et des docks en face de nous.

Un gros navire gris passait lentement à travers les écluses.

Hiero a fait tomber la boue séchée de ses souliers, puis il a contemplé la longue écharpe d'eau. « C'est dur à croire, bon sang, qu'il y a des Algériens au bout de cette eau. »

J'ai hoché la tête, me sentant abattu. « Et des Islandais. »

Il a souri. « Des Canadiens ?

– Des Indiens.

– Un pauvre vieux à Baltimore nous regarde aussi », le môme a fait en balançant ses grands pieds.

J'ai froncé les sourcils. « Je pourrais même le connaître. C'est ptêt' mon oncle Henry.

– L'Amérique, Hiero a dit, avec quelque chose dans la voix.

– On parle de cette mer-ci, de cette mer-là. L'Atlantique, le Pacifique. Mais tout ça c'est la même eau, non ? Pourquoi on la divise ? »

Hiero a regardé les mouettes en plissant les yeux. « T'es un vrai poète, Sid. Un vrai Hérodote. »

Mes pensées dérivaient déjà vers le premier jour où le môme était entré dans nos vies. Quand Paul l'avait amené au Molosse un soir, il avait la figure à demi cachée par une vieille casquette de vagabond, enfoncée bas sur les yeux. Je me souviens du sourire que j'ai lancé à Chip, en me disant qu'il avait vraiment l'air d'un gosse. Douze ans, pas plus. C'était sûrement une blague que Paul nous faisait. On était vraiment censés croire que ce bébé Cadum tâtait de la trompette pour de vrai ?

Le môme s'était levé, avec sa veste qui se balançait à chaque pas. Il avait l'air gauche, tout en genoux et en coudes. Il était vêtu comme une espèce de clochard d'un énorme pantalon kaki tenu par des bretelles bleues. Un manteau pied-de-poule tout râpé. Et cette casquette sale sur la tête, moins, on aurait dit, pour se protéger du soleil et de la pluie que pour se cacher dessous. Pour cacher le monde à ses yeux quand il avait pas envie de le voir. Il aurait pu n'être qu'un sale petit voyou, à voir ses habits. Ce qui vous frappait, c'était sa manière de bouger dedans. On peut pas dire qu'il roulait des mécaniques – il était trop timide pour ça – mais il bougeait avec un rythme qui vous faisait réfléchir, comme s'il boitait, bon sang.

Paul ne tarissait pas sur lui, quel génie inouï c'était, quel talent rare. Un vrai virtuose. Moi, je pouvais pas quitter des yeux ses poignets maigrichons.

Mais quand il a soulevé son cornet, on lui a accordé un silence respectueux. Sa trompette avait l'air d'un truc bon marché, elle était cabossée comme un chocolat enveloppé de papier d'argent qui serait resté trop longtemps dans une poche. Il a posé ses doigts de lapin sur les pistons, incliné la tête, plissé l'œil gauche. « *Buttermouth Blues* », Ernst lui a crié.

Le môme a hoché la tête. Il s'est mis à taquiner l'air à travers le cuivre. Au début on était juste là avec nos instruments prêts à jouer, les yeux fixés sur lui. Rien ne se passait. J'ai lancé un regard à Chip et secoué la tête. Mais alors j'ai commencé à entendre, comme une piqûre d'épingle dans l'air – c'était vraiment aussi subtil –, le chant d'un colibri à une hauteur et une vitesse presque inaudibles. Ça ressemblait à rien de ce que j'avais jamais entendu. Le môme entamait le morceau par un angle bizarre, en faisant étinceler les notes comme du cristal. Il a fait une pause, pris une grande inspiration, et entamé une gamme à vous casser les oreilles, sur la lancée de la mesure invisible qu'il venait de jouer.

Nous autres, on est entrés après lui. Et je peux vous dire, il m'a pas fallu une minute de plus pour comprendre quel genre de musicien c'était, ce môme. Son style était mélancolique, lent, il maintenait les notes plus longtemps que de raison. La musique aurait dû retentir comme une sirène de navire qui sonne au large – dure, brillante, claire. Le môme, putain, il la rendait trouble, en faisant passer les notes pas seulement par-dessus les mers, mais aussi à travers la terre. Le son était riche, ce qui aurait pu passer pour un musicien plus âgé, mais chez lui paraissait contrefait. Le lent dialogue entre lui et nous faisait vaguement penser à un dialogue entre un pasteur et le chœur. Mais y avait aucune grâce. Sa voix était celle d'un pasteur de campagne trop vert pour convaincre ses ouailles.

Il parlait contre nous, comme s'il nous suppliait de l'écouter. Il se lamentait. Il gémissait. Il plaidait et bouillonnait. Il tirait de sa trompette toute la foutue gamme des sentiments, sauf la haine. Une sorte de manière nue, pathétique de jouer. Comme s'il avait retourné tout le truc, comme si ses nerfs vibraient à l'air libre. Il pliait les notes, les bredouillait de telle sorte qu'on jouait encore plus fort contre lui. Et plus on s'opposait, plus il s'acharnait à plaider sa cause. Mais son plaidoyer réclamait jamais rien, il semblait être sa propre fin. Son style tordu était à la fois sans âge et comme celui de quelqu'un qui touche une trompette pour la toute première fois.

Je détestais ça. Ça sonnait tellement faux, tellement prétentieux. Je gardais la tête baissée, à l'abri des lumières de la rampe, et peu à peu nous nous sommes arrêtés, la musique a cessé.

Quand je me suis retourné, le père Ernst, il avait les yeux brillants. Il pleurait, dis donc.

Paul s'est simplement penché en avant et il a pris le môme dans ses bras, sans le serrer, par les épaules. « Qu'est-ce que je vous avais dit, les gars ? C'est la voix de Dieu ! »

J'y songeais à présent, assis sur le quai avec le môme. Mais brusquement ça n'avait plus d'importance si le môme était pas, à mon humble avis, aussi bon que tout le monde le prétendait. Assis sur ce quai, le regard perdu sur la plaine des eaux grises, il avait l'air si petit, si vulnérable. Comme s'il était arrivé porté par le vent. Et j'ai su à ce moment-là que c'était ce que Dalilah voyait, quand elle le regardait.

Quand j'ai posé une main sur son épaule, j'ai senti ses os pointus bouger à travers sa chemise.

Il m'a regardé timidement et il a souri. « On va s'en sortir, Sid », il a fait. Puis il a baissé la tête et détourné les yeux, gêné.

Deux ou trois jours plus tard je sortais des jardins, le gravier rose crissant sous mes pas, et en me retournant j'ai vu Ernst qui arrivait vers moi à grandes enjambées.

« Sid. » Son costume en lin était froissé aux coudes. Il s'est lissé les cheveux, a jeté un coup d'œil vers la vaste maison derrière lui. « Mon père est de retour.

– Il les a ? Il a nos papiers ?

– J'espère que oui. » Ernst a posé une main sur mon épaule et s'est remis à marcher. « Viens avec moi. Je veux te présenter. Je veux qu'il voie que les gens à qui il a affaire sont de vraies personnes. »

Il m'a conduit vers une cour pavée de pierre ; du lierre rampait sur une vieille fontaine dont la maçonnerie se fissurait. J'ai franchi une voûte à sa suite et monté un long escalier comme j'en avais jamais vu. De gros aigles dorés étaient perchés sur toutes les moulures, avec leurs têtes couronnées, redoutables. Chaque meuble était doré à l'or fin, les murs tapissés de miroirs et de fines tentures couleur crème. L'air sentait les lys fraîchement coupés.

« Nous sommes dans l'aile est, Ernst a dit avec un sourire amer. Notre Pologne. »

Rummel nous attendait sur le palier. Quand nous sommes arrivés, il a salué Ernst d'un brusque signe de tête. Il avait l'air aigri, maussade, terreux dans son costume noir. Faisant demi-tour sans un mot, il nous a précédés dans un vaste couloir, flanqué de fenêtres à petits carreaux cerclés de plomb qui donnaient sur les jardins. Hiero m'avait parlé un jour de Charon, le Grec qui transporte les morts vers l'au-delà. Rummel, bon sang, c'était un peu notre Charon. Ses yeux étaient tellement pâles qu'ils auraient pu être aveugles.

On est arrivés devant la porte du bureau. Ernst a congédié Rummel, qui s'est incliné, a tourné les talons et regagné le palier sans bruit. Il a posé une main sur mon bras. « Sid, mon père n'est pas un homme comme les autres. Il est très, très subtil.

– Rummel ? un homme a crié d'un ton cassant. C'est toi ?

– Ce n'est pas Rummel », Ernst a répondu. Il m'a lancé un regard. « Attention à ce que tu dis. »

Il a carré ses épaules, ouvert la porte et il est entré.

Je l'ai suivi. Le grand tapis bleu était épais sous les pieds. La lumière qui entrait par une haute fenêtre se prenait dans les plis des doubles rideaux et projetait de longs rayons ambrés sur les murs. Un homme petit, assis derrière un énorme bureau sombre, écrivait avec application, et il s'est même pas arrêté pour voir qui entrait. Sa peau était cireuse et pâle. Son costume gris argent miroitait à la lumière. J'ai remarqué ses cheveux gris coupés court, sa moustache fine et bien taillée, les sillons qui burinaient son visage.

L'homme a levé les yeux, les sourcils froncés, irrité. J'ai eu le souffle coupé une seconde. Ses iris – ils étaient d'un bleu sombre absolument terrifiant.

« Bon Dieu, Ernst, je suis très occupé. Qu'y a-t-il ? »

Ernst s'est assis sur le canapé blanc en face du bureau. « Je suis content de te voir moi aussi. »

Son père a fait la grimace et retiré ses lunettes, les laissant pendre dans une main.

« Oui, oui, bien sûr, ça me fait toujours plaisir de te voir. Tu as l'air en forme. Un peu mince, peut-être.

– J'ai pris du poids.

– Ah. Pas mince, alors. » Il s'est penché de nouveau sur le papier devant lui, a griffonné encore quelques lignes. Il a levé la tête et haussé les sourcils. « Eh bien ? Qu'y a-t-il ?

– Je sais que tu es occupé, Ernst a dit, avec la guerre que tu prépares. »

Son père a fait un geste de dédain. « Quels grands mots, bonté divine !

– Nous sommes venus chercher les papiers d'identité, Père. Pour Paris.

– Oui. » Le vieux von Haselberg a hoché la tête. Son regard s'est tourné vers moi, et j'ai tressailli. « Vous devez être l'un des musiciens d'Ernst ? »

Je me tenais encore comme un idiot juste devant la porte, près de la lourde bibliothèque, avec ses volumes dorés reliés de cuir marocain. J'ai péniblement dégluti, me sentant comme une preuve vivante qu'on est en train d'exhiber.

« Sidney Griffiths, j'ai dit.

– Oui, bien sûr, a dit von Haselberg. C'est une musique bien singulière que vous jouez, jeunes gens.

– Assieds-toi, Sid », a dit Ernst, en montrant une place à côté de lui sur le canapé. « Tu n'es pas obligé d'attendre que mon père t'invite à entrer.

– Où est Rummel ? von Haselberg a demandé d'un ton distrait.

– Sur le palier. Comme toujours. Avec une mine de cadavre, si je peux me permettre.

– Oui, pauvre Rummel, von Haselberg a fait avec un sourire. J'aurai besoin de lui dans un instant. »

Ernst n'a rien répondu à ça.

J'ai regardé von Haselberg glisser dans un tiroir le papier sur lequel il venait d'écrire et fermer le tiroir à clé. Il s'est levé et, prenant son cigare, il a fait le tour de son immense bureau. Il avait la grâce élégante dont son fils avait hérité, cet air d'aisance et de fluidité. Il m'a pris la main et l'a serrée avec fermeté, en souriant.

« Qu'est-ce que mon fils vous a raconté sur moi ? il a gloussé. Il me présente sûrement comme un ogre. »

J'ai haussé les épaules, lancé un coup d'œil à Ernst. Les sourcils froncés, il examinait les jardins par la large fenêtre.

Quand von Haselberg s'est assis, il a déboutonné son veston et allongé les jambes.

Le vieil homme s'est mis en quête d'un cendrier, puis, l'air courroucé, il a fait tomber les cendres de son cigare sur le tapis. « Cette Frieda. Elle n'arrête pas de vider les cendriers et après elle oublie de les remettre en place. C'est à croire qu'elle essaie de me faire arrêter de fumer.

– Mais tu devrais cesser, Père, a dit Ernst. C'est une habitude dégoûtante.

– Sottises. »

Mais Ernst s'était déjà agenouillé et, avec une sorte de dignité offensée, avait tiré son mouchoir de sa poche de poitrine et ramassé les cendres.

« Laisse donc ça, fils, mon Dieu. » Von Haselberg m'a regardé, les sourcils relevés, comme s'il était choqué par le geste enfantin de son fils. « Nous payons les filles pour ça, tu le sais.

– Ah, c'est pour ça que tu les paies ?

– Ça suffit, Ernst. Franchement. »

Ernst a replié le mouchoir sale et l'a remis dans sa poche.

Le père von Haselberg a eu un petit rire et plissé ses yeux bleu sombre. « Tu n'es pas venu ici pour faire le ménage, je suppose. Quoique cela ne me choque pas le moins du monde. » Il m'a regardé. « Tant que mon fils s'occupe à ce qu'il aime faire. »

Ernst a souri lui aussi. « Quel père remarquable tu fais. »

Putain. Je commençais à me sentir sacrément mal à l'aise.

Mais von Haselberg s'est contenté de hausser une épaule lasse. Il a passé ses petites mains le long de ses cuisses, comme s'il commençait à être fatigué. « Monsieur Griffiths. Vous vivez dans l'appartement de Fasanenstrasse ? Vous le trouvez confortable, j'espère ?

– Ne commence pas avec ça, Père.

– Pour l'amour du ciel, il a répliqué, perdant un peu patience. Cela s'appelle être poli.

– C'est là qu'il te rappelle que tu vis de sa charité.

– Ne sois pas ridicule. Ce n'est pas du tout ce que je voulais dire. »

Ernst a seulement levé les sourcils, exactement comme son père l'avait fait une minute plus tôt.

« Et que pensez-vous de toute cette histoire avec la Pologne ? m'a demandé von Haselberg.

– Ne réponds pas », Ernst a fait.

Mais il y a eu un long silence après ça, comme si les deux hommes attendaient que je parle. Je me suis un peu éclairci la voix et j'ai jeté un coup d'œil à Ernst. Il examinait ses chaussures. « Quelle histoire avec la Pologne ? » j'ai demandé, sans conviction.

Von Haselberg est parti d'un rire brusque, bourru.

« Excellente réponse. Vraiment. D'où as-tu dit qu'il venait déjà, de Baltimore ?

– De Baltimore, oui.

– Oui, oui. Excellente réponse pour un Américain. Puis-je vous offrir quelque chose à boire ?

– Non, Ernst a rétorqué. On n'a besoin de rien.

– Ah, quel dommage ! » Mais von Haselberg s'est quand même levé et dirigé à pas glissants vers les rayonnages où il a pris une bouteille de bordeaux. Il en a versé trois verres et, dans un tintement de cristal, les a apportés vers la table d'appoint à côté du canapé.

« J'ai dit non, Père.

– Eh bien ne le bois pas, il a fait. Ils ne sont pas empoisonnés, je vous assure. » Il m'a lancé un sourire sans lâcher son cigare. « J'ai un profond respect pour les arts, vraiment. Pour tous les arts. Je ne pense pas comprendre le jazz, mais j'admire sincèrement la passion que vous lui portez, jeunes gens. La ferveur peut-être une forme de génie. »

J'ai hoché la tête avec gêne et fait tourner mon verre entre mes mains.

« Mon père est un grand mécène, Ernst a lancé. C'est ce que tu es en train de dire, n'est-ce pas ? »

Le vieil homme s'est rassis avec un grognement. « Pas si grand, je le crains. Mon travail m'occupe. Mais le monde serait plus pauvre sans les arts. Et je ne me fais pas d'illusions, monsieur Griffiths. Je suis un vieil homme, mon sens de l'art est dépassé, mais je sais que ce que j'aime a un jour choqué les vieillards de l'époque. Mozart, Schiller, Goethe. Paul Hindemith, même.

– Ah oui ? Hindemith ? Première ou dernière période, Père ? J'ai toujours cru que tu préférais Kurt Eggers, Hans Pfitzner. Ou Richard Wagner, tiens. J'ai sous-estimé tes goûts catholiques.

– Wagner, von Haselberg a répété, secouant sa tête grise comme s'il était plein de regret. C'est affreusement théâtral, non ?

– Vous aimez Wagner ? j'ai demandé poliment.

– Seigneur, non. C'est seulement ce que croit mon malheureux fils.

– Tu pensais que nous resterions à Berlin à attendre, comme de pauvres petits enfants », Ernst a fait, les sourcils froncés.

À ce moment son père a changé de position dans son fauteuil et quelque chose s'est durci en lui, finalement. J'ai dégluti avec peine. Ses yeux s'assombrissaient. Il a dit d'un ton cassant. « Je me fichais de savoir de quelle manière vous choisissiez d'attendre. Mais oui, vous étiez censés attendre à Berlin jusqu'à ce que je te téléphone. »

Ernst a levé la tête. « Tu veux dire jusqu'à ce que les papiers soient prêts. »

Son père a fait rouler sur sa langue la fumée bleue du cigare et l'a soufflée en un long ruban. La cendre est encore tombée sur le tapis. *Oh, bon sang,* j'ai pensé. *Te lève pas pour ça, Ernst, surtout. Bon Dieu.*

Mais Ernst est resté assis en se contentant de serrer les mâchoires.

Avec une curieuse expression sur la figure, un sourire presque ironique, von Haselberg s'est mis debout. Il s'est glissé derrière le bureau, a sorti une épaisse enveloppe kraft du tiroir du haut. « Il ne manque plus que vos signatures, il m'a dit. Nous nous sommes occupés de tout : photographies, documents, "répondants". Pour les Allemands parmi vous, nous avons même payé la taxe du Reich. Vous êtes libres d'aller en France. » Il a sorti un stylo orné d'un monogramme de sa poche de poitrine et lancé un regard à son fils, de l'autre côté du bureau. « Je ferai même don du stylo, monsieur Griffiths. En tant que mécène. »

Il est revenu vers moi, m'a tendu l'enveloppe et le stylo avec un sourire.

J'ai retenu mon souffle. Bon sang de bonsoir ! Comme ça, tout simplement, les voilà. Nos vies, dans une enveloppe ordinaire. J'en ai fait glisser les papiers et j'ai commencé à les feuilleter. Il devait y en avoir trente pages au moins, couvertes de lignes imprimées en tout petits caractères. Je ne sais pas vraiment ce que je cherchais.

« Monsieur Falk, von Haselberg a dit, a un passeport allemand tout neuf. »

J'ai levé les yeux, hoché la tête.

« Fais-moi voir », Ernst m'a dit. Il a parcouru les papiers. Il a mis à part ceux de Fritz Bayer et de Paul Ludwig Karl-Heinz Butterstein. « On n'en aura pas besoin pour ces deux-là, il a marmonné.

– Ah, oui. Ton pianiste juif. Les événements l'ont rattrapé, je suppose.

– Les "événements" ! » Ernst a fixé son père un long moment. « Si tu avais réglé tout ça plus tôt, il serait encore en vie. »

Son père a hoché la tête. « Il avait beaucoup de talent ?

– C'était un être humain, Père. Quelle importance ?

– Il était génial, j'ai dit avec colère. Et il n'est pas mort. »

Ernst m'a lancé un coup d'œil et m'a rendu les papiers. J'ai compté les trois paquets qui restaient, les ai glissés dans l'enveloppe. Ernst fixait son père avec une expression tendue, indéchiffrable sur le visage.

« Je te remercie, il a dit enfin. Je sais que ce n'est pas facile pour toi. »

Von Haselberg a eu un rire sec, comme pour balayer ces paroles sous le tapis. « Monsieur Griffiths, il a dit en se levant. Enchanté d'avoir fait votre connaissance. Je vous souhaite le plus grand succès avec votre musique.

– Merci.

– Encore une chose. » Il m'a regardé prudemment. « Vous avez intérêt à partir sur-le-champ. Vous comprenez ?

– OK. Bien sûr.

– Ernst. Quand tu sortiras, envoie-moi Rummel, s'il te plaît. »

Le vieil homme nous tournait déjà le dos et se glissait de nouveau derrière son bureau, dont il a ressorti les feuilles qu'il avait mises sous clé un peu plus tôt. J'ai jeté un coup d'œil derrière moi et j'ai quitté la pièce.

Ernst a refermé la porte qui a fait entendre un léger déclic.

Dans le couloir je me suis retourné vers lui, furieux. « Où sont tes foutus papiers, bordel ? j'ai sifflé. Y a rien pour toi là-dedans. »

Il a expiré doucement ; ses épaules ont un peu ployé sous sa veste. Puis il a repris sa respiration, un son presque inaudible, comme s'il se nettoyait les poumons.

« Ernst ? »

Mais je pouvais à peine le regarder. D'un geste délicat, il a boutonné son veston, lissé sa cravate, comme s'il remballait le tout, bien serré. Son visage était calme comme de l'eau dans un verre.

« Je ne pars pas avec vous, il a dit tranquillement.

– Qu'est-ce que tu racontes ?

– Je ne pars pas avec vous », il a répété, exactement sur le même ton.

J'ai avalé ma salive. Ma cervelle fonctionnait lentement.

« Qu'est-ce que tu veux dire ? C'est Armstrong, mec. Louis Armstrong, enfin. »

Il s'est contenté de plisser le front et de regarder par la fenêtre. Jamais je l'avais vu aussi près de montrer une quelconque émotion. Et puis j'ai compris.

« Merde. Tu savais ! C'est comme ça que t'as obtenu qu'il nous aide. T'as accepté de rester pour qu'on puisse se tirer. »

Il a secoué la tête. « Ne sois pas ridicule. »

Mais apparemment il trouvait pas de mensonge à me dire. Il restait là, tête basse, ses longs doigts pâles ballants et vides. Il a fini par me lancer un morne sourire. « Regarde qui je suis, Sid. Je n'ai pas de souci à me faire ici. Aucun.

– Tu parles ! » J'avais une sacrée boule dans la gorge.

« Il y a des cartes sous le siège avant de la Horch, ainsi qu'une enveloppe pleine de francs – assez pour tenir longtemps si vous en faites bon usage. Et aussi tous les renseignements pour joindre Armstrong à Montmartre.

– On part pas sans toi. Bon Dieu, Ernst !

– Prenez les petites routes. Vous verrez sur la carte par où traverser la frontière. Soyez prudents. »

J'ai secoué la tête. « Il va plus rester aucun de nous. » J'ai cru que j'allais me mettre à pleurer sur place. Je me suis mordu très fort la langue.

Et donc on l'a quitté.

Le long nez spectral de la Horch a tourné sur les pavés, on a franchi le portail et pénétré dans la nuit qui tombait. Les phares fendaient le crépuscule. On roulait vers l'ouest en silence, avec un poids dans la poitrine ; on avait tous le cafard, chacun reclus, muet dans son propre déni. Au plus profond de la nuit. On s'est presque jamais arrêtés, sauf pour remplir le réservoir grâce aux bidons d'essence qu'on avait pris avec nous, ou pour aller se soulager dans les herbes.

Le soleil était encore bas à l'horizon, les ombres du matin encore longues sur le bitume irrégulier, quand on a vu le poste-frontière quelques kilomètres plus loin.

Je croyais que Chip et le môme dormaient encore, quand tout d'un coup le môme s'est éclairci la gorge pour dire : « Il vient pas. C'est vrai qu'il est pas venu. »

Chip s'est retourné, il a étudié le môme mais il a rien dit.

La campagne jaune défilait et loin devant, dans la lumière fraîche du matin, on voyait les sombres forêts de France. On passait tout le temps devant de hautes pancartes portant des *Achtung* à la peinture noire, suivis d'instructions que je lisais pas. Puis j'ai vu un barrage hérissé de barbelés et j'ai appuyé sur le frein. La voiture a tremblé, tressauté, ralenti.

« Merde, mon vieux », Chip a protesté. Il a passé ses mains sur sa tronche et bâillé.

J'ai pressé l'accélérateur et avec l'aisance d'un pur-sang la Horch s'est lentement faufilée entre les chicanes. À travers le pare-brise poussiéreux je voyais deux soldats armés dans le poste de garde, un peu en retrait sur la gauche, leurs mitrailleuses braquées sur nous. Leurs uniformes vert-de-gris étaient repassés, leurs cols propres, comme s'ils venaient juste de prendre la relève.

« Merde », Hiero a murmuré. Il avait vraiment de petits yeux.

« Tu dis rien, surtout, Chip a fait. Tu m'entends ? Rien. »

Mes yeux étaient rivés sur un type armé qu'était sorti d'un abri, paume en l'air. Il portait un fusil à l'épaule. Je tâchais de prendre une expression neutre et discrète, mais mon cœur faisait un boucan de tous les diables dans ma poitrine. J'ai stoppé l'auto avec précaution.

Le soldat était debout entre deux barrières, mais là il a fait un pas en avant et s'est approché de l'auto, sourcils froncés.

Les jointures de mes doigts devenaient blanches sur le volant. J'avais peur de le lâcher, peur que mes paluches se mettent à trembler. Je me suis raclé la gorge. « Filez-moi vos papiers », j'ai chuchoté, d'une voix aiguë et crépitante comme un feu.

Je me suis penché en avant, j'ai baissé la vitre. L'air de la fin d'été sentait la terre et la fumée.

Le treillis vert du Boche se reflétait dans les chromes de la Horch. Je l'ai salué d'un petit hochement de tête, les yeux plissés. Il était jeune, brun, bronzé, les lèvres gercées par trop de soleil. Ses paupières tombaient un brin sur ses yeux.

« Papiers », il a demandé avec brusquerie.

Je les lui ai passés. Mes mains tremblaient comme celles d'un retraité, comme si j'avais quatre-vingt-deux balais.

Il a grogné et s'est mis à les feuilleter. Ses yeux étaient très noirs, comme ceux d'Ernst. Il a lentement fait le tour de la Horch, examinant la grille et les phares argentés comme s'il avait jamais rien vu de pareil. Puis il est revenu.

« Quelle est votre destination ? il a demandé d'un ton monocorde, sans cesser de parcourir les papiers.

– Paris », j'ai répondu, avant de tousser. Je me suis éclairci la gorge. « Paris », j'ai répété plus fermement.

Il m'a scruté, puis en baissant la tête il a lancé au père Chip et à Hiero un vraiment long regard. Ses yeux se sont posés sur la contrebasse adossée sur le siège arrière.

« Nous sommes des musiciens américains, j'ai dit, un peu nerveux. On fait que passer pour aller jouer à Paris. »

À ces mots il a levé les yeux et fixé quelque chose de l'autre côté de la capote de l'automobile. Et il a dit : « Attendez ici. Ne bougez pas. » Il s'est éloigné, a rejoint un autre garde et s'est mis à parler à voix basse.

Le soleil du matin, entré de biais par le pare-brise poussiéreux, réchauffait les vieux sièges en cuir. Je sentais un filet de sueur couler lentement le long de mes côtes.

Chip a posé une main sombre sur le tableau de bord, comme pour sentir la chaleur du soleil. « C'est rien. Va pas craquer, Sid. Ils essaient seulement de te rendre nerveux. Ils sont sans doute en train de discuter des foutus résultats du football. »

J'en étais pas si sûr. Ça me paraissait vachement sérieux. Merde. Et si le père d'Ernst, ce vieux salaud, nous avait donné des papiers manifestement faux? Il devait y avoir quelque chose de bizarre au moins dans ceux de Hiero. Le môme était apatride depuis des années. Je m'efforçais de pas déglutir.

Notre soldat s'est retourné et nous a jeté un coup d'œil, une main en visière sur les yeux.

Juste en face de notre bagnole, derrière des sacs de sable couchés là comme des chiens fusillés, un soldat était accroupi derrière une lourde mitrailleuse, l'air de nous surveiller. Son casque lui cachait les yeux.

Le premier est revenu vers nous, sans cesser de feuilleter les papiers. Il s'est baissé à hauteur de la fenêtre, a lancé à Hiero un long regard appuyé. *T'as pas intérêt à craquer, fiston,* je pensais. *T'as surtout pas intérêt à craquer.*

Il m'a rendu les papiers sans plus me regarder. Il s'est écarté de l'auto, a fait un signe en direction des soldats qui se tenaient sur les bas-côtés. Ils se sont approchés, ont retiré les barrières; celle de celui de droite, un échalas, était trop lourde pour lui.

Le garde continuait à reculer en nous faisant signe de passer.

C'était un piège. Ils font semblant de vous laisser passer, et après ils se mettent à tirer. Ils attendent que vous soyez entre les frontières, pour que ce soit la faute d'aucun des deux pays. On y couperait pas, on avait entendu les histoires. J'ai posé un pied nerveux sur l'accélérateur, fait glisser lentement la Horch entre les sacs de sable poussiéreux, d'autres barrières couvertes de barbelés, devant le type à la mitrailleuse.

« Doucement, Chip chuchotait, vas-y doucement. »

On a roulé au pas vers le côté français. Le franchouillard de soldat qui s'est avancé nous a fait signe des deux mains de nous arrêter. Le môme s'est retourné pour fixer les Teutons derrière leurs fusils. Chip lui a lancé: « Regarde devant toi, fiston. »

Y avait une autre mitrailleuse placée un peu à l'écart, au sommet d'une petite côte, braquée droit sur notre pare-brise. Je sentais les poils se hérisser sur ma nuque.

Le soldat nous fixait avec une franche hostilité, comme s'il était pressé de nous renvoyer de l'autre côté de la frontière. Son regard de vieux bonhomme était fuyant, blasé. Dans sa panse massive et sa moustache grisonnante, on voyait tout du terrible massacre qui avait eu lieu à Verdun.

« *Papiers** », il a crié sèchement, en tendant une patte rougeaude et charnue.

J'ai tâtonné sur le tableau de bord et les ai sortis pour la deuxième fois.

« *Vous allez où, là ? C'est quoi, votre destination* ?* »

J'ai vaguement regardé Chip, puis, nerveux, le soldat.

« Vous parlez pas anglais, je suppose ? » J'ai levé une main du volant et l'ai tendue vers lui. Il a vite fait un pas en arrière en pointant son fusil sur moi.

« *Vos mains – dans la voiture, vos mains dans la voiture** », il a aboyé.

Je me suis figé. J'ai levé mes pauvres mains, terrifié. « Non, non. Je voulais pas de mal. »

Il a secoué sa vieille tête grisonnante et m'a rendu les papiers. « *Non,* il a dit, l'air courroucé. *Non, vous devez faire demi-tour. Ce n'est pas correct, ça*.* » Du bout de son fusil il montrait la frontière allemande, en nous faisant signe de tourner.

« Oh non, j'ai fait. S'il vous plaît.

– Nous sommes des Américains », Chip lui a hurlé. Il se penche par-dessus moi. « Putain ! Nous sommes américains. Nous allons à Paris. Ne fais pas demi-tour, Sid. Surtout pas. »

Le soldat grisonnant me regardait avec colère, comme s'il désirait rien tant que de me saisir par le col et de me coller contre un mur. Je tremblais.

« *S'il vous plaît,* Chip continuait de lui crier. *Monsieur, s'il vous plaît**. Américains ! » Il ramasse le tas de papiers sur mes genoux, se met à les agiter par la fenêtre vers le soldat. Mais l'homme refusait de les prendre, il restait planté là en faisant non de la tête.

Un autre soldat français a franchi la barrière, nous criant durement quelque chose. Je me suis mis à transpirer. Bon Dieu de bordel de merde, j'ai pensé. Ça y est, ça y est ce coup-là.

Le second s'est penché en nous gueulant quelque chose que j'ai pas capté. Il a arraché les papiers de la main de Chip, s'est mis à les feuilleter brusquement.

Le vieux soldat aux yeux durs secouait la tête, marmonnait des commentaires toutes les quelques pages. « *Oui, oui** », l'autre troufion faisait, les sourcils froncés.

Je me suis humecté les lèvres. *Nous renvoie pas,* j'ai pensé. *S'il te plaît mon Dieu, non.*

Tout d'un coup l'autre militaire nous rend les papiers, il tourne les talons et gesticule en direction des soldats derrière lui. Et ensuite, les barrières se lèvent et on nous fait signe de passer, d'entrer dans les collines de France aux sombres forêts. Je regardais Chip sans pouvoir y croire. Agrippé au volant, je pouvais à peine respirer.

« Vas-y, mec, il a sifflé. Sors-nous de là, bordel. »

J'ai mis les gaz, et on a roulé, glissé vers l'Occident et la liberté.

Quatrième partie

BERLIN 1992

Au bout d'une minute, Chip m'a dit, « T'es encore furieux, pas vrai ? T'y penses encore. »

J'ai rien répondu, je suis juste passé de seconde en troisième, sombrement, avec la Mercedes qui ronronnait sous mes mains. On coulait comme du sirop sur les chaussées luisantes de Berlin, le mauvais soleil blanc filtré par le verre teinté. L'odeur séduisante du cuir neuf autour de nous.

Chip a sorti de sa poche son vieil étui à cigarettes en titane, l'a ouvert d'un petit coup sec. Je lui ai lancé un long regard maussade.

« Pas question que tu fumes ces trucs-là à l'intérieur, j'ai dit. Et mets ta ceinture.

– Oh, Sid. Sois pas comme ça. T'as le droit d'être un petit peu content, tu sais. C'est pas interdit par la loi.

– Ceinture », j'ai répété.

Il a glissé un élégant cigarillo dans sa bouche, puis il a levé le bras et mis la bonne vieille ceinture. Ensuite il s'est tourné vers moi l'air blessé, mal à l'aise. « Pour que les choses soient bien claires, il a dit, je t'en veux pas. »

En entendant ça, j'ai bien failli casser mon bridge en deux morceaux. Je me suis mis à tousser.

« Sid ? il a répété, au bout d'un moment.

– Quoi ?

– J'ai dit que je t'en voulais pas. » Il a bougé les hanches et le cuir piqué a couiné sous son poids. « T'as pas quelque chose à me dire aussi ?

– Qu'est-ce que je suis censé te dire ? Quoi au juste ?

– Oh, je sais pas. » Il a fait mine de brosser une petite peluche de sa manche. « C'est le moment où tu me dis que tu m'en veux pas non plus. Putain, mon frère. Allez. T'es mon plus vieux copain.

– T'es qu'un salaud, Chip. Voilà ce que j'ai à te dire. »

Il est resté silencieux une minute mais ensuite il m'a regardé avec son vieux sourire malin. « C'est sûrement vrai, il a fait. C'est sûrement vrai que je le suis. Mais je voulais juste que tu saches. En ce qui me concerne t'es toujours un type en or, mon frère. »

Ce salopard de Chip Jones. Comme un foutu pitbull quand il a quelque chose entre les dents.

J'ai pressé le frein et la voiture s'est presque arrêtée, s'est dressée sur les roues arrière, a fait un grand salut, et continué à rouler. C'est dire à quel point cette jolie monture réagissait au quart de tour. Un chauffeur mécontent a appuyé à fond sur son klaxon et nous a crié dessus en passant en trombe devant nous. On l'entendait à peine avec nos vitres fermées. Mais quand Chip a baissé la sienne, tous les rugissements, les gémissements et le fracas de la ville se sont engouffrés à l'intérieur. Je sentais une odeur de roussi dans l'air, comme de l'huile brûlée. Toutes ces fumées d'échappement, j'ai pensé. Toute cette crasse.

Chip a laissé échapper un sifflement grave entre ses dents et je l'ai regardé.

« Nom de Dieu », il a murmuré.

Parce qu'il était là. Le Mur. Ou les vestiges du Mur. Brisé, dispersé, emporté. Le long du béton criblé de trous encore debout dans Potsdamer Platz, une sorte de bazar avait surgi. Un marché polonais, semblait-il. Des hommes replets, à la mine revêche, aux mains agiles, qui vendaient à la criée des oranges luisantes, des radios portatives, des pulls tricotés tellement serré qu'on aurait dit des armures. L'air sentait le poivre. Je me suis arrêté à un feu rouge juste au moment où une Traban passait dans un tintamarre de plastique.

« Pas question d'y retourner, je suppose », Chip a dit en faisant claquer ses fausses dents.

Je savais pas s'il parlait du festival ou bien du passé.

« Non, pas question, j'ai répondu, pour l'un comme pour l'autre.

– Sid, il a commencé, très sérieux tout d'un coup. Je suis vraiment désolé, mon frère. »

Je suis resté silencieux une longue minute. J'ai fini par dire : « Il faut que tu répares le mal que t'as fait, Chip.

– Oui. Je vais le réparer. »

J'ai hoché la tête. Et puis j'ai grommelé : « Remonte ta vitre. » Ça me paraissait indécent, quelque part, qu'on passe par ici. Je sais pas.

On a donc remis le couvert, Chip et moi. Je sais pas ce qu'il y a chez cet homme. C'est comme un point faible chez moi, même au bout de soixante-dix ans. Je suis pas stupide, pas plus que la moyenne. Et il est pas si charmant que ça, merde. Mais il semble bien qu'on sera amis jusqu'à la fin. Pourquoi, j'en sais rien. Le mieux que je puisse dire c'est que c'est comme si y avait une pièce usée dans ma machine. Voyez-vous, j'ai ce rotateur déchiré au niveau de l'épaule, qui me fait favoriser mon bras droit. Eh ben c'est pareil, j'ai un interrupteur qui marche pas dans le cerveau, je peux pas dire non à Chip Jones.

On sortait lentement d'un rond-point pour s'engager sur les longues voies vides qui conduisent à l'aéroport quand Chip a ouvert les yeux et pris un air soupçonneux.

« On est à l'aéroport, il a fait.

– Vise un peu ce que ça donne, ces doubles-foyers, j'ai dit. C'est sûr que t'en as eu pour ton argent.

– Qu'est-ce qu'on fait là, Sid ?

– Qu'est-ce que les gens font d'habitude ? On prend le bateau. » J'ai secoué la tête.

Mais il en démordait pas. Il regardait par la fenêtre les rangées de taxis et de cars de tourisme, les portes automatiques en verre devant lesquelles on passait. « Je croyais qu'on allait en Pologne, mon frère, il a dit, puis : Tu sais que ton vol pour Baltimore est déjà parti ? »

J'ai fait entrer la bagnole dans le parking des locations et je l'ai regardé durement. « Je sais. »

Il m'a fixé, inquiet. Nom d'un chien.

« Chip, il est pas question que je conduise ce poids lourd jusqu'en Pologne. Il est de la taille d'un foutu... Qu'est-ce qu'un homme aussi petit a besoin de louer une voiture aussi grosse, hein ? Qu'est-ce qui t'a pris ? Toute façon je suis même pas sûr que ce soit légal de traverser une frontière avec une voiture de location. Si tu veux aller en Pologne, va falloir qu'on prenne l'avion. »

J'ai pas les mots pour vous dire à quel point il a paru soulagé.

« J'ai pensé que tu venais peut-être pas », Chip a fait, pendant qu'on enregistrait nos bagages, lui sa vieille famille de valises marron frappées d'un monogramme, moi mon unique sac cabossé que j'avais même pas défait. Et plus tard, en passant avec moi les contrôles de sécurité, il a répété : « J'ai cru que t'allais ptêt' me laisser en plan, mon frère.

– Il est pas trop tard.

– Nan, il a répondu avec un grand sourire, il est encore tôt. Il est toujours tôt, tant qu'on est encore en vie.

– Tu vas la faire imprimer, celle-là ? La mettre sur un autocollant pour ton pare-chocs ? »

Chip a gloussé. « Sid, Sid, Sid. Regarde, toi et moi, comme dans le temps. Hiero va être tellement surpris, bon sang, qu'il va sûrement en bouffer sa vieille trompette. »

Je l'écoutais que d'une oreille. On se traînait vers la porte d'embarquement. « Il va être surpris ? j'ai fait.

– Pour sûr, mon frère. »

Et là ça m'a frappé. J'ai cessé de marcher, posé une main sur ma tête et gonflé les joues. J'ai regardé au loin, et ensuite vers lui.

« Chip », j'ai fait.

Il souriait encore, à demi tourné vers moi. « Allons-y, mon pote. Qu'est-ce qu'il y a ?

– Hiero sait qu'on vient, c'est sûr ? »

Ma parole, si son sourire est pas retombé d'un coup. Je le voyais me regarder, essayer de prendre une décision. Je sentais les poils se dresser sur ma nuque.

Puis Chip s'est raclé la gorge et il m'a tendu ses grosses mains, comme pour me faire signe de me calmer. « Sûr qu'il sait. Enfin, pas quand, exactement. Mais il sait.

– Il sait pas quand exactement ? »

Il clignait des yeux, troublé.

« Chip ? j'ai fait.

– T'oublies qu'il nous a invités, mon frère.

– Ça veut pas dire que tu préviens pas la personne avant de lui rendre visite…

– T'as raison, t'as raison, Chip m'a interrompu d'une voix douce. Mais comment t'expliques ça par écrit ? Qu'est-ce que tu dis ? *Cher Hiero, on arrive pour vérifier que t'es pas un fantôme ? Désolés que ta vie ait été décevante ? Contents que tu sois pas encore mort ?*

– Et pourquoi pas : *Hiero, on vient te rendre visite le deuxième week-end d'octobre. À bientôt.* »

Chip a penché la tête et souri. « Eh, c'est pas mal du tout. »

Des gens nous dépassaient et nous toisaient, mais je m'en fichais pas mal. J'étais planté là, à secouer la tête comme s'il me restait pas un muscle dans le cou, comme si en la secouant encore un peu j'allais desserrer ses boulons, comme ça, et la flanquer par terre.

« Mais Sid, Chip a repris au bout d'une minute, l'air franchement dérouté, il sera si heureux de nous voir ! »

Je me sentais mal. Je me voyais me pointer devant la baraque de Hiero, et lui qui me claquait la porte au nez. Ou il m'attrapait par les revers de mon vieux manteau et me jetait en bas de ses escaliers. Merde, voire même il attrapait une hache dans son appentis et me fendait le crâne. Peut-être que je pleurerais, que je le supplierais de m'épargner. Je sais pas. Nom de Dieu.

Mais je suis quand même monté dans ce satané avion. Avec mes genoux qui tremblaient. Chip a même pas eu l'air de le remarquer. C'était un vol court pour l'aéroport de Stettin, suivi d'un long trajet en taxi jusqu'à la gare routière. J'ai rien vu de tout ça. Stettin m'a simplement paru très sombre et très froid. J'arrêtais pas de frotter mes vieilles paluches l'une contre l'autre, mais sans pouvoir les empêcher de trembler.

Notre autocar n'était pas rangé avec les autres mais au fond, à côté d'un grillage, sous un bâtiment lugubre en béton, avec des fissures qui grimpaient aux murs comme des toiles d'araignée.

« T'es pas sérieux », j'ai fait quand j'ai vu ça.

Chip a mis une main sur mon épaule. « Merde. » Puis, avec un sourire : « Bon, je crois qu'il nous emmènera là-bas. Il doit y emmener des gens depuis au moins cinquante ans.

– Il va même pas réussir à nous sortir du parking », j'ai marmonné.

C'était une sacrée relique. Un vieil autocar blanchi de poussière, haut perché sur ses pneus militaires, avec des joints rouillés, le châssis cabossé comme s'il revenait du champ de bataille. Son capot soviétique bizarre lui donnait une allure d'insecte, de créature, et à voir les portes de ses soutes à bagages ouvertes comme des ailes, je me suis senti rudement mal à l'aise. On distinguait rien à l'intérieur à travers ces vitres crasseuses. Ce foutu bus a l'air complètement abandonné, j'ai pensé.

Chip était déjà en train de ranger nos bagages dessous.

« Chip, j'ai dit, sans cesser d'examiner le car.

– Quoi ?

– Combien de temps on est censés mettre ?

– Une demi-journée, je crois.

– Une demi-journée, du genre douze heures ? Ou du genre, le temps d'une petite sieste et t'es arrivé ? »

Il a haussé les épaules. « Ça n'a pas d'importance maintenant. Tu viens ?

– On monte dans ce bus, et plus rien d'autre aura d'importance. »

Mais Chip est passé devant moi, il a attrapé la rampe d'une main et s'est hissé à bord, maladroitement. Le car était si haut au-dessus du sol que j'étais pas sûr d'arriver à grimper dedans. Il aurait fallu une échelle, bon sang.

Il faisait sombre à l'intérieur. Le chauffeur était assis derrière son énorme volant, l'air d'un dur à cuire. Je voyais pas ses yeux. Je l'ai salué de la tête à travers l'obscurité. Il a regardé ailleurs.

« Il va pas prendre nos billets ? » j'ai demandé à Chip quand on s'est assis.

Mes yeux commençaient à s'habituer. Les murs étaient jaunâtres comme dans des vieux cabinets, les sièges sans rembourrage puaient la vieille pisse. Y avait d'autres passagers entassés dans le froid avec nous, pâles et sinistres, qui évitaient de croiser notre regard. Je grelottais un peu. Des gens avec de drôles de paquets dans les mains, écharpes et capuches tirées bas. Les figures étaient floues, indistinctes. Une femme toussait dans une rangée plus loin derrière nous.

C'était comme s'ils nous avaient attendus. On était pas plus tôt assis que le chauffeur est sorti, a claqué toutes les portes des soutes à bagages, et il est remonté à bord, l'air furieux. Il a gueulé deux trois mots en polonais, mais personne a paru y prêter attention. Alors il s'est assis, il a tiré quelques manettes, démarré le vieux moteur qui a rugi et ouvert d'un coup sec sa fenêtre poussiéreuse. Les freins gémissaient, les essieux sifflaient comme des aspics sous notre poids.

Puis il y a eu un souffle, comme si une énorme pression se relâchait, et ce grand autocar couvert de rouille s'est mis à vibrer sur ses gros pneus et à rouler lentement à travers la ville morte.

On s'est engagés dans les rues lugubres de Stettin, avec leurs façades grises au béton écaillé. Les volets étaient clos, des gens vêtus de manteaux noirs portaient des cabas. Les réverbères étaient déjà allumés même s'il pouvait pas être plus de midi. Les routes paraissaient balayées par le vent, nues, comme pour se préparer à l'hiver.

On avait pas démarré depuis dix minutes que le bus a ralenti et s'est arrêté. Un vieil homme a remonté l'allée centrale à pas lourds, il est descendu et s'est éloigné à travers les champs obscurs. Il portait un sac d'oignons sur une épaule et je l'ai regardé se traîner et disparaître dans la lumière crépusculaire.

On a redémarré. Le bitume était si mauvais sur ces routes que le vieil autocar tremblait et ferraillait, faisant entendre des bruits d'explosion en roulant. La ville était à présent loin derrière nous et on roulait dans la campagne, entre des champs désolés, à travers de longs intervalles de sombres forêts. Je commençais à réaliser que tout cela était vrai. Nom de Dieu. Avant j'y croyais pas tout à fait, puis j'avais été certain de pas y croire, et après je m'étais fichu de savoir si j'y croyais ou pas. Mais maintenant que j'étais dans ce car, je doutais plus vraiment que Hiero serait là où Chip prétendait qu'il était.

« *Half-Blood Blues* », Chip a soudain sorti. Il frottait la barbe de trois jours sur ses joues comme s'il voulait y aiguiser ses vieux doigts. « Tu sais que je me suis toujours dit que ça parlait de lui ?

– Commence pas, Chip. Oublions ça pour l'instant, d'accord ?

– Mais en fait c'était pas ça. Il a choisi ce titre pour Dalilah, je crois. »

J'ai fermé les yeux. Du coup je voulais pas en parler du tout, ni maintenant, ni plus tard.

« On aurait dû lui apporter quelque chose, Chip a repris. Un cadeau. »

J'ai pouffé. « Comme quoi ? Du vin ? Un porte-clé ?

– Je sais pas. Quelque chose. C'est jamais bon de se pointer les mains vides. »

Mes yeux étaient toujours fermés. À ce moment-là je les ai rouverts, je l'ai reluqué. « C'est ça qui t'inquiète ? De pas avoir de cadeau pour lui ? »

Ça l'a pas démonté, pourtant. « Ça fait pas de mal d'être poli, Sid. C'est tout ce que je veux dire. »

Les heures passaient. Au bout d'un moment Chip a dormi. J'ai dormi et je me suis réveillé. Je lui ai jeté un coup d'œil, mort comme l'hiver à côté de moi. Sa figure avait l'air vraiment lisse sous cet angle, ses rides avaient reflué comme de l'eau, de sorte qu'on voyait presque la pureté de l'os en dessous, son essence à lui.

À un moment il a ouvert un œil, les coins de ses lèvres humides abaissés. « Hé. »

Je l'ai regardé, à moitié endormi.

« Hé, il a répété. Sid.

– Quoi ?

– Hé, tu te rappelles Panther Brownstone ?

– Mmm.

– Le type qui m'a fait faire mon premier essai aux peaux ? »

J'ai fait la grimace. « Premier essai aux peaux, c'est le mot. Comment s'appelait cette fille déjà ?

– Merde. » Chip souriait un peu, mais d'un air pensif. Il s'est redressé, son sourire s'est carrément élargi. « J'ai oublié. Bon sang. La tienne avait un châssis qui te donnait envie d'acheter la voiture tout entière.

– C'était mon premier amour, cette fille.

– La meilleure tromboniste que tu pourras jamais rencontrer. »

J'ai gloussé. « Bref, qu'est-ce qui t'a fait penser à ça ? »

Il a haussé les épaules et désigné l'étrange grisaille qui défilait sous nos yeux. « Je sais pas. Tout ça, j'imagine. Il s'en dégage un truc qui te fait réfléchir. »

J'ai hoché la tête. « Et donc, ce type ? j'ai demandé au bout d'une minute.

– Qui ?

– Panther Brownstone. Donc ?

– Rien. Je pensais qu'il avait tout du salopard, mais que c'en était pas vraiment un.

– Non ?

– Non. »

Pourtant c'était un salopard, je m'en souvenais clairement. Un mardi de pluie, Baltimore étouffante, pleine d'odeurs de pisse. J'avais suivi Chip dans ce club en tremblant comme un fou. Jamais rien vu de pareil. Treize ans on avait. Ce bouge qui puait l'alcool à brûler, sombre comme ma chemise, avec ses tables de mauvais bois placées n'importe comment sur le carrelage noir et blanc, presque sans lumière. Et Panther Brownstone, osseux et maigre comme un balai, qui se lève d'une table au fond et monte sur scène, en lançant un clin d'œil à l'ami Chip.

« Nous avons un invité spécial ce soir, il a annoncé. Mesdames et messieurs, tout juste arrivé des Heights, claquez vos paumes pour Charles C. Jones ! »

« Chip, je me rappelle lui avoir sifflé, qu'est-ce qui se passe ? »

Mais il m'a juste lancé son grand sourire habituel. « Ferme ton clapet et regarde-moi », il a dit.

Puis il a bondi sur scène, en secouant ses bras et ses jambes comme pour égoutter la pluie de ses habits. J'en suis presque tombé à la renverse, je vous jure.

Il s'est assis derrière la batterie. Deux ou trois clients se sont mis à rigoler quelque part dans la fumée, à voir son air fou de jeune poulain. Mais sur un signe de Panther, il a tapé ses deux bâtons l'un contre l'autre, et ils ont entamé le set.

Merde ! Je savais qu'il tâtait un peu de la batterie, mais comme ça ? Je regardais Chip, épaté, taquiner délicatement les cymbales et tirer de sa cuisse maigrichonne un sacré rythme avec la grosse caisse. Seigneur Dieu, si ce gamin savait jouer. Tous les membres en syncope, même sa peau semblait tressaillir aux coups les plus forts. C'était comme un de ces moments où quelqu'un se déshabille, et qu'on voit en lui une tout autre personne. J'étais sur le cul.

À la fin du morceau, dans le public ils étaient pas loin d'arracher leurs habits tellement ils étaient ravis. Ils gueulaient, ils tapaient sur les tables, les dames agitaient leurs serviettes de cocktail. Quand Chip est descendu de scène, je l'ai serré dans mes bras tellement fort qu'il a bien failli tomber, ma parole.

« Comment t'as appris à jouer comme ça, Chip, mon pote ? j'ai hurlé. Où t'as appris ? »

Panther s'est approché à ce moment-là, dans son costume trois-pièces couleur prune, et il a posé sa grande pogne sur l'épaule de Chip. Il portait une énorme montre en or à son maigre poignet et ses ongles étaient manucurés à la perfection. Et si propres, la vache. J'avais encore jamais vu des mains aussi propres chez un homme adulte.

« Les garçons, il nous a dit d'une voix suave, je voudrais vous offrir un verre. »

J'étais amoureux. Purement et simplement. Cet endroit, avec ses odeurs de sueur, de potions et de parfum ; ces gens, tous attifés sans tenir aucun compte du temps qu'il faisait – ça c'était la vie pour moi. Oublié le catéchisme et les filles en robes blanches. Oublié le chapardage à l'épicerie du coin. Tout était là, ces poupées qui remuaient des hanches dans leurs robes chatoyantes, ces types qui buvaient de la gnôle frelatée. Le sublime argot du bar clandestin. J'avais trouvé ce pour quoi ma vie était faite.

Panther Brownstone, il nous a conduits vers une table dans un coin qui s'est libérée rien que par sa présence. Mince, j'ai pensé, c'est ça le pouvoir. On s'est assis sur des chaises lacérées à coups de couteau, pendant qu'il tirait un mouchoir ocre de sa poche et balayait de la table les coquilles de cacahuètes et les mégots de cigarettes. Ses yeux luisaient comme des scarabées.

« Un scotch, sec », il a commandé à la serveuse quand elle s'est pointée. « Deux citronnades pour ces garçons. »

Elle nous a souri, et elle ressemblait à la sœur de ma m'man. Nom de nom.

« Je vous offrirais bien de vrais verres, les garçons, il a dit, toujours suavement, mais je suis pas Socrate. Je corromps pas les enfants. Seulement tous les autres. »

Et il s'est fendu de son affreux sourire tout en dents.

« Je vais aller droit au but. T'es pas mal du tout, Charles. T'es pas excellent non plus. Pas encore. Mais ma vieille clientèle a adoré te voir là-haut. Comme un chien au volant d'une automobile, je suppose. Si ça tenait qu'à moi, tu ferais une jam avec nous tous les samedis. Qu'est-ce que t'en dis ? »

Les yeux de Chip étaient presque humides, tellement il était excité. Mais sa voix était ferme.

« Le samedi ? il a répété, comme s'il consultait son agenda dans sa tête. Le samedi ? Ben, je crois bien que ça pourrait marcher. OK. C'est une bonne idée, Panther. »

Les yeux de Panther ont viré vers moi, puis se sont reposés sur Chip. Un petit sourire malin grimpait sous sa moustache finement dessinée. « Quel âge que t'as ? Je parle pas en années de chien.

– Seize ans, Chip a répondu.

– Treize », j'ai corrigé.

Chip m'a flanqué un méchant coup de pied sous la table. J'ai sursauté et je me suis baissé pour frotter mon foutu tibia. Mais Panther me regardait pas.

« Treize ans, il a dit tranquillement. Treize ans. Je t'aurais cru un tout petit peu plus jeune.

– Plus jeune ! » Chip s'est écrié.

Panther est parti d'un grand rire à ce moment-là, du plus profond de la poitrine. « Doucement, fils. Toute façon y a pas moyen que vous veniez ici régulièrement, les garçons. Même si vous aviez seize ans. On se ferait fermer à tous les coups, avec des mômes dans le club. Vous comprenez ? »

Chip a rien répondu. Ses yeux sont devenus tout petits, vraiment mauvais.

« Écoute, gamin, fais pas la tronche. Tu tapes bien les peaux pour ton âge. Mais bien jouer pour ton âge veut pas dire jouer comme les meilleurs de tous les temps. Moins que tu sois de la trempe d'un Bolden ou d'un Jelly Roll ou de ceux-là. Et de ceux-là, on en fait pas plus de deux par siècle. Écoute, le jazz, c'est pas juste de la musique. C'est la vie. Faut avoir de l'expérience pour faire du jazz. J'ai jamais entendu parler d'un gosse de moins de dix-huit ans qui joue comme s'il savait par quel bout on tient l'instrument.

– Je sais ce que je fais », Chip a dit.

Panther a levé les mains. « Je sais que tu sais, gamin. Je sais. »

Le scotch et les citronnades sont arrivés.

« Voilà pour toi, mon chou », la serveuse a fait, en donnant son verre à Chip.

Il a rien répondu.

Panther lui a jeté un regard de maquignon. Puis il a levé un long bras osseux et claqué des doigts. Une dame est arrivée, son amie quelques pas derrière elle. Elles avaient l'air vieilles, la vache, peut-être même qu'elles avaient vingt ans. Leur poitrine débordait du haut de leur robe.

« Prenez bien soin de ces deux garçons surtout, les filles, Panther leur a dit.

– D'ac, Panther », la première a répondu. Elle a esquissé un sourire aguicheur, la lèvre supérieure un peu retroussée.

Je pouvais pas croire ce que je voyais. Je trouvais rien à dire.

Panther a regardé Chip avec une lueur soudainement froide, implacable dans les yeux. « On se revoit bientôt, gamin, il a dit. Continue de travailler, t'entends ? » Puis il s'est levé de la table, il a pris son verre et disparu dans la fumée.

« Connard, Chip a fait à voix haute.

– Chéri, j'ai trouvé que t'avais drôlement bien joué là-haut », la première des filles a dit à Chip.

Il lui a lancé un regard.

« C'est comment ton nom, mon lapin ? la deuxième m'a demandé.

– Sidney Griffiths, m'dame, j'ai répondu.

– C'est moi qu'ai joué », Chip a coupé, en me lançant un regard à moi aussi. À voir ses petits yeux, son air suffisant, j'avais bien envie de lui écraser mon talon sur les orteils.

« Et t'étais drôlement bon, mon chou, drôlement bon, la première a renchéri.

– Je parie que tu serais'zactement aussi bon, si tu tentais le coup », la seconde a insisté en me regardant. Eh bé, mes aïeux. Je constatais que j'avais remporté la plus jolie des deux, avec ses yeux effilés comme des amandes, sa peau caramel, ses lèvres comme un fruit éclaté. Y avait pas un morceau d'elle qui me faisait pas penser à quelque chose qui se mange.

« Qu'est-ce que vous buvez, les garçons ? la première a demandé.

– De la citronnade, j'ai répondu.

– Du rhum-citronnade », Chip a corrigé.

La seconde a pouffé de rire. « Et si tu nous offrais un verre, mon canard ? Deux sidecars.

– Ah c'est pas trop tôt, Chip a fait avec un large sourire, comme s'il y avait pensé lui-même. Sid, va voir vers le bar et rapporte-nous un truc qui te fasse pousser un peu de poil sur la poitrine.

– Et si t'y allais, toi ? je lui ai chuchoté.

– Vas-y, il a sifflé. Elles nous regardent. »

Ça m'a coûté trois semaines d'argent de poche, de leur payer des verres. Et le barman a failli mourir de rire en me les versant. Je trébuchais à travers des voiles de fumée, quand ma belle aux yeux de chatte est venue me retrouver à mi-chemin. Elle m'a pris les deux verres et les a posés sur la table la plus proche, de sorte que la moitié de l'alcool s'est renversé.

« Mais qu'est-ce que vous faites ? j'ai protesté. Vous allez même pas le boire ? »

Elle s'est contentée de m'attraper par la main et de me conduire, à travers une forêt de corps humides, vers une cage d'escalier sombre comme l'intérieur d'un cœur.

« Où est Chip ? je lui criais. Faut qu'on dise à Chip où on va. »

Elle m'a entraîné, à travers des grappes de couples qui se pelotaient, au premier étage, et là elle a ouvert une porte en grand et m'a poussé à l'intérieur. Eh ben, je tombais des nues. C'était une chambre à coucher, dis donc. Je fixais les draps de satin jaune, déchirés et tachés par endroits, les fenêtres obscurcies par ce qui ressemblait à de la peinture grise mais qui sans doute résultait d'années de fumée de cigarette. Mon cœur s'est mis à bégayer dans ma poitrine.

« Vous habitez ici ? » j'ai demandé, tout étonné.

Elle a fermé la porte, puis elle s'est approchée et m'a attrapé par le col si fort qu'elle a failli m'étrangler.

« Eh, j'ai crié, eh, qu'est-ce que vous fichez ? Essayez pas de me faire du mal ou j'appelle Chip.

– Oh, mon canard », elle a souri.

Et là elle s'est penchée et elle m'a embrassé.

Et c'était pas non plus un baiser ordinaire. Sa langue s'est retrouvée dans ma bouche et mon sang s'est mis à courir dans les moindres recoins de mon corps. Ses lèvres étaient brûlantes comme le rebord d'un plat qui sort du feu, ses seins pressés contre ma poitrine. Elle sentait exactement comme les amandes, même ses cheveux.

Puis elle s'est reculée, m'a lancé un regard malin.

Je savais pas quoi dire. « T'es vraiment jolie », j'ai murmuré.

Elle a souri. « Tu trouves ? »

Quand elle est tombée à genoux j'ai pas compris. J'allais m'accroupir aussi, mais elle m'a arrêté et m'a forcé à me redresser. Elle a embrassé les boutons de ma braguette, puis elle les a défaits d'un coup, et descendu mon pantalon, ma culotte. Avant que je comprenne ce qui se passait, elle m'avait pris dans sa bouche, toute chaude, humide et veloutée. Ma peau frissonnait de partout, sous le coup de cette douceur inouïe, c'était comme d'être aspergé d'eau chaude et froide en même temps. Presque douloureux.

Après, je savais pas quoi faire. J'étais un peu gêné, honteux. Haletant, je me suis agenouillé par terre devant elle, et j'ai glissé ma main sous sa robe, désireux de lui faire plaisir.

Elle a repoussé mes doigts gentiment. « Ça c'était cadeau, parce que t'es si mignon, mon chéri. Mais si tu veux te trémousser, va falloir passer à la caisse. »

Je comprenais pas. La vérité m'est venue lentement, comme à travers des couches de fumée. « T'es une putain ? » j'ai demandé.

Elle a froncé les sourcils, s'est redressée sur ses genoux, m'a regardé froidement. « C'est comme ça que tu me parles ? Après tout ce que je viens de faire pour toi ? »

J'ai rougi. Je connaissais pas d'autre mot pour dire ce qu'elle était.

« Je suis désolé, j'ai fait.

– T'es vraiment un sale mioche.

– Je suis désolé », j'ai répété, pour essayer de me rattraper.

L'air toujours fâché, elle s'est mise debout. « Tu me traites de putain, tu peux être sûr que je vais me conduire en putain. Oublie le cadeau. Paye ce que tu dois. Paye-moi maintenant ou j'appelle Vaughn. »

Comment on en était arrivés là, bon sang ? Voilà que brusquement ça tournait au vinaigre. Jamais de ma vie j'avais été dans un tel pétrin. Pris de panique, j'ai renfilé mon pantalon en vitesse et traversé la pièce comme un fou pour attraper mon manteau.

« Va pas te tailler, saligaud, elle a fait, ses lèvres mouillées toutes tordues.

– Faut que je prenne mon portefeuille », j'ai dit, sachant très bien que s'il était dans mon manteau, il restait plus un sou dedans.

J'ai boutonné ma braguette, défroissé ma chemise. Elle me surveillait d'un œil de faucon. Plongeant une main dans ma poche, j'ai saisi la porte de l'autre et l'ai ouverte en grand. En dévalant l'escalier, avec mon cœur qui me battait dans les oreilles, je l'entendais crier : « Arrêtez-le, ce sale Nègre ! » Mais dans les moments critiques je courais comme un lièvre, et j'étais trop rapide pour que personne me rattrape. En bousculant des gens à droite et à gauche, j'ai déboulé dans la rue, le souffle coupé dans l'air lourd. J'ai couru le long de South Broadway, tourné dans East Pratt, et après je suis revenu en zigzaguant vers South Bethel et Eastern Avenue. C'est seulement quand je me suis arrêté pour reprendre mon souffle, au milieu du vacarme des klaxons d'automobiles, que je me suis aperçu que j'avais oublié ce pauvre Chip. « Nom d'un chien », j'ai sifflé entre mes dents. Tout essoufflé, j'ai commencé à revenir sur mes pas en courant.

Heureusement pour moi, Chip était déjà sorti du club. Malheureusement pour lui, il était allongé sur le trottoir de South Broadway.

« Merde, Chip », j'ai fait, en m'avançant pour l'aider. Il avait le pif proprement défoncé, et sa veste bicolore, pleine de sang, était complètement fichue. Je l'ai aidé à se relever. On s'est assis côte à côte sur le trottoir, pantelants.

« Moi j'ai su tout de suite que la mienne était une putain », Chip a déclaré d'un ton supérieur.

Je me suis pris à rigoler. Un long rire sonore. Chip, il essayait de prendre un air sérieux, adulte, mais il a pas pu s'empêcher de s'y mettre lui aussi. On était là, assis dans South Broadway, à hurler de rire comme deux échappés de l'asile de Spring Grove.

La vie de jazzman. J'étais déjà mordu.

On passait entre des champs morts. Laissant derrière nous des barrières de fortune hérissées de barbelés rouillés. D'anciennes maisons de bois laissées à pourrir comme autant d'ordures. J'avais connu des maisons comme ça. Qui empestaient le savon et le tabac bon marché, avec leurs salons pleins de napperons, de toiles d'araignée et de veuves.

Toutes les heures ou presque on s'arrêtait à quelque carrefour abandonné, à l'entrée d'un vieux chemin poussiéreux, et un autre passager descendait, tirait ses vieux bagages de la soute et disparaissait dans le paysage. On aurait déjà dit que la moitié des passagers étaient descendus. Personne encore était monté.

« La Pologne », j'ai murmuré.

J'ai donné un petit coup de coude à Chip. Il a grogné.

« Pourquoi la Pologne, à ton avis ? j'ai demandé.

– Qu'est-ce que tu dis ? » Il essayait de poser les pieds sur le siège en face du sien mais ses jambes étaient trop courtes.

Sa tête ressemblait à du cuir ramolli, la peau fatiguée, la bouche tombante. « Comment, pourquoi la Pologne ?

– Pourquoi est-ce qu'il est venu ici ? Parmi tous les pays possibles ? »

Chip a fait une vague grimace. « Bon sang, mon frère, y a rien dans sa vie qui ait du sens.

– Je sais, je sais. Je trouve ça un peu bizarre, c'est tout.

– Alléluia et louées soient les foutues forces qui nous gouvernent. Bien sûr que c'est bizarre, mon frère. »

On est restés un moment sans rien dire après ça. Mais j'ai pas cessé d'y réfléchir. La vibration des pneus remontait le long de mes jambes. Je voyais une vieille dame coiffée d'un châle peler délicatement un œuf dur en tenant le globe blanc entre un pouce et un index rugueux. Elle avait que trois doigts. J'ai fait de mon mieux pour pas la fixer quand elle a aspiré tout l'œuf dans sa bouche et s'est mise à mâcher.

Je suppose que Chip avait pas cessé d'y penser non plus, parce qu'au bout de quelques minutes il me dit : « Je crois que seul Hiero pourra répondre à ça. Te donner la raison. »

Je lui ai jeté un coup d'œil. « Non mais réfléchis. Le môme sort à peine du camp, pourquoi est-ce qu'il met pas le cap vers l'Ouest ? Pourquoi partir à l'Est ? T'es un Noir qui se fait arrêter parce que tu te fais remarquer comme si t'avais deux caboches – est-ce que t'irais pas plutôt là où t'es moins visible ? Y avait des personnes déplacées dans tous les azimuts à l'époque. Pourquoi aller vers l'Est ? C'est absurde.

– Je sais pas, Sid. Il faudra que tu lui demandes.

– Il aurait pu retourner en France. Il la connaissait, la France. Il aurait pu aller dans le Sud. Il était jamais allé au Sud. Mais l'Est ? Chez les foutus Soviets ? Pour moi ça tient pas debout.

– Peut-être qu'il était communiste.

– Tout le monde est brusquement devenu communiste pour toi, bon sang ? »

Il a pris un air penaud, en se rappelant le documentaire.

J'ai marqué un temps. « C'est comme s'il cherchait à souffrir.

– Y a des façons plus faciles de souffrir, Sid.

– Je sais. »

Chip fronçait les sourcils. « Ce qui est encore plus bizarre, à mon avis, c'est qu'il ait pu rester ici. Après la guerre, quand même. Les Polonais, ils étaient drôlement pressés de débarrasser leur pays des Boches. Ils voulaient les voir partir le plus vite possible. Même avant la conférence de Potsdam.

– Mesdames et messieurs, Charles C. Jones, encyclopédie vivante. »

Chip a plongé la main dans sa poche et en a tiré un mince petit guide. « S'il y a une chose que j'ai apprise dans ma vie, Sid, c'est que le tourisme est qu'une perte de temps sauf si tu sais ce que t'es en train de regarder, sauf si tu connais l'Histoire. »

Je l'entendais à peine. « Peut-être qu'on fait trop de suppositions. Peut-être qu'il vient juste d'arriver en Pologne. L'année dernière, par exemple. Peut-être qu'il a vécu ailleurs toute sa vie, quelque part à l'Ouest. Mais dans ce cas pourquoi on a pas su qu'il était encore en vie ? »

Chip a haussé les épaules, soudain indifférent. Il a rangé le livre, s'est renfoncé dans son siège, a fermé les yeux. Je l'ai observé un moment, et après je me suis tourné vers la fenêtre. Toute cette Pologne qui défilait. Ses falaises et ses rivières. J'arrêtais pas de penser au documentaire, à tout ce que j'avais appris sur Hiero. Il avait menti à propos du soi-disant sang royal de son p'pa, il s'était senti différent toute sa vie. Son enfance à Cologne, les autres qui le tourmentaient comme c'est pas permis. Il se faisait traiter de tous les noms : Ramoneur, Fils de macaque, Grosses lèvres. Chinetoque aux yeux noirs, à cause de son strabisme.

Bon Dieu. Et retourner à tout ça, après la guerre. Ça n'avait aucun sens. Cela dit il faisait jamais ce à quoi on s'attendait, même tout môme. Il se réfugiait dans un lieu froid en lui-même en attendant que les moqueries s'arrêtent. Je l'avais vu de mes yeux, je me rappelais comment c'était. Il se défendait jamais. Répondait rarement. Comme une ombre.

L'ombre de son père, peut-être. Florian – c'était le nom du père, le blond Florian Falk, si le film de Caspars racontait pas que des mensonges – c'était pas le vrai p'pa du môme. Non monsieur. Une banale histoire de guerre, mais avec un détail singulier. Florian, voyez-vous, il était rentré de la Grande Guerre pour trouver sa fiancée mariée à un autre homme. Alors le Florian, il finit par épouser la sœur, Marianne, enceinte d'un autre. Douce comme le miel, pour sûr, mais un peu frappée. Depuis sa naissance elle avait toujours été bizarre, on savait pas ce qu'elle avait. Bref. La sœur est allée raconter à Florian que Marianne avait été violée par un soldat français, est-ce qu'il allait se dévouer, se conduire en gentleman ? Ben, il avait le cœur brisé de toute façon. Qu'est-ce que ça pouvait faire ? Il a dû penser qu'il reconnaîtrait le môme comme le sien. Pas la peine de compliquer les choses avec la vérité, voyez-vous.

Mais huit mois après le mariage, notre joli négrillon Hieronymus vient au monde.

Qui était le vrai père, Caspars prétendait le savoir. Plus de deux mètres, il mesurait, et plus noir qu'une coupure de courant. C'était pas un violeur du tout. C'était un soldat colonial du Sénégal, un de ceux que le gouvernement français avait envoyés occuper la Rhénanie. Et apparemment, Marianne Falk l'avait aimé.

Le vieux bus ralentissait, prenait un virage. Les pneus ont crissé sur le parking couvert de boue séchée d'un vieux restaurant. Ou de ce que j'ai pris pour un vieux restaurant. Je regardais un petit garçon assis avec son papi à l'avant du bus, le vieil homme secoué par la manœuvre. Le gosse arrêtait pas de gigoter, de nous fixer, comme si on venait d'un tout autre monde. Vas-y, petit, j'ai pensé. Rince-toi l'œil.

Il restait plus d'autres passagers à présent que ces deux-là et nous.

Le chauffeur a stoppé le car après une dernière secousse, a tapé sur un bouton pour ouvrir les portes en accordéon. Il s'est renfoncé dans son siège en aboyant un mot rauque en polonais.

« Qu'est-ce qui se passe, tu crois, mon frère ? » j'ai demandé à Chip.

Il a gloussé. « Arrêt réglementaire. T'as très faim ? »

Dehors il y avait des tables en bois bancales sous une bâche bleue, des piquets à la peinture écaillée posés de travers dans la boue. On est allés s'asseoir, les jambes plus raides que du bois. Une carte en papier, tout en polonais. J'ai remarqué la boue sur les chaussures en cuir lisse de Chip et j'ai secoué la tête en souriant. Bien fait pour lui. Il y avait quelques maisons en bois usées par le temps, avec des galeries sur le devant. J'ai posé les mains sur la table et regardé Chip. Il m'a rendu mon sourire.

« Un endroit charmant pour déjeuner. »

Les mouches, d'énormes engins blindés, grouillaient dans l'air frais. Y avait pas de soleil dans le ciel, rien qu'une brume blanche. Je donnais de faibles claques sur mon cou et mes poignets, en voyant pointer le sang là où elles m'avaient déjà eu.

« Bof, faut bien qu'elles mangent elles aussi, Chip a ricané. Laisse-les faire.

– C'est un restaurant pour les gens aussi ? Ou seulement pour les mouches ? » Je fixais le chauffeur assis le dos tourné à la table la plus éloignée. « Tu crois qu'il fait exprès de se mettre si loin de nous ? »

Chip a haussé les épaules. « Non, non, à mon avis c'est juste qu'il aime pas trop les gens.

– C'est quoi cet endroit, alors ? j'ai demandé. Une vieille communauté soviétique ?

– Tu me poses une colle, mon frère. C'est pas grand-chose maintenant, quoi que ça ait pu être dans le temps. »

Une grande enseigne rouge pendait au-dessus de la porte du bâtiment le plus éloigné. Les lettres en avaient été effacées, sans doute au chalumeau. « Qu'est-ce que tu crois que c'était ? » j'ai demandé, en la montrant de la tête.

Chip s'est même pas retourné. « Merde, Sid, je te l'ai dit. J'en sais rien du tout. »

J'ai plus rien ajouté. On était crevés tous les deux. Je voyais plus le vieux grand-père et le garçon. Je me suis retourné sur ma chaise, et je les ai vus redescendre lentement la route, chacun portant un sac.

« Il reste plus que nous maintenant. » Pour une raison quelconque je me sentais déprimé.

« Quoi ?

– Il reste plus que nous. Tous les autres passagers sont partis. »

Chip a haussé les épaules. « Tant que ce bus roule, je m'en fiche, même si le chauffeur décide de descendre.

– Nom d'un chien, mon frère. T'as pas l'impression qu'ils savent tous quelque chose qu'on ignore ?

– Tu veux dire, comme les rats sur un bateau qui coule ?

– Non. Peut-être.

– Sid, ils descendent parce que c'est leur arrêt. Ça va pas plus loin que ça. »

Mais y avait autre chose. Je le sentais, même si j'étais incapable de l'expliquer. Quand on se fait vieux, on commence à faire confiance à son instinct quelquefois, merde. Ou du moins on commence à l'écouter. Je me suis levé, pas solide sur mes jambes.

« Je vais un peu dans le bus, j'ai dit. T'occupe pas de moi. »

Chip m'a regardé. « Tu veux que je commande quelque chose pour toi ?

– J'ai pas très envie de manger.

– C'est bon, il a fait. Je te prendrai la même chose que moi. Va, sauve-toi de ces foutues mouches. »

Le car me paraissait plus bas, d'une certaine manière, plus long, les lignes du châssis plus élancées. J'ai regrimpé à bord.

Ensuite c'est comme si quelque chose avait guidé mon œil, attiré ma vieille main vers le fourre-tout de Chip. J'ai sorti son sac de dessous le siège, passé un doigt sur le motif de L et de V entrelacés, le cuir précieux. J'ai ouvert la glissière.

Il m'a pas fallu une minute pour trouver l'enveloppe. Le papier à lettres que Hiero avait utilisé pour écrire était brun comme de l'eau de vaisselle. *M. Charles C. Jones*, griffonné en travers d'une vilaine écriture au-dessus de son adresse. Cette écriture – je l'ai reconnue tout de suite. Les mains tremblantes, j'ai ouvert maladroitement le rabat, le papier rêche comme du bois fraîchement abrasé. *Mon cher ami*, la lettre commençait :

J'espère que cette lettre ne te fera pas un trop grand choc. Si ça peut te consoler, c'est sans doute un aussi grand choc pour moi de l'écrire. Tu vois, jusqu'à une date récente, je ne savais pas que tu étais vivant. S'il te plaît, n'en prends pas ombrage. La semaine dernière quelqu'un m'a parlé d'un festival Falk qui aurait lieu à Berlin cette année – imagine un peu – en me disant que tu étais l'un des invités d'honneur. On m'a aussi donné des coupures de journaux te concernant. Je dois dire que j'étais ravi d'apprendre ta réussite – comme nous le savons tous les deux, tu n'as pas choisi un métier facile. Bravo pour ton succès durable, ta médaille présidentielle, ton inscription au Hall of Fame. Je suis sincèrement fier, si ce n'est pas trop présomptueux.

J'ai un service à te demander. Étant donné que le festival te conduira en Europe, si ce n'est pas trop de dérangement, j'aimerais beaucoup reprendre contact avec toi. Comme tu le devines à l'enveloppe, je vis un peu en dehors des sentiers battus à présent. Comme je ne peux pas voyager – ma santé ne me le permet pas – je voudrais te demander de me rendre visite à la date qui te conviendra. Pour tout dire, depuis que j'ai appris que tu étais vivant j'ai très envie de te voir.

J'attends ta réponse avec impatience.

Bien à toi,
Thomas Falk (Hiero)

PS : Je te serais reconnaissant de ne pas transmettre mes coordonnées à qui que ce soit. Ma vie est tranquille, je ne la voudrais pas autrement.

Je suis resté là sans bouger, le grain rêche du papier entre les doigts. Mon Dieu, il était bien en vie. Vraiment, réellement en vie. J'avais cru Chip mais sans le croire.

La gorge sèche, j'ai de nouveau baissé les yeux sur le papier. Thomas Falk. Il avait laissé tomber son premier prénom. Et son style n'était pas non plus celui du Hiero d'avant : ses louanges étaient détachées, son invitation à Chip chaleureuse mais pas enfantine.

Son invitation à Chip. Tout d'un coup, ça m'a frappé.

Le môme n'avait pas demandé après moi.

Et là j'ai eu l'impression que le bus penchait, et que je pouvais plus respirer. J'avais le vertige, la nausée, j'avais chaud. Je me suis levé, le sac est tombé de mes genoux. L'air qui entrait par les fenêtres puait la boue et les chevaux.

Quand je me suis rassis le car a craqué et tangué. Chip grimpait lentement les marches, son énorme main posée sur la rampe graisseuse.

« Ta bouffe refroidit, il a crié. Sid ? »

Espèce de sale con, j'ai pensé. Espèce de vieux salopard.

« Sid ? Qu'est-ce que tu fous ? » Il s'est arrêté en me voyant.

Ma voix était creuse. « Hiero n'a pas demandé après moi. Dans ses lettres. Il n'a pas parlé de moi. »

Chip regardait vers le fond du car.

« Dans ses lettres », j'ai répété, un ton plus haut. J'ai secoué l'enveloppe pour qu'il la voie. « Le môme n'a pas du tout demandé que je vienne lui rendre visite. Tout est adressé à toi.

– Oh, bon sang, Sid. » Il a paru se détendre. « Bien sûr que c'était adressé à moi. Il avait pas ton adresse. »

J'étais au bord des larmes, empli d'une frustration sans bornes. « T'en sais rien. T'en sais rien du tout. Tout ce que tu sais c'est ce qu'il y a dans cette lettre. »

Il comprenait pas. « Ça fait rien, si ? Bien sûr qu'il veut te voir. Bon sang, Sid, il sait sans doute même pas que t'es encore en vie. » Il a parcouru l'allée lentement. « Sid, faut que tu te détendes. Pourquoi est-ce qu'il voudrait pas te voir ? Réfléchis, mon frère. On était tous amis dans ce temps-là. »

J'arrivais pas à le regarder. « Qu'est-ce que t'as fabriqué ? j'ai marmonné.

– Sid. » Il s'est assis sur le siège devant le mien et m'a fixé par-dessus l'appuie-tête. « Sid, faut que tu te calmes. Sérieusement. »

Je tremblais.

« Qu'est-ce qui t'inquiète ? Le documentaire ? Bon sang, Hiero était là, mon frère. Il connaît la vérité.

– Je sais ! »

Il a grogné. « Oui. Bon. Et maintenant on va manger ? Quand je suis parti le chauffeur était en train de s'enfiler une plâtrée de goulash, et je crois bien que quand il aura fini, nous aussi. Son bus attend personne.

– Non, j'ai répondu, l'écoutant à peine. Non, il attend pas. »

J'ai regardé par la fenêtre le hameau gris et miteux où on avait fait une pause. Il me semblait qu'on avait laissé quelque chose derrière nous, quelque chose d'essentiel, et qu'on faisait que s'en éloigner de plus en plus.

Cinquième partie

PARIS 1939

Le premier soir, on a passé une nuit sans rêves dans la voiture glaciale. Au petit matin Montmartre paraissait malade, épuisé. J'étais pas à moitié réveillé que les réverbères se sont éteints, un par un, dans le vacarme des balayeurs qui passaient. Je voyais la tête de Chip pendre dans une mauvaise position sur le siège à côté de moi. Hiero gémissait dans son sommeil. Pris de frissons tellement forts que j'entendais mes foutues dents claquer, je me suis rendormi.

Le matin, le cou de Chip était plus raide que de la mélasse froide.

« Putain », il a fait, en louchant dans ma direction. Sa respiration était visible dans le froid. « Ça n'en finira jamais ? »

J'ai regardé dans le rétroviseur. « Eh, le môme ? » Ma bouche était pâteuse, comme pleine de coton. « Le môme, t'es réveillé ? »

Il a levé la tête, grimacé.

« Putain, Chip a répété, en se frottant les mains pour les réchauffer. Paris, mec. La Ville lumière. On a du pognon ?

– Un peu, j'ai répondu en bâillant. Ernst nous en a donné un peu.

– Ce bon vieux Ernst, Chip a souri mais il claquait des dents. Ce putain de bon vieux Ernst. »

Hiero se débattait sur le siège arrière pour enfiler son gros manteau, et en repliant ses maudits genoux il a flanqué un coup dans le dossier de notre siège.

« Merde, le môme, fallait vraiment que t'amènes ton éléphant ? » Chip a grommelé.

Hiero s'est arrêté, l'a regardé.

« Ouais, tu m'as bien entendu, Chip a continué en se tournant vers lui. Maintenant allons-y. Allons nous offrir un peu de cette fameuse cuisine française.

– *Déjeuner**, j'ai dit distraitement. *Breakfast* se dit *déjeuner*.

– Le vrai gentleman, mon frère. La vache. Depuis quand tu croasses le gaulois ? »

J'ai haussé les épaules. Je pensais à Dalilah, aux quelques mots qu'elle m'avait appris, mais de penser à elle, ça m'a privé d'un coup de toute la bonne humeur que j'avais. Je me suis bagarré avec la portière et je suis sorti. Je me sentais sombre, déprimé. J'arrêtais pas de revoir le père Ernst dans son costume marron, son front pâle plissé quand il s'est détourné pour regarder inutilement le jardin. J'arrêtais pas de revoir la douleur tranquille sur son visage, comme s'il savait depuis des semaines que la fin était proche, mais que maintenant qu'elle avait fini par arriver, il était paralysé.

On a trouvé un petit café qui servait à cette heure-là et on s'est installés en terrasse sous un store vert. Elle était vide, à l'exception d'un vieux monsieur qui lisait le journal, habillé tout en gris avec un feutre gris posé bien droit sur sa caboche grise. Comme une foutue statue de cire. Je sentais le froid de la chaise en métal à travers mon pantalon, et même si l'air se réchauffait un peu, on aurait dit que moi je pouvais pas. Lorsqu'une auto est passée dans la rue, j'ai levé les yeux et vu des pigeons se disperser comme des bouts de papier soufflés par le vent sur la place déserte.

« Où sont passés les gens ? j'ai dit. C'est pas un jour de semaine ?

– Mon frère, y a personne qui travaille à Paris, Chip a répondu. Paris, c'est la ville de l'amour. »

Puis une serveuse est apparue. Chip s'est raclé la gorge et par gestes il a commandé trois cafés. Quand elle est repartie vers le comptoir il a reluqué ses hanches.

« J'ai toujours aimé la France, il a dit avec un sourire.

– Sors-toi ça de la tête, j'ai fait. Merde, mon frère, après tout ce qu'on vient de vivre ? »

Le môme se penchait en avant et posait les manches fripées de son manteau sur la table. « Vous pensez qu'Ernst va pouvoir sortir ? il a demandé à voix basse.

– T'es pas obligé de chuchoter, Hiero, j'ai chuchoté.

– Il viendra pas, le môme, Chip a répondu. Aucune chance. C'est cuit.

– Il a dit qu'il allait essayer.

– Ça change rien.

– Il a dit quand son p'pa sera reparti pour la Sarre, alors peut-être. Peut-être qu'il utilisera ses propres contacts. »

Chip lui a juste lancé un regard méprisant.

« Bon sang, j'ai dit, soudain fatigué de tout ça. Laissez tomber. »

Ensuite la serveuse est revenue, elle a posé trois cafés au lait. Chip lui a adressé son sourire à dix-huit carats. « *Bonjour,* il fait. *Allô**. »

Elle a ri.

J'ai fermé les yeux. Il avait un écho drôlement lugubre, le rire de cette femme qui résonnait sur la place.

« Par contre ça, mon frère, Chip a murmuré tandis qu'elle s'éloignait en roulant des hanches, ça c'est la vraie cuisine française, là sous notre nez.

– Elle doit avoir l'âge de ta m'man, Chip. »

Il m'a lancé un long regard pensif, comme s'il digérait la nouvelle. « Oh, elle serait du genre reconnaissant. Ça rend les douceurs encore plus douces. »

Hiero s'est éclairci la voix. « Qu'est-ce qu'on fait, alors ? »

Chip avait toujours le regard rivé sur la serveuse. « Il faut que quelqu'un téléphone à Louis. Qui ce sera ? Sid ? »...

Mon foutu pied s'était engourdi, alors je me suis levé et me suis mis à le secouer. Le vieux type qui lisait le journal a levé un œil, alarmé. Il a bougé sur son siège, croisé une jambe sur l'autre, fait bruisser les pages. J'avais redouté ce moment. Louis Armstrong ? Bon Dieu, je savais que ça y était, que c'était notre heure, notre vie. Les gens croient qu'une vie, ça s'étale sur des années. C'est pas vrai. Ça peut aller aussi vite que le feu d'une allumette dans une pièce obscure.

Hiero me zieutait. Je savais qu'on pensait tous les deux la même chose. Louis allait sans doute demander des nouvelles de Lilah.

« Allez, je vais le faire, Chip a dit. Où est le numéro ?

– À mon avis c'est Sid qui devrait, Hiero a protesté. Ernst a bien dit que ce serait lui le responsable ?

– Bordel, mon frère, Chip a fait, mécontent, Sid est même pas responsable de ses propres boyaux ! »

J'ai fouillé dans ma poche, j'en ai sorti un tas de francs, de bouts de papier, de notes froissées. J'en ai aplati une et l'ai fait passer à Chip sur la table. Et là, il était debout et cherchait le téléphone.

J'ai regardé le môme. On aurait dit que quelque chose s'était racorni en lui. Comme si toute certitude avait été arrachée, laissant la chair à vif. Il étudiait ses mains, la tête basse, et il m'a rien dit pendant qu'on attendait.

Au bout d'un moment, quand Chip est ressorti, il s'est penché sur le vieux comptoir pour sourire à la serveuse. Ce garçon avait le culot d'un chat de gouttière. Puis il revient vers nous, sautillant, et s'assoit avec un grand geste satisfait. Sa chaise en métal a raclé les pierres quand il l'a rapprochée de la table. Les ombres ont semblé épaissir sur la place.

Hiero l'a regardé. « Alors ? Qu'est-ce qu'il a dit ?

– Qui ? »

J'ai ri, énervé. « Comment ça, qui ? Qu'est-ce qu'il a dit ? »

Chip a eu un sourire à ce moment-là, comme s'il venait d'avaler le foutu canari. « Les gars, faites-moi confiance. Il se pourrait bien que le vieux musicos s'asseye sur son chapeau quand il nous aura dans l'oreille.

– Alors il a demandé à nous voir ? Pour de vrai ? »

Mais Chip s'est seulement tourné vers le môme pour lui lancer un long et lent sourire. Il a remué son café au lait refroidi, délicatement reposé la cuillère sur la soucoupe, bu une gorgée. Ses yeux ont rencontré les miens par-dessus le bord de la tasse. « Je crois que j'ai peut-être une chance avec cette serveuse. Qu'est-ce que vous en dites ? Ça vaut la peine ? »

Nom de Dieu. Le môme aurait pu s'arracher un bras, tellement il était à cran.

« C'est pas drôle, Chip, il a explosé. Vas-y, qu'est-ce qu'il a dit ?

– À propos de quoi, au fait ?

– Chip ! » je me suis écrié.

Il m'a regardé et il a soupiré. « Très bien, très bien. Louis a parlé de Montmartre.

– Montmartre ? On y est à Montmartre. Mais encore ?

– Garde ta chemise, le môme. Faut qu'on reste à Montmartre. Quelques heures, c'est tout. » Il a haussé les sourcils dans ma direction. « Tu vas trouver cette journée sacrément mémorable, mon frère. »

Mon cœur a fait une embardée.

« Qu'est-ce que tu racontes, Chip ? Hiero a demandé. Louis a parlé de Sid ? »

Mais Chip, il s'est contenté d'un gloussement étouffé, comme quand on était gosses.

On a grimpé les rues aux pavés irréguliers, dans la lumière déjà éclatante du matin. J'étais malade d'appréhension. Au point que mes foutues mains tremblaient dans les poches de mon manteau. Louis Armstrong, putain ! On avait sombré dans un silence épuisé, et j'ai lancé un regard au môme. L'espoir vous ronge comme un cancer, je suppose. Si seulement on avait quitté Berlin plus tôt, je pensais, si seulement on avait fait davantage d'efforts pour ce vieux Ernst, pour Paul ! Si seulement on avait été de meilleurs hommes.

Les rues escarpées étaient tranquilles et j'arrivais pas à me défaire de l'impression d'être dans la mauvaise ville. Des tas de gens se rassemblaient dans les cafés maintenant ou se pressaient à l'entrée des boutiques. Ils lisaient tous des journaux, ils marmonnaient entre eux.

« Qu'est-ce qui se passe ? » Hiero a fait, nerveux.

En l'entendant parler, un homme a levé les yeux, l'a regardé froidement. On est passés et on s'est mis à raser les murs, à s'écarter des rues animées.

« On se sent presque comme à Berlin », Chip a remarqué.

J'ai froncé les sourcils. « Pas tout à fait. »

Il nous a conduits vers une haute église qui se détachait sur le ciel couvert. Sa flèche était pointue, acérée, comme un truc sorti d'un cauchemar. On a coupé par un parc sombre, planté d'arbres, monté des marches étroites, avec Hiero qui s'accrochait à la rampe et grognait derrière nous. Chip s'est retourné vers lui avec un grand sourire.

« Je croyais que vous aviez de bons poumons, vous autres joueurs de trompe », il a rigolé.

Le môme, en nous rejoignant, s'est penché en avant, le souffle rauque et toussant.

J'étais pas dupe une seconde. Je savais que c'était pas la grimpette qui le faisait lanterner. En le regardant, j'ai pensé, *Certes t'es la coqueluche à Berlin. Mais là t'es sur le point de rencontrer le génie, mec. T'es sur le point de découvrir ce que t'es pas. Ça fout la pétoche, pas vrai ?*

Le môme toussait comme un diable en crachant sur les pavés.

« Bon sang, le môme, c'est pas un bout de ton appendice, là ? Chip a fait. Regarde, Sid ! »

Mais j'avais pas très envie de faire le pitre. Je me suis rapproché de la rampe, j'ai posé les deux mains sur le métal froid et regardé les marches plus bas.

« Allez, le môme, Chip a dit. Va te trouver un banc dans l'église. On en a sûrement pour un bon moment. »

Je sais pas combien de temps on est restés en haut de cette rue. Je regardais un chat noir se dandiner sur les pavés. Quelqu'un a jeté un seau d'eau par une fenêtre. Puis une silhouette solitaire est apparue au coin d'un immeuble et s'est mise à remonter la rue ; ses jambes et ses bras paraissaient gris et maigres dans la lumière aqueuse, sa tête tout enflée par une sorte de bandage. Et soudain j'ai senti mon cœur aspiré dans un trou très profond dans ma poitrine. Elle s'est arrêtée au pied des marches, a croisé les bras. Elle paraissait plus mince, plus lasse, ses vêtements élimés, mais bon sang, c'était elle.

Dalilah.

Je me suis pris à trembler. D'un coup, je me suis mis à grelotter très vite, comme un cœur d'oiseau dans ton poing.

Chip s'est approché derrière moi. « Je te l'avais pas dit que ce serait une journée dingue ? il a murmuré. Tu vas rester planté là ? Ou tu vas descendre lui faire un câlin ? »

Je comprenais pas. Je lui ai lancé un regard impuissant, terrifié ; je sentais l'air froid s'engouffrer dans mon manteau par le col. Dalilah avait les yeux tournés vers un café, avec son énorme turban bleu sur la tête comme une chose venue d'un pays lointain. Elle était un mirage, je vous jure. Brusquement, une énorme vague de méfiance m'a coupé la respiration.

Attends, Sid, j'ai pensé. *Tu sais rien encore. Attends de voir.*

Mais Chip m'avait déjà dépassé et commençait à descendre les marches. « Eh ben, regardez un peu qui s'est levé d'entre les morts, il a crié, souriant. Lilah, ma belle, t'as oublié à quoi on ressemble, pour que tu nous reluques comme ça ? »

Elle s'est retournée et j'ai vu son visage s'éclairer. C'était comme si mon sang s'était arrêté d'un coup. Je pouvais plus bouger. J'étais planté près de la rampe, au-dessus d'elle, et je pouvais pas bouger d'un pouce.

« Charles, elle s'est écriée avec un rire aigu, perçant. Charlie Jones !

– C'est Chip, ma sœur. Tu le sais bien. » Mais il souriait aussi.

Elle a soulevé ses jupes et s'est mise à monter l'escalier en courant, avec ses talons hauts qui claquaient comme des coups de fusil sur les pierres lézardées. Elle l'a attrapé dans une étreinte sauvage avant qu'il ait le temps de descendre six marches. Je parie que Chip avait jamais été tenu comme ça, même par sa propre m'man. Puis, par-dessus l'épaule de Chip, elle a levé les yeux, et là elle m'a vu.

Nom d'un chien. Je disais rien. Je pensais pas être capable de dire un seul mot.

Elle a lâché Chip et elle est restée là, à respirer fort.

« Ma petite Dalilah ? » Je me sentais agripper cette rampe glacée.

Elle m'a regardé timidement. « Bonjour, Sid. »

Ni elle ni moi n'avons bougé, ni fait de mouvement pour nous rapprocher. Et puis, nom de Dieu, il y a eu un cri aigu, sonore, et une nuée de pigeons a explosé derrière moi. J'ai un peu sursauté. La douce Lilah a levé son beau visage, suivi des yeux le vol des oiseaux et lorsqu'elle les a posés sur le môme quelques marches plus haut, elle s'est mise à courir. Elle l'a serré contre sa poitrine, serré violemment, à croire qu'auparavant elle n'avait jamais tenu dans ses bras une chose qu'elle aimait.

On a pas traîné longtemps après ça. Dalilah nous a fait entrer dans la vieille église, on a longé les rangées de bancs en bois, et par une porte de côté on est sortis dans une petite cour couverte de gazon. Il n'y avait personne. Une barrière de fer hérissée de pointes derrière une haie, un banc sous un pommier, une table avec trois chaises en rotin bancales. Elle nous a menés vers une grille à l'angle le plus éloigné, a soulevé le loquet. Elle s'ouvrait sur une allée qui descendait en pente raide, avec des marches découpées dans la pierre.

« Venez, elle a dit. C'est pas loin.

– On va voir Louis ? » Hiero a demandé en allemand.

J'étais trop distrait pour répondre. Je me sentais mou, bizarre, pas tout à fait dans ma peau. C'était plus l'inquiétude qui me faisait souffrir à présent. J'arrêtais pas de la regarder à la dérobée. Dalilah, bon sang, ça paraissait pas possible. À la voir s'engager dans cet escalier, avec ses os d'oiseau, cette odeur boisée de plein air qui flottait autour d'elle, comme si elle revenait d'une promenade à la campagne, comme si c'était n'importe quel jour ordinaire, pas miraculeux du tout – tout est remonté en moi. J'ai aperçu ses chevilles maigrichonnes sous ses jupes, puis elles ont disparu.

Ça faisait qu'une semaine et demie, mais elle me semblait une parfaite inconnue. La tension de ces derniers jours, le chagrin – il aurait pu se passer vingt ans.

« Racontez-moi tout, elle a dit. Je veux tout savoir. » Elle a posé sa main fine sur sa nuque, comme pour vérifier que son turban était bien en place.

Chip laissait courir ses doigts sur la rampe de fer. « T'es censée être morte, ma belle. Comme ça se fait que t'es pas morte ? »

Elle a souri. « Attention, Charlie. Tu vas froisser ton costume.

– Commence pas à m'appeler Charlie. Sérieusement. »

Hiero était à la traîne derrière nous, aussi loin de Dalilah qu'il pouvait. Elle s'est retournée, lui a fait un clin d'œil.

« Je crois qu'il recommence à avoir peur de moi, elle a dit en riant.

– T'es un fantôme, Chip a fait. On a tous peur de toi.

– Et Louis, il est où ? » j'ai demandé, pas content.

À peine si elle a levé les yeux vers moi. On est arrivés au portail en bas et elle a soulevé le loquet, l'a tenu ouvert pour nous. Quand elle m'a répondu, sa voix avait changé. « Il est par là, pas bien loin. Il ne va pas mieux. »

Chip a juré. « Il est malade ? Louis est malade ?

– Tu le sais bien », elle a répondu.

Je me suis retourné en chemin pour expliquer à Hiero en allemand : « Lilah dit que Louis est malade.

– On va quand même le voir ?

– Le môme veut savoir s'il va assez bien pour qu'on lui rende visite.

– Oui », elle a répondu simplement.

On l'a suivie dans une ruelle en pente, devant des pâtisseries aux odeurs de pain blond, des bistrots cachés et des étals qui sentaient les entrailles de poisson et la coquille Saint-Jacques.

« Vous avez l'air affreusement fatigués, les gars, elle a remarqué.

– Pas trop fatigués pour gratter les bonnes vieilles peaux, Chip a répondu.

– Vous êtes prêts à rejouer ? elle a souri. Déjà ? Tous les trois ?

– Sauf que Hiero a perdu sa foutue trompette. »

Elle m'a lancé un regard. « C'est vrai, ça ? »

J'ai haussé les épaules.

Armstrong séjournait dans un petit hôtel en haut de la rue Lepic. On est entrés par les grandes portes vitrées. Le hall a bien failli nous aveugler, avec tous ses cuivres, ses miroirs dorés et son carrelage blanc. Mince. Du verre fumé sur les fenêtres intérieures, un ascenseur de cuivre étincelant dans le mur du fond. Le portier a salué Lilah quand on est passés devant lui, en soulevant sa casquette de sa main gantée de blanc.

Au moment où on entrait, je lui ai pris le bras. Je me suis surpris moi-même, de l'avoir serré si fort.

« Sid, elle a fait. Pas ici. »

Mais je l'entendais à peine. « Je pensais que t'étais morte, j'ai murmuré. Lilah ? On croyait t'avoir perdue, ma belle. »

Mais Hiero poussait déjà la porte vitrée, observant nerveusement toute cette opulence. Elle s'est écartée.

Debout près de l'ascenseur, Chip faisait tourner son chapeau dans ses mains, l'air mal à l'aise, tandis qu'on approchait.

« Je ne voulais pas demander... » Lilah a avalé sa salive avant de le regarder. « Où sont-ils ? Ernst et Fritz, où ils sont ?

– T'oublies pas quelqu'un ? » j'ai dit.

Elle m'a lancé un regard peiné. « Je sais pour Paul, elle m'a dit à voix basse. J'étais là. »

Hiero nous regardait, mal à l'aise.

« Ernst est toujours à Hambourg, Chip a répondu. Il est avec sa famille. Il va s'en sortir, son p'pa est vachement puissant. Il lui a pas fait faire de visa pour sortir, pourtant. À mon avis, le vieux salaud nous a dégotté des visas rien que pour nous faire sortir de la vie de son fiston.

– Il aurait pu tout simplement nous faire arrêter, j'ai dit. Il l'a pas fait. »

Chip a haussé les épaules. « Si t'avais vu la tête d'Ernst, si t'avais vu sa figure. Ça t'aurait sûrement brisé ton cœur glacial de Canadienne, ma belle. T'aurais vu tout ce qu'il aimait s'envoler d'un coup, lui être retiré d'un trait. Il adore le père Louis, tu sais. Et c'est à ça qu'il a renoncé en nous disant au revoir.

– T'étais même pas là, Chip. Qu'est-ce que t'en sais de la tête qu'il faisait ?

– Tu me l'as raconté. Merde. Je fais que répéter ce que t'as dit, Sid.

– Et Fritzie ? » elle a demandé.

La bobine de Chip s'est refermée. « Il est parti jouer avec les Golden Seven, le foutu Judas. Il fait plus partie des nôtres. »

Dalilah semblait vraiment triste.

« Si ça tenait qu'à moi, je rayerais son foutu nom de tous les disques qu'on a jamais gravés. J'effacerais les notes de ce gros lard comme s'il était jamais né.

– C'est affreux, elle a dit. Tellement affreux. Pauvre Ernst. Pauvre Fritz. »

La lumière de l'ascenseur s'est allumée. La cabine s'est mise à descendre.

« Fritz peut frire en enfer avec tous ces salauds de nazis, Chip a sifflé, perds pas ton temps à t'inquiéter pour lui. »

Et là on s'est tu. Je me sentais décapé, éventré.

Mais Chip, il a juste regardé autour de lui en poussant un petit grognement, comme s'il changeait de station sur la TSF. « Alors comme ça, Louis est malade ? Il va nous recevoir au lit ?

– Il y a ça, elle a dit. Et aussi, je me suis dit que sa chambre serait plus sûre pour Hiero.

– Plus sûre que quoi ? »

Elle a plissé le front, regardé Chip comme s'il avait pété un plomb. « Qu'un café. Vous n'êtes pas inquiets pour lui ? »

On comprenait pas.

« Hiero ? Chip a fait. Ils ont un problème avec les Noirs ici aussi ?

– Pas les Noirs. Les Allemands. »

Mais elle s'est arrêtée net, et elle est restée à nous regarder comme si elle en croyait pas ses yeux. « Vous n'êtes pas au courant ? Vraiment ? Vous ne savez vraiment pas ? »

La porte de l'ascenseur s'est ouverte d'un coup, la grille s'est écartée en ferraillant. Je l'ai à peine remarqué. J'observais les lèvres de Dalilah.

« Nous sommes en guerre, elle a dit. Nous avons déclaré la guerre à l'Allemagne. Hier après-midi. »

Ça n'avait pas l'ombre d'un sens, bordel. Hier après-midi on roulait encore dans la campagne française, on passait devant des granges délabrées, des vaches noire et blanche, on croisait des gens qui roulaient lentement à bicyclette avec dans leur panier leurs provisions emballées dans des sacs. Nom de Dieu. C'était le paradis sur terre, une sacrée pastorale. Aveuglés de soulagement on était, avec notre culpabilité comme un paquet qu'on aurait rangé sous nos sièges. On pensait avoir semé les trains noirs qui roulaient dans la nuit. Les journaux bourrés de mensonges, la radio et ses discours terrifiants. Les ombres de Berlin. Mais vous savez, même en ayant laissé cette folie des centaines de kilomètres derrière nous, on se sentait pas tellement plus en sécurité. Peut-être qu'on savait, même à ce moment-là, ce qui se préparait.

Quand on est sortis de l'ascenseur, Dalilah a pris Chip à part et nous a fait signe de continuer.

« Qu'est-ce que vous faites tous les deux ? j'ai demandé.

– Allez-y, Dalilah a fait. Lou vous attend. »

Mais mes guiboles voulaient pas avancer. Louis Armstrong, bon Dieu ! J'ai aperçu le reflet de ma figure sur une poignée en cuivre et j'ai bien failli tomber raide. Le pauvre musicos tirait une sale tronche, tellement il avait la trouille.

La porte de la chambre 301 était entrouverte. Hiero a pilé net devant, les yeux fixés sur elle. Je sentais la terreur monter en moi. Comme si une chose se préparait pour laquelle j'étais pas prêt.

« Sid », Hiero a chuchoté.

Je me suis arrêté, je l'ai regardé.

« J'ai besoin que tu me rendes un service. Avant qu'on entre.

– Quoi ?

– Ne ris pas.

– Je vais pas rire. Qu'est-ce que c'est ?

– Tu peux me pincer ? »

Il retroussait déjà sa manche. J'ai cru que je l'avais pas bien entendu. Je regardais son avant-bras humide de sueur. Comme une côte de porc laqué.

« Je touche pas ça, j'ai protesté.

– Allez, il a chuchoté. Dis-moi que c'est vrai.

– Euh, non. Dis-le-toi toi-même. »

Mais il continuait à me fixer de cet air sacrément effrayé qu'il prenait parfois. J'ai jeté un coup d'œil à la porte, puis vers Chip qui arrivait. Bon sang.

Je l'ai pincé.

Il a retiré son bras très vite, comme s'il avait été piqué.

« Alors ? j'ai dit avec un soupir. Tu rêves ? Ou est-ce qu'on peut entrer maintenant ? »

Il a souri, frotté sa peau endolorie. « Oh, si je suis en train de rêver ça doit être un rêve vachement réaliste.

– Ce sont les meilleurs, mec », Chip a fait. Il s'est approché et a posé sa grosse patte sur l'épaule du môme. Il a considéré la porte ouverte. « Surtout quand y a une gonzesse dedans.

– 301 », Dalilah a crié en remontant le couloir à grandes enjambées. Elle a ralenti en nous voyant. « Oh, vous avez trouvé. Eh bien entrez, ne soyez pas timides. »

Pas un de nous n'a bougé.

« Tu crois qu'il a des infirmières françaises là-dedans ? » Chip souriait, mais il semblait un peu nerveux.

On a entendu une toux sèche venant de la chambre. Une voix a crié « Qui c'est ? Qui est là, à la fin ? »

Ma parole, cette voix – c'était comme du gravier qui crisse sous les pneus.

Dalilah a secoué la tête. « Il aime à se croire plus malade qu'il ne l'est vraiment. Ne faites pas attention. Tu sais très bien qui c'est, elle a crié à travers la porte. Estime-toi heureux que ce ne soit pas ta femme. Tu ne pourrais pas te payer ta femme et les docteurs en même temps ! »

Dalilah nous est passée devant sans ménagement, en ouvrant la porte d'un coup de talon pointu.

Cette chambre, ma parole, elle était tellement vibrante, baignée de la lumière qui entrait par les grandes fenêtres. Nous on restait là à cligner des yeux comme de foutus imbéciles. Les rideaux couleur pêche, entièrement bordés de dentelle, avaient été tirés, noués sur le côté. Des fauteuils ivoire rebondis étaient alignés le long d'un mur. Une coiffeuse de cuivre blond – si ancienne qu'elle semblait réclamer une perruque poudrée – brillait à côté d'une seconde porte. Dans la pièce entière flottait une vague odeur de fleurs mouillées. Et là, à côté d'une grande fenêtre givrée comme une cataracte, avec sa peau sombre comme de la mauvaise herbe contre les draps blancs, était couché Louis Armstrong.

Il a ri chaleureusement. « Entrez donc, tous. Que je vous voie bien. Mais entrez donc. » Puis, à Dalilah : « J'ai cru que tu reviendrais peut-être pas. »

Elle a émis un petit rire, dans un bruissement d'écharpes et un cliquetis de perles. « Je suis partie même pas une heure, Lou. »

Armstrong a pris une profonde inspiration, dans un bruit de tuyaux rouillés. « *La doouuuuce Dalilah Brown*, il a chanté. *Ma douce mademoiselle D. Brown, elle est ma fleur, la plus rose de toutes mes roses. Mon île de Dalile, je serai ton Samson...* »

Elle a fait voler les franges bleues de son turban plus ou moins dans sa direction. « Tais-toi donc. C'est pas parce que tu chantes si joliment que tu devrais. Bon. Qu'est-ce qu'ont dit les docteurs ? »

Armstrong s'est redressé un peu dans le lit. « Oh, c'est pas bon, ma belle. C'est pas bon.

– Mmm. Ce n'est jamais bon. » Elle nous a lancé un regard. « À tous, elle a fait simplement, je vous présente Louis. »

Un homme a jamais rien vu de grand tant qu'il a pas posé les yeux sur un type de la trempe d'Armstrong. Voilà la vérité.

Ces paupières tombantes, ce sourire aveuglant : le bonhomme était immense, majestueux. Mais autre chose aussi : il avait l'air rudement humain, comme s'il avait connu la souffrance pour son propre compte. Sa bouche était stupéfiante. Il s'était ruiné les mâchoires, avec la pression de toutes les notes aiguës qu'il atteignait depuis des années. Sa lèvre inférieure était légèrement entrouverte, comme un tiroir de velours rouge. Il a porté un mouchoir à sa bouche, essuyé un filet de salive. J'ai vu quelque chose en lui à ce moment-là : une sorte de patience dévastée, une terrible fatigue. Je connaissais cet air-là. Ma m'man l'avait eu toute sa vie.

« Je suis pas beau à voir, je sais, Armstrong a fait, avec une grimace qui lui plissait les yeux. Mais je suis pas le roi d'Espagne. Alors restez pas plantés là bouche bée et approchez-vous. »

Sa voix, ma parole ! Elle était énorme, à faire voler un verre en éclats. Pleine de cailloux et d'échardes, riche comme de la crème. L'un après l'autre on s'est mis à sourire.

« Vous avez faim, messieurs ? » Il a tendu un doigt vers la coiffeuse. « J'ai du pain azyme.

– Du pain azyme, Lou ? Dalilah a fait. C'est vrai ? » Ça n'avait pas l'air de lui plaire.

« Tu vas y prendre goût, il a rigolé. C'est juste que t'en as pas encore mangé assez. »

Elle a froncé le nez.

Du pain azyme ? J'ai échangé un regard avec Chip. Est-ce qu'il en avait acheté parce que l'un de nos musiciens était juif ?

« Louis aime bien en grignoter avant de dormir, a expliqué Dalilah. Depuis toujours.

– Depuis que j'ai des dents pour manger. Maintenant voyons voir qui nous avons ici. »

Dalilah s'est éclairci la voix. « Louis, voici Sid Griffiths. Le contrebassiste.

– Non, pas *le* Sid Griffiths ? » il a pouffé. Il m'a dévisagé. « Oh, j'en ai entendu sur toi. Des trucs que j'irais pas répéter à ta m'man. »

Dalilah a piqué un fard.

Je trouvais plus ma voix. Bon Dieu. « C'est un honneur de vous rencontrer, monsieur Armstrong, j'ai dit avec gêne. Vous avez été un mentor pour moi toute ma vie.

– Louis, il m'a interrompu, en me regardant avec des petits yeux perçants, comme si je l'avais offensé. Appelle-moi Louis.

– Louis, j'ai répété, en avalant ma salive.

– Hé, c'est juste pour te taquiner. » Il a eu un rire venu des profondeurs de la poitrine. « On dirait que ton chat vient de se faire renverser par le camion du laitier. »

Moi, je faisais que sourire et sourire, comme si j'étais trop simplet pour parler.

Dalilah posait la main sur l'épaule de Chip, très délicatement, pour reprendre les présentations avec lui, mais il s'est jeté en avant, son chapeau incliné comme une voile de bateau sur la tête, et s'est assis sur une chaise au chevet d'Armstrong, en disant : « On a appris que vous vous sentiez pas bien, Louis, pas bien du tout. »

Armstrong a regardé Dalilah. « Oh, rien qu'un peu de pain azyme soit pas capable de guérir.

– On est contents de l'entendre, contents de l'entendre.

– Tu dois être l'autre percussionniste. »

Chip s'est un peu éclairci la gorge à ces mots. Il a redressé son chapeau sur son crâne et tendu sa main massive pour serrer celle d'Armstrong. Mais il l'a retirée aussi vite. « Vous êtes pas contagieux, au moins ? »

Armstrong a éclaté de rire. « Demande à Dalilah. Elle répète que je suis malade depuis que je la connais. »

Chip a paru y réfléchir une minute. Puis de nouveau il a tendu la main. « Charles C. Jones, Louis. Vous pouvez juste m'appeler Chip.

– Chip ?

– Oui, monsieur. Si jamais vous cherchez des percussionnistes, si jamais vous avez besoin d'un peu plus de style côté rythme, vous savez qu'on est votre homme, moi et Sid. »

Je fixais Chip, effaré. Qu'est-ce qu'il fabriquait, ce foutu idiot, de parler comme ça à Louis Armstrong, putain ? Ce type-là, s'il voulait des génies, il avait que l'embarras du choix. Et voilà que Chip lui proposait nos talents comme si on lui rendait service à lui ? Je me sentais mal.

« Très bien, Chip, Dalilah a dit rapidement. Tu vas nous fatiguer notre vieil homme. »

Armstrong s'est mis à rire, un son rocailleux, son rire de gorge. « Vieux, t'as raison, ma belle. Vieux comme la lune.

– Louis ? Dalilah a fait en croisant son regard. Tu n'as pas quelque chose à demander ? »

Armstrong s'est raclé le gosier. « Qu'est-ce que le C veut dire, Jones ? »

Chip, qui était en train de se lever de sa chaise, s'est figé. « Le C ?

– Oui. Dans ton nom. Qu'est-ce que ça veut dire ? »

Je l'avais pas vue venir celle-là, nom d'un chien. J'ai souri à Hiero : « Il demande ce que le C veut dire. »

Un sourire en coin s'est posé sur sa figure.

« Oh, Louis, Chip disait. Ça n'a pas vraiment d'importance, si ? »

Mais je regardais le môme. Sa figure était toute plissée, comme s'il contractait son corps, comme s'il devait aller aux cabinets.

« Le môme ? j'ai chuchoté. Ça va ? »

Je crois qu'il a pas respiré pendant une bonne minute.

« Le môme ? »

Et là, il a laissé échapper le rire le plus sacrément bizarre que j'aie jamais entendu, et je me suis mis à rigoler aussi.

Dalilah l'a regardé avec un sourire. « Hiero ? Tout va bien ?

– Bon sang, mec, Chip a fait. Allez, contrôle-toi. »

Le môme s'est mis la main sur la bouche, avec un nouveau hoquet.

Armstrong a plissé les yeux, souriant. « Vous êtes sûrs qu'il va bien ?

– Oh, ça va aller, j'ai répondu. Ça lui arrive des fois. »

Mais le môme était mortifié. Il s'est tourné face à la porte, la main serrée sur la poignée, les épaules secouées toutes les deux secondes.

« Bon, Chip, Armstrong a repris de sa voix de basse éraillée, t'as toujours pas répondu à ma question. » Il a regardé autour de lui en faisant mine d'être contrarié et tiré sa couverture beige plus haut sur sa poitrine.

Dalilah, avec un léger sourire : « Charlie – Chip – est très discret sur son deuxième prénom. »

Un petit hoquet étouffé s'est élevé du coin de la pièce.

« Depuis le temps que tu joues avec ces gars, ils connaissent pas ton nom ? a fait Armstrong. Ça m'épate. Accouche maintenant, vas-y. »

On aurait pu entendre la banquise craquer en Alaska, tellement c'était devenu silencieux dans la pièce. Chip a jeté un coup d'œil à la fenêtre, comme s'il cherchait un moyen de se tirer. Comme si c'était peut-être pas si haut que ça. Je l'ai vu regarder Armstrong, regarder ailleurs, tripoter ses boutons de manchette. Puis sa bobine s'est allongée et il s'est dégonflé. Il s'est penché en avant et il a marmonné quelque chose, si doucement que seul Armstrong pouvait entendre.

« Comment ? Armstrong a fait.

– Il faut que tu parles plus fort, Chip », a dit Dalilah.

Chip lui a lancé un regard mauvais. « Chippewa[1], il a dit, plus fort. C'est Chippewa.

– Chippewa ! » Dalilah s'est écriée.

---

1. Chippewa est le nom d'un peuple amérindien.

Le père Hiero, il a failli passer par la porte, en tirant si fort sur la poignée qu'elle s'est ouverte en grand. Gêné, il l'a claquée d'un coup, en faisant vibrer tout le mur. Il m'a regardé, étonné et content. Ce prénom avait tué son hoquet, dis donc.

J'ai secoué la tête. Pendant toutes ces années, il s'appelait Chippewa ?

« Eh ben, Charles Chippewa Jones, Armstrong a dit. Toutes mes condoléances. »

Du coup Lilah a ri encore plus fort.

Mais Armstrong regardait déjà le môme, avec une lueur différente dans les yeux. « Je t'ai reconnu la minute où t'es entré, il a fait. C'est toi Falk. »

Le môme a cessé de sourire et m'a regardé, les yeux écarquillés.

Dalilah a expliqué : « Il ne parle pas anglais, Lou. Mais il parle ta langue. Je peux te dire que les rumeurs ne mentaient pas, c'est un vrai de vrai. Un des plus grands musiciens que j'aie entendus de ma vie. »

Oh, ma fille. Et dire que j'étais presque à toi de nouveau. Soudain je devais lutter pour garder le sourire aux lèvres.

« J'ai hâte de t'entendre jouer, mon vieux », Armstrong a fait avec un large sourire.

Hiero comprenait pas. Il a lâché la poignée, fait un petit geste timide de la tête.

« Sid, s'est exclamée Dalilah. Dis-lui.

– Louis veut t'entendre jouer », j'ai dit d'une voix sourde.

Le môme a hoché la tête, en s'inclinant un peu, gravement, vers Armstrong. Le truc c'est que ça paraissait pas ridicule du tout. C'était plutôt, je sais pas, digne.

Armstrong a rigolé. « Toi et moi, on a des choses à se dire, c'est sûr. Sûr et certain. » Il s'est tourné vers Dalilah. « Redis-moi son nom ?

– Hieronymus. Je te l'ai dit cent fois. »

Armstrong a gloussé, secoué la tête. « Encore ?

– Hieronymus, Lou. Quoi, tu deviens dur d'oreille aussi maintenant ?

– Hurronnious, il a dit. Herro… zut, ce sera Little Maestro. Ce petit là-bas, on l'appellera Little Maestro. Je l'ai pas encore entendu jouer, mais en attendant je vais croire le monde sur parole.

– Et ma parole à moi, Dalilah a protesté. Elle ne te suffit pas ?

– Non, ma petite dame, Armstrong a souri. Bon, et quand est-ce qu'on va swinguer ? »

Chip a haussé joyeusement les épaules. « Quand vous voulez, Louis.

– Hiero a besoin d'une trompette, Lou, Dalilah a fait. Il a perdu la sienne au milieu de toutes les réjouissances pour quitter Berlin. »

Le père Armstrong, il a simplement haussé les épaules. « Oh, ça va pas être un problème. J'en ai une vieille que le garçon est libre de prendre. S'il la veut. »

Pas croyable, la vache. Je fixais Hiero.

« Eh bien, explique-lui, Dalilah m'a dit impatiemment.

– Elle dit que tu peux prendre la trompe d'Armstrong en attendant qu'elle t'en trouve une nouvelle », j'ai marmonné.

Hiero a un peu baissé la tête et souri.

Dalilah a croisé mon regard comme si elle venait de me rendre un service à moi. Merde. Je souriais à me fendre la pipe, pour essayer d'atténuer cette brûlure dans mes tripes. Little Maestro ? La trompette d'Armstrong ? D'accord, le môme était capable de jouer un set affûté, mais du niveau d'Armstrong ? Je souriais, encore et encore. Si tout ce foutu bavardage signifiait une chose, c'est que le môme avait encore des frontières à franchir avant d'arriver là où Louis se trouvait quand il a enregistré *West End Blues*.

Oh mais Dalilah, la douce Dalilah. Douce comme du citron sur une plaie.

Les morts peuvent pas simplement revenir à la vie comme ça, comme si le chagrin n'avait pas existé pour de bon. Je sentais en moi ce vieux malaise que j'avais cru délogé. Je pensais, *Sid, laisse tomber, c'est tout. Y aura pas de seconde fois avec elle. Pas comme c'était.*

Après, on était sur les pavés gris devant la pension d'Armstrong. Je regardais les rues étroites qui descendaient de Montmartre ; j'avais du mal à croire qu'on était là, en personne. Chip m'a donné une tape sur l'épaule et m'a secoué doucement.

« Tu dors ou quoi, mec ? » Il m'a glissé une adresse dans la main. « Ça, c'est son appartement. Tu y vas pour aider à monter nos affaires.

– L'appartement de qui ? j'ai demandé sottement.

– Faut que je te fasse un dessin ? Allez, vas-y.

– Oh, merde. » J'ai secoué la tête. « C'est elle qui nous héberge ? Pas question, mon frère. Non. »

Mais une heure plus tard je garais la Horch poussiéreuse d'Ernst le long du trottoir et je tirais du coffre une grosse malle en métal, la faisant tomber à grand bruit sur la chaussée. Quand j'ai levé les yeux, elle était là-haut, le regard fixé sombrement sur moi à travers la vitre gondolée.

C'était un vieil immeuble miteux. La porte de la rue était maintenue ouverte par un parpaing, et j'ai traîné la grosse malle à l'intérieur. Dedans, à travers une cour carrelée ouverte sur le ciel, un chemin en damier menait à l'escalier. Des lions en pierre étaient tapis sur chacune des colonnes de la porte d'entrée. Une fontaine sèche dans un coin, sa vasque salie par les pigeons. J'ai traîné la malle dans le petit vestibule, l'ai posée devant les marches. Les murs étaient jaunes, écaillés et craquelés. J'allais m'y appuyer quand Dalilah est apparue. Se penchant par-dessus la rampe elle a crié : « C'est en haut. Deuxième porte à gauche. »

Je lui ai lancé un regard maussade. C'est comme ça que ça allait se passer ? Elle allait même pas descendre ?

« Où est Hiero ? » elle a demandé.

Flûte.

« Quoi ? » elle a fait.

J'ai haussé les épaules. « J'ai rien dit, j'ai crié.

– Quoi ? Je ne t'entends pas. Monte. »

J'ai gonflé les joues, soulevé cette maudite malle par la sangle en cuir. J'étais résolu à ne pas lui poser de questions sur Berlin. À ne rien commencer avec elle. Ça non, pas question. Quand je suis entré, l'appartement m'a surpris par ses tons pâles et paisibles, ses murs crème, les plafonds gris avec leurs moulures, et la longue rangée de fenêtres froides derrière le mobilier. J'ai traîné la malle à l'intérieur et j'ai appelé Dalilah. Mais elle n'était en vue nulle part. Les sourcils froncés, je suis redescendu et j'ai regrimpé l'escalier avec nos vieux instruments. J'ai tout posé sur le parquet en chêne luisant du salon.

Alors, les portes vitrées de la salle à manger se sont ouvertes, et Dalilah est entrée, une main appuyée sur chaque battant. Elle portait une robe bleue qui lui moulait les hanches et un turban violet sur la tête ; sa peau paraissait douce, meurtrie, veloutée dans la lumière pâle. Un léger parfum d'amandes sucrées, comme si elle venait de faire de la pâtisserie, est venu jusqu'à mes narines.

« Salut, ma belle, j'ai fait, intimidé tout d'un coup.

– Ne fais pas attention à moi. » Elle a souri, distraite. « Je ne faisais que me changer. Vous serez bien ici ? On peut mettre l'un de vous sur le canapé, je crois. » Elle a regardé autour d'elle. « Je dors juste à côté. » Mais en disant ça elle a pas croisé mon regard. Je me suis assis, relevé. Et puis zut, au diable ce que je m'étais dit.

« Lilah, j'ai fait. Écoute. »

Elle s'est éclairci la voix, a posé une main hésitante sur son turban, sans approcher. « Je sais que c'est pas grand-chose, mais...

– C'est pas l'appartement, j'ai dit. L'appartement est très bien. »

Elle m'a regardé avec un demi-sourire perplexe.

J'avais une drôle d'impression dans le crâne. « Oh, Lilah. Tu vas me raconter ? Ou est-ce qu'il faut que je demande ?

– Demander quoi ?

– Comment ça, quoi ? »

Elle a croisé les mains devant son ventre, elle est restée là à me regarder.

J'ai juré. « Si tu devais me dire que t'es la sœur jumelle de Lilah, je le croirais. Si tu devais me dire que t'as juste cligné des yeux à Berlin et que t'as été transportée ici sur le dos d'un pigeon, je le croirais. T'es pas réelle, ma jolie. Non. Pas pour moi. »

En entendant parler de Berlin, son visage s'est assombri.

« Tu te fais pincer par la Gestapo, j'ai continué, et ensuite tu disparais, comme ça ? Tu te retrouves à Paris comme si de rien n'était ? Tu sais de quoi ça a l'air ? » J'ai tourné les talons, marché vers la fenêtre, et je suis revenu. « T'as rien à répondre à ça ?

– J'avais un billet pour Paris, Sid. Je n'ai pas été arrêtée. Hiero ne t'a rien dit ?

– Hiero ?

– Hiero. Ton ami. Il ne t'a pas dit que je partais ?

– Le môme savait ?

– Bien sûr qu'il savait. Tu penses que je me serais simplement sauvée, comme ça ? » Soudain elle m'a regardé avec cet air triste. « Oh, Sid », elle a dit, presque doucement, comme si elle commençait seulement à comprendre.

J'ai secoué la tête. « Le môme savait que tu partais ? »

D'un coup je me suis laissé tomber dans son fauteuil en osier. Le môme connaissait mon chagrin. Il savait, il l'avait vu, il l'avait vécu à mes côtés. Et il avait rien fait pour l'adoucir.

Peut-être que quelque chose clochait dans tout ça, qu'il y avait eu une erreur quelque part. Mais ensuite j'ai repensé à ses regards fuyants, ses grimaces inquiètes, son besoin soudain de me protéger, comme un frère, et j'ai pensé, *Bon sang, mon pote, c'est qu'un Schleu sans cœur après tout.*

« Sid ? Dalilah a fait. À quoi tu penses ? Sidney ? »

Elle était toujours là, le regard posé sur moi. Quelque chose de sombre a surgi en moi à ce moment-là. Quelque chose que j'étais pas capable d'expliquer. C'était pas de la jalousie, c'était pas un sentiment de trahison. C'était même pas exactement une perte de confiance. Je sais pas. C'est comme si j'avais eu le mal de Lilah depuis trop longtemps pour remettre ça.

J'ai repoussé le fauteuil, fait le geste de partir.

Mais Dalilah est venue vers moi, elle a posé une longue main froide sur ma gorge. Je me suis figé. On aurait dit que la lumière avait ralenti d'un coup. « Sid, elle a dit, comme si elle était loin. Où est-ce que tu vas, hein ? »

Et puis elle s'est penchée, très lentement, et elle m'a embrassé.

Nom d'un chien !

C'est à partir de ce moment-là que je me suis remis à détester sa sale tronche. Le môme, je veux dire. Hiero. Petit Judas.

J'ai rien dit à Chip, je sais pas pourquoi. C'était peut-être simplement trop jouissif, de savoir de quoi le môme était vraiment capable. Cette nuit-là, on s'est enroulés dans des couvertures et on s'est couchés sur le sol dans le salon de Lilah. Tous, sauf le môme. Pour une raison quelconque il avait droit au canapé. Mais il s'était pas plus tôt endormi que Chip s'est levé et l'a traîné hors de ce canapé par une cheville. Le môme est tombé par terre comme un sac de légumes. Chip s'est allongé à sa place en bâillant.

Hiero m'a appelé à la rescousse. Il était debout, ses couvertures serrées contre son bide. « Tu vas le laisser faire ça, Sid ? il a geint. C'est pas juste. Tu vas le laisser prendre le canapé, comme ça ?

– Prends sur toi, le môme, j'ai dit froidement. Prends sur toi et essaie de pas t'étouffer avec. »

Chip a gloussé comme un canard. « T'es encore jeune, le môme. » On pouvait presque l'entendre sourire dans l'obscurité. « Tu peux supporter la dureté du sol. Moi, j'ai qu'un seul os qui peut supporter ce genre de raideur. »

J'ai roulé sur le dos, croisé les mains sous ma nuque.

« Eh Sid, elle est où ta fiancée ? a fait Chip. Elle a un bon petit lit, elle.

– Ferme-la, Chip.

– Oh, elle est pas encore rentrée, Hiero a chuchoté d'un ton confidentiel. Elle est dehors à faire la bringue, mon frère. »

La lumière de phares est entrée par la fenêtre quand un taxi est passé devant l'immeuble ; les rayons froids glissaient sur le plafond, descendaient le long du mur opposé. Un type braillait dans la rue en bas. J'attendais le grattement de la clé de Lilah dans la serrure ; je sentais quelque chose de très noir monter en moi.

« Ou ptêt' qu'elle en a eu pour son compte, a fait Chip, avec un sourire dans la voix.

– Peut-être qu'elle a peur d'en avoir plus », Hiero a dit en s'étranglant.

Chip rigolait si fort, il aurait pu se faire pipi dessus.

Je me suis dressé sur un coude, le regard posé sur la forme sombre du môme. « Tu dis encore un mot et je te fourre ta putain de trompe dans la gorge. Tu m'entends ? Le môme ? »

Un silence à couper au couteau.

« Ça va, mec ? Chip a fait. On te fait marcher, c'est tout. »

J'ai fait la grimace. « T'as pas intérêt à commencer quoi que ce soit. Je parle sérieusement.

– Bon sang. Je commence rien. T'aimes bien cette fille, faut que tu la laisses respirer. Tu t'accroches à elle aussi vite, elle va se lasser de toi, comme ça. » Chip a claqué des doigts.

Mais je pensais à la douceur, à la fraîcheur du baiser qu'elle m'avait donné. À ses doigts sur ma gorge. Je suis resté éveillé un long moment, à y penser. Ensuite j'ai pensé à notre vieux Berlin, à Ernst, à Paul. Le môme s'est mis à ronfler doucement.

« Chip, j'ai chuchoté, après un long silence. Tu dors ?

– Oui.

– Ça t'arrive jamais de penser au Boche ? Celui que t'as zigouillé ? »

Il a grogné, s'est retourné dans ses draps. « Qu'est-ce que tu veux dire ? Est-ce que ça m'arrive de regretter ?

– Je sais pas. Ouais.

– Non. Jamais. »

On est restés couchés en silence, et Chip a fini par s'endormir, en ronflant bruyamment. Les yeux fixés sur le haut plafond, je me sentais anxieux, en colère. Ce putain de môme.

Lilah, elle est pas rentrée du tout. De toute la nuit, merde.

Dalilah nous avait promis qu'Armstrong serait prêt à jouer dans deux jours. Deux jours – mon œil. On savait tous que c'était un mensonge.

Mais on aurait dit que tout Paris attendait aussi. L'angoisse flottait au-dessus des rues comme du linge sur une corde. Quand on battait le pavé, on voyait des familles blotties dans leurs appartements, réunies autour de la TSF. Les garçons de café, penchés sur leurs comptoirs, écoutaient les parasites grésiller. Pendant ces premiers jours innocents, on aurait dit que tout le monde était penché sur une radio quelque part, n'importe où, comme s'ils risquaient de rater la guerre si jamais ils bougeaient. D'abord c'était les Mangeurs de grenouilles qui avançaient dans la Sarre. Puis les Grenouilles et les Rosbifs qui avançaient sur la ligne Maginot. Puis les Boches progressaient à leur tour. Chip, il se contentait de secouer sa caboche. Dalilah rapportait des rumeurs de pénurie de nourriture, mais après la noirceur de Berlin, tout ce beurre et ce vin dans les cafés nous racontaient une autre histoire. C'était que de la peur, on le savait. La seule chose qu'on croyait dans tout ce qu'on entendait, c'était les parasites sur les ondes.

Hiero a cessé de parler quand on était dans les rues, les cafés. Un sacré soulagement, j'ai trouvé. Ensuite même les cieux se sont vidés. Je priais pour m'endormir et me réveiller dans une autre réalité. Parce que j'avais vu de quoi les Boches étaient capables, j'étais pas fou. Ils allaient boulotter la bonne vieille France jusqu'à la dernière miette. D'autres fois je descendais à la Seine, je me penchais au-dessus de l'eau brunâtre, en pensant à Paul et à Ernst. Des affiches apparaissaient, collées sur les murs par de pauvres diables avec d'énormes rouleaux qui dégoulinaient : des mioches avec des masques à gaz, des flammes, des mères blondes rassemblant leurs enfants dans les abris anti-bombes. Je voyais les employés des magasins accrocher des rideaux opaques dans les vitrines, et j'étais plus qu'une boule de nerfs.

On aurait dit qu'il se passait rien non plus. Les Schleus avançaient en Pologne et les Grenouilles faisaient qu'attendre. C'était le début de la drôle de guerre, qui allait traîner cet hiver-là, lugubre, jusqu'au printemps.

On restait près de Montmartre, de l'appartement de Dalilah, réfugiés au Coup de Foudre, ou bien errant sans but dans les rues grises, le col relevé. Des fois on marchait trente kilomètres dans une journée. C'était des rues de jazz, après tout. Cette musique y avait un jour accroché son chapeau, et presque tout le monde avait eu envie de venir en jouer. On passait devant les pensions bon marché, les appartements abandonnés où les jazzmen étaient venus swinguer. On se baladait devant un Rat Mort délabré, la porte étroite et condamnée du Big Apple, devant le bon vieux Bricktop, d'où Bechet et McKendrick avaient déboulé dans la rue en se tirant dessus, saouls comme des cochons tous les deux. Le long de la rue Pigalle et de la rue Fontaine y avait plus que l'écho de nos pas pour marquer le rythme. On était devenus maigres comme des lévriers, le corps tout en espoir et en os.

Finalement je pensais plus tant que ça à Ernst et à Paul. C'était plutôt à Armstrong que je pensais, aux bœufs qu'on ferait avec lui, et à Lilah aussi. C'était pas que ma peur m'avait quitté, elle était toujours là. Mais un bonhomme s'inquiète et s'inquiète, et puis ça meurt en lui. C'est pas une question de culpabilité. Sans doute que les hommes sont simplement pas faits pour être fidèles à quoi que ce soit, pas même à la souffrance. Pas même quand c'est la leur.

Dalilah et moi on devait dîner ensemble ce soir-là, mais à présent je redoutais ce moment. Bien sûr c'était pas mes oignons où elle était les nuits où elle découchait. Mais bon Dieu, ce baiser.

Pire, elle avait l'air de recommencer à s'intéresser au môme, à se tracasser pour lui, à l'entourer de toutes sortes d'attentions. À le faire sortir de la coquille de ses maudits silences. Et peu à peu il en sortait. Chip m'avait tout raconté pendant le déjeuner. Que ce matin-là, au marché, le môme avait acheté des babioles pour elle, des bagues de pacotille, des foulards et tout ça.

Je grinçais des dents jusqu'aux racines, à l'entendre me dire ça.

« Elle te cherchait aussi, mon frère, il a dit.

– Elle était là ? Au marché ?

– En os et en chair.

– Tu parles d'une surprise », j'ai dit d'un ton hargneux.

Elle nous a enfin retrouvés cet après-midi-là. On était chez Jean, le vieux marchand de disques, où tous les musicos de Paris allaient pour trouver de la bonne musique ; on cherchait un disque sacrément obscur que Chip voulait acheter.

C'était une boutique sombre en sous-sol, poussiéreuse, jamais balayée, où de hautes fenêtres crasseuses filtraient la lumière du jour. Des trompettes en cuivre jaune accrochées partout, qui pendaient comme un rideau de gibier mort.

La porte s'est ouverte bruyamment, et la voilà, qui descend l'escalier sur ses hauts talons, riant, accrochée au bras maigrichon du môme. Nom d'un chien. Quelque chose s'est retourné en moi.

Chip s'est penché pour voir entre les trompettes. « Hiero, mon frère, t'as un petit quelque chose sur la manche.

– Oh là là, les garçons, Dalilah a dit, j'en tremble encore !

– Hiero est si bon que ça ? » Chip a fait, souriant.

En entendant son nom, ce Judas rachitique a détaché son bras de celui de Dalilah et il s'est écarté. Il paraissait gêné. Je suis parti vers le piano.

Lilah riait. Ses dents irrégulières brillaient comme du riz dans sa bouche sombre. « On était place Pigalle, et sur qui croyez-vous que nous…

– Hé, qu'est-ce que vous fabriquiez là-bas, tous les deux ? » j'ai gloussé, avec un grand sourire forcé. C'est sorti un peu étranglé quand je l'ai dit. Je me suis mis à faire sonner nerveusement deux des touches.

Chip m'a jeté un regard.

Elle a plissé le front. « Sur qui croyez-vous que nous sommes tombés ? » elle a achevé.

Chip a haussé les épaules. « George Washington. Non, attends. Abe Lincoln.

– Jo Baker, elle a répondu. Josephine Baker. »

Eh ben, voyez si Madame est pas chic, j'ai songé avec une amertume inattendue. *Si Madame est pas quelqu'un.*

Dalilah jouait avec les bracelets qui tintaient à ses poignets. Elle portait de longs gants blancs. Ça m'a fait venir une bouffée de tendresse, de voir comme elle manquait de confiance en elle. Mais je l'ai repoussée. Je voulais être fâché.

J'ai refermé le couvercle du piano avec un bruit sourd et pesant, et elle a tourné les yeux de mon côté, très vite, puis de nouveau vers Chip. « Cette Jo Baker, elle peut te gâcher la journée en un rien de temps. Elle peut te faire sentir comme si tu n'étais qu'une poussière, le grain de poussière de Lou.

– Oh, ma belle, Chip a protesté. T'es un tas de choses, mais t'es pas de la poussière. »

Elle l'a regardé pour voir s'il se moquait. « Elle se pavane dans toute la ville avec ces cygnes et ces léopards ridicules et Dieu sait quoi d'autre qui la suivent. Elle se donne de ces airs. Et elle te regarde comme si t'étais transparente. Tu l'as déjà entendue chanter, Chip ?

– Je l'ai vue chanter, il a souri. C'est pas la même chose.

– Qu'est-ce que t'en as pensé ? »

Il a gloussé. « Très talentueuse, pour ce que j'en ai vu... »

Lilah a fait une moue amère. « Elle n'est qu'une copie en toc d'Addie Hall[1]. Vous avez déjà entendu Addie en personne ? Ce que Jo fait maintenant, y a des années qu'elle le fait. Jo ne lui arrive pas à la cheville. »

Puis, lentement, elle a levé ses yeux verts et m'a regardé d'un air vraiment meurtri.

Bon sang. C'était mon signal. Je devais dire, *Tu sais que tu la vaux dix fois, Lilah ma jolie. Tu sais que la gloire va frapper à ta porte d'un jour à l'autre maintenant, elle a pas perdu ton adresse.*

Mais je l'ai pas dit. Je sais pas, sans doute que la clémence est un muscle comme les autres. Il faut le faire travailler, ou il s'ankylose.

C'était le jour où le consul nous a ordonné de rentrer chez nous, tous les Amerloques qui pouvaient pas « prouver qu'ils étaient retenus par des affaires importantes en

1. Adelaide Hall (1901-1993), célèbre chanteuse de jazz dont la très longue carrière aux États-Unis et en Europe l'a amenée à côtoyer les plus grands.

France ». C'était à la radio, dans les journaux, sur les lèvres des épiciers et des livreurs. Tous les Américains à Paris achetaient des souvenirs pour la traversée vers l'ouest, semblait-il. Mais merde, pour le père Louis y avait rien de plus important que de jouer.

J'ai retrouvé Dalilah pour un dîner tardif, rien que nous deux, dans un troquet bohème du côté de la Seine. Ç'avait été une cave à vin jadis, et l'odeur douce et boisée des barriques montait à travers le plancher. Des tables branlantes, des chandelles, une treille chevelue. L'air paraissait frais dans l'obscurité. Elle a tout de suite parlé du consul.

« Oh, je repartirai pas, j'ai fait. Chip non plus.

– Vous devriez, elle a dit. Ça ne rend service à personne de rester. Ça n'a pas de sens.

– Louis s'en va ? »

Elle a haussé les épaules. « Je suis sûre que oui. Pas tout de suite. Mais il partira.

– Tu iras avec lui ?

– Oui, comme toujours. »

Je l'ai dévisagée avec dureté. « Et pour le môme ? Vous allez laisser Hiero ici, comme ça ? »

Elle a froncé les sourcils. « Je trouverai un moyen. Je ne sais pas quoi.

– Bien sûr que tu trouveras, ma belle. T'es pas du genre à disparaître comme ça, sans crier gare. »

Elle a tiqué.

Je l'ai regretté tout de suite. Mais j'avais les nerfs en pelote. J'arrêtais pas de penser à l'après-midi, quand je les avais vus arriver chez Jean, le môme et elle, bras dessus bras dessous. On était assis à une petite table contre le mur du cellier ; j'ai appuyé une épaule aux briques froides et je l'ai regardée fixement. Les angles durs de ses pommettes à la lumière des bougies. Sa longue gorge gracieuse. Ce qu'elle était belle.

Elle a baissé la tête, décrit de lents cercles paresseux avec le verre de vin devant elle. Elle a détourné le regard.

« Je ne voulais pas partir, elle a dit doucement. Tu le sais bien, non ? »

Je tripotais le couteau et la fourchette à côté de mon assiette. La corbeille de pain encore chaud était posée entre nous, et même si j'étais affamé, j'en ai pas coupé une seule tranche.

« On est pas obligés d'en parler, si t'as pas envie, j'ai dit. Vraiment.

– C'était affreux, Sid.

– Je sais.

– Non, tu ne sais pas. »

J'ai pas répondu.

Elle m'a lancé un sombre regard et pris une inspiration. « Nous étions retournés à l'appartement pour son médicament, elle a commencé d'un ton monocorde. Je ne sais pas lequel. Paul n'a pas essayé de me l'expliquer – le problème de la langue. Mais je crois que même si j'avais parlé allemand il ne l'aurait pas expliqué. Ça semblait d'ordre privé. Bref, on venait de quitter mon hôtel...

– Ton hôtel ?

– Pour ma valise. C'était en revenant de chez lui.

– Écoute, t'es pas obligée de me raconter, j'ai dit. T'es pas obligée de revivre ça.

– Si, elle a fait, je dois. »

Je lui ai lancé un regard maussade, exaspéré.

« On était sur le chemin du retour, elle a continué, quand j'ai entendu quelqu'un crier son nom. Il s'est retourné et s'est mis à courir dans la foule. Moi je suis restée là, avec ma valise, et puis deux hommes m'ont bousculée en hurlant après lui. Je ne savais pas de quoi il s'agissait. C'est-à-dire, pas à ce moment-là. Mais ensuite ils ont crié *Jude* et ça je l'ai compris. Oh, Sid, ils l'ont jeté contre une fenêtre. Il y avait des gens à l'intérieur, qui regardaient dehors. J'ai essayé de me mettre devant Paul avec ma valise, mais ces hommes m'ont jetée par terre.

– C'était la Gestapo ?

– Je ne sais pas. Je ne crois pas. »

Je voulais pas éprouver de la colère. Je voulais seulement être triste pour elle. Mais je me sentais devenir hargneux. « Bon sang, ma fille. Tu te balades dans Berlin avec un Juif, avec une foutue valise à la main ? Qu'est-ce que tu croyais ? »

Elle a rougi, regardé la rue dans la lumière mourante du soleil.

« Mais qu'est-ce que tu croyais donc ? » j'ai répété.

Elle s'est mise à pleurer. « Je ne savais pas, Sid. Je ne savais pas. »

Elle pleurait, tout doucement, ses minces épaules tremblaient. Moi, sans faire un geste, je fixais la nappe et je me sentais coupable. Tout d'un coup j'étais plus fâché contre elle. S'ils ont crié son nom, je me disais. S'ils ont crié son nom, c'est qu'ils le connaissaient. La valise avait rien à voir là-dedans.

Soudain une longue silhouette flottait au-dessus de nous. J'ai levé les yeux. Un beau monsieur noir était debout devant nous, vêtu d'un beau costume noir, avec une chemise si bien repassée que le col ressemblait à du papier plié.

« Lilah, il a dit. Ça va, ma jolie ? »

Elle a eu un rire irrité à travers ses larmes et levé les yeux. « Oh, salut, Billy. Je vais bien, si si. Doux Jésus. » Elle a reniflé. « Je te croyais parti.

– Oh, j'ai essayé de t'appeler, ma jolie. » Il a souri, révélant des incisives d'un blanc étincelant. Comme un loup. « T'es impossible à joindre, jeune fille. J'ai qu'un seul numéro.

– Eh bien, j'ai qu'un seul téléphone. » Elle lui a adressé un de ses tristes sourires, en essuyant ses larmes du pouce.

« Je voulais pas vous déranger, il a fait.

– Ce n'est rien, Billy. Je t'assure. Je suis du côté des Abbesses maintenant, dans le vieil appart du comte. Fais un saut quand tu veux. »

Les yeux du type ont glissé vers moi, en perdant un peu de leur éclat.

Elle a plié sa serviette. « Bill, voici Sidney Griffiths. Sid, Bill Coleman. Il me semble que vous êtes du métier tous les deux ? »

Bill Coleman ? Je me suis levé de mon siège. « Bien sûr que je te connais, mon frère. T'es fabuleux. Tu dois être le meilleur trompettiste de cette ville après Armstrong.

– T'es gentil, il a fait.

– C'est pas de la gentillesse. T'es vraiment bon, mon frère. Tu le sais.

– Dans le temps peut-être. Mais qui c'est ce fichu môme qui vient de débarquer ? J'ai entendu dire qu'il joue du feu de Dieu.

– La nouvelle génération, j'ai dit. On a le châtiment qu'on mérite.

– Je crois qu'il est bientôt temps de repartir, de reprendre le bateau pour l'île. »

Dalilah lui jette un regard : « Tu retournes à New York ?

– Chicago, jeune fille. Y a pas d'autre île.

– Chicago n'est pas une île, Billy. »

Il a souri. « C'est une île dans une mer de médiocrité.

– T'es sûr que c'est pas cette bonne vieille guerre qui te rattrape ? j'ai demandé.

– Celle-là je l'ai déjà perdue, mon frère. Les Allemands courent plus vite que moi. »

J'ai rien répondu à ça.

« T'emmènes ce Chip Jones avec toi ? il a demandé.

– Tu connais Chip ?

– Oh, il a fait avec un sourire malin. Tout le monde le connaît, ce salopard. Donne-lui mon bonjour de trompettiste.

– Quand est-ce que tu embarques ? » a demandé Dalilah.

Coleman a haussé les épaules. « J'ai pas encore décidé. Et toi qu'est-ce que tu fais ? »

Elle a souri. « Là où Louis va, je vais. »

Nos plats sont arrivés à ce moment-là, et Coleman a marmonné une excuse, en s'écartant déjà de notre table. « Je passe te voir un de ces jours, Lilah. À bientôt. Sidney. » Il m'a fait un signe de tête.

Mais Dalilah a crié après lui : « Alors tu seras là encore quelque temps ? Même avec ton consul qui dit que la fête est finie ? »

Coleman a haussé les épaules, avec un sourire léger et espiègle. « Ma chère, c'est moi la fête. »

Et il est parti.

On a mangé en silence pendant un long moment. Ça semblait pas indiqué de revenir sur tout ça. Elle paraissait très froide, très calme. J'étais mal à l'aise. Le poisson que j'avais commandé était sec, de la sciure aspergée de citron.

« Eh ben, il a l'air formidable », j'ai fini par dire. C'est sorti sur un ton plus aigre que je l'aurais voulu.

Elle a froncé les sourcils, le regard rivé sur la porte battante de la cuisine derrière moi. « Je ne couche pas avec lui, Sid. »

J'ai eu un rire amer. « Je le pensais pas.

– Si, tu le pensais.

– Dalilah, t'es pas obligée de… »

Mais elle a posé sa main sur la mienne, les yeux brillants et perçants. « Parfois », elle a fait, puis elle s'est arrêtée, comme si le son de sa propre voix lui faisait oublier ce qui paraissait si simple quelques secondes plus tôt. Elle s'est humecté les lèvres. « Parfois la vie ne laisse tout simplement aucune place pour ce qu'on voudrait. Je suis désolée. » Elle a soupiré. « Tu ne sais pas à quel point je suis désolée. »

Le feu m'est monté au visage. « Pour sûr. C'est du passé toute façon maintenant.

– Oui. C'est vrai.

– Mais je suis content que tu t'en sois sortie. »

Elle m'a observé un long moment. « Je n'ai pas dit au revoir parce que je ne voulais pas que ça se termine ainsi. Ça n'aurait rien adouci. Tout ce que je pourrais lui dire va lui paraître vide, je me disais, ce serait pire que ne rien dire. Du moins c'est comme ça que j'ai vu les choses sur le moment – tu entendrais ces paroles creuses, ces "Je penserai à toi tous les jours"... »

J'ai regardé son visage s'éteindre, ses mains douces sur la nappe tachée de vin. Elle s'est mise à jouer avec le bouton du haut de sa veste de tailleur.

Je me sentais déçu. « Tu veux partir ?

– Oui. J'ai fini. » Elle a croisé son couteau et sa fourchette sur son assiette avec un cliquetis. Elle avait à peine touché à son dîner.

On a pris des rues qui se vidaient avec le crépuscule. Il y avait tant de choses dans ma tête, tant de choses que je n'avais pas l'intention de lui dire ou que je ne savais pas comment exprimer. Je regardais au bout de l'avenue une brasserie illuminée grouillante de monde.

On a marché un bout de temps sans se toucher, puis elle m'a pris le bras. J'ai senti l'électricité d'autrefois courir à travers le muscle, et j'ai eu un frisson, tout s'est calmé en moi. On traversait un pont sur la Seine quand elle a ralenti et regardé par-dessus le parapet en pierre.

« Qu'est-ce que Lady Dalilah deuxième du nom est devenue ? elle a demandé.

– La Lady ? On l'a renvoyée dans la fosse.

– Vraiment ?

– Vraiment. Le môme l'a refoutue derrière le mur. C'était là ou la rue.

– Sid, elle a dit brusquement. Je ne peux pas être avec toi. Pas comme avant.

– C'est pas grave. » Je me sentais affreusement mal. « Je comprends. »

Mais elle a lâché mon bras et elle est restée là, à me défier. « Tu comprends ? Tu laisserais tomber ? Sans plus ? »

Tout d'un coup je savais pas ce que j'étais censé dire.

« Non ? j'ai tenté.

– Non quoi ? »

Je l'observais, dans l'attente d'un signe quelconque qui pourrait me guider.

« Non, je laisserais pas tomber ? » j'ai fini par dire. Puis, d'une voix plus douce : « Je pensais que tu m'avais amené ici pour me dire adieu. C'est pas ce que tu m'expliques depuis tout à l'heure ? »

Elle s'est tue un long moment. La lumière des réverbères au-dessus de la Seine effleurait l'écume huileuse, et on a vu une longue péniche sombre glisser devant nous, fendre les lumières et redisparaître en aval. Un homme marchait sur l'autre pont. J'ai retiré ma veste et l'ai drapée sur ses épaules.

« T'as froid, ma belle ? Tu veux rentrer ? »

Elle a levé les yeux vers moi. Elle frissonnait. « Dis-moi que tu m'aimes.

– Non.

– Dis-le-moi. »

J'ai eu un sourire un peu triste. « Oh, ma belle. Tu vas me briser le cœur. »

Elle a appuyé sa tête contre ma poitrine, le regard perdu sur les eaux lentes, et j'ai pensé brusquement, *Sid, mon frère, tout ce qui est vrai doit toujours être aussi simple, aussi clair.*

Cette nuit-là on a fait l'amour dans sa chambre. Ce n'était que la deuxième fois. Après, j'ai passé une nuit inconfortable dans son lit étroit, son dos brûlant pressé contre moi. Le matin, quand la lumière froide a ruisselé à travers la vitre sale, je ne me rappelais pas mes rêves.

2

Le jour est enfin arrivé.

Je me suis pointé en retard, en cognant la porte avec ma vieille basse comme si j'avais déjà commencé à me torcher au tord-boyaux.

« Hé, mon frère, t'es pas trop fatigué pour nous ? » Chip a crié de la scène. Il s'est tourné vers Armstrong. « Le pauvre garçon dort pas bien ces temps-ci. »

Hiero me souriait finement. Le salopard.

« Ça doit être contagieux, Armstrong a dit avec son rire grondant. J'entends parler que de ces maudites insomnies dont Dalilah souffre en ce moment. Vous êtes au courant ? »

J'ai piqué un fard. « Où sont les autres musiciens ? Y a pas que nous ? »

Chip a esquissé un pas de danse. « Si, y a que nous. Juste nous en version dépouillée.

– J'ai pensé qu'on commencerait par quelque chose de simple, Armstrong a dit de sa voix râpeuse. Pour faire connaissance de façon intime.

– Sid aime bien l'intimité, Chip a souri. Sid aime bien la version dépouillée.

– Je suis sûr qu'il sait pas de quoi tu parles, Armstrong lui a répondu avec un large sourire. Je suis sûr qu'il en a pas la moindre idée. »

Je suis monté sur scène plein d'appréhension, en traînant mes vieilles godasses. Louis Armstrong, mon frère. Ce musicien vous faisait de l'ombre même allongé. Et là il jactait avec Chip comme si leurs m'mans avaient tricoté ensemble autrefois. Nom de nom.

C'était un petit bar en sous-sol, avec des projecteurs au fond et la salle pas éclairée, les tables poussées sur le côté, les chaises retournées sur les nappes blanches. Le sol avait été balayé et des petits tas de poussière étaient restés d'un côté du plancher.

Chip a tapé quelques petits coups rapides pour tester la caisse claire. J'ai lancé un regard furieux à Hiero. Il tenait la deuxième trompe du père Armstrong négligemment contre ses cuisses, son petit doigt effilé dressé au-dessus des pistons.

Armstrong nous a lancé un regard. « *Old Town Wrangler*? Si bémol ? »

Hiero a haussé les épaules.

« T'es prêt, Sid ? » Armstrong a demandé.

Tout d'un coup ma gorge s'est desséchée.

« Oh, il est prêt, Chip a souri. Compte sur nous, mon frère. »

Et d'un simple hochement de la tête, sans dire un mot, Armstrong nous a lentement fait entrer. Et là c'était parti. La batterie de Chip était vive, propre ; je sentais la bonne vieille traction paresseuse de la ligne de basse descendre à la cave et accrocher son chapeau, et je me suis mis à sourire. Puis le môme est entré. C'était impertinent, affûté, brillant.

Ensuite, très tard, Armstrong est entré à son tour.

J'étais éberlué. Pas de cuivre puissant du tout. Il a commencé par une trille joviale, nonchalante, comme s'il se retournait sur une dame dans la rue sans ralentir le pas. C'était si calme, si naturel et facile. Ça m'a fichu un sacré frisson.

Parce qu'il avait complètement changé de vitesse. Il tapait plus dans le contre-ut, ce saltimbanque fou qui papillonnait si serré dans le registre aigu qu'on aurait cru qu'il jouait de la flûte. Il s'était calmé, il avait grandi, un lyrisme si pur coulait de ses veines qu'on aurait dit la voix d'un très, très vieux musicien – brûlée par les excès, ne retenant que le nécessaire pour chacune de ses notes.

J'en croyais pas mes oreilles. Hiero, Chip et moi, on était si harmonieux, si proches en couleur du timbre, c'était comme si le même musicien faisait bramer trois instruments différents. C'était d'une fluidité, la vache.

Mais là, ça a commencé.

Je savais pas bien ce que c'était, au début. Un bourdonnement tardif de la basse, peut-être, une tape poussive de mon vieil orteil. Mais, rien à faire, il y avait plus de crépitement dans les tripes, la basse suivait platement les lignes. Je me suis mis à faire n'importe quoi, en cherchant à injecter un peu de vie là-dedans.

Chip m'a lancé un regard de derrière sa batterie, comme pour dire, tu joues comme si t'avais douze pouces, mon frère. Et c'était vrai. Je l'entendais. Puis je suis revenu en rythme et je tenais le timbre au poil et de nouveau la mayonnaise a pris. Armstrong a levé sa trompette, regardé le môme, fait une trille paresseuse pour sortir. Hiero a donné une réponse pleine de cuivre en martelant ses pistons. Chip, il brossait ses peaux si gentiment, c'était comme s'il parlait à une gonzesse.

Et puis, comme ça, sans prévenir, mes foutus doigts se sont remis à trébucher.

« Qu'est-ce que tu fous ? Chip m'a sifflé par-dessus sa batterie. Ressaisis-toi maintenant. Bordel. »

Je sentais la sueur me couler dans les yeux. J'ai secoué lentement la tête. Armstrong nous a lancé un regard, et il a continué.

Quand on a fait une pause, Armstrong s'est approché en essuyant son front avec un mouchoir blanc. Se tournant vers nous, il a grogné, en nous étudiant sérieusement.

Le sang m'est monté au visage.

« Bon, c'était pas mal, il a dit, essoufflé. C'était bien. Faudra ajuster le tir, cela dit. » Il s'est tourné vers Hiero. « Toi, en revanche – bon sang de bonsoir. Little Maestro ? Un peu mon neveu. T'es Little Louis, purement et simplement. Little Louis, fiston. Et surtout ne change rien. T'es du lourd. T'es parfait.

– Le môme swinguait pas mal, Chip a souri.

– Tu swinguais aussi, mon petit père, le vieux titan a fait. Comme si tu te frottais le ventre là-bas.

– Oh, quand on est bons, on est bons », j'ai gloussé.

Mais Armstrong s'est juste grommelé un truc à lui-même et il est descendu de scène, puis s'est dirigé vers le bar.

Merde. J'avais un sourire dépité aux lèvres et, rien à faire, j'arrivais pas à l'effacer. Je me penchais sur mon vieil instrument. Mais mes mains tremblaient.

« Maintenant dites-moi, les gars », Armstrong a crié depuis le bar. Il tenait un verre froid contre son front. « Parlez-moi de cet homme des cavernes avec sa moustache de mollusque qui aboie des discours dans toute l'Allemagne. »

Chip essuyait les peaux. « Il demande qu'on lui parle de Hitler, il a dit à Hiero, sans lever les yeux.

– Hitler, Hiero a acquiescé d'un air sombre.

– Qu'est-ce que tu veux savoir ? Chip a dit. Les choses vont drôlement mal là-bas, drôlement mal. Les gens ont trop peur pour ouvrir la bouche.

– Et toi, Griffiths, qu'est-ce que t'en sais ? » Armstrong m'a demandé.

Je suis descendu de scène, heureux qu'il me pose la question. « C'est vrai, j'ai dit. Les dentistes arrachent les dents par le nez tellement les bouches sont fermées. Y a plus de lois là-bas.

– Ils ont encore un ministère pour en faire quand même », Chip a fait.

Hiero me regardait, mais j'ai pas pris la peine de traduire. Je me sentais piqué, amer, et de voir sa maudite tronche me fixer dans cette demi-obscurité, ça m'aidait pas.

« Vous vous en êtes pas trop mal tirés, vous autres.

– Non, j'ai dit. On a perdu un musicien. »

Armstrong a hoché la tête. « Hmm. J'en ai entendu parler. Votre pianiste. Comment il s'appelait ?

– Butterstein. Paul Butterstein.

– Je suis vraiment désolé pour vous », il a murmuré.

On a tous baissé le nez. La plaie était encore à vif.

« C'est pas aussi tendu ici, tout de même ? Chip a demandé au bout d'une minute. Lilah nous a parlé des dix pour cent. »

Armstrong a hoché la tête. « Les petits Français ont leur part de cauchemars. On est que l'un d'eux. Ces temps-ci je m'en inquiète pas trop. Il fut un temps où fallait qu'on compte nos musiciens noirs avant de monter en scène. Mais ça reste un tableau plus décent que là d'où on vient.

– Où ça, Chicago ? j'ai dit. Va donc voir à Baltimore.

– Va donc voir à la Nouvelle-Orléans », il m'a répondu.

Chip s'est versé un doigt de gin. Il s'est retourné et penché en arrière, les deux coudes perchés sur le bar comme un foutu oiseau. « C'est bizarre, quand même. Jusqu'à une date récente, les Schleus appliquaient une sorte d'échelle en ce qui concernait les Noirs. Pas comme ce qui se passe avec les Juifs. Si t'es un Noir américain, eh ben, t'es pas maltraité. Un étudiant étranger ou un chanteur ou un truc du genre. Ils veulent pas que tu retournes chez toi et que t'ailles raconter de vilaines choses sur leur petite utopie. Mais si t'es un Boche noir, un *Mischling*, comme notre gars ici... » Il a jeté un coup d'œil à Hiero. « Eh ben, c'est pas joli.

– La musique est en train de mourir, c'est simple, j'ai dit. Il reste plus que Wagner.

– Wagner et le *Horst Wessel*, Chip a fait en grimaçant.

– *Horst Wessel* », Hiero a répété, les sourcils froncés. Il a fait un mouvement de dédain avec sa trompette.

« Le *Horst Wessel* ? Armstrong a demandé. C'est une chanson ?

– C'est une saleté d'hymne.

– C'était un policier, Chip a expliqué. Un malfrat nazi. Il s'est embrouillé avec sa propriétaire – elle veut augmenter le loyer ou il veut plus la sauter ou aut' chose. Et en plus la copine de Wessel était une prostituée, je crois. J'ai oublié les détails. Bref. Cette propriétaire était la veuve d'un coco…

– Un communiste », j'ai dit.

Chip a hoché la tête. « Alors une paire de vieux camarades de son mari sont montés chez Wessel et l'ont flingué. Et c'est comme ça que ça commence. Les cocos, ils essaient de faire passer Wessel pour un maquereau et un criminel. Ils faisaient que nettoyer les rues, voyez-vous. Mais les nazis, merde, ils ont transformé le vieux malfrat en martyr. Un idéaliste qu'a sacrifié sa vie pour la mère patrie. Ils l'ont enterré en grande pompe. »

Pendant que Chip parlait, le môme ouvrait les valves de sa trompe, soufflait dedans pour la nettoyer. Il m'a lancé un regard noir. J'ai détourné les yeux.

« Et cet hymne, c'est à propos de ce type ? Armstrong a demandé.

– Pas à propos de lui, Chip a répondu, c'est de lui. Un poème qu'il a écrit et mis en musique. Ça commence comment déjà ? »

J'ai secoué la tête. « Le drapeau flotte haut. »

Chip s'est éclairci la voix. Il tapait sur le bar pour garder le rythme et il s'est mis à chanter en allemand :

Le drapeau flotte haut ! Les rangs sont serrés !
Les troupes SA défilent d'un pas ferme et décidé
Avec nous, dans nos rangs, en esprit vont défiler,
Les camarades que l'Front Rouge et la Réaction ont fusillé.

Et là Hiero a levé sa trompe, tout doucement, et il s'est mis à jouer sur un rythme nerveux, bancal, sous les paroles, contre les paroles, comme s'il se moquait d'elles insidieusement.

Dégagez les rues pour les bruns bataillons
Dégagez les rues pour la Section d'Assaut !
Des millions d'yeux pleins d'espoir se tournent déjà vers la croix gammée
Le jour est proche du pain et de la liberté !

Armstrong a rien dit. Il s'est contenté de traverser la salle pendant que Chip et Hiero jouaient, de décrocher sa propre trompette et de la porter à ses lèvres abîmées. Il a croisé le regard de Hiero puis, tout doucement, toute sa figure s'est plissée. Il a rejoint le rythme indolent.

Bon sang. Ça n'avait rien à voir avec avant.

C'était la voix des dieux, tout ce cuivre. C'était le vieil Armstrong et le nouveau, l'essence concentrée de la maturité d'un maître et du gamin qu'il avait été, le gamin qui pouvait faire claquer ses glissandos comme des billes, les contre-ut perçants. Hiero balançait note après note chatoyante, comme le soleil qui glisse à la surface d'un lac, et Armstrong était l'eau, tout en profondeur et en pensée, pas une note de gâchée. Hiero, il faisait que tendre le bras, cherchant la rive ; Armstrong était là à l'appeler. Leurs trompes rendaient un son si nu, si brut, qu'on se sentait presque coupable de l'entendre, comme si on écoutait aux portes. Au bout de quelques minutes Chip a cessé de chanter et laissé s'entrelacer ces deux cordes de musique dorée.

C'est à ce moment-là que je l'ai enfin entendu. À quel point le môme, il était brillant.

Et ça m'a fait horreur.

« Ça par contre, mes amis, ça c'est de la musique ! » Armstrong a aboyé en s'interrompant. Il a tiré son mouchoir blanc de sa poche pour éponger son front luisant.

« En est-ce jamais ? j'ai dit, d'un ton aigri.

– Je te jure, Little Louis, cette trompe que t'utilises, elle n'a jamais donné un son aussi bon. » Il plissait les yeux. « Eh ben dis-lui, il m'a fait, explique-lui ce que j'ai dit.

– Louis dit que t'as un bon son », j'ai traduit pour Hiero.

Le môme a souri, haussé les épaules.

« Dis-lui qu'il est juste un petit peu lent entre les couplets », Armstrong a ajouté.

Nom de Dieu, mon frère.

Armstrong a plongé sa main dans son col de chemise dont il a tiré la chaîne qu'il portait. « Venez par ici, il a dit, venez par ici, vous tous. »

On a marché d'un pas nonchalant vers lui.

C'était une étoile de David sur une chaîne en or. « J'ai toujours eu ça comme porte-bonheur. Toujours. Quand j'étais petit, je travaillais pour cette famille, les Karnofsky. Ils étaient venus de Lituanie. J'avais que sept ans mais j'étais pas aveugle, je voyais bien les saletés que ces gens supportaient. Pourtant ils ont toujours, toujours été gentils avec moi. J'étais juste un môme qu'un petit mot d'affection pouvait aider, un môme qu'avait besoin d'un peu de bonté pour l'accompagner sur le chemin de la vie. Et ils me l'ont donnée. »

Pas un de nous n'a moufté. Hiero regardait Armstrong comme s'il comprenait.

« Voilà ce qu'on va faire, Armstrong a poursuivi. On va faire ça, mon frère. C'est pas bien ce qui se passe là-bas. On va graver ce *Horst Wessel* sur le disque. On le couche, sur une dernière piste. Qu'est-ce que vous en pensez ? On l'arrange, on le rend joli. On s'en sert pour dire quelque chose au monde, aux Boches, qu'on est les seuls à pouvoir dire. On va le faire pour votre ami Paul. »

Son regard était rivé sur Hiero.

Puis il s'est tourné vers moi, les yeux brillants. « Vas-y, Griffiths. Explique-lui tout ce que j'ai dit. »

Après, dehors dans la rue balayée par le vent, j'ai appuyé mon vieil instrument contre un banc et j'ai vu Chip approcher lentement, comme si j'avais la peste.

« Qu'est-ce qui t'est arrivé là-dedans ? » il me fait, avec une tête d'enterrement. Il fait tourner ses boutons de manchette, l'air maussade. Il s'assoit pas. Comme si j'étais contagieux.

J'ai ri, énervé, levé les yeux vers lui. « Tu crois qu'il va me donner une autre chance ? Un jour ? »

Chip m'a lancé un long regard triste. «Je sais pas, mon frère. Je pense que t'as heurté ses vieilles oreilles. Qu'est-ce qui s'est passé ?

– Quoi, ça t'est jamais arrivé de déraper ? »

Chip a ignoré ma question et posé sa patte sur mon épaule. Tout d'un coup ses yeux étaient deux pierres noires et dures. « À cause de toi j'ai eu l'air con, mec, et je vais t'étriper, il a dit doucement. Je vais le faire. »

Il s'est retourné, les poings enfoncés dans les poches, et il a remonté la rue dans le froid de l'après-midi.

Je tremblais de colère et de honte sur tout le chemin du retour à travers Montmartre. Quand je suis entré en cognant ma vieille basse, l'appartement était vide. Je me suis assis avec une grimace et je suis resté là, l'œil fixé sur les moulures.

Un bruit sourd au bout du couloir.

« Lilah ? j'ai crié. C'est toi ?

– Je suis là. Dans ma chambre. »

Elle enfilait un bas sombre quand je suis entré, misérable.

« Alors ? elle a dit quand elle m'a vu. Comment ça s'est passé ? »

J'ai haussé les épaules avec amertume. Je pouvais pas me décider à lui raconter.

Elle s'est approchée, m'a fait retirer mon vieux manteau. Elle m'a conduit jusqu'au siège sous la fenêtre, m'a fait asseoir dans toute cette lumière blanche, passé un doigt léger sur ma tempe comme si elle brossait des toiles d'araignée.

« Ce n'était sûrement pas si mauvais que ça, elle a murmuré. Allez. Sûrement pas. Comment était Hiero ? »

J'ai froncé les sourcils, je me suis écarté d'elle. « Hiero ? Putain ! »

Là elle a reculé. « Sid. Que s'est-il passé ?

– C'était mauvais.

– Qu'est-ce qui était mauvais ? Toi ?

– J'ai pas été mauvais, ma fille. J'ai été atroce.

– J'en doute.

– T'as pas vu leurs têtes, Lilah. Chip – il était mort de honte. »

Elle a levé un sourcil.

« Quoi ? j'ai dit.

– Je n'ai rien dit.

– Mais tu vas le faire. Tu vas dire quelque chose qui va me mettre en colère, ma fille. Je le sais. »

Elle s'est levée.

« Où est-ce que tu vas ? »

Elle a reniflé, méprisante. « Quand tu auras fini de te lamenter sur ton sort, on pourra parler. » Mais elle s'est arrêtée à côté de la coiffeuse, et se tournant vers moi elle m'a lancé un long regard attentif. « Eh bien ? Tu as fini ? »

Je tripotais vaguement la pulpe calleuse de mes doigts. J'ai haussé les épaules.

« Bon. » Elle s'est rassise, a pris une inspiration comme si elle avait quelque chose à dire. Mais elle a simplement posé sa main sur mon poignet. Elle était fraîche et douce. « Je connais Louis, elle a dit finalement. Il est capable de repérer un musicien comme personne. Il sait ce que tu vaux, Sid.

– J'ai pas été bon, Lilah. C'était comme si j'étais imbibé de tord-boyaux.

– Mais tu peux être bon. »

J'ai secoué ma foutue tête comme si ça changeait rien à l'affaire.

« Est-ce que Louis a dit que tu ne serais pas sur le disque ?

– Non.

– Alors arrête », elle a dit, mais gentiment. Elle a attiré mes doigts vers le bouton de son col, l'a fait glisser sans se presser par sa boutonnière. « À présent c'est moi qui ai besoin de ton aide, elle a dit avec un léger sourire. Pour une chose que je sais que tu sais faire.

– Oh, Lilah, j'ai dit. Je suis pas d'humeur, ma belle. »

Mais déjà elle défaisait son corsage et glissait ma main à l'intérieur.

Louis a rien dit de plus à propos du disque. À personne. Les semaines s'écoulaient, bientôt la lumière a commencé à faiblir dans les ruelles, et voilà que sur les pavés de ces mêmes rues sombres une croûte de neige crissait sous nos pieds. On était presque en novembre, tiens. Les arbres le long de la Seine étaient devenus du verre, à l'éclat blanc et délicat. Et je me suis mis à penser que j'avais peut-être encore une chance. Peut-être qu'il allait oublier comment j'avais joué.

Les mois passaient comme rien. Tout Paris paraissait cuver sa cuite, cette lente guerre pour de faux qui ressemblait pas du tout à une guerre. Les Mangeurs de grenouilles campaient toujours derrière la ligne Maginot. Leurs soldats, avec leurs fines moustaches, bien sapés dans leurs treillis, s'étaient mis à jouer au football et à cultiver des roses assez robustes pour supporter le froid. Des militaires en permission erraient dans les rues dans la brume du matin, frissonnants et moroses comme des poètes privés de vin. Des fois on en voyait dormir sur les bancs des jardins publics, blottis dans la lumière grise. On dormait comme des morts en ce temps-là.

Y avait pas de nouvelles de la Pologne. Elle était calfeutrée dans le noir. Pour moi les Boches étaient en train de dévorer l'Occident mais on entendait pas parler de barbarie. Un vent froid venait de l'est et, quand on rentrait, on se serrait sur les canapés en claquant des dents. Le môme avait l'air un peu hanté ces temps-ci, les joues creuses, les yeux jaunis de fatigue. Chip et moi, on rigolait avec gêne, ou pas du tout. On était tous bien trop tendus, sur les nerfs. Et Louis n'avait encore rien décidé.

Quand la nouvelle de l'assaut russe en Finlande est arrivée par la TSF, Hiero s'est contenté de secouer la tête avec chagrin. « C'est l'hiver, Chip a fait avec une mine renfrognée, ils vont tous se faire massacrer. » On était blottis autour de la cheminée, de la douce chaleur du feu qui crépitait, les poings enfoncés sous les bras, avec la TSF qui crachotait dans le coin comme un deuxième feu. Et Dalilah, avec sa belle tête posée sur mes genoux. Rien de tout ça paraissait vrai.

Et puis Louis, enfin, a convoqué ses musiciens.

J'étais assis à une table à la terrasse de la Punaise, à arracher la croûte d'une brioche desséchée et à me demander sombrement si je devais attaquer par du gin ou par du tord-boyaux, quand Chip a surgi de la foule de l'après-midi et m'a rejoint à grandes enjambées.

Il avait l'air agité. « Enfin, te voilà », il me dit, hors d'haleine. Il avait une lueur fébrile dans le regard. « J'étais sur le point de laisser tomber.

– De quoi est-ce que tu parles ?

– Il faut qu'on y aille, mon frère. Louis vient de téléphoner. Il veut parler du disque. »

J'ai senti quelque chose se soulever dans ma poitrine.

« Quoi – maintenant ?

– Oh, sauf si ça te convient pas », il répond.

J'étais déjà debout, à compter quelques francs, un sourire idiot sur les lèvres. « Et il a demandé que je vienne ? Il a dit que j'étais de la partie ?

– Pourquoi tu serais pas de la partie ? »

J'ai cessé de tripoter mon oseille. « Qu'est-ce que tu veux dire ? Louis a pas parlé de moi ?

– Il a parlé de personne. Il a juste téléphoné et dit que le moment était venu. De rappliquer au Coup pour rencontrer les autres musicos. »

D'un seul coup ce sentiment d'allégresse a disparu. J'ai fixé Chip dans la lumière sombre de l'après-midi. « Mais est-ce qu'il voulait dire juste toi ?

– Sid, Chip a fait, les sourcils froncés. Je lui ai pas demandé. Il a rien précisé. Maintenant tu viens ou quoi ?

– Salopard, j'ai marmonné.

– Il t'a entendu sur nos disques, mon frère. Il sait que tu joues bien.

– Qu'est-ce qu'il a dit ? Répète-moi ce qu'il a dit, mot pour mot. »

Chip m'a regardé de travers. « D'accord. Je le cite mot pour mot. Il a dit, “Chip, ramène-toi au Coup. Oh, et n'oublie pas de dire à ce vieux Sid que sa m'man est sacrément douce le matin”. Mec, t'es qu'un imbécile. Viens maintenant si tu viens. »

Ensuite il est parti à fond de train et je pouvais rien faire d'autre que le suivre.

Ils étaient au Coup de Foudre, assis derrière la vitrine. Deux tables avaient été poussées l'une contre l'autre pour qu'ils puissent tous s'asseoir. Je les ai vus à travers le verre sale avant même qu'on ait traversé le boulevard. On a poussé la porte, franchi toute la fumée, essoufflés par la marche qu'on venait de faire.

Armstrong nous a lancé un regard bizarre quand on est entrés. Il nous faisait signe d'approcher. J'ai pensé, *Bon sang, Sid, va pas faire le dingue maintenant. C'était rien du tout ce regard.*

Mais j'étais pas dingue. C'était bien un regard bizarre.

« Salut Sid », Armstrong m'a dit de sa voix rocailleuse.

Il s'est tourné vers les musiciens accoudés aux tables. Ils avaient tous une tronche sinistre, burinée, comme des gangsters dans un film. « Les gars, je voudrais vous présenter la cinquième colonne. Voici Chip Jones, celui qui tape les cuirs. Il a une tête et un accent américains, mais il arrive tout droit de Berlin. Son ami c'est Sid Griffiths.

– Oh, je connais déjà quelques-uns de ces gars, Chip a fait avec un large sourire. Je leur ai pris leur argent aux dés.

– Cause toujours, mon frère », un grand musicos à la peau sombre, avec une fine moustache, a dit en rigolant.

« Bertie. Comment va ta femme ? Toujours fatiguée depuis l'année dernière ? »

Je me suis pas mêlé aux plaisanteries. Ma bouche était comme bourrée de biscuits secs.

« Où est Little Louis ? » Armstrong m'a demandé.

J'ai haussé les épaules.

« On l'a pas vu, Chip a répondu. Mais s'il a ton message, il viendra. »

L'un des autres musiciens, un type trapu aux cheveux blonds, a marmonné quelque chose en français à Louis. Les autres ont ri.

« Oh, les gars, va falloir m'excuser, Armstrong a dit. Que je vous présente. Chip, voici Jacques Painlevé, il joue du trombone. Bertie, là, va chatouiller les touches pour nous. Hervé marche du feu de Dieu au bâton de réglisse. Je crois que tu connais Jean. Il va gratter la basse pour toi en ligne de fond. »

Le salopard ! Je me suis senti piquer un fard. J'ai baissé les yeux vers mes mains. Mes ongles s'enfonçaient dans la chair de mes paumes.

Chip a même pas eu l'air de remarquer. Il cherchait des noises au gin du tromboniste et les autres musiciens se penchaient pour voir, en éclatant de rire. C'est à ce moment qu'Armstrong s'est tourné vers moi et qu'il a posé une grosse main sur mon épaule.

« Sid, il a dit à voix basse. Tu vas rester sur la touche pour celui-ci, si ça t'ennuie pas. C'est que le premier. On a d'autres galettes à enregistrer. C'est juste que Jean a les doigts qu'il me faut pour ce disque-là. »

J'ai eu un drôle de petit haussement d'épaules, comme si c'était pas un souci.

« Oh, c'est bon Louis, j'ai dit. C'est bon, bien sûr. C'est bon. »

Mais c'était pas bon.

Quand je suis rentré à l'appartement, tout m'a paru étrange, l'ombre de ce que c'était avant, comme si je le voyais pour la première fois. Toute cette poussière, les tables d'appoint miteuses, rayées, les lames du parquet qui craquaient. Je marchais entre des fauteuils couverts de draps comme des cadavres, les rebords crasseux des fenêtres. La porte de la salle de bains de Dalilah était ouverte. Je l'ai regardée se pencher sur la cuvette du lavabo, mouiller ses doigts minces sous le filet d'eau, lever une main sous son écharpe dorée pour se gratter la tête. Elle m'a entendu respirer et s'est retournée, inquiète.

« Oh, Sidney Pied-de-nez, c'est toi, elle a fait.

– Qu'est-ce que tu fabriques ici ? j'ai dit. Tu devrais pas être ailleurs ? »

Elle a souri, haussé les épaules. « Il fait affreusement chaud parfois, sous ce casque. Même en hiver. Je suis comme un cheval de trait, il faut me mouiller de temps en temps.

– Je suis désolé pour toi si tu te sens pas bien. » Ma voix était dure et maladroite, une vraie planche de bois.

Elle était là à me regarder, avec les gouttes d'eau qui tombaient de ses doigts. « Tu as l'air en colère.

– Et puis ?

– Un puits n'est rien qu'un trou plein d'eau. Qu'y a-t-il ? »

Mais ma voix, quand j'ai fini par parler, était mal assurée. « Je suis pas dedans. Chip et le môme y sont, mais moi non. Louis a été chercher un autre musicos pour seconder Chip. »

Elle s'est figée, les mains à demi levées vers la tête, le visage tourné vers moi. « Oh, Sidney. Oh, je suis navrée. Vraiment. »

J'ai rien dit.

« Qu'est-ce que tu vas faire ? » elle a demandé doucement.

J'ai haussé les épaules. « Y a rien d'autre. C'était ça ou rien. C'était ma seule chance de faire quelque chose de vrai. Y a rien d'autre.

– Oh, Sid.

– Me regarde pas comme ça. Sérieusement.

– Sid, je suis désolée. Je suis sûre que ça ne vient pas de toi. Je suis sûre qu'il y a une autre raison pour que Louis ne t'ait pas pris. »

J'ai eu un rire cassant. « Ça n'a pas d'importance. Le môme est dedans, c'est pas tout ce qui compte ?

– Non, Sid, ce n'est pas vrai. Même si je suis contente pour lui.

– Bien sûr que t'es contente pour lui.

– Qu'est-ce que c'est censé vouloir dire ?

– Il faut que je te l'épelle ? Le môme, tu lui fais des clins d'œil, tu le taquines, tu flirtes avec lui comme si t'avais des arrière-pensées ou quoi. » Je la regardais pas, je tournais plutôt les yeux vers la bonde rouillée du lavabo, avec l'eau claire qui tambourinait dessus. Je croyais pas un mot de ce que je disais. Mais je m'en foutais. C'était comme si tout m'était arraché.

J'ai repris : « Tu continues comme ça, le môme va se faire des idées. Comme si tu le pensais ou quoi. »

Un silence, le martèlement de l'eau sur l'acier. Elle a fermé le robinet.

« Comme si je pensais quoi ou quoi ? »

À ce moment-là j'ai senti un pincement, comme pour m'avertir que je devrais fermer mon sacré clapet. Mais à voir sa bouille têtue, sa moue vertueuse, merde, j'ai senti la colère monter.

« La façon que tu te comportes, ma belle, c'est pas bien. C'est pas bien, nom de Dieu. Moi je sais que tu fais que taquiner, je sais que tu ferais jamais rien. Mais les autres, qu'est-ce qu'ils vont penser, eux ? Et Hiero lui-même – tu vois bien qu'il est à moitié amoureux de toi. C'est cruel, de lui faire croire que tu l'aimes pareil. »

Lentement, Dalilah a enroulé ses doigts autour du dossier d'une chaise en fer forgé. Sa figure s'assombrissait. Elle a tiré la chaise et s'est assise.

Planté là je la fixais, avec les veines qui bouillaient le long de mes tempes. Je la regardais regarder ses mains. Ce visage qu'elle avait, lisse comme la surface du lait.

« Dalilah ? » j'ai fini par dire.

Elle a levé la main comme pour dire stop. L'a laissée retomber sur ses genoux. Au bout d'une minute, elle a levé vers moi ses yeux verts, emplis d'un étrange sentiment souterrain.

« Si je lui ai fait croire que je l'aimais…, elle a commencé, avant de s'interrompre. Mais j'espère de tout cœur avoir réussi. J'ai essayé. J'ai essayé par tous les moyens. Il faut bien que quelqu'un le fasse. T'as déjà vu le môme, là, Sid ? Tu l'as déjà bien regardé, bon Dieu ? C'est un petit garçon désespéré. Perdu comme un chat errant. Tu es toujours tellement inquiet pour toi, tellement inquiet pour ton compte. Lui ce n'est qu'un enfant. Et il n'a personne. »

Elle me fixait de très loin, d'un endroit froid et troublant. La lumière s'était éteinte dans ses yeux. « Tu as des idées vraiment tordues dans la tête. » Elle a marqué un temps, levé son visage. « Hiero est comme un petit frère pour moi. »

Je le savais. Bien sûr que je le savais. J'avais dit les mêmes mots à Chip des mois et des mois plus tôt. Je sentais un poids dans mon estomac qui me donnait envie de me plier en deux et de m'attraper les côtes. Oh la honte, mec ! Ma mâchoire s'est mise à trembler quand j'ai posé les yeux sur sa figure : elle était absolument vide. Et là j'ai vu clair et net à quel point elle m'aimait pas.

« Lilah, j'ai fait.

– Ferme la porte derrière toi en sortant. »

Je regardais toujours son visage. Rien, pas une larme dans les yeux – rien.

J'ai tourné les talons pour partir. Au moment où je refermais la porte avec un déclic, je tendais encore l'oreille, croyant que peut-être elle allait me rappeler.

Elle l'a pas fait.

Est-ce que ce salaud de Schleu rachitique avait l'intention de tout me prendre, le groupe, Armstrong, le disque, et même Dalilah ? Il allait même pas me laisser des miettes ? C'est à ça que sert le génie ? Ça donne à un type le droit de réclamer n'importe quel bout de la vie des autres qui lui fait envie ?

Parce que je suis prêt à le reconnaître. Il a du génie, du génie à revendre. Vous le couperiez en deux qu'il en vaudrait encore trois comme moi. C'est pas juste. C'est pas juste que je m'escrime à produire un son tout juste passable, et ce foutu môme il se réveille, il crache dans sa trompe et elle chante comme les rossignols. C'est pas juste ! Le partage des dons est si inégal, merde. Comme si Dieu avait simplement laissé son maudit sac à talents quelque part dans un fossé et dit, « Servez-vous, mesdames et messieurs. Les premiers arrivés pourront prendre les plus gros ». Dans tous les autres métiers, un type peut travailler pour arriver où il veut. Mais aucune quantité de labeur te donnera une lichette de plus de talent que celui que t'as reçu à la naissance. Les génies se font pas, mon frère, ils sont, c'est tout. Et moi j'en étais pas un, voilà tout.

Je buvais seul à l'une des tables rouges du bureau de tabac, en bas près de l'immeuble, quand Hiero est entré. La buraliste s'est penchée au-dessus du comptoir, les manches retroussées, un bras maigre appuyé sous chaque joue. On l'appelait la Punaise à cause de sa tête mince, tout en mandibules, de ses yeux globuleux.

Elle était venue de Suisse après la Première Guerre. « Qu'est-ce que ce sera, Hiero ? » elle a crié dans cet allemand de tarés que les Suisses baragouinent.

Là j'ai levé les yeux.

Le môme a eu l'air confus l'espace d'une seconde, comme un acteur qui serait entré en scène au mauvais signal. Il est resté là à la regarder, puis il a haussé les épaules. Il a tourné la tête et m'a vu dans mon coin.

« Oh, j'ai pas tellement soif, il lui a bredouillé.

– Aux frais de la maison, elle a dit. C'est quand tu voudras. »

Nom d'une pipe ! Pourquoi est-ce qu'il fallait que tout le monde soit si foutrement gentil avec lui tout le temps ?

Hiero a vu mon expression de gravité, et il s'est arrêté là où il était. Je pensais aux paroles de Dalilah. Je pensais, on peut être sacrément jeune et pas être un môme pour autant. On peut cesser d'être un môme à n'importe quel âge, ça n'a rien à voir avec les années. Et Hiero, merde !

« T'es un imposteur, j'ai dit, presque doucement. T'es qu'un sale imposteur. Tu m'entends ?

– Sid ? » il a fait.

J'ai craché sur le plancher crasseux de la Punaise.

Mais ensuite la tête qu'il a fait, nom de Dieu. J'aurais voulu retirer tout ce que j'avais dit. Jamais j'ai vu quelqu'un paraître aussi anéanti. Ça se voyait sur ses traits, quelque chose en lui se flétrissait, se refermait lentement. Ses yeux étaient devenus drôlement noirs.

« Oh, je rigolais, Hiero. » J'ai écarté la chaise en face de moi d'un coup de pied. « Allez, amène tes fesses par ici et on partage ce verre. »

Il est resté là encore une seconde sans parler, les yeux sur moi, les traits durcis.

« Hiero », j'ai crié avec colère.

Il s'est retourné sans un mot et il est sorti dans la rue ; la porte du café a claqué derrière lui.

La Punaise me regardait avec un rictus amer, mais elle a rien dit.

Et c'est comme ça que cet hiver de cauchemar a commencé.

Même réveillé je dormais. Largué dans une ville étrangère, où je connaissais pas âme qui vive, la langue comme une porte qui m'était constamment claquée au nez. Ça me pesait, la solitude, la jalousie. J'ai pris l'habitude d'éviter Dalilah quand je pouvais, je partais tard ou bien tôt, je mangeais dans des cafés inconnus où aucun musicos risquait de se pointer. J'ai complètement rayé le môme de ma vie. Je suis pas certain qu'il l'ait même remarqué.

Les rues de Paris devenaient blanches comme de la moisissure sous la lumière froide des becs de gaz.

Le môme et Chip, ils sortaient à des heures bizarres, Hiero traînant avec lui la vieille trompette d'Armstrong. Je me retournais sous mes couvertures, en fixant le mur d'un œil vague dans l'obscurité. Je posais pas de questions sur le disque. Ils en parlaient pas. Armstrong est encore tombé malade, puis il a retrouvé la santé. Il a disparu un certain temps pour faire une tournée dans un autre pays et quand il est revenu ils ont repris le travail. Le venin dans mes tripes s'était pas dissipé.

Ce qui m'a surpris, c'était que le temps s'était mis à passer facilement. Une semaine s'écoulait, une deuxième, une troisième. Noël est venu et reparti sans célébrations. J'ai remarqué l'arrivée de janvier quand les rubans rouges, les friandises en forme de sapin ont disparu des vitrines des pâtisseries.

C'était un sale hiver sombre, encore assombri par le désœuvrement. J'ai pris l'habitude, tous les après-midi, de marcher à travers Paris, les orteils cuisants à cause du froid, avec dans ma tête, encore et toujours, la beauté monstrueuse de la trompette de Hiero.

Il s'est passé autre chose pendant cette saison de cauchemar.

Il était midi, le ciel entièrement blanc. Je venais de traverser le pont de la Concorde, les mains enfoncées profond dans les poches, quand j'ai senti une ombre croiser mon chemin. J'ai levé les yeux, et le revoilà. Louis Armstrong, bon Dieu. Debout devant moi, un sac de commissions à la main, son souffle faisant des nuages dans l'air.

J'ai rougi.

« Griffiths, il a dit de sa voix riche et crissante. Tu vas de ce côté ?

– Comment avance le disque ? j'ai demandé.

– Oh, c'est lent. Drôlement lent. On fait que tâtonner dans le noir. »

Je savais pas trop quoi répondre à ça. On s'est mis à marcher dans la neige.

Armstrong m'a jeté un regard en biais. « Dalilah s'inquiète pour toi. Tu vas bien ?

– C'est elle qui te l'a dit ? »

Il a hoché la tête.

« On est plus ensemble, j'ai fait. Elle te l'a dit aussi ?

– Je suis au courant.

– Elle me parle même pas. J'entre dans une pièce, elle en sort. Elle te l'a dit aussi ? »

Armstrong a remonté son cabas au creux de son coude et posé une main douce et gantée sur mon dos pendant qu'on marchait. « Je sais ce que c'est, quand ça finit comme ça. Je sais comme ça vous blesse le cœur. »

J'étais encore vaguement bourré à cause du gin de ce matin-là, et j'ai un peu chancelé, en lui lançant un drôle de regard. « J'ai pas de cœur, j'ai dit amèrement. C'est peut-être pour ça que je vaux pas un clou sur mon instrument ? »

Y avait un vieil homme assis sur la berge, avec sa canne à pêche qui dérivait dans le courant. Il faisait trop froid, je pense, pour attraper quoi que ce soit. Mais il était là.

La voix d'Armstrong s'est faite toute rocailleuse, vraiment profonde et douce, comme un tapis de fourrure. « Y a toutes sortes de talents, Sid. T'es rudement bon au rythme.

– Mais j'ai pas ce qu'il faut.

– Tu sais ce que tu as. Y a personne qui peut dire le contraire. »

J'ai secoué la tête, dégoûté.

« Tout ça n'a pas beaucoup d'importance toute façon, Armstrong a ajouté. Tu crois que si, mais non. Un homme, c'est pas seulement son talent. Little Louis a besoin de toi. Jones te considère comme son frère. Tu as le talent de faire des autres ta famille, ton sang. Mais la musique, eh ben c'est différent. Elle a sa propre valeur sans doute. Mais c'est pas toute la vie d'un homme. »

Oh, bon sang, Louis, j'ai pensé. *Y a rien d'autre que je veux.*

Je me suis senti libéré de quelque chose après ça. D'un peu de la rage que j'avais ressentie. La douleur s'est comme évaporée et je me sentais plus léger, plus triste, mais moins seul. Je dis pas qu'on était redevenus amis d'un seul coup. Mais on se tournait autour, moi, Chip et le môme, avec une sorte de grâce apaisée. Chaque matin je les regardais sortir en traînant les pieds pour aller graver cette galette, et chaque soir je les voyais rentrer fatigués comme des chiens, et on aurait dit qu'à chaque allée et venue je commençais à me sentir moins amer. Comme si j'avais enfin compris que dans cette vie, on était tous dans le même bateau.

Dalilah, je pouvais toujours pas la regarder sans me sentir vachement mal. Mais j'avais plus de colère contre personne désormais.

Et la drôle de guerre continuait. Un soir de février, je rentrais à la maison à pinces quand j'ai vu le ciel s'illuminer comme un appareil photographique et s'éteindre de nouveau dans la nuit immobile. Le silence était effrayant. Le matin Lilah nous a traduit ce qu'on disait dans le journal : c'était un des propres obus des Mangeurs de grenouilles, venu s'écraser de l'autre côté de la Seine, dans le cinquième, rue Mirbel près de la station

Censier. Il avait fait un trou d'un mètre de large, démoli un café. Deux bonnes femmes étaient mortes. La jambe gauche d'un type avait été emportée. Y avait même pas eu de sirène.

Puis les restrictions ont commencé. Moins de pain, brioches interdites, il restait plus que les croissants et le pain ordinaire. Certains jours les boucheries fermaient. D'autres jours, pas de confiseries. Ce qui nous rongeait, cela dit, c'était les mardis, jeudis et samedis, lorsqu'ils rebouchaient les bouteilles et qu'un bonhomme pouvait pas se payer une tournée d'eau-de-vie, même pour tous les francs de la ville.

Mais même ça, ça nous a pas réveillés. On se contentait d'emporter notre propre tord-boyaux quand on sortait, en trimbalant les bouteilles dans un sac comme si on partait en pique-nique. Pendant toute cette époque brumeuse on a dormi, et elle est passée peu à peu.

Au printemps, avec les pluies, est arrivée la guerre.

3

Elle s'est pointée à Paris un matin lumineux du mois de mai. L'air était doux, la Seine commençait à puer avec la chaleur qui montait, les arbres sur les boulevards étaient plus verts. Des pigeons boitillaient partout sur les pavés.

J'étais déjà au Coup, à boire du gin avec Chip, sans parler ni l'un ni l'autre. On avait tous les deux les paupières lourdes, à cause d'une foutue sirène aérienne qui nous avait réveillés le matin, en plus des balles traçantes tirées par les mitrailleuses dans le ciel de l'aube. C'était le premier raid à la lumière du jour, à notre connaissance. Ça m'a fait penser que c'en était peut-être fini de la belle vie. Peut-être que toutes ces années passées dans la peau d'un musicien, pleines de nuits blanches, de femmes, de belles amitiés et de cette musique-là, peut-être que c'était terminé, bon Dieu. Peut-être que le destin me disait, *Mon frère, tire le rideau maintenant.*

Tout l'hiver, la plupart des nuits, Chip et le môme étaient rentrés tard, à pas de loup, les épaules voûtées, après avoir travaillé sur le disque. Mais ça faisait des semaines déjà que Louis était en tournée dans le Midi, et le disque était toujours pas gravé, pour autant que je sache. Je savais que c'était pas de la dépression que je voyais dans leurs yeux, juste une sorte d'épuisement, la longue lassitude de celui qui travaille à une chose à laquelle il croit, mais qui n'en voit pas la fin.

Le Coup était bondé à cette heure-là. Soudain un type a tourné le bouton de la TSF et la foutue machine a grésillé tellement fort que des gonzesses dans la salle se sont bouché les oreilles. Avec la fumée qui s'envolait de leurs clopes on aurait cru que leurs cheveux étaient en feu. C'était que du français, à la radio, on pigeait pas un traître mot. Mais à voir les visages tendus, à entendre les grognements choqués, le silence brusquement plein de gravité, on comprenait que quelque chose de vraiment sombre arrivait.

« C'est quoi à ton avis ? » j'ai demandé à Chip.

Il s'est contenté de hausser les épaules. « *La guerre, la guerre** », il a marmonné.

Mais le type derrière nous m'a attrapé le bras et nous a fait signe de nous taire. La radio émettait encore. Et soudain c'était comme si tout le monde venait de reprendre conscience, de se réveiller d'un seul coup, et la foule s'est mise à remuer, à marmonner. Une bonne femme dans un coin s'est levée de sa table en hurlant dans son charabia. Les gens se bousculaient à la porte, ils braillaient pour qu'on leur répète ce qu'ils entendaient pas. On se serait cru au milieu d'une populace qui attend qu'un défilé apparaisse au coin de la rue, pleine d'une terreur et d'une agitation hors de toute proportion.

Quelqu'un a cassé une bouteille au milieu du tapage. Et encore une autre. Les gens se pressaient contre notre table, nous bousculaient.

Chip, avec un sourire fatigué, a levé son verre de gin. « À la fin du monde, mon frère. »

On a bu.

C'était le début de l'offensive à l'Ouest. Les Boches traversaient à toute allure la Belgique, la Hollande, le Luxembourg. Les lignes de la carte changeaient toutes les heures. Le lendemain, Lilah nous a rapporté que les Britanniques n'avaient plus de gouvernement, qu'un foutu blagueur du nom de Churchill avait pris les rênes. Puis les Grenouilles ont envoyé leurs armées vers le Nord, et les Rosbifs ont ouvert un front contre les Schleus. Puis c'était les Schleus qui faisaient atterrir des parachutistes derrière nos lignes. Bon Dieu. Chaque nuit, les sirènes d'alerte antiaérienne retentissaient, des faisceaux de lumière balafraient le ciel. On descendait en se bousculant à la cave où on s'adossait aux murs, gelés et épuisés.

Quelques jours plus tard on a appris que les Boches avaient bombardé Rotterdam, brûlant vingt-cinq mille civils dans les rues. Tout Paris est devenu fou en entendant ça, les figures des gens ont pâli comme s'ils étaient déjà morts. Tout se produisait à la vitesse de l'éclair. Un jour la Hollande est tombée. En fond sonore du reportage depuis les Flandres du correspondant de la RAF, on entendait les bombes s'écraser. Le lendemain on a su que les Rosbifs bombardaient la Ruhr.

Le lendemain encore on a entendu que les armées françaises battaient en retraite, fuyaient la Belgique, et que les Schleus marchaient sur Bruxelles. La nuit suivante les bombardiers britanniques ont frappé Hambourg. La Reeperbahn était réduite en bouillie. J'ai pensé à Ernst. Puis j'ai essayé de m'en empêcher. La 9e armée française était battue dans le secteur de Sedan et Anvers est tombé. Du jour au lendemain les Boches nageaient sur la côte de la Manche, ils lavaient leurs bottes dans l'eau froide et salée, et dans la panique les Rosbifs étaient évacués de Dunkerque en bateau par milliers.

Puis notre guerre à nous a commencé.

C'est un mardi matin que Dalilah a fait irruption dans l'appartement en traînant Hiero par le poignet. Elle a couru vers les grandes fenêtres, ouvert les rideaux et s'est retournée pour parcourir l'appartement du regard comme si elle cherchait quelque chose.

« Mais qu'est-ce que tu fous, ma fille ? » Chip a fait, énervé, en levant la tête du divan où il dormait.

Je me suis retourné, j'ai écrasé mon oreiller sur ma tronche. Le soleil brillait trop fort.

« Ils sont en train de rassembler tous les Allemands de la ville », elle a annoncé. Les rideaux sont retombés, une fraîcheur obscure est redescendue sur la pièce. « Qui sait que Hiero vit ici ?

– Demande à Sid », Chip a fait en bâillant.

J'ai haussé les épaules, maussade, depuis ma couche sur le parquet. « Personne. Seulement nous trois.

– La Punaise, elle est au courant, a fait Chip en se frottant le menton. Mais elle dira rien. »

Dalilah s'est mise à y réfléchir. Le môme se taisait.

« Et le reste de l'immeuble ? j'ai demandé. Y a pas des chances qu'ils se souviennent de lui ? Il est allé à la cave chaque fois qu'on a entendu la sirène. »

Elle a froncé les sourcils. « Ils doivent penser qu'il est sénégalais, elle a dit au bout d'un moment. Je leur dirai qu'il est sénégalais. »

J'ai senti un léger frisson me courir sur la peau, vraiment léger, comme si j'avais bu sec une rasade de tord-boyaux. C'était la première fois que Dalilah me parlait directement depuis des semaines. Bon Dieu. Quand ça vous mord, les dents vont profond.

« Qu'est-ce qu'ils font d'eux ? Chip a demandé.

– De qui ?

– Des Boches. Ils les arrêtent ? Ils les déportent ? Ou quoi ? »

Elle a secoué la tête. « Je ne sais pas. Mais ils ont reçu la consigne de se présenter au stade de Montrouge. »

Hiero a étalé ses longues guiboles devant lui, croisé les bras sur sa poitrine, l'air morose, et s'est plongé dans ses pensées.

« Eh ben, qu'est-ce qu'on rigole ici », Chip a fait, avec cette fatigue dans la voix. Quelque chose lui était arrivé ces derniers mois. Tout ce feu, cette brutalité, ses paroles tranchantes, son instinct de chasseur – tout ça s'était estompé en lui. Il s'est redressé dans ses couvertures, sans chemise, avec son dos poilu qui paraissait rond et musclé.

Dalilah s'est tournée vers lui, ses yeux verts assombris. « Vous avez vu ça ? » Elle a soulevé un coin du rideau – de la poussière en est tombée comme du pollen – et fait un geste vers l'extérieur. On voyait une fumée noire s'élever du Quai d'Orsay. Au-dessus le ciel était d'un gris de plomb et des rubans d'un noir de goudron venaient l'un après l'autre épaissir les ténèbres. J'avais l'impression de pouvoir les sentir, l'odeur atroce des choses calcinées.

« Ils brûlent des documents, elle a dit. Les Allemands ont traversé la Meuse. Ils sont en route. »

Au bout de quelques secondes, Chip a fait : « Maintenant ?

– Maintenant, dans trois semaines, dans trois mois. » Elle a haussé les épaules. « La moitié de la ville panique. L'autre moitié ne doit pas encore être informée. Paris va devenir une zone de guerre. Il paraît qu'on se battra rue par rue.

– Ça promet d'être un massacre. »

Elle a rien répondu.

« Les Boches arrivent », j'ai expliqué à Hiero.

Il a juste hoché sombrement la tête et s'est mis à jouer avec ses longs doigts.

« Quel veinard, ce père Louis, Chip a dit d'une voix amère. Qu'est-ce que je donnerais pas pour que ce soit moi qui sois descendu faire une tournée dans le Midi ! » Il a attrapé ses draps, les a serrés autour de sa taille. Se levant, il est allé à la fenêtre.

L'air soucieux, Dalilah a pris un siège près du môme. « Il nous faut des visas pour quitter la France, elle a dit.

– Et le père Louis ? » Chip s'est détourné de la fenêtre. « Tu vas l'abandonner dans le Sud ?

– Ce n'est pas pour Louis que je m'inquiète. »

J'ai secoué la tête. « Y a pas moyen, ma belle. Tout le monde essaie. Et le môme est un Boche, bordel ! » J'ai regardé Hiero. « Lilah dit qu'elle va nous trouver des visas. Pour partir. »

Il nous a regardés, elle d'abord et moi ensuite. « Ça marchera pas, il a marmonné. Y a aucun moyen de me faire partir. Je suis l'ennemi, Sid. Elle l'a pas compris ? »

J'ai haussé les épaules. « Elle m'écoute pas.

– Ils viennent pour de bon alors? Les Boches?» il a demandé.

J'ai opiné.

« Et Louis est encore à Bordeaux ? »

J'ai opiné encore. « Sûrement. Je crois pas qu'il reviendra. »

Hiero a haussé les épaules avec colère, et brusquement son visage s'est fermé. « Ça veut dire que c'est mort pour le disque », il a dit d'un ton neutre. Juste comme ça.

De voir sa déception, ça m'a donné un frisson de plaisir pervers. Je l'ai stoppé.

Dalilah se frottait la nuque d'une main nerveuse. « Il faut qu'on aille à Lisbonne. On pourra y prendre un bateau.

– Tu pourras jamais faire entrer le môme à New York, j'ai dit. Lilah, regarde-moi, ma fille. Aucune chance.

– Pas sans papiers, non. Il aura besoin de quelque chose pour passer. »

Chip a ricané. « Où est-ce que tu vas les trouver, ces papiers magiques ? »

Elle a froncé les sourcils. Un pli fin est apparu entre ses yeux. « Je connais des gens. Qui connaissent des gens.

– Ça fait un sacré paquet de gens tout d'un coup. Pourquoi est-ce qu'on met pas simplement une annonce dans le journal ?

– Ça va nous coûter cher, j'ai fait.

– Quoi, l'annonce ? »

Je l'ai regardé comme pour dire, Y a vraiment trop de bêtise en ce bas monde. Il a secoué sa sale tronche. Dalilah, elle avait l'air très fatiguée, comme si elle avait pas connu de repos depuis des années. Rien qu'à voir ça, ça m'a rendu triste.

Et c'est ainsi qu'a débuté la mise en œuvre de son plan.

Elle s'était dit que le môme serait plus en sécurité avec nous, aux États-Unis. J'allais pas dire le contraire. Toute l'Europe était en feu. Mais la première étape était de lui trouver un passeport acceptable. Ensuite, on aurait tous besoin de visas pour faire traverser la France, puis l'Espagne, à notre petite troupe, et de là gagner le Portugal. Des navires partaient de Lisbonne pour New York tous les jours, elle disait. Il fallait qu'on soit sur l'un d'eux.

Elle a donné rendez-vous à une ombre quelques jours plus tard. On a traversé les rues estivales de la ville. Les gens, assis en terrasse, sirotaient leurs eaux minérales, bavardaient comme s'il se passait foutrement rien, comme si la guerre était une sorte de mirage lointain. J'observais Lilah. Elle avait cet air abattu, des cernes. Ses bras minces se balançaient au rythme pressé de ses pas. Elle me faisait de la peine, bon Dieu.

Elle a senti mon regard et tourné des yeux sombres sur moi. J'ai détourné les miens et me suis mis à étudier les immeubles surchargés d'ornements. « Y aura plein d'endroits où cacher des armes par ici, j'ai dit. Si ça en arrive là. »

Elle a ri, irritée. « Ils sont en train de massacrer les armées françaises, Sid. Qu'est-ce que tu crois qu'ils vont faire aux civils ? »

J'ai un peu rougi. Cette fille avait le don de vous faire vous sentir idiot.

« Tu es sûre que tu préférerais pas que Chip soit là ? j'ai demandé.

– On ne peut pas dire que Chip se fonde dans le décor. »

J'ai rougi un peu plus.

Elle m'a amené dans un grand cinéma de l'autre côté de la Seine où on donnait *Pygmalion* en matinée. Les gens entraient lentement, comme si le film les enthousiasmait pas tant que ça mais qu'est-ce qu'ils avaient d'autre à faire ? Je me protégeais les yeux du soleil et la sueur dégoulinait dans mon dos pendant que je payais au guichet. On s'est glissés à l'intérieur.

La salle était pleine, elle sentait la fumée de cigarette et les cacahuètes grillées. J'avais peur qu'on trouve pas trois sièges libres, mais Dalilah a descendu l'allée d'un pas résolu et s'est glissée dans un fauteuil en velours. Sans un regard pour moi quand je me suis assis, elle a posé son châle et son sac à main sur le siège vide à côté d'elle; l'enveloppe brune avec nos passeports et l'argent dépassait nettement du sac.

« Ton contact est là? » j'ai chuchoté nerveusement. Je me suis retourné pour voir les visages, les hommes avec leurs yeux fatigués. Les lumières s'éteignaient.

« Mon Dieu, Sid. Retourne-toi! »

Puis les actualités ont commencé, une lumière bleue vive qui fendait la fumée dans l'obscurité. Et d'un seul coup la salle était pleine de huées, de cris, de sifflets. C'était des prises de vue de l'infanterie française blottie dans ses foutues tranchées, puis qui défilait le fusil à l'épaule. J'ai rien compris au commentaire, mais les images parlaient d'elles-mêmes. Des soldats boches avec les mains en l'air en signe de reddition. La longue course effrénée des avions de chasse britanniques qui décollaient vers un ciel effroyablement vide. Des Schleus qui s'enfuyaient du champ de bataille, sortant de granges et de dépendances. Des plans du vieux roi Léopold qui fulminait, et de ce foutu Pétain droit dans ses bottes.

« Qu'est-ce qu'ils racontent? » j'ai chuchoté.

Lilah a fait la grimace. « Nous contenons les Allemands en Belgique. Nous avançons. »

Mais en jetant un coup d'œil à son sac, j'ai sursauté. « Merde alors ». Je montrais le siège à côté de nous. « Elle y est plus, Lilah. L'enveloppe est plus là, ma fille. » J'ai pivoté sur mon siège, scruté la salle enfumée.

Lilah m'a obligé à me retourner en me lançant un regard froid. « Regarde l'écran, c'est tout Sid, bon Dieu. »

Je me sentais mal, mon genou battait la cadence. J'ai essuyé mes mains moites le long de mes cuisses. « Alors c'est tout ? On a plus qu'à attendre maintenant ? »

Mais elle m'écoutait à peine.

« OK. Alors barrons-nous, ma belle. »

Mais elle m'a attrapé le bras et m'a forcé à rester assis. Ses poignets paraissaient vachement minces, comme si elle mangeait pas assez. Un parfum familier d'eau claire de lac flottait autour d'elle. « Regarde l'écran, Sid, elle a encore chuchoté. Nous sommes venus voir un film, tu te souviens ? Profites-en. »

Pygmalion, putain. En voilà un film sacrément idiot.

Et donc on a attendu. Les jours passaient. On était tous très anxieux, même si on prétendait le contraire.

Et du jour au lendemain, le môme a tout simplement cessé de manger. Déjà amaigri par un régime d'eau, de tord-boyaux, de gin et de marrons chauds, il paraissait désormais incapable de tirer des forces de quoi que ce soit. La meilleure cuisine au monde aurait pas pu l'aider ; même un petit casse-croûte le rendait malade. C'était comme s'il vivait de cette rage qui courait dans Paris, de cette peur solide qui commençait à monter.

Le beurre, le sucre, le pain, les œufs, tout ça est devenu vraiment rare. On avait plus du tout de café à l'appartement, on s'était mis à boire l'horrible jus de chicorée que Lilah avait rapporté, bouilli et sucré à la saccharine. Mais le môme refusait tout ce qu'on pouvait grappiller. Il devenait de plus en plus maigre, il perdait ses pantalons, même avec la ceinture serrée jusqu'au dernier cran, ses chemises pendaient sur ses épaules osseuses. À voir son cou flotter dans ses cols, je secouais la tête en pensant, mon gars, t'es maigre comme une corde de guitare. Il avait l'air d'une bête de proie.

Et puis un matin il s'est effondré. Il avait même plus la force de traîner son corps décharné hors des couvertures. Il était de plus en plus sombre, et ça nous flanquait une trouille bleue à tous.

J'ai trouvé Dalilah dans sa chambre assise à sa coiffeuse, maussade, l'inquiétude gravée sur son visage. Je savais ce qui la tracassait. « Il mange rien, j'ai dit. Il est faible.

– Il faut qu'on trouve une solution », elle a répondu.

Mais son ton était très tendu. Je suis resté près de la coiffeuse, à regarder son reflet pendant qu'elle déroulait son turban de sa tête. Le silence semblait si délicat, si intime. J'ai retenu mon souffle. Son crâne paraissait lisse, pâle, presque bleu. Elle y a passé une main machinale ; ses yeux dérivaient vers la fenêtre où les rideaux de couvre-feu étaient relevés. Je suis allé vers elle, j'ai posé une main calleuse sur son épaule nue, les frêles os d'oiseau qu'elle avait là.

« C'est grave, Sid, elle a dit à voix basse. Il faut qu'on le fasse partir d'ici. » Puis elle a baissé la main et détaché mes doigts un par un de sa peau.

« Non, Sid, elle a dit. C'est fini ça. C'est terminé. »

J'ai rougi. « Oh, Lilah, j'essayais pas de... Je veux dire, c'est pas... » Mais après je me suis tu. Je me sentais vachement idiot. Parce que c'était vrai, une partie de moi y pensait encore. Un truc comme ce qu'on avait eu, ça s'arrête pas juste comme ça.

Mais à la voir, là, sans la moindre colère en elle, rien que cette énorme tristesse, j'ai su pour de bon que quoi que nous ayons eu un jour, c'était plus désormais que cendre et poussière.

Pourtant quelque chose s'est adouci entre nous après ça, une sorte de tendresse est revenue. On était tous morts de peur de pas obtenir les visas. Être entassés ensemble dans ce petit appartement n'arrangeait rien. On était de plus en plus irritables, amaigris, apathiques.

Et puis on a enfin eu des nouvelles de Louis. On en avait pas depuis des semaines. Je voyais que ça troublait Lilah, je voyais comme elle faisait attention de pas le montrer. Mais elle épluchait les journaux chaque matin d'un œil froid, ces journaux réduits à un seul feuillet, recto-verso, avec tous ces grands vides où le texte avait été censuré. La guerre était là, même si les Boches l'étaient pas encore.

Ce jour-là une lettre est arrivée au courrier. Elle m'avait tout l'air d'avoir été retardée quelque temps. Armstrong, semblait-il, avait embarqué à Bordeaux le 4 juin. Il rentrait en Amérique avec ses musiciens. Dans sa lettre il demandait à Lilah de venir le rejoindre avant son départ et nous conseillait à tous de partir au plus vite. Il disait de pas s'inquiéter pour ses meubles, le salopard ! En lisant ça Lilah a crispé la mâchoire, ses yeux se sont durcis.

« Du moment que lui, il a pu partir », Chip a commenté, maussade. Il a craché et s'est levé de table.

Hiero, c'était comme s'il venait de se réveiller d'un rêve agréable pour se retrouver dans une pièce froide. Il a haussé une épaule, détourné la tête, fermé ses foutus yeux.

C'était donc cuit pour l'enregistrement. Ça n'avait débouché sur rien finalement. Je croyais que je m'en serais réjoui, ou que du moins je serais soulagé. Mais les choses sont jamais comme on s'y attend. Maintenant j'éprouvais de la pitié pour le môme.

On se sentait tous abandonnés. Et la guerre, elle faisait qu'empirer. Chaque jour sur les longs boulevards au sud de la ville, des flots de réfugiés passaient, poussant des carrioles, des brouettes, même des landaus remplis de bagages. Des familles hollandaises et belges, bicyclettes à la main, tous épuisés, se traînaient comme s'il y avait plus rien en eux. J'ai vu une femme en robe de soirée noire, chaussée de bottes, blottie au bord du trottoir sur les Champs-Élysées, incapable ne serait-ce que de lever la tête quand les taxis la klaxonnaient. Personne lui lançait un regard.

Les autobus parisiens se sont envolés, presque du jour au lendemain. Tout le monde parlait de parachutistes, d'espions allemands, de cinquième colonne. Après, la façade de Notre-Dame a disparu derrière des sacs de sable, alors que les boîtes des bouquinistes restaient ouvertes sur le quai. C'était une époque sacrément bizarre. On voyait des camions-poubelles équipés de mitrailleuses garés sur les places, des poutrelles d'acier plantées près de blocs de ciment le long des Champs-Élysées, sur la place de la Concorde. Un jour la Punaise a arraché son vieux téléphone du mur en haussant les épaules. À partir de ce moment, tous les téléphones publics étaient proscrits à Paris.

Et pourtant on attendait encore des nouvelles.

Puis, un matin inondé de soleil, Dalilah a fait irruption dans l'appartement pieds nus, haletante, tenant ses sandales à hauts talons par la bride.

Je me suis levé tant bien que mal.

« On les a, elle nous a annoncé, essoufflée. Nos visas. Ils sont arrivés. »

Le temps n'est pas une chose constante. La vitesse à laquelle il passe dépend entièrement de la vitesse à laquelle on bouge soi-même. C'est une chose changeante, mon frère. Et à cette époque, on fonçait tous en avant à une allure insensée.

Dalilah m'a emmené aux Tuileries cet après-midi-là, ces vastes jardins publics, baignés dans la lumière corail du mois de juin. Ç'aurait pu être n'importe quel été, bon Dieu, n'importe quel dimanche après-midi, les abeilles qui titubaient, ivres, de fleur en fleur, les arbres au feuillage touffu. Dalilah marchait d'un pas tranquille, les épaules relâchées, les traits lisses et sereins, comme je me les rappelais. Elle portait une robe en coton léger qui claquait au vent comme un drapeau. J'ai pensé, *s'il existe pas d'autres jours après celui-ci, qu'il en soit ainsi.*

Aux Tuileries la pelouse était échevelée, comme si elle avait pas été tondue depuis des semaines. Un agent se promenait, fusil en bandoulière, casque tenu mollement dans une main. Bon sang. Tout d'un coup j'ai compris d'où me venait la drôle d'impression que j'avais.

« Où sont les gosses ? j'ai demandé. Y a plus de gosses nulle part. »

Dalilah a haussé les épaules. « Tu ne lis pas les journaux ? On les a évacués à la campagne. Il y a des semaines. »

Ça faisait pas naturel. J'ai repéré un type qui lisait la feuille unique d'un journal près de la roulotte du marchand de glaces. Il avait des mains énormes, rouges, écorchées, comme s'il avait travaillé toute sa foutue vie dans une fabrique de savon. Même de là où j'étais je pouvais voir qu'il boitait.

« Ton contact par ici, j'ai fait, de quoi il a l'air ? »

Dalilah m'a pas répondu. Mais elle s'est retournée, a laissé échapper une petite exclamation, « C'est Simone ! » Elle a désigné un banc isolé le long de l'allée. « Tu as déjà rencontré Simone ?

– On a pas le temps, ma belle. Qu'est-ce que tu fabriques ? »

Simone était une toute petite créature à lunettes, vêtue de tweed, avec des cheveux bruns arrivant au ras des joues, comme si elle les avait coupés elle-même. Elle ressemblait à une maîtresse d'école, je vous jure. Elle était assise, l'air revêche, sur ce banc balafré, nous regardant approcher sans l'ombre d'un sourire. Elle avait une revue roulée dans une main. De l'autre elle tirait des graines d'un sac en papier brun et les jetait en pluie aux pigeons dans l'herbe.

« Elle a l'air drôlement sympa, j'ai fait. Une vraie danseuse de cancan. Comment tu la connais ? »

Les pigeons roucoulaient ; ils ont ouvert les rangs pour nous laisser passer, puis les ont refermés derrière nous. Dalilah s'est assise juste à côté de cette bonne femme et lui a dit quelques mots en français.

« Parle anglais », a fait l'institutrice. Oh qu'elle avait un joli brin de voix !

« Pardon. » Lilah a rougi. « J'oubliais. »

L'institutrice a haussé les épaules. « Tu voyageras avec ton passeport américain. Garde le canadien précieusement. C'est toujours mieux d'être d'un pays neutre dans ce genre de situation. »

Je la fixais, incrédule. Je me sentais vachement nerveux brusquement.

« Vous êtes Sidney Griffiths ? l'institutrice a demandé.

– Je suis pas Chip Jones, ça c'est sûr. »

Elle m'a dévisagé. Ses lunettes avaient des verres épais comme des culs de bouteille et ses yeux semblaient ne pas bien converger ; celui de gauche fixait un côté de ma tête, le droit regardait de l'autre. J'ai détourné les miens. Elle a tendu la revue roulée à Dalilah. C'était un vieil exemplaire de *Life*. « Vérifie-les tous avec soin. Mes contacts sont très sérieux. Mais parfois il y a des erreurs. N'oubliez pas de joindre vos actes de naissance. »

Les pigeons picoraient comme des fous dans les hautes herbes.

Dalilah a ouvert la revue à une page cornée, et voilà nos papiers. Elle les a fixés comme si elle en croyait pas ses yeux. Lentement, les mains tremblantes, elle s'est mise à les feuilleter. Dalilah Natasha Fummerton Brown. Charles Chippewa Jones. Sidney Roscoe Griffiths. Tous tapés et retapés à l'encre rouge réglementaire. Nos passeports étaient attachés à chaque liasse de papiers. « Seigneur, Dalilah a murmuré. Oh mon Dieu !

– Celui de Falk n'y est pas », l'institutrice a dit platement.

Je lui ai jeté un coup d'œil. Des voix venaient de l'allée, et deux souris sont passées à vélo dans la lumière du soleil. Elles ont pas regardé dans notre direction.

« Il est où celui de Hiero ? » j'ai demandé.

Elle a soupiré, les commissures de sa bouche en berne. « J'ai bien peur que pour le sien ce soit un peu plus compliqué.

– Comment ça, plus compliqué ? »

Elle a pris la revue, l'a refermée et l'a roulé bien serré avant de reposer dessus les mains de Dalilah. « Garde ceux-ci en lieu sûr, elle a dit. C'est compliqué. Ça prendra un peu de temps. Il a besoin d'une identité en plus des visas. Et les passeports sont plus difficiles à trouver. Mais nous travaillons dessus avec certaines personnes. Ce sera fait.

– Faites en sorte que ça le soit, j'ai dit. Il faut que ce soit fait.

– Ça le sera. » Elle a dirigé sur moi ces yeux dérangeants. Je savais pas où regarder. « Faites bien attention à lui jusqu'à ce qu'on vous apporte les papiers. Vous avez l'air inquiet. Ne le soyez pas, nous vous trouverons.

– Il va falloir encore vous faire confiance, j'ai dit, sentant une vieille amertume poindre en moi.

– Oui, c'est ça.

– On vous fait confiance, Dalilah a dit très vite. Je vous assure, Simone. Simplement on n'est pas tranquilles.

– Attendez cinq minutes après mon départ. Sortez par la porte du côté du Louvre. » L'institutrice s'est levée sans un mot de plus, elle a défroissé sa longue jupe en laine et tourné sa figure à lunettes vers le soleil. « Bonne journée. » D'un air négligent, sans nous regarder, elle s'est éloignée.

Dalilah s'est penchée vers moi, m'a serré l'épaule.

« Ça y est, c'est parti, elle a chuchoté. Sid? On va vraiment y arriver. »

Mais une curieuse sensation semblait flotter sur tout dans ce jardin. Un sentiment de tristesse, peut-être. Je regardais les têtes zébrées de soleil des jeunes filles qui se promenaient sous la chaleur dans leurs robes d'été. Je voyais les tables en fer forgé du café en plein air, les types d'un certain âge en bras de chemise qui rigolaient, là, dans le dimanche. Tout semblait si triste à cette heure languide. L'amertume passait au-dessus de moi comme l'ombre de jours presque oubliés. Et merde. Tout ça, je le savais, était condamné à la ruine.

En remontant notre rue, on a surpris le père Chip dans l'entrée de l'immeuble en face, appuyé au chambranle. Comme s'il faisait que prendre un peu l'air.

« Qu'est-ce que tu fiches, mon frère ? » j'ai crié.

Il s'est redressé, il a brossé la poussière de son pantalon et il est venu vers nous. « Alors, vous les avez ? Ça a marché ? »

J'ai donné une tape sur la poche de ma veste. « Comme une lettre à la poste, mec. Comme une lettre à la poste.

– Bien, bien.

– Mais pas celui de Hiero », Dalilah a fait à voix basse. Elle a levé les yeux vers ses fenêtres et j'ai suivi son regard. Le môme était debout, sombre silhouette, derrière le dernier carreau, les yeux sur nous. J'ai un peu frissonné. J'avais même pas senti qu'il nous regardait.

« Qu'est-ce qu'il fait là-haut ? Dalilah a demandé.

– La Horch d'Ernst a été volée », Chip a répondu.

J'en croyais pas mes oreilles. Je me suis retourné, j'ai regardé la rue. « Y avait même pas d'essence dedans. Merde, quoi. Ils vont la pousser jusqu'à Bordeaux ? »

Dalilah a froncé les sourcils et secoué la tête. « Il faut qu'on parte d'ici, sérieusement. Dans une semaine Paris sera un champ de ruines.

– Va donc le dire au môme, Chip a fait. C'est lui qui nous retient.

– Ce n'est pas sa faute.

– Non. Mais c'est à cause de lui. »

Elle lui a lancé un regard noir, a traversé la rue et elle est entrée. J'ai levé les yeux vers l'appartement, mais je voyais plus le môme. Une main en visière sur les yeux, j'ai regardé la rue autour. Y avait pas d'automobiles en vue, pas une seule.

« T'as pas l'impression que les gens savent une chose que toi tu sais pas ? » j'ai demandé.

Chip a haussé les épaules. « Si, vaguement. »

On voyait de la fumée se répandre au sud de la ville. « Quelqu'un fait brûler quelque chose », Chip a marmonné.

Le lendemain matin, Chip s'est mis en tête de signaler la disparition de la vieille Horch d'Ernst. Pas moyen de l'en dissuader, bordel. Mais on avait pas plus tôt posé le pied dans les bureaux de l'administration que j'ai su que quelque chose clochait. Nos pas résonnaient sur le marbre poli, les couloirs étaient silencieux, le lustre brillait sombrement au-dessus du bureau en acajou de l'accueil. On est passés devant les gros ascenseurs, montés lentement jusqu'au deuxième étage. Y avait des papiers entassés dans les couloirs, des classeurs ouverts sur les bureaux. Pas un seul fonctionnaire en vue.

« Bonjour ? j'ai crié.

– Bon sang de bonsoir, mec, Chip a marmonné. Il se passe un truc.

– Il s'est déjà passé un truc, mon frère. » J'ai avalé ma salive. On déambulait dans les couloirs lugubres, en jetant un œil à l'intérieur des bureaux, mais tout avait l'air saccagé, renversé, abandonné. Dans une aile éloignée, on a fini par trouver un employé dans une petite salle de réunion, debout devant une table en désordre. Avec le soin d'un type qui examine de la soie, il tenait une liasse de papiers. Chip s'est figé dans l'entrée, a frappé deux coups.

« Nous cherchons à signaler un vol de voiture », il a dit.

Le type s'est contenté de froncer les sourcils, en pointant son crayon vers l'horloge du mur d'en face. Dans un anglais précipité, il a dit d'un ton hargneux, « Je prends mon service dans dix minutes. Vous attendrez là-bas », en désignant du regard une rangée de chaises.

« Bon Dieu, Chip a grogné. Leur civilisation s'effondre et il se soucie encore de sa foutue horloge ? »

L'employé a levé les yeux à ce moment et lancé à Chip un long regard soupçonneux. « Vous êtes américains, non ? Pourquoi votre pays ne nous envoie pas d'avions ? »

J'ai secoué la tête sans répondre. Tout allait au diable, et ce type-là avait rien de mieux à faire que de casser les pieds à une paire d'Amerloques. J'ai attrapé Chip par la manche et je l'ai entraîné à l'écart.

Quand on est revenus à l'appartement, il était vide. J'ai traversé toutes les pièces, en gueulant le nom du môme. Personne a gueulé en retour et j'ai trouvé un mot de Dalilah sur le buffet, à côté d'une enveloppe qui contenait nos papiers : *Les Allemands arrivent. Le gouvernement a quitté Paris hier soir. Nous allons à la gare d'Austerlitz pour essayer de partir en train. Rejoignez-nous là-bas quand vous aurez ce message. Ne tardez pas.*

« Elle a pris ses putains de visas, j'ai dit.

– Elle a laissé les nôtres. Ça devrait t'apprendre quelque chose.

– Quoi ? »

Chip m'a reluqué comme si j'étais un âne fini. « Comment ça, quoi ? Qu'elle veut qu'on parte. Qu'on la retrouve ou non.

– Le môme a toujours pas de visa.

– Je sais », Chip a répondu sombrement.

On entendait le flot sourd des voix à des rues de distance. Mais même ça, ça nous a pas préparés à la vision qui nous attendait à la gare d'Austerlitz. Le chaos était indescriptible. Une horde de gens terrifiés qui se débattaient dans une bousculade sauvage, se piétinant les uns les autres et traînant des malles, des valises ou des caisses. Des femmes s'évanouissaient, des gosses criaient. Cette marée humaine s'écrasait contre les portails en fer hérissés de pointes à l'entrée de la gare. La puanteur de cette foule misérable était propre à t'assommer. Et toujours cette vague de hurlements, de cris, de pleurs, les sanglots perçants des mômes dans la chaleur intolérable.

Quand j'ai levé les yeux, j'ai vu les nuages rouler au-dessus de nous de longues plumes de fumée jaune, comme si l'air était devenu du poison là-haut. Une lumière blafarde filtrait au travers, se répandant sur tout. J'ai senti mon cœur faire un bond dans ma poitrine.

« Oh, merde », j'ai fait.

Chip m'a envoyé un coup de poing bien tassé. « Qu'est-ce qui se passe, mon frère ? T'es jamais allé à un match des Orioles à Baltimore ? C'est rien qu'une foule.

– Une foule prête à mordre. On va jamais trouver Dalilah là-dedans.

– Les gens ont le chic de se retrouver, tu verras. Maintenant t'éloigne pas. »

Il a plongé dans la mêlée. On était chahutés, poussés, on aurait été séparés mais il a attrapé le devant de ma chemise et m'a tiré vers lui en faisant sauter les boutons. Dans cette chaleur et toutes ces vagues d'air vicié, je respirais profondément, essayant d'attraper la moindre particule d'oxygène. Mes tempes dégoulinaient de sueur. Chip m'a entraîné de l'avant.

Tout d'un coup un homme me hurlait dans les oreilles. « Sénégal… du Sénégal », il braillait. Il a attrapé le père Chip par la nuque, lui a crié quelque chose en français. Chip lui a presque déboîté le bras, à ce vieux connard. J'ai vu un poing fermé taper dans les reins du type, et il s'est plié en deux.

« Fous-moi le camp, Chip hurlait en anglais. Fils de pute ! Fous le camp ! »

Dans la folie générale on était bousculés, poussés, et finalement on s'est retrouvés loin de lui. J'ai vu du sang sur le col de Chip à l'endroit où le vieux salaud avait déchiré sa chemise.

« Ça va ?

– Quoi ?

– Ça va ? »

Il a haussé les épaules sans rien dire, comme s'il avait toujours pas entendu, et il a continué d'avancer.

Aucun signe nulle part de Lilah ou de Hiero. Ils étaient des milliers dans cette foule, et on était encore loin des hautes grilles en fer. On a dû s'arrêter, incapables de pousser plus loin. On est restés là, dans la chaleur suffocante, avec la sueur qui luisait sur nos nuques et nos bras, en évitant de se regarder. Je clignais mes yeux irrités, quand j'ai senti une main sur mon épaule et je me suis retourné.

Je sais pas, j'espérais peut-être que ce serait Dalilah. Mais c'était une jeune femme qui tenait un enfant au-dessus de sa tête. Elle m'a hurlé un truc en français.

« Anglais ? je lui ai crié. Vous parlez anglais ?

– *Le bébé*, elle a fait, *faites-le passer jusqu'aux portes**.

– Quoi ? »

Un homme grand en chemise bleue nous regardait. Il criait en français.

« *Le bébé*, elle a répété. *Ils les laissent entrer dans la salle d'attente. C'est trop dangereux pour eux ici**. » Et, sans même attendre que je comprenne, elle m'a collé cette chose douce et mouillée dans les bras et a pointé du doigt le type derrière moi. La chose s'est mise à brailler. Je l'ai fait passer.

« Bon Dieu, Chip a hurlé au bout d'une minute. On ira nulle part là-dedans. »

Il a recommencé à me traîner au milieu de tout ça, entre toutes ces épaules moites. J'ai trébuché sur quelque chose de mou. J'ai baissé les yeux, et mon estomac s'est retourné à la vue d'une femme étendue par terre, qui tâchait de se protéger la figure de ses mains couvertes de boue. Avant que j'aie le temps de le faire, un autre type l'a relevée et on nous a poussés en avant. Une mer de figures haletantes, de femmes en châle serrant des paquets entre leurs mains nues, d'hommes pressant des valises contre leur poitrine. La chaleur était forte et humide, et à chaque pas une nouvelle odeur m'assaillait les narines. Une puanteur d'oignons, de patates bouillies, quelque chose de plus mûr et de plus fétide que du cuir pourri. Et pesant par-dessus tout ça, le relent vif, acide, de la pisse.

On a fini par s'extirper de là. J'avais des haut-le-cœur. C'était dégoûtant, toute cette peur.

« Allez viens, mon frère. » Chip était essoufflé. « Faut qu'on trouve un autre moyen. Quand les Boches arriveront, y aura plus rien. »

Une fois loin de la gare, le silence subit nous a paru presque écrasant. Y avait pas une autre âme dans les rues. On s'est dirigés vers le boulevard Saint-Michel, par où tous les réfugiés du Nord affluaient depuis quelques semaines. On savait que par là on atteindrait le sud de la ville. On les a entendus avant de les voir. Une clameur incroyable, des milliers de Parisiens qui se pressaient vers le sud. Des foules denses comme un fleuve traînant des caisses, des brouettes, des bicyclettes chargées de montagnes de valises. Les autos encombraient les routes, avançant au pas, avec assez de matelas ficelés sur le toit pour arrêter les balles des Stukas.

On entendait plus les obus maintenant, que la clameur humaine. La foule s'écoulait par les portes de la ville, contournait des automobiles en panne d'essence, des camions aux pneus crevés, une odeur de caoutchouc brûlé dans l'air. Les voitures roulaient portières ouvertes, les banquettes arrière bourrées d'horloges déglinguées, de louches, de boîtes de hareng en saumure. On a vu une charrette renversée, l'essieu cassé en deux, un cheval mort qui pourrissait déjà dans la chaleur. Sur les visages des gens on lisait une terreur silencieuse, un désespoir farouche, obstiné, tandis qu'ils avançaient peu à peu.

Chip et moi, on s'est laissé emporter dans cette tempête. On avait rien apporté, rien à boire, rien à manger et je savais déjà que c'était idiot. Ça me lançait dans le crâne. Chip, les yeux plissés, faisait la grimace. Je me suis senti pris d'une formidable impuissance. Une vieille bonne femme est passée à côté de nous, le dos tordu comme un crochet à chapeau ; elle poussait son vieux mari infirme dans une charrette. J'ai pu que détourner les yeux.

Chip m'a attrapé par la manche et fait signe de regarder de l'autre côté du boulevard. Un vieil homme m'a rentré sa foutue brouette dans la cuisse, et il a continué.

« C'est pas le môme ? Chip criait.

– Où ça ?

– Là-bas. Sous l'arbre, bon sang. Sur l'herbe. Là. »

Je regardais de tous mes yeux. « Non, j'ai hurlé, c'est pas lui. Allez, viens. »

Mais Chip s'était mis à pousser à travers cette masse de gens.

« Chip, j'ai crié. Bordel, Chip ! »

Il s'est pas arrêté.

Je l'ai suivi en jurant.

Mais, merde, c'était bien le môme. Il était assis la tête entre les genoux, les mains mollement croisées. Dalilah, accroupie devant lui, tournait le dos à la foule. Ses vêtements flottaient sur lui, comme s'il venait de les voler sur une corde à linge, et assis là dans cette mare de tissu il avait l'air d'avoir complètement rétréci. Y avait d'autres gens, des familles, des indigents assis sous cet arbre. La lumière jaune brillait sur les pommettes de Dalilah. Son visage paraissait aigu, anguleux, maussade.

« Salut, ma belle, a fait Chip. C'est comment la vue d'ici ?

– Vous avez eu mon message », elle a dit d'une voix épuisée.

Chip a froncé ses petits yeux. « Ouais. Et notre ami Sid était vachement content d'en avoir un cette fois-ci. » Ses lèvres d'huître formaient un sourire.

J'ai détourné les yeux. Il faisait trop chaud, une chaleur horrible. « Vous aussi vous avez laissé tomber la gare, je vois. » C'était pas une question.

Dalilah a passé une main le long du cou lisse de Hiero.

« Le môme est malade ? » Chip a demandé. Il s'est accroupi sur ses talons.

Mais quand Hiero a levé la tête on a vu le sang. Quelqu'un lui avait fracassé le nez, fendu la lèvre.

« Nom d'un chien, Chip a marmonné. Fais-moi voir ça.

– Il va bien, Dalilah a dit d'un ton vif. J'ai déjà nettoyé la plaie. Du mieux que je pouvais. »

Je l'observais, avec sa tête qui dodelinait sur ses épaules comme s'il avait marché au tord-boyaux toute la journée.

Chip a pris une drôle d'expression. « Qu'est-ce qui s'est passé ? Quelqu'un l'a pris pour un Africain ? »

Dalilah a hoché la tête. « Un soldat sénégalais. Il a cru qu'il abandonnait la ville. »

Je lâchais pas des yeux cette masse de terreur, tous ces foutus gens qui se traînaient avec leurs possessions pas croyables. Je pensais, *Un Stuka arrive, vous avez aucune chance. Vous serez tous fauchés comme de l'herbe. Comme avec un peigne qui ramasse des poux.*

Chip m'a lancé un regard pensif. « C'est sans espoir, tu crois pas ? »

Les foules déferlaient, s'enflaient autour d'une charrette échouée, la dépassaient en un flot continu. Tous ces cris, les enfants qui hurlaient, les gens qui poussaient les trucs les plus insensés. Et cette vilaine lumière jaune qui se réverbérait sur tout.

« On ira nulle part là-dedans », j'ai fait.

Chip a hoché la tête. « On ira juste assez loin pour que personne puisse nous enterrer, quand les Stukas nous auront réduits en chair à pâté.

– C'est ça qui t'inquiète ? D'être enterré ? »

Il a eu un sombre sourire. « Y a rien qui m'inquiète, mec.

– On rentre, Dalilah a fait doucement. On rentre, Hiero et moi. »

On s'est retournés tous les deux et on l'a regardée, assise un bras autour des épaules frêles du môme. Il s'est mis à tousser.

« Les Boches vont tuer tous ceux qu'ils vont trouver. » La voix de Chip était froide. « C'est vers ça que vous rentrez ? T'es sûre ? »

Elle fixait le môme avec tristesse. « C'était idiot. On ne peut pas se permettre de paniquer. Si on perd la tête, on est dans un sacré pétrin. Je ne sais pas ce qu'on va faire, mais ça, ça ne sert à rien du tout. Les Allemands vont arriver par ici avec leurs avions et nettoyer cette route en l'espace de quelques minutes. »

Je l'ai regardée. C'était comme si elle lisait dans mes pensées. Chip a secoué la tête, mais je savais que lui aussi pensait que ça servait à rien. On échappe pas à la guerre. Elle marche bien trop vite pour ça.

Alors on est repartis vers Paris. On avançait péniblement, sur les côtés de la route, à contre-courant des réfugiés. Ils paraissaient même pas nous remarquer. Personne ne parlait. On a repassé les portes de la ville, marché par les rues abandonnées avec leurs boutiques fermées, et on a fini par remonter à Montmartre, en traînant nos souliers entre les immeubles sombres et désertés.

En passant devant la vitrine de la Punaise, j'ai aperçu notre reflet. On semblait dériver plutôt que marcher, nos figures brouillées dans la vitre, des fantômes.

Le lendemain le soleil s'est pas levé.

Tout n'était qu'obscurité sur la ville vide, le ciel de l'aube noir comme de la suie. Une pellicule de cendre recouvrait les pavés, les réverbères, les fenêtres barrées de planches. Les rues avaient l'air ravagées, désolées. On marchait dans cette obscurité surnaturelle, en écoutant le grondement incessant de l'artillerie lourde au loin. De temps en temps une fenêtre vibrait sur ses charnières à cause du souffle.

Nos souliers sonnaient creux sur les places vides. Les boutiques étaient toutes condamnées. Les fenêtres des appartements n'étaient pas éclairées. Y avait même pas un pigeon en vue.

« Nom de Dieu », Chip a marmonné. Il s'est passé une main sur la tronche. Elle en est ressortie noire.

« Qu'est-ce que c'est ? Dalilah a demandé. Du charbon ? Ils font brûler les réserves de charbon ?

– Ils nous laissent tomber, ma fille, j'ai dit. Ils ont pas l'intention de défendre quoi que ce soit. Ils se cassent pendant qu'ils peuvent. »

Chip a grogné.

Le môme, il disait pas un mot. Il se traînait derrière nous, tête basse, la figure plongée dans l'ombre. À chaque coin de rue ou presque il se penchait en avant, tremblait, crachait de ses poumons une sorte de boue noire et fondue. Comme si l'obscurité l'avait imprégné jusqu'au cœur.

On marchait au milieu des Champs-Élysées, parmi les poutrelles d'acier sales, les pelotes de fil barbelé. On scrutait le brouillard. Pas une autre âme qui bougeait, pas de lumières électriques.

Au bout d'un moment Dalilah a ralenti le pas et nous a fait un signe solennel de la tête.

« Qu'est-ce qu'il y a, ma fille ? Chip a demandé.

– Je dois rencontrer des gens. Je vous retrouve à l'appartement. » Elle a regardé longuement le môme. « Sois sur tes gardes. »

Il a rien répondu. S'est contenté de la fixer de ses yeux enfoncés dans leurs orbites.

« Tu veux que l'un de nous t'accompagne ? j'ai dit. C'est pas sûr par ici.

– C'est une dure à cuire, cette poulette, Chip a fait. Elle va se débrouiller. Pas vrai, ma belle ?

– Je vais me débrouiller. » Elle s'est fondue dans l'obscurité.

Personne lui a demandé où elle allait.

On savait pas vers quoi se diriger. Mais on a fait un tour jusqu'à la Seine avant de repartir vers l'est. Puis nous revoilà au bord du boulevard Saint-Michel, à regarder les réfugiés qui partaient vers le sud. On parlait pas. Le craquement tranquille des essieux, le vacarme des charrettes sur les pavés. Un cheval, les côtes saillantes comme des fourchettes, s'ébrouait en frappant des sabots sur le sol. Le bruissement léger, régulier des pas faisait comme de l'eau, comme le vent ondulant dans les herbes.

Ceux-là n'étaient pas de Paris, on le savait. Ils venaient de plus loin, du Nord, des zones de combat. Je voyais pas leurs figures, rien que l'image floue et pâle de mécontents, de malheureux, de vaincus. Nom de Dieu. J'ai levé une épaule, fourré mes mains profond dans mes poches.

Au bout d'un moment, on est repartis d'un pas lourd vers le café de la Punaise. La vitrine était masquée de planches à présent, et y avait que des bougies allumées sur les tables, mais c'était encore ouvert.

J'ai posé les coudes sur le comptoir. « Trois cafés au lait. » Elle m'a jeté un regard bizarre, mauvais, en hochant vigoureusement la tête. Ses cheveux n'étaient pas attachés et des mèches grises ébouriffées lui encadraient les tempes. Elle grattait une plaque rouge qui avait l'air infectée sur le dos de sa main, en m'étudiant comme si elle délibérait.

« Quoi ? » j'ai dit.

Elle a froncé les sourcils, s'est éclairci la gorge. « Il faut payer d'abord.

– Vous rigolez ? Bon sang, madame, c'est nous. Vous nous connaissez. »

Elle a haussé les épaules. « Les temps ont changé. »

J'ai lâché un juron et tâtonné un moment dans ma poche. L'argent d'Ernst, qu'on avait partagé équitablement, avait cessé d'être équitable. Chip était plein aux as alors que nous autres on comptait les centimes qui nous restaient. Au bout d'une minute j'ai sorti une poignée de francs froissés et je les ai claqués sur le comptoir.

« C'est le double, elle a dit.

– Alors là, je sais que vous vous fichez de moi. »

Elle a soutenu mon regard. L'un de ses yeux globuleux paraissait vitreux, gris. Je l'avais pas remarqué avant, mais à présent il était clairement sinistre. J'ai compté quelques francs de plus en faisant la gueule, et je suis revenu à la table.

« Vous croirez jamais combien ça m'a coûté, j'ai dit.

– Deux fois le prix d'avant, Chip a fait. Et t'as payé d'avance. »

Je l'ai fixé.

Il a montré ses paumes. « Quoi, me regarde pas comme ça. Pourquoi tu crois que j'ai pas commandé les cafés ? » Au bout d'un moment il m'a lancé un sourire vachard. « Ça n'a pas d'importance toute façon, mon frère. Une fois les Boches arrivés, les francs vaudront plus un clou. »

À travers les planches je voyais la lumière changer dans la rue, briller d'un gris plus pâle. « C'est en train de s'éteindre, j'ai dit. C'était ptêt' pas l'Apocalypse finalement. »

Tout d'un coup le môme se penche en avant, en faisant presque basculer sa chaise. « Et puis merde, il siffle. Faisons-le. »

Chip lui décoche son sourire amer. « Mec, t'es pas mon genre. Cela dit, Sid, ici présent… »

Mais pile à ce moment la Punaise est arrivée avec nos crèmes, elle les a posés durement sur la table, et le môme s'est tu, son visage s'est fermé. Il lui a même pas accordé un regard. Mais dès qu'elle a tourné le dos, il a levé vers nous des yeux encore brillants.

« Faisons-le, il a répété, plus doucement. Gravons-la, cette galette. »

Je tendais la main vers ma tasse. « De quelle galette tu parles ? »

Le môme a fixé Chip d'un air maussade, comme s'il attendait qu'il réponde à sa place.

« Le *Horst Wessel*, il a dit. Je pense que c'est de ça qu'il cause, notre petit musicien. Je me trompe pas ? »

Hiero, alors, a tourné son regard farouche vers moi. Ses traits avaient un éclat, une sorte de luminosité fiévreuse qui irradiait de sa peau, comme de la chaleur. J'ai dégluti nerveusement. C'était pas prudent, de parler boche comme ça. On s'est rapprochés et on a chuchoté.

« Comme Armstrong l'avait dit, Hiero a repris. Il faut qu'on le fasse. On sera tous morts dans quelques jours toute façon.

– On a pas de deuxième trompette, Chip a dit.

– Coleman », j'ai fait, avant même d'y avoir songé. C'était si évident, aucune autre réponse tenait la route. « Billy le fera, c'est sûr. S'il est encore là.

– On a pas d'endroit où enregistrer », Chip a objecté. Il a bu une gorgée de son café, mais je voyais les vieux rouages tourner derrière ses mirettes. « Mais Dalilah en connaîtra peut-être un. Bon Dieu ! Qu'est-ce que tu crois, le môme ? T'es pas trop malade ? »

Hiero l'a fusillé du regard.

Et d'un coup j'ai eu ce sentiment de légèreté, de douce excitation. Comme l'écho d'une sensation passée, dans une autre vie. « OK, p'tit père, faisons-le, j'ai dit, en imitant la voix rocailleuse du père Armstrong. Entrons dans l'Histoire. »

Chip a fait la grimace. « Arrête ça. T'as l'air d'un sombre idiot. »

Les rayons du soleil inondaient les rues. Dalilah marchait à l'ombre des immeubles, puis elle a traversé pour monter chez nous. Elle allait lentement, comme si elle avait de mauvaises nouvelles à nous annoncer. Mais en réponse au regard inquiet du môme, elle a simplement sorti un vieux trousseau de clés rouillées qu'elle a posé sur le buffet.

« Le studio n'est pas loin, elle a dit. Mais il est vieux. Plutôt rudimentaire. »

Hiero frissonnait sous ses couvertures.

« Ça ira, j'ai dit. Du moment qu'il fonctionne. T'as parlé à Coleman ?

– Billy est d'accord », elle a répondu.

Elle avait déjà collé un drapeau américain sur la fenêtre côté rue, devant les rideaux opaques, pour avertir ces salopards de Boches. Tous les quartiers de Paris s'étaient vidés, les foules s'amassaient toujours dans les gares. Mais aucun train n'arrivait plus. On entendait les vibrations et les frappes régulières de l'artillerie toute la journée à présent, de plus en plus proches, et jusque tard dans la nuit. On restait tous éveillés, à écouter la guerre et les gémissements de Hiero. Et nos estomacs rétrécis qui grondaient sous nos mains. On avait faim, mon frère, et y avait plus que du bouillon d'oignons dans les bistrots, et sur les marchés des carottes ratatinées ramassées derrière le bois de Boulogne. C'était le jour où les bureaux de poste ont baissé leurs lourds rideaux de fer pour de bon. Le téléphone n'allait pas au-delà des limites de Paris. On était coupés du monde finalement.

« Ils peuvent nous fusiller tant qu'ils veulent, personne en saura jamais rien, Chip a fait. On disparaîtra, c'est tout.

– On commence à enregistrer ce soir », le môme a chuchoté les dents serrées.

Ça a fait rigoler Dalilah. « Continue de te répéter ça. Vas-y. Ce soir tu te reposes, on verra comment tu te sens demain.

– Me reposer, mon œil, Hiero a grogné d'une voix faible. On a plus le temps d'attendre.

– Tu crois que les Boches vont s'occuper de savoir si tu es malade ? Ils vont débouler dans la ville et tirer sur tout ce qui bouge. Tu préfères être malade à ce moment-là ? »

Le môme a frissonné.

Chip broyait du noir à la fenêtre.

« C'est bon, mon frère », j'ai dit doucement. J'avais ressorti ma vieille basse et je vérifiais plutôt deux fois qu'une si les cordes répondaient. J'ai levé les yeux vers le môme. « On va le faire. On va vraiment le faire. Leur foutu pilonnage peut commencer quand il veut. Dès que t'es prêt, on le fait. Mais tu vas rien sortir si tu peux à peine respirer. »

On avait tous la trouille. Mais le lendemain, aussitôt réveillés, on a entendu les nouvelles à la TSF, et plus tard on a vu les affiches placardées partout dans les rues : Paris était ville ouverte. Personne se battait pour elle.

À présent, si on levait la main sur un Allemand, on violait la loi.

Half-Blood Blues. C'est comme ça qu'il allait l'appeler, notre morceau tiré du *Horst Wessel.* C'était pas du vrai blues, évidemment, il y manquait la bonne structure harmonique, mais le môme s'en fichait pas mal. « Le blues, il a dit, dans une vilaine quinte de toux, le blues, ça a jamais été une question d'accords. »

Je me suis dit, *bon sang, y a plus rien ces temps-ci qui est ce qu'il prétend être.*

Donc le lendemain le môme a claqué notre porte, l'a fermée à double tour, et nous voilà partis. On cheminait sur les pavés à travers les places abandonnées, sous la pluie fine qui tombait. Hiero avait l'étui d'Armstrong sous le bras, la tête baissée, les épaules remontées jusqu'aux oreilles. On entendait le grondement régulier des explosions au nord. C'était l'artillerie des Boches. Les réverbères n'étaient pas allumés, et on avançait dans l'obscurité, lourds comme des draps mouillés.

« Où est-ce qu'on va, le môme ? » j'ai fini par demander.

Mais Hiero s'est seulement retourné à moitié ; il a cligné des yeux pour en chasser la pluie chargée de suie. Il a toussé, l'air fiévreux. « On va travailler. »

Chip a craché. « On va jouer, tu veux dire.

– Eh ben, dépêche-toi, mon frère, j'ai dit. Parce que je vais pas tourner en rond toute la nuit. À moins que l'un de vous deux ait envie de porter un peu mon étui. »

Parmi les ombres qui se rassemblaient, j'apercevais les maudites affiches déclarant Paris ville ouverte. Elles avaient été placardées sur les volets fermés des boutiques, ou pendaient déjà déchirées sur les réverbères éteints, se désagrégeant doucement dans les caniveaux. Merde, j'ai pensé. Ce qui se prépare c'est pour bientôt.

On a tourné un coin en restant dans l'ombre. Une silhouette était adossée à une porte de l'autre côté de la ruelle. Chip lui a jeté un regard inquiet jusqu'à ce qu'elle s'avance dans le crachin. C'était Bill Coleman.

« J'ai cru que c'était un flingue, mon frère, Chip a soufflé, en désignant de la tête la trompe qui pendait contre la cuisse du musicien.

– Oh, je sais ce que t'avais envie que ce soit, Coleman a fait en souriant. Comment vous allez, les gars ? »

On a salué Coleman, soulagés, et après, on a tous regardé Hiero sortir ce jeu de clés d'un autre âge et les essayer une par une dans la serrure d'une étroite porte blanche. J'ai jeté un coup d'œil de l'autre côté de la ruelle vers les fenêtres aux rideaux fermés. Le temps que ça prend, je me disais, ça peut pas être bon. Mais là le môme a tiré sur la porte. À la lumière du crépuscule, on distinguait mal un couloir en briques étroit, et après c'était les ténèbres. L'air puait la merde de rat, l'odeur âcre du savon. J'ai lancé un regard dur au môme. Il a haussé les épaules.

« Entre, il a dit. Qu'est-ce que t'attends ? »

Il a refermé la porte grinçante derrière nous.

Chip cherchait à tâtons un interrupteur. « Bon Dieu, le môme, la lumière marche pas.

– Y a pas que les lumières, Coleman a fait. Le courant est coupé. »

Chip a laissé échapper une flopée d'horribles jurons. Je me suis mis à sourire en entendant ça. Soudain y a eu un grand fracas, et Chip a juré de nouveau. « Qui a foutu ces putains de chaises au milieu de cette putain de pièce ? »

Des deux mains j'ai essuyé la pluie de mon visage. « Comment on va enregistrer sans électricité ?

– C'est la guerre, mon frère, Coleman a dit. Qu'est-ce que tu veux y faire ? »

Le bruit d'une allumette qu'on gratte, puis la lumière qui s'embrase dans la main osseuse du père Hiero. Ses orbites enfoncées dans l'ombre. « On va jouer. Y a rien d'autre à faire.

– Mais on va rien enregistrer. »

Le môme s'est détourné.

« Oh, le courant va finir par revenir, Coleman a fait. On le couchera à ce moment-là, Sid. Pas la peine de t'inquiéter. »

Quelqu'un a trouvé un vieux bout de chandelle et l'a posé sur un verre retourné, sur une chaise au milieu de la pièce. J'ai regardé autour de moi. Le studio était étroit, exigu, le plafond bizarrement haut. Les murs insonorisés étaient comme couturés de cicatrices, comme s'il y avait eu une sacrée fusillade. Le plancher sous nos pieds avait été peint en blanc et les lames mal ajustées vibraient quand on se déplaçait.

« Ça va donner un son magnifique sur le disque », Chip a fait, sourcils froncés.

Le môme se tenait dans le coin, nous observant à travers l'obscurité. Je voyais pas ses yeux. Il fichait vraiment les jetons.

J'ai laissé tomber mon instrument contre un mur. « Allons-y, alors. »

J'avais pas mal le trac, voyez-vous. J'avais pas tenu d'instrument depuis ce maudit matin avec Armstrong, dans une autre vie. J'ai passé les doigts sur les cordes fines et lisses, dans la lumière vacillante, me sentant un peu triste, comme si je m'étais raconté un mensonge à moi-même depuis un sacré bout de temps. Je pensais, *Ça n'a pas d'importance maintenant, si ? Ça n'a pas d'importance si tu trébuches. Y a plus rien à prouver.*

Il y avait une batterie dans un coin. Coleman a commencé à souffler dans ses pistons. J'ai regardé le môme, il m'a regardé, et ensuite, Chip nous donnait le compte à rebours. Aussi soudain que ça, mon frère. Pas une parole échangée. Rien que nous quatre grimpant à bord de cette musique comme si on avait tous le même billet pour le même foutu train.

Et ça collait bien. Je me suis tout de suite plié sur Chip, à monter et descendre les échelles de rythme qu'il posait pour moi. Coleman nous a suivis sur son cuivre avec un cri vif et tanguant. Ça sonnait plein, riche, triste et épuré en même temps. À la fois brillant et grave.

Tout d'un coup Chip m'a lancé un regard étonné de son coin sombre.

Le môme écoutait à peine, on aurait dit. Tenant sa trompette avec une nonchalance inattendue, d'une main presque négligente, il a réussi à sortir un étrange petit gémissement de son cuivre. Comme s'il y avait cette panique piégée, ce chaos à peine contenu, et que Hiero lui-même en était le couvercle.

Je me suis un peu retenu quand il nous a rejoints, de peur qu'on le submerge dans ce placard exigu. Mais il a adouci son timbre en même temps que moi, l'a rendu flou. Puis il a fait exploser une seule note pure, brillante, et j'ai pensé, mon Dieu !

Peut-être que je pleurais. C'était le son de quelque chose sur le point de former une croûte, d'une chose liquide prenant finalement consistance. Le son même de l'âge, de vieillir, de la rage adolescente tempérée par un cœur d'homme. Ouais, c'était ça. C'était le son du môme en train de devenir adulte. Comme s'il avait pris un peu de la tristesse colossale du père Armstrong.

Même moi, ça m'a rendu solaire. Brûlant, frémissant, presque mystique. Et tout d'un coup j'ai compris ce qu'il était pour moi, le môme. Que c'était seulement quand je jouais avec lui que je trouvais mon propre style. Tout seul, j'étais rien. Rien qu'une ligne rigide, un métronome régulier. Mais le môme, bon Dieu, d'une façon ou d'une autre sa trompette mettait tout ça en avant, il me poussait sur la ligne de front. Comme si c'était lui qui me maintenait en rythme, et pas le contraire.

Peut-être que j'arrivais enfin à me pardonner. D'avoir échoué. Peut-être que c'était le son du pardon que j'entendais dans ma vieille basse. Parce que cette nuit-là, en swinguant à la lumière d'une bougie dans cette pièce étriquée, tout ce qui était en guerre en moi s'est apaisé.

Je savais, sans l'ombre d'un doute, que j'avais jamais participé à rien de plus grand de ma vie. Rien d'autre comptait.

On était tous libres, mon frère. Le temps de cette nuit-là, au moins, on a été libres.

Le lendemain matin, on a été réveillés par un bourdonnement sourd venu du sol et des fenêtres qui vibraient. D'abord j'ai cru que j'étais encore dans le rêve de tout ce jazz qu'on avait joué. Mais ensuite je me suis réveillé pour de bon, mon sang battant à tout rompre. Je me suis levé en vitesse, j'ai ouvert les rideaux de couvre-feu, collé ma bobine ensommeillée au soleil. Les rues étaient vides, les pavés ternes. Mais à l'écho que renvoyaient les immeubles, à travers les places, ce grondement incessant s'est fait clair. Des bottes. Des milliers de bottes défilaient sur la chaussée.

« Merde, Chip a dit en bâillant. Dites-moi que c'est pas mon crâne.

– C'est pas ton crâne. » Je me suis raclé la gorge, j'ai craché en bas dans le caniveau. Puis je me suis penché à l'intérieur. « Les Boches. »

C'était le 14 juin.

Le môme frissonnait fort sous ses couvertures.

« Comment il va ? »

Chip a remonté les draps sur lui. Le môme a même pas entrouvert une paupière. « D'avoir tant joué hier soir, ça l'a éreinté. C'est pas bon, mec. Qu'est-ce que t'en penses ? »

Je savais pas. Je sentais encore mes doigts palpiter de la nuit passée. Je me sentais nerveux, habité par un curieux sentiment d'exaltation. Nom de Dieu. Je suis allé à l'interrupteur, je l'ai abaissé. Le courant était revenu.

« Y a des bons côtés alors, Chip a grommelé. Les lumières marchent maintenant qu'il fait jour.

– Tu peux faire confiance aux Schleus, j'ai dit, en faisant un salut. *Heil !* »

Mais il a pas souri. Pas comme avant.

« Faut qu'on fiche le camp, Sid, il a dit, à voix basse. On peut pas rester, tu le sais bien. »

Mais je frétillais encore de notre séance de la veille. « On est des Amerloques, mon frère. On peut rester si on veut. C'est pas notre guerre.

– T'as jamais entendu parler de gens qui se faisaient fusiller, juste parce que c'était des crétins ?

– Chip, j'ai dit. Allez, mon frère. Ils vont pas te traquer. Ils savaient même pas qui t'étais du temps de Berlin.

– J'ai dit des crétins, mon frère. Je parlais pas de moi. » Mais il était pas rassuré. Il fixait misérablement le ciel bleu derrière la fenêtre. « La fumée s'est dégagée pendant la nuit.

– Sûr. Un jour parfait pour envahir une ville. »

Dalilah est sortie à ce moment-là en nouant sa robe de chambre en soie. Debout à la porte de sa chambre, elle nous étudiait, le visage blême. « Ils sont ici », elle a simplement dit.

Alors on s'est levés, on s'est habillés, on a chaussé nos vieux souliers et on a quitté l'appartement, Dalilah, Chip et moi. En laissant le môme dormir pour qu'il récupère un peu. On a pris soin de prendre nos papiers avec nous.

« Qu'est-ce qu'on va manger ? » Chip a demandé quand on a mis le pied dans la rue déserte.

J'ai jeté un coup d'œil aux fenêtres d'en face. Plus personne habitait là à mon avis.

Dalilah se taisait.

Chip a grogné. « Oh, quoi, on va rien manger ? Les Boches sont peut-être là mais ma vieille panse en sait rien. Allez. Passons au moins chez la Punaise. »

Mais on marchait pas du tout dans cette direction. On se dirigeait vers la place de la Concorde. On croisait des gens aux carrefours, une poignée de marchands installaient leurs étalages du vendredi. On les dépassait d'un pas nonchalant, mais on se sentait bizarres, étourdis, comme si on était dans un drôle de rêve. Une fille est passée en larmes sur sa bicyclette. J'ai entendu Chip jurer.

J'ai soudain remarqué que j'avais pas entendu un seul coup de canon de toute la matinée, l'air était immobile, à part ce frémissement sous les pavés. On a continué, laissant derrière nous les bistrots condamnés, les pharmacies et les cafés aux volets fermés. Le ciel bleu et vide était sinistre au-dessus de nos têtes.

On est arrivés place de la Concorde, derrière une foule qui grossissait. Je voyais un char allemand, brillant comme si on venait de le laver, le casque d'un soldat en gris debout dans la tourelle. Tant de dureté et tant de beauté sous le soleil de juin. Il y avait de grosses mitrailleuses placées sur les toits des bâtiments les plus proches. Et des milliers, mon frère, des milliers de Boches défilaient devant nous.

Dieu du ciel !

On s'est faufilés à travers la foule jusqu'à ce qu'on ait une vue dégagée de ce qui se passait. J'arrêtais pas d'avaler ma salive, mais ma gorge restait sèche comme une biscotte. Les SS franchissaient les grilles et traversaient les pavés de la place en faisant sonner leurs talons, tournant tous vivement la tête à droite quand ils passaient devant leurs officiers. Et faisant ce foutu salut bras levé. Courant tout autour, les photographes allemands s'agenouillaient ici et là, tâchant de saisir le moindre angle impie de cette parade. C'était un flot incessant d'uniformes vert-de-gris, de bottes en cuir luisantes, dont le bruit résonnait contre les colonnes du palais. Les monuments avaient un air de reproche.

Puis une vieille femme a sifflé juste derrière nous : « Des Sénégalais, des Sénégalais. »

Chip a levé la tête et s'est retourné brusquement, furieux. « Américain », il a hurlé. Il montrait son passeport comme pour prouver quelque chose. « Des putains d'USA. Tu m'entends, ma sœur ? Bon Dieu.

– Merde, mon frère, tu peux pas faire un peu plus de bruit ? » j'ai chuchoté.

Dalilah secouait la tête sans rien dire.

Chip l'a regardée, dégoûté. « Tu crois pas que c'est le moment de ficher le camp ? On a nos foutus visas. Tu veux quand même qu'on reste à poireauter ? Je suis pas exactement invisible par ici. »

Le visage de Dalilah s'est assombri. « Le visa de Hiero devrait arriver d'un jour à l'autre. Il arrive. Vraiment.

– Tu parles. Ton foutu contact est même plus là, je parie. »

Elle s'est mordu la lèvre et s'est détournée.

Les maudits Boches continuaient de défiler, des hordes de vert-de-gris. Leurs talons claquaient comme des coups de fusil. Un bonhomme poussait derrière nous, le regard sur les colonnes. Il s'est mis à gueuler, soulagé. Je comprenais pas un mot. Il pressait une main tremblante sur son cœur.

Dalilah nous a regardés en secouant la tête. « Il croit qu'il est sauvé. Il croit que c'est l'armée britannique. » Elle s'est tournée vers lui, lui a dit sèchement quelque chose en français.

« Oh, Lilah, laisse-le tranquille », j'ai chuchoté.

Mais c'était trop tard. Le vieux type ouvrait la bouche, la regardait avec horreur. Ses yeux ont glissé encore sur les soldats, puis de nouveau sur elle. Il a fixé autour de lui les visages moroses des autres spectateurs. Tout d'un coup, il a laissé échapper un sanglot, il s'est éloigné de quelques pas et il a plus bougé, les yeux sur un bâtiment déserté en face.

Y avait rien d'autre à faire que regarder. Je voyais la foutue bannière couleur sang se lever partout dans Paris : sur la Madeleine, le palais Bourbon, à tous les coins de la place de la Concorde. Même la tour Eiffel était drapée de cette araignée noire qui dansait.

« Vous en avez pas assez vu ? j'ai demandé, révolté.

– Attends un peu, mec. Ils vont bientôt se mettre à lancer les bonbons. »

J'ai avalé ma salive et fait demi-tour.

J'ai senti une main fraîche sur mon poignet. « Sid, Lilah a dit. Il vaut mieux pas que tu partes maintenant. Il vaut mieux pas qu'ils te voient partir. Sid.

– Je peux pas regarder une minute de plus. Je me tire. »

Chip m'a lancé un regard dur. « Tu veux te faire fusiller, mon frère ? »

Je me suis libéré de Dalilah. « Merde. Ils vont fusiller tous ceux qu'ont besoin d'aller aux WC ? Je vais pas rester planté là. On se voit à l'appartement. »

C'était terminé. Tout était terminé. J'ai tourné les talons et je suis reparti en jouant des coudes à travers la foule compacte. Ça donnait l'impression de s'enfoncer dans de la cire molle, ces gens qui bougeaient presque pas.

Quand je suis rentré, Hiero dormait encore. Il était allongé sur le vieux canapé dans la faible lumière du salon, la peau luisante de sueur froide. Il a froncé les sourcils dans son sommeil et ramené ses jambes à lui, en position fœtale. Le canapé a grincé sous son poids. Je me suis agenouillé à côté de lui, j'ai attrapé un vieux pot de baume et je me suis mis à l'étaler sur son torse imberbe.

« Là, doucement, mec, j'ai dit. Vas-y doucement. Ça va ? »

Il a toussé en guise de réponse, une toux aiguë, chargée de sang, sans même ouvrir les yeux.

Je lui ai mis un deuxième oreiller sous la tête, pour lui dégager un peu les bronches. Je me sentais vachement impuissant.

C'est à ce moment que j'ai entendu. Trois coups secs à la porte.

J'ai pas bougé, l'oreille tendue.

C'est revenu, clair et net.

Bon sang de bonsoir. Mon cœur s'est mis à battre très fort. Prudemment, j'ai jeté un coup d'œil dans la rue par-dessus le rebord de la fenêtre, mais j'ai vu aucun Boche, pas de char ni rien. J'ai posé un doigt sur les lèvres gercées du môme.

« Tiens-toi tranquille, mon frère, j'ai chuchoté. Surtout fais pas de bruit. »

Et je me suis levé, j'ai suivi le couloir en faisant très attention. Chaque lame du parquet grinçait sous mes pas comme des feux d'artifice.

Les coups reviennent une troisième fois, impatients, secs.

Debout devant la lourde porte en chêne, j'écoutais. Rien. On avait pas de judas, rien qu'un lourd loquet en fer au milieu de la porte. Mes mains tremblaient. Mais ensuite j'ai pensé, *Mon frère, si c'était les Boches, ils te crieraient sûrement quelque chose. Ou ils enfonceraient la porte. Ils vont pas se contenter de toquer comme s'ils avaient toute la journée.*

Pourtant j'ai pas bougé. Pendant ce qui m'a paru durer un siècle j'ai pas fait un geste.

J'ai fini par crier en anglais : « Hello ? Qui est là ? »

Rien. Pas de réponse.

J'ai pris une inspiration, tiré les verrous, ouvert la porte.

Le palier était vide.

J'ai jeté un rapide coup d'œil dans le couloir, je suis sorti et j'ai regardé dans la cour en bas par-dessus la rampe. Y avait personne. Mais j'avais entendu personne partir, et y avait un truc là-dedans qui me rendait vachement nerveux. Sur le palier régnait une odeur de poussière, de caoutchouc humide, et par-dessous un vif relent d'oignons bouillis.

C'est à ce moment que je l'ai vue. Glissée sous le paillasson, un seul coin brun qui dépassait. J'ai pris l'enveloppe et jeté un regard pas tranquille autour de moi avant de me faufiler à l'intérieur.

Des papiers. Même avant d'avoir déchiré l'enveloppe, je savais ce que c'était, forcément. Et en effet, là, à l'encre rouge : Hieronymus Thomas Falk. Le nom imprimé bien net sur le visa de sortie français, sur le visa de transit, sur le permis d'entrée en Suisse.

Tout brillait brusquement, comme si on avait reçu un laissez-passer en or pour sortir de l'enfer. Je me suis appuyé contre le buffet, tremblant, avec une saleté de boule dans la gorge, comme si j'allais me mettre à pleurer. Je battais fort des paupières.

Et puis ça m'a frappé. J'ai encore feuilleté les papiers, tenu l'enveloppe ouverte, tâté à l'intérieur. Y avait pas de passeport américain. Y avait pas de visa pour Lisbonne. Nom de Dieu. Quoi qu'il fasse d'autre, le môme revenait pas à la maison avec nous. C'était la fin de notre vie ensemble. C'était la fin des réveils le matin devant sa bobine mi-apeurée, mi-sarcastique. Merde.

C'était la fin de nos enregistrements.

J'ai jeté un coup d'œil derrière moi dans le salon. Le môme gémissait doucement dans son sommeil. Je réfléchissais même plus. J'ai remis ses visas dans l'enveloppe, je suis entré dans la cuisine et j'ai regardé autour de moi. J'ai écarté la glacière du mur et j'ai glissé l'enveloppe derrière. J'ai tout remis en place. Et pendant tout ce temps je me disais, *T'inquiète pas, Sid, tu vas trouver une solution. Faut juste remettre le môme sur pied. On a besoin de quelques heures, pas plus, il suffira d'une bonne prise.*

Quand je suis revenu dans le salon, Hiero était réveillé. Il a tourné sa figure toute maigre vers moi. « C'était quoi tout ce raffut ? il a demandé, encore endormi. Les Boches sont là ?

– Non, c'est rien. Un couteau qu'est tombé de la table. T'as soif ?

– Je croyais que les Boches étaient entrés. J'te jure. » Il a fermé les yeux.

Quelques minutes plus tard la porte d'entrée s'est ouverte comme un coup de carabine, et Dalilah a déboulé comme une folle. Elle a même pas fermé la foutue porte derrière elle. « Où sont-ils ? elle a demandé, avec ses talons qui claquaient sur le plancher. Sid ? Où ils sont ?

– Bon sang, ma belle. T'as failli me tuer. Où est Chip, il va bien ? »

Elle s'est arrêtée, le souffle court. « Quoi ? Non. Oui. Il va bien. Je venais juste vérifier que toi tu allais bien. Où sont les visas ? »

Ma bouche est devenue toute sèche. « Les visas ?

– Les visas », elle a dit, en hochant la tête. Elle a regardé dans la pièce autour d'elle.

Je lui ai lancé un regard vide. « Tu veux dire nos visas ?

– C'est pas le moment, Sid. Seigneur. Les visas de Hiero. Laisse-moi les voir. Je suis tombée sur le fils de Gilles dans la rue, il m'a dit qu'il venait de les déposer. Il y a quelques minutes. »

J'ai vaguement haussé les épaules, comme si j'avais pas la moindre idée de ce qu'elle racontait.

Hiero s'est mis à marmonner sur le canapé. Elle l'a regardé, troublée. « Tu n'as pas reçu les visas ? Vraiment ?

– Tu crois que je te mens, ma belle ? Le garçon a dit qu'il me les avait donnés ? »

Elle a froncé les sourcils, s'est retournée vers la porte ouverte. « Il a dit qu'il avait frappé. Qu'il les a laissés sous le paillasson. » Elle se précipitait déjà vers le paillasson, s'agenouillait, le soulevait, passait la main sur le vieux parquet en dessous comme si ces sacrés visas pouvaient être invisibles.

Puis elle a levé la tête et m'a fixé avec une expression curieusement sombre.

« Quoi ? j'ai fait. Va pas me regarder comme ça, bon sang. Peut-être qu'il s'est trompé de logement. Peut-être qu'il a frappé à la mauvaise porte. »

Et là elle est partie, ses talons hauts résonnant sur le palier. Je l'entendais soulever les paillassons devant les autres appartements, descendre l'escalier en courant, traverser la cour. Putain.

« Sid, Hiero a fait à voix basse. Sid ?

– Ouais, le môme, je suis là, j'ai dit. Ça va ? Lilah perd la boule, fais pas attention à elle.

– Les laisse pas me prendre, il a dit tout d'un coup, d'une voix très claire. Les laisse pas.

– Bien sûr que non, j'ai murmuré. Je les laisserai pas. Je laisserai personne. »

La porte s'est refermée derrière moi. Je me suis retourné. Dalilah se tenait là, haletante. Elle nous examinait tous les deux avec une expression hagarde sur le visage.

« Qu'est-ce qui se passe, Sid ? » elle a dit doucement. Elle s'est un peu éclairci la gorge et s'est rapprochée. « Ne me mens pas. Tu n'as pas reçu les visas de Hiero ?

– Je te l'ai déjà dit. J'ai rien reçu.

– Et tu n'as entendu personne frapper à la porte ? »

J'ai grogné, comme si j'étais exaspéré.

« Alors pourquoi est-ce que tu n'es pas venu vérifier sous les autres paillassons avec moi ? »

Je me suis senti rougir. « Comment tu sais que ce foutu gosse est pas un mouchard ? j'ai fait. Comment tu sais qu'il te ment pas ? Tu l'as déjà vu avant ?

– C'est le neveu d'un de mes contacts, elle a répondu froidement. Il ne ment pas. Qu'est-ce qui se passe ici, Sid ? »

J'ai ouvert les bras, comme pour protester. « Lilah, bon sang. Peut-être qu'ils ont été volés. Ces temps-ci ? Un type s'est même fait la malle avec la foutue Horch d'Ernst, nom de Dieu. Y a pas d'essence, ils la prennent quand même. Le gosse aurait jamais dû laisser quelque chose d'aussi important dans le couloir, merde.

– Personne n'habite plus ici, Sid, on est les seuls. Qui irait le voler ? »

Je me suis tourné vers elle dans la pénombre ; ces yeux verts sagaces me transperçaient. La pièce était calme, le seul bruit venait de la respiration moite de Hiero dans ses draps. Je me suis humecté les lèvres. « Qu'est-ce que t'essaies de dire, ma belle ? »

Elle avait une expression sévère dans cette lumière. Très doucement, elle a soufflé : « Si tu fais quoi que ce soit pour lui faire du mal, tu le paieras. Je te le jure. »

Ça m'a glacé le sang, de l'entendre dire ça.

Puis elle est partie, la porte d'entrée s'est fermée. J'ai entendu ses talons claquer dans l'escalier. Quand je me suis retourné le môme me regardait avec des yeux humides.

« Ça va, le môme ? j'ai dit.

– Pars pas, Sid », il a dit. Il s'est mis à pleurer. « Sid, pars pas. Pars pas. »

J'ai posé un linge sur son front brûlant, essuyé la sueur.

« Je laisserai rien t'arriver, j'ai dit d'une voix ferme. Tu m'entends, le môme ? T'es comme mon propre frère. Rien. On va te sortir sain et sauf de tout ça. »

La lumière de juin entrait doucement à travers les rideaux, les rues étaient mortes dehors. Tout était calme et paisible. J'ai passé le linge sur son front. Enveloppé dans ces draps blancs, il avait l'air prêt pour la tombe.

J'ai pris sa main brûlante.

Sixième partie

POLOGNE 1992

Je me suis réveillé. J'ai ouvert les yeux sur toute cette lumière qui enflammait les parois jaunes du bus, aveuglantes et précises. J'ai regardé autour de moi, à la recherche de Chip, mais je l'ai pas vu. Les portes étaient ouvertes à l'avant; j'ai titubé vers elles, descendu les marches, et je suis sorti dans cette curieuse lumière blanche.

« Chip ? » Je plissais les yeux, une main en visière. « Où t'es, mon frère ? » Ma voix m'est revenue avec un son bizarre, comme si je parlais sous l'eau.

Ma valise avait été tirée de la soute; elle était posée dans la boue.

« Eh ben, j'ai marmonné en clignant des yeux. Bienvenue en Pologne, merde. »

On s'était arrêtés dans une petite clairière poussiéreuse juste à côté d'un chemin de terre. Des chênes sombres et des mélèzes s'élevaient autour, denses et lugubres. L'air sentait le feu de bois, tout était frais et vif, les contours étaient nets.

J'ai frotté mes vieilles jambes pour faire circuler le sang, et là j'ai vu Chip, debout au bord de la route, ses belles valises alignées près de lui.

« On y est ? » j'ai demandé en marchant vers lui. Mes yeux me piquaient horriblement. « Notre chauffeur s'est pas attardé, je suppose. »

Chip a haussé les épaules. « Il était plus là quand je me suis réveillé. Il a dû partir se chercher quelque chose à manger. »

J'ai jeté un coup d'œil autour de nous. Aucun signe, de rien.

Mais Chip a indiqué du menton l'autre côté de la route. Un immense ciel vide, une plaine sans relief s'étendant à l'infini.

Qu'est-ce que je pouvais faire sinon continuer? Hiero avait pas demandé à me voir, mais j'allais pas faire demi-tour maintenant. J'étais là, irrémédiablement.

Puis un truc m'est venu à l'esprit. «Et s'il était pas là, Hiero? Où est-ce qu'on va dormir, mon frère?

– Il est là, Chip a répondu. On s'est pas trompés.»

Mais la façon qu'il a eu de le dire, bon Dieu, mon vieux cœur s'est mis à palpiter.

Chip est parti et je l'ai suivi, en traînant deux de ses valises en plus de la mienne. Pas une âme en vue et cette lumière ivoire, radieuse, dans le ciel. Quelque chose clochait mais je savais pas quoi. Et puis j'ai compris. Tout était totalement silencieux, totalement immobile. Comme s'il y avait rien de vivant dans ces chênes, pas d'oiseaux, rien. On se serait cru à la lisière du monde.

Pendant qu'on cheminait à travers les champs vides, j'ai commencé à vraiment réfléchir à ceux qu'on avait perdus, Ernst, Paul, le gros Fritz. À Dalilah.

J'ai pensé à Ernst, quand il s'est mis en tête que le seul moyen de se venger de son p'pa était de se suicider: il s'est enrôlé dans la Wehrmacht et il a supplié qu'on l'envoie sur le front de Russie. Tout pour défier cet homme qui l'avait déjà vidé de ses tripes. Moins de cinq semaines plus tard, durant une mission près d'Orel, il a reçu une balle dans l'œil qui l'a tué.

Et j'ai pensé à Paul, qui avait voulu retourner à notre vieil appartement. Il lui fallait son médicament contre l'épilepsie, une maladie qu'il avait jamais évoquée et qu'on avait jamais soupçonnée. Il marchait avec Dalilah quand un vieux rival à lui, un ancien pianiste de jazz devenu lèche-bottes de la

Gestapo, l'a surpris dans une ruelle et l'a suivi en gueulant. Nom de Dieu. Ils l'ont arrêté en l'inculpant de trahison contre le régime et de pollution de la race, et emmené en camion à Sachsenhausen, à la périphérie de Berlin. Il en est jamais ressorti.

On était tous si jeunes. Même Fritz, le gros Fritz, qui était resté à Berlin quand on s'est tirés. Il a pas fallu longtemps pour qu'il manque de peu de se faire arrêter comme musicien de jazz lui aussi, et juste après notre départ pour Paris qu'il doive s'enfuir à Hambourg. Là, un ami lui a trouvé un emploi de saxophoniste au Regina, un bordel crasseux de Saint Pauli. Il était protégé par les putes, qui le prévenaient chaque fois que la Gestapo se pointait. On le faisait courir au sous-sol, où il se cachait derrière des tonneaux. Il a même survécu aux bombardements dans cette cave profonde. Après la guerre, sans domicile, affamé, il a erré dans la campagne, totalement seul. Le salopard est mort de faim dans la forêt allemande.

Est-ce qu'il a regretté de nous avoir quittés ? Je crois que oui. C'était pas un nazi, juste un foutu gosse qu'essayait de sauver sa peau. Ça me faisait mal de penser à lui.

Mais Dalilah, mon adorable petite Lilah. Nom de nom. Je me rappelais comment, après l'arrestation de Hiero, elle avait caché nos disques dans des bagages différents avant de quitter Paris, tous les vieux enregistrements des Hot-Time Swingers. Elle est même allée jusqu'à coudre *Half-Blood Blues* dans une poche secrète à l'intérieur de son manteau. On était pas à Marseille depuis une heure qu'un vieux salaud de vichyste les a confisqués, même le *Blues*. L'expression sur son visage – bon sang, qu'est-ce qu'elle m'a fait mal ! On était tous retournés bien sûr, mais Lilah – on voyait dans ses yeux que jamais elle s'en remettrait. Qui peut dire quel rôle la douleur de cet instant a joué dans sa vie ? Elle m'a plus parlé depuis que nos chemins se sont séparés dans le port de New York. Après m'avoir embrassé froidement sur le quai, elle est repartie à Montréal et elle a entièrement disparu de ma vie. Pour la seconde fois. J'ai appris peu de temps après qu'elle s'était mariée, et deux ans plus tard, qu'elle était morte. C'est arrivé très vite semble-t-il. Cancer du sang. Son mari disait qu'au moins elle était partie en paix. C'était toujours ça.

C'est pas une exagération de dire que je m'en suis jamais remis. Ça reste comme une brûlure dans mon esprit, une noirceur autour de mes pensées. Chaque jour de ma vie.

Chip a quitté la route pour s'engager sur un étroit sentier dans les herbes. En le remontant, essoufflé comme lui, j'ai commencé à éprouver une drôle de sensation, comme si on nous épiait.

Et après un tournant on est arrivés sur une bande d'herbe pelée, et là on l'a vue.

L'espace d'une minute j'ai cru que c'était des vieux morceaux de machine. Haute de deux mètres au moins, découpée dans du fer tordu. Ses orbites vides nous fixaient, épouvantées par quelque chose au-dessus de nos têtes. C'était une monstrueuse figure humaine.

On est restés plantés devant, sidérés. Chip a sifflé doucement, laissé tomber ses bagages et s'est avancé à travers l'herbe haute.

« Eh, qu'est-ce que tu fabriques, Chip ? j'ai crié. Laisse ça tranquille.

– Qu'est-ce que tu crois que c'est ? » Il tripotait le fer. « Regarde, c'est troué, rayé de partout », il a murmuré au moment où j'approchais.

Il a fait un pas en arrière et étudié un long moment la chose. « Tu vas croire que je suis fou. Mais à quoi ça te fait penser ? »

J'ai rien répondu.

« Ça ressemblerait pas un petit peu au môme ?

– À part que ce truc a pas d'yeux », j'ai rétorqué.

Chip avait raison, ma parole ! Ça ressemblait bien à Hiero.

« Viens, j'ai dit. C'est flippant. On continue. »

Mais quelques mètres plus loin une autre sculpture rouillée a surgi, celle d'un corps humain cette fois-ci, trois bons mètres de haut, les genoux pliés en signe de soumission, les bras tordus comme de terribles fourches. Elle avait pas de tête, juste un long moignon de cou.

« T'es sûr qu'on est au bon endroit ? » j'ai demandé.

Chip est reparti. Et il y en avait d'autres. Des chaises rouillées en fer, des visages fondus et repliés sur eux-mêmes, des mains de fer noueuses de la taille de moulins à vent. Des pelles d'un seul bloc où des mains étaient encore attachées. Toutes inclinées dans les hautes herbes, ou déjà renversées.

On a traversé un dernier boqueteau de mélèzes, et la maison est apparue. J'avais jamais vu un endroit pareil de ma vie. Elle avait l'air rouillée, comme ces sculptures cauchemardesques. La longue galerie en bois était presque ensevelie sous des papiers jaunis, des bottes en caoutchouc, de vieilles tables. Les murs gris disparaissaient derrière des pelles à neige et des échelles. Il y avait trois portes, tous les trois mètres à peu près. Elles étaient toutes ouvertes.

« Il habite ici ? » Chip a marmonné en me regardant.

J'ai haussé les épaules. « On entre, à ton avis ? »

Chip s'est éclairci la gorge. On a laissé les bagages dans la cour et on s'est approchés en traînant les pieds. Le père Chip est monté sur la galerie et les planches ont craqué sous lui. Il s'est penché dans l'entrée la plus proche. « Ohé ? il a appelé. Ohé ? »

Personne a répondu.

Avec un nouveau regard vers moi, il s'est essuyé les pieds et il est entré.

Je l'ai suivi en trébuchant dans une cuisine où tout était en bois blond, partout : le plafond, le sol, les murs, les tables et les chaises, les gigantesques rayonnages au centre de la cuisine, même les ustensiles de cuisine suspendus au-dessus du vieux fourneau. Et y avait aucun désordre. Je voyais la salle à manger à travers une arcade. Des mosaïques encadrées étaient accrochées au mur, avec des tableaux de formes géométriques et colorées et des masques africains. Il y avait qu'une petite table pour dîner, une petite chaise.

Toute la maison avait une odeur sucrée, comme du cognac.

Chip était debout près du plan de travail, le regard tourné vers la porte. « Ohé ? » il a crié encore. On tendait l'oreille tous les deux.

J'ai secoué la tête. « Peut-être qu'il est sorti. »

Mais Chip a levé une main.

C'est là qu'on l'a entendu. Un bruit sourd quelque part dans la maison, comme une porte qui se ferme. Puis une voix a crié : « *Kto tam jest ?* »

Elle était plus âgée, pleine de rouille, et je comprenais pas un mot de ce qu'elle disait. Mais je la connaissais, cette voix.

Tout m'a paru si lent alors. Comme dans un rêve, comme si on glissait dans toute cette lumière, comme on avance à travers l'eau d'un lac. On a pénétré dans la pièce la plus claire que j'aie jamais vue, bordée de larges et hautes fenêtres par où la lumière du jour entrait à flots, se reflétant sur le bois blond.

On s'est arrêtés. De l'autre côté de la pièce, assis dans un fauteuil en cuir craquelé, ses cheveux et sa barbe entièrement blancs contre sa peau noire, se trouvait l'être que j'avais cru mort depuis tout ce temps.

« *Kto tam jest ?* » il a répété, les sourcils froncés. « Ewa ?

– Salut, le môme », Chip a dit, tout doucement.

Le vieil homme a pas eu l'air de comprendre. Il a tourné la tête vers Chip et son regard l'a traversé. Et j'ai vu sa figure s'ouvrir d'un coup, s'illuminer.

« Chip ? » il a fait. Puis, dans un allemand rouillé : « C'est toi, Chip ? »

Mon Dieu ! J'ai vu ses vieux yeux laiteux, l'expression qu'il avait en tournant la tête un instant vers nous, l'angle qu'elle faisait dans l'attente d'une réponse, et j'ai compris.

Le môme était aveugle.

Chip a marché vers le fauteuil, s'est accroupi devant lui. « C'est moi, c'est Chip, mon frère. » Mais ensuite, il a simplement passé un bras autour de lui, puis l'autre, il a hissé le vieux môme hors de son fauteuil et ils se sont embrassés.

« Allez debout ! » Chip riait, la voix frêle. Il a fait un pas en arrière pour observer ce qui avait changé dans le visage de Hiero : les joues encore plus creuses, la barbe blanche comme de la cendre pure. Mais toujours ce petit rictus effrayé de la bouche. « T'as l'air en forme, dis donc, mon frère », il a fait, avec un petit grognement. « Vachement en forme. Comme Sidney Poitier. »

« T'es pas le seul à pas avoir vu ma tête depuis des années », Hiero a dit, souriant. Et il a levé le menton, tourné la tête vers le mur. « Qui t'as amené avec toi ? »

Un grand vent de panique a vidé mon esprit.

Chip l'a lâché et il est venu me chercher. « Allez, mon frère. Va dire bonjour. »

C'était drôlement bizarre : je suis allé vers Hiero, incapable de dire un seul mot, et me suis contenté de poser ma vieille pogne sur son épaule. Il a levé ses yeux vides presque droit sur les miens et il a dit, tout doucement, « Sid ? »

Sa paume rugueuse a touché ma figure, effleurant du bout des doigts mes yeux fermés, mon nez, mon menton. Je hochais la tête comme un idiot.

« Tu pleures, il a fait.

– Non je pleure pas », j'ai répondu.

Et là il m'a attiré et serré rudement dans ses bras. La seule chose que je sentais, c'était sa maigre carcasse qui tremblait.

« C'est une ancienne usine sidérurgique, Hiero expliquait de sa voix profonde, craquelée. Pendant des années tout l'acier était produit par ici. J'ai appris le métier de forgeron. Quand la coopérative a fini par fermer, ils nous ont laissés rester, moi et quelques autres. On a fait de cet endroit une maison où habiter. Mais un par un les autres sont partis, et moi je suis toujours là. Jamais je m'en irai.

– C'est tes sculptures dehors ? » J'ai jeté un coup d'œil par les fenêtres lumineuses, en essayant de ne pas croiser ses yeux.

Hiero a souri. « Non.

– C'est pas toi qui les as faites ? Chip a demandé. Ces vieux monstres là-bas ?

– Non. Ils étaient ici quand je suis arrivé. »

Eh ben, mon salaud. Le môme était plus vieux, plus fragile, mais il était toujours incapable de mentir.

« Bon, Chip a repris. Elles sont vraiment frappantes, quel qu'en soit l'auteur. »

Hiero a eu l'air content. « Elles te plaisent ?

– Je suis pas près de les oublier.

– Sid ?

– Je sais pas, j'ai répondu. Qu'elles me plaisent, c'est pas la question, si ?

– Non, c'est vrai. Laissez-moi vous montrer le reste. »

On l'a suivi. Il a traversé la maison sans hésitation, comme s'il était pas du tout aveugle, il prenait les couloirs, nous ouvrait les portes.

« T'es sûr que t'es aveugle, mon frère ? Chip lui a demandé.

– Ça fait des années que j'habite ici, Chip. Mais il suffirait que t'ailles me déplacer mes meubles et ça tournerait vite au vinaigre. » Dehors, on a longé la maison à sa suite et on s'est arrêtés devant d'immenses portes de cave.

A l'intérieur c'était sombre et ça sentait le renfermé, comme du linge mouillé. « Ils ont eu un mal de chien à rénover ça, il a poursuivi. Il a fallu se débarrasser du vieux béton, couler une nouvelle fondation avec les conduites de chauffage en dessous. C'était un sacré boulot – pendant des mois la maison a été pleine d'ouvriers. Mais c'est fini maintenant. »

J'observais sa figure pendant qu'il parlait. J'attendais un signe de quelque chose – d'amertume, de résignation. N'importe quoi qui me fasse comprendre où on en était, lui et moi, après toutes ces années. Mais rien. Rien sauf son plaisir, sa joie. Le pauvre homme ne savait rien, n'avait pas la moindre idée de ce qui s'était passé, toutes ces années en arrière.

On est entrés. L'ampoule avait grillé, alors la seule lumière qu'on avait était celle qui avait pénétré avec nous par ces larges portes. Dans la pénombre, je distinguais des douzaines de formes étranges. Et à regarder ces statues monolithiques, ces vastes visages brisés, leurs corps grotesques, je me suis pris à penser qu'il avait peut-être tout compris, en fait. Peut-être qu'il avait su tout de suite, après son arrestation, peut-être qu'il avait passé ces longues décennies à faire la paix avec ça.

« Sid, Chip m'a crié. Elle te ressemble un peu, celle-ci. »

Je me suis approché, mes chaussures raclant le sol.

Elle était grande, fine, maigre de visage. Elle serrait une autre silhouette contre elle, comme pour la protéger. La seconde silhouette était grosse au niveau du ventre, comme une femme enceinte. Puis j'ai saisi : c'était pas une femme, mais une double basse.

« Non, je crois pas », j'ai répondu doucement.

J'ai lancé un regard à Hiero, et là j'ai su, sans aucun doute, qu'il savait pas ce que je lui avais fait toutes ces années auparavant. J'ai contemplé la silhouette.

« Alors il est aveugle et toi t'es sourd ? Chip a fait.

– Qu'est-ce que t'as dit ?

– Hiero vient de demander si t'as envie de manger un bout.

– S'il te plaît. Mon nom c'est Thomas maintenant.

– Thomas, Chip s'est repris, avec un regard vers moi. Pardon. »

Les yeux aveugles du môme ont paru croiser les miens.

« Sid ? T'as faim ?

– Je pourrais manger. »

Le dîner était composé de hareng saur et de salade, avec comme dessert des brioches de supermarché trop sucrées. On était assis sur des tabourets tirés d'un placard, la table ne possédant qu'une seule chaise.

« Mes excuses, messieurs, pour ce festin, Hiero a dit avec un geste emphatique et précis de son couteau. C'est tout ce qui me reste. J'ai une fille pour m'aider, Ewa. Elle vient tous les trois jours avec des provisions, change les ampoules, fait le ménage. Elle sera là demain. Je peux faire la plupart des choses, mais y en a quand même quelques-unes qui te dépassent. »

On s'est regardés, Chip et moi, et puis on a regardé ailleurs, l'air coupable. Bien sûr qu'on aurait voulu lui poser des questions sur ses yeux. Le questionner sur tout son passé, comment il avait survécu aux camps, ce qui lui était arrivé après, comment il avait pu gagner l'Est – tout. Et Hiero n'abordait rien de tout ça. Il était plein d'esprit, agréable, mais il se tenait éloigné de ces années-là.

Après le dîner, il a sorti trois verres et une bouteille de scotch : « Je gardais ça de côté pour une grande occasion. Je commençais à me dire qu'elle allait jamais se présenter. »

Chip a gloussé. « Ben, mon frère, ça c'est parler. Donne-m'en deux doigts. »

Le jour baissait, on est restés à boire dans la nuit qui s'épaississait.

Finalement, Chip s'est raclé la gorge. « Je vais pas essayer de te convaincre. C'est vrai, bon sang, j'y ai pensé mon frère. Oui. Venir jusqu'ici, te ramener de gré ou de force, te donner un peu de ce que tu mérites. Ce serait un événement mémorable. Mais je vais pas te pousser. »

Quel crétin j'étais ! Crétin et aveugle, bordel. Parce que brusquement, je comprenais pourquoi Chip avait tellement tenu à venir. J'ai secoué la tête.

« C'est ce que tu fais en ce moment, Hiero a dit en souriant gentiment. Mais ça sert à rien, Chip. C'est une autre vie, tout ça. »

Chip s'est versé un autre verre. « T'es en train de dire que t'as plus ça en toi ? C'est ce que t'es en train de me dire ?

– Quelle importance ? T'es célèbre, Chip. T'as pas besoin de moi. »

Au bout d'un moment, Chip a dit : « C'est pour ça que t'as pas écrit pendant toutes ces années ? Tu te disais que j'essaierais de te faire revenir ? »

Hiero a haussé les épaules.

« Et ça te manque pas ? Ça te manque vraiment pas ?

– Non.

– L'espèce de but que ça te donne dans l'existence, ça te manque pas ?

– Le but d'un homme n'est pas dans ce qu'il fait, Chip.

– Non ? »

Hiero a tourné sa figure vers moi. « Demande à Sid. Il a abandonné. »

J'avais rien dit depuis un bon moment.

« Sid ? Hiero a fait. Je sais que t'es toujours là. Sid ?

– Je suis là », j'ai murmuré. Et là, comme il avait l'air d'attendre ma réponse, j'ai ajouté : « Oh, j'ai aucune sorte de talent. Pas comme vous deux. C'est différent.

– Tu penses que ça rend plus facile d'arrêter ? »

J'ai rougi. « Pas plus facile. Différent simplement. Après la guerre, après tout ça, j'avais plus tellement envie de jouer.

– Pourquoi ? Hiero a insisté.

– Je sais pas. » J'ai écarté les mains, paumes ouvertes, en signe d'impuissance « Je sais pas, j'ai répété. C'était censé être une musique joyeuse. Et j'arrivais plus à trouver aucune joie là-dedans. »

Chip m'a interrompu : « Je comprends pas ça, je comprends pas ça du tout. » Il paraissait dépité. « C'est la musique qu'est la joie. C'est comme ça que tu la retrouves. En jouant. »

Hiero a eu l'air un peu triste. « Il y a toutes sortes de manières de vivre, Chip. Avec certaines tu donnes beaucoup. Avec d'autres tu prends beaucoup. L'art, le jazz, c'est une manière de prendre. Tu prends au public, tu prends à toi-même.

– Mais ce que ça donne, c'est à la pelle.

– Qu'est-ce que ça donne, Chip ? je lui ai demandé. T'es un grand artiste, mais en tant qu'homme, t'es vachement malheureux. »

Il est resté silencieux, à tourner son verre devant lui.

Hiero se taisait.

Chip a fini par parler : « Je vais vous dire ce que je sais. Le monde est sacrément beau. Mais c'est une beauté accidentelle. Ce que nous faisons est délibéré. C'est une sacrée consolation que tu peux offrir non seulement à ta propre vie, mais à d'autres vies que t'as même pas croisées. » Il a lancé à Hiero un long regard pensif. « Tu dois rien au monde, Thomas. Je le sais. Mais ça me brise vraiment le cœur, d'être privé de ta musique. Elle a jamais cessé de me manquer. »

Hiero a tendu la main et saisi la grosse patte de Chip dans l'obscurité.

« C'est du passé, il a dit. Une ancienne vie. »

Je me suis raclé la gorge et je me suis levé, pas solide sur mes jambes. « Je crois que je vais aller me coucher. Je rajeunis pas.

– Vas-y, Hiero m'a dit. Mais tu sais qu'on va passer la nuit à parler de toi. »

Je lui ai lancé un regard pénétrant, mais il souriait, c'était juste une blague innocente.

« Vous gênez pas, j'ai dit. Ça devrait pas tarder à vous faire pioncer. »

Hiero s'est levé de sa chaise, en tapant la table du poing. « Verse-m'en un autre, Chip. Je serai pas long. »

Il m'a fait prendre un couloir sombre qui sentait la brioche et on est entrés dans une chambre étroite et modeste. Je voyais par la fenêtre le ciel noir au-dessus des champs, piqué de milliards d'étoiles.

« Y a des draps propres dans le lit », il m'a dit, la main sur la poignée en cuivre. Il a haussé les épaules, comme pour dire, que demander de plus à la vie ?

« Merci, j'ai dit. Merci, Thomas. »

Il était encore tourné vers l'endroit où je me tenais un instant plus tôt. « Je suis content que tu sois venu, Sid. Je pensais… Enfin je suis content. »

Un poids horrible m'est venu dans la gorge à ce moment-là, je pouvais à peine respirer. Je l'ai ravalé. « C'est fou, de te trouver comme ça.

– Comme quoi ?

– Vivant. »

Il m'a lancé un pauvre sourire, en hochant la tête. « Bon. Avec un peu de chance, on le sera encore tous les deux demain matin. »

Il a refermé la porte derrière lui. Et là j'ai su, assis au bord du lit dans cette pièce sans lumière, avec plus de certitude que pour n'importe quoi dans ma vie, qu'il fallait que je lui dise ce que j'avais fait des visas. Que c'était pour ça que j'étais venu. Pas pour retrouver un ami, mais pour finalement, et à jamais, en perdre un.

J'ai dormi. Mais ce que j'ai vu, c'était pas un rêve. Je voyais Hiero forcé à s'aligner dans une rangée de statues en fer rouillé. On le faisait sortir de ce rang, les SS si étonnés par sa couleur qu'ils lui frottaient la peau, comme pour voir si le noir partait. J'ai vu un SS le suivre au vestiaire, lui ordonner de se déshabiller – tout : manteau, chapeau, pantalon. Il a fourré tout ça dans un sac marqué de son nouveau numéro.

C'était pas un rêve. Je les voyais lui donner du salpêtre jusqu'à ce que ses membres se mettent à gonfler. Pour contenir cette libido africaine enragée. Jour après jour, jusqu'à ce que sa tête, quand il la tenait dans ses mains, lui donne l'impression d'être un morceau de pain trempé d'eau.

Et je voyais qu'on rasait le môme, sur toutes les parties du corps, il était debout dans une pièce glacée, vulnérable comme du gibier capturé, avec ses jambes maigres qui tremblaient. Sauf qu'il était plus le môme d'avant, mais le vieil homme qu'il était devenu, de sorte que c'était sa barbe d'un blanc éclatant qui tombait sur le sol en terre battue. Et je l'entendais leur dire : « C'est du passé. Une ancienne vie. »

Je le voyais incapable de dormir. Nom de Dieu. Je le voyais fixer ses camarades de chambrée, leurs membres comme des fourches tordues, leurs yeux comme si tout avait été brûlé en eux. Même vides comme ils étaient, ils lui lançaient des regards étonnés, ébahis qu'il ait la peau noire.

Et je voyais ses jours s'écouler ainsi. On l'obligeait à faire partie d'un orchestre. Ça manquait pas d'instruments, les gens en avaient apporté avec eux, pensant peut-être qu'ils joueraient une fois arrivés à destination. J'entendais Hiero jouer *Lohengrin* de Wagner tandis que de nouveaux trains s'arrêtaient et qu'on emmenait des hommes et des femmes en rangs serrés pour les pendre. Je le voyais jouer dans un bordel de prisonnières, leurs cris déchirant l'air tandis que lui, lèvres en action, il leur soufflait ses notes pleines de cuivre et de lumière.

C'était pas un rêve. Et après j'ai dormi.

Le soleil est paru, et toute cette lumière accablante est revenue. Je me suis levé dans les mêmes habits froissés que j'avais en me couchant. Je suis sorti et me suis assis au bord de la galerie, les jambes ballantes dans le vide.

Je m'étais versé une tasse de café mais j'ai dû le boire noir – j'avais pas trouvé de lait dans le frigo.

Environ une heure plus tard Chip est sorti, en bâillant, et m'a proposé d'aller me promener avec lui. Mais mes vieilles guiboles n'étaient pas vraiment d'attaque. Je l'ai regardé partir tout seul, lourd de ses quatre-vingt-trois ans. C'était triste, de voir le temps peser sur son dos.

Je me disais que j'allais rentrer quand brusquement j'ai senti une présence derrière moi. J'ai jeté un œil par-dessus mon épaule et j'ai sursauté. Hiero se tenait là, silencieux, la figure tournée vers les rayons du soleil.

« Bonjour », j'ai dit, en l'observant. Ça semblait toujours pas réel, qu'il soit vivant.

« B'jour, Sid. » Il portait un T-shirt mal coupé, un jean en loques, des tennis si vieilles qu'on aurait dit qu'il avait couru dix marathons avec elles. Un peu l'air d'un clochard miteux. Et pourtant, en dépit de tout, plein de dignité.

Il a cherché le rebord de la galerie à deux mains, s'est assis avec précaution.

« Comment tu as dormi ? » il a demandé, un peu essoufflé.

« Oh, tu sais. Un nouveau lit. » Je l'ai regardé, et j'ai ajouté : « Mais merci pour tout. Tu sais rudement bien recevoir.

– J'ai du scotch rudement bon en tout cas. »

J'ai gloussé. « J'ai préparé du café si ça te dit. J'ai pas pu trouver de lait. »

Hiero a souri.

« Toutes ces années. Toutes ces années, tu vivais ici. Et j'en avais pas la moindre idée. »

Il a rien répondu à ça, et on est restés assis en silence. Je fixais son profil, sa peau, qui paraissait si veloutée sur le ciel blanc. Ses yeux comme des opales, rivés sur un pays invisible.

Et là, je sais pas pourquoi, subitement je me suis lancé.

« Hiero, j'ai quelque chose à te dire. J'ai pas envie de te le dire mais il faut que je le fasse.

– Appelle-moi Thomas », il a dit.

J'ai rougi, je me suis raclé la gorge. « Ce qu'il faut que je te dise, c'est moche. »

Il a froncé les sourcils. « Qu'est-ce que c'est ? »

J'ai balancé mon café dans les mauvaises herbes, secoué la tasse et regardé ailleurs. « Bon. À l'époque, à Paris, c'est ma faute si t'as pas eu tes visas. »

Il s'est figé, comme s'il attendait que je raconte jusqu'au bout.

J'avais la gorge sèche. « Toute ma vie j'ai regretté, Thomas. »

Quand il s'est tourné vers moi, il avait un sourire perplexe. « C'est justement pour ça que j'ai invité Chip à venir ici. Je voulais pas qu'il croie que je lui en voulais de ce qui s'est passé. J'en veux à personne, Sid. Vraiment.

– Tu m'écoutes pas. C'était vraiment ma faute. J'ai caché tes visas.

– Mais, Sid, je les ai même pas reçus, mes visas.

– C'est ce que je suis en train de t'expliquer. En fait, tu les as reçus. Un jour ou deux avant que tu sois arrêté. Quelqu'un les a déposés à l'appartement, quand t'étais malade, au lit, et que je m'occupais de toi. Il les a laissés à notre porte, et je les ai cachés. »

Il secouait la tête. « Ça n'a aucun sens, aucun. Pourquoi tu aurais fait ça ? »

Je restais là, tremblant.

Et c'est lui qui l'a dit, comme pour lui-même :

« L'enregistrement.

– Thomas, j'ai fait, je suis affreusement désolé. »

Mais il a fait un signe tranchant de la main, comme pour m'interdire de le toucher. Il est resté assis pendant une minute, le visage détourné. Puis il s'est relevé, très lentement, a marché lourdement vers la deuxième porte. Il est entré et il a fermé derrière lui.

La galerie est devenue sacrément silencieuse. Ma peau, ma poitrine, mon corps tout entier étaient soudain écrasés de lumière. Je clignais des paupières. La cour était baignée de blanc. Je serrais cette tasse comme s'il s'agissait de ma vie. Il n'était plus question de faire ce qu'il fallait, je l'ai compris alors. Il n'était plus question de compassion, ni de donner du réconfort. Nom de Dieu.

Chip est monté lentement sur la galerie, essoufflé par sa promenade. « C'était quoi tout ça ?

– Rien, j'ai répondu. C'était rien. »

Chip s'est assis avec une grimace, à la même place que Hiero une minute plus tôt.

« Je crois pas que je devrais rester, j'ai dit. Il vaut mieux que je parte, Chip.

– Oh, Sid. Qu'est-ce que t'es allé lui raconter ? Qu'est-ce que t'as dit ? »

Mais je pouvais pas le répéter. J'ai levé les yeux vers lui ; je me sentais décapé, vidé. Et puis, ça n'a plus semblé important que Chip le sache aussi. « C'est moi qui ai caché les visas de Hiero, dans le temps, à Paris. Lilah et toi, vous étiez pas rentrés, quelqu'un les a déposés à la porte pendant que le môme dormait. » Une bizarre sensation d'angoisse m'écrasait la poitrine. « Je voulais finir l'enregistrement. »

Chip m'a lancé un regard perçant, comme pour dire, « T'as vraiment fait ça ? » Mais son air surpris a disparu aussi vite, et son visage s'est détendu. Il a tourné les yeux vers le champ et les sculptures massives de Hiero.

Le silence était si douloureux entre nous que j'ai fini par me lever pour m'en aller.

Chip a posé une main sur mon bras. « On a tous fait des choses dont on est pas fiers, Sidney. Surtout en ce temps-là. »

Il s'est tourné vers moi, les sourcils froncés. « Tu pouvais pas savoir ce qui allait se passer.

– Sans ce que j'ai fait, il aurait même pas été là. Il aurait été en Suisse. »

Chip a rien dit pendant une minute. « Ce que t'as fait était inexcusable, Sid. T'as eu tort, absolument. Et c'est quelqu'un qui a profité de ce disque qui te le dit. Mais je sais foutrement bien que t'aurais donné ta vie pour le sauver si t'avais pu. Ne va pas te raconter autre chose. »

J'allais me lever mais Chip a posé sa grosse pogne sur mon épaule. « Où est-ce que tu vas ?

– Faut que je lui parle. Faut que je lui en dise un peu plus.

– Donne-lui un peu de temps. Une nouvelle comme ça, ça prend du temps. »

Chip m'a ramené dans le salon, avec son mur de lumière. « Regarde ce que t'as manqué hier soir, en allant te coucher si tôt. » Il m'a souri amicalement. Il a ouvert un placard, il s'est mis à genoux en faisant la grimace et il a tiré de là une vieille caisse de laitier remplie de disques. Il s'est mis à les sortir de leurs pochettes.

« Quoi, il a tes disques ? j'ai marmonné.

– C'est pas du tout du jazz. Non. J'ai jamais entendu parler de ces trucs-là. Regarde un peu. Adamo Didur. Miliza Korjus. Georg Malmstén. Marcella Sembrich. C'est surtout des Polonais, d'après le môme, mais y a des Finlandais, des Suédois. Mais tu vas pas en croire tes oreilles. Écoute voir. »

Il a placé l'aiguille dans le sillon d'un disque sur un vieux pick-up. Et lentement, tout en craquements, comme de très loin, un fil de voix en or s'est élevé. Celle qui chantait paraissait très âgée. Sa voix montait et sautait un registre Et elle montait encore, comme si elle se remplissait d'un éclat facile, dans une langue que je connaissais pas. C'était peut-être du polonais. Elle était pâle, cette voix, fissurée, brute, pour devenir ensuite d'une plénitude stupéfiante, unique, et en fermant les yeux il m'a semblé que tant de choses étaient encore possibles.

Et puis c'était fini. J'ai ouvert les yeux. Hiero était debout dans l'encadrement de la porte, la figure étrangement calme.

Chip s'est levé de son siège.

« J'ai un appel urgent. J'espère que t'as un rouleau entier là-dedans, parce que ça risque d'être long. » Il m'a lancé un regard et s'est esquivé.

Le disque tournait encore et les parasites des vieilles enceintes sifflaient dans le brusque silence. Hiero est resté à la porte quelques instants, les yeux baissés. Puis il m'a fixé directement, son regard comme une lame.

Il s'est avancé d'un pas traînant, s'est assis dans son lourd fauteuil en cuir. J'ai eu le sentiment d'être obligé de recommencer, de reprendre ma confession. Avec un petit grognement, en respirant fort, il s'est tourné vers les champs derrière la vitre, les sculptures tordues là-bas. « Ce ciel, Sid. C'est le ciel des grandes épopées. Les grandes épopées polonaises. De *Pan Tadeusz*[1]. » Il a un peu plissé les lèvres. « C'est la chose qui me manque, le ciel. »

J'ai hoché la tête.

« Je l'ai vu, tu sais. C'est ce qui m'a décidé, ce ciel, toute cette magnifique lumière. Je l'ai suivie jusqu'ici. C'est pour elle que je suis resté. »

Je voyais ce qu'il voulait dire. Il n'était pas aveugle à cause des camps. Je ne lui avais pas coûté ça. Je le fixais, ses yeux si pâles avaient peut-être assisté à la ruine d'un monde, à la ruine et la renaissance d'un monde.

1. *Pan Tadeusz,* en français *Messire Thadée,* est le titre d'un roman-poème d'Adam Mickiewicz (1798-1855).

Il a posé les paumes sur ses genoux. « Qu'est-ce que c'était à l'instant ? Marcella Sembrich ? J'ai pas entendu ça depuis des années. Sa voix, c'est à ça que la lumière ressemblait. »

Je me suis éclairci la gorge. « Je veux bien le croire. »

Il a tourné ses yeux morts directement vers moi. « Je te vois, Sid, il a dit, du fond de ses ténèbres. Je te vois comme il y a cinquante ans. Exactement comme tu étais. »

J'ai rien répondu.

Le vinyle a crépité quand l'aiguille a touché le centre.

Et il a dit, sans sourire. « Remets-le. »

Remerciements

À John William, Rebecca Gray, Pete Ayrton et à tous chez Serpent's Tail ; à tous ceux de Key Porter Books à Toronto ; à Jackie Baker, à Anne McDermid et tous ses excellents collaborateurs ; à Hannah Westland et Margaret Halton chez RCW ; à Marie-Lynn Hammond, Sarah Afful, Todd Craver, Michelle Wright et Jack Hodgins ; aux Price ; aux Edugyan ; à Jeff Mireau, Richard Hess, Graham Newton, Art Schiffrin et Andrew Hamilton.

À Jane Warren, une femme incroyable.

À l'Akademie Schloss Solitude ; au Canada Council for the Arts ; au British Columbia Arts Council ; à Stiftung Kuenstlerdorf Schoeppingen ; au Fiskars A-I-R program ; au Collegium Budapest/JAK ; à Het Beschrijf/Passa Porta ; au Château de Hawthornden ; à Klaustrid ; à la Fundacion Valparaiso.

Première réimpression

Cet ouvrage a été achevé d'imprimer en juin 2014
sur les presses de Normandie Roto Impression s.a.s.
61250 Lonrai
N° d'imprimeur : 1402245
Dépôt légal : avril 2014

Imprimé en France